GILLES LEGARDINIER

Mademoiselle Marie hat von der Liebe genug

GOLDMANN
Lesen erleben

Buch

Die junge Marie Lavigne ist am Boden zerstört. Nicht nur hat sie herausgefunden, dass ihr langjähriger Freund Hugues eine Affäre hat – nachdem sie ihn damit konfrontiert, schmeißt er sie sogar sang- und klanglos aus der gemeinsamen Wohnung. Mit gebrochenem Herzen und auch noch obdachlos, wird Marie eines klar: Die Liebe ist Quelle allen weiblichen Unglücks. Als ihr Scheusal von Chef sie am nächsten Tag demütigt, fasst sie außerdem einen Entschluss: Es wird höchste Zeit, sich an der Männerwelt zu rächen. Doch das Leben ist voll Zauber, und Maries wunderbare Freunde lassen sie nicht lange an Bitterkeit festhalten. Und als sie geheimnisvolle Briefe von einem charmanten Verehrer bekommt, gerät ihr Entschluss, der Liebe zu entsagen, bedenklich ins Wanken …

Weitere Informationen zu Gilles Legardinier
sowie zu lieferbaren Titeln des Autors
finden Sie am Ende des Buches.

Gilles Legardinier

Mademoiselle Marie hat von der Liebe genug

Roman

Aus dem Französischen
von Karin Ehrhardt

GOLDMANN

Die französische Originalausgabe erschien 2014
unter dem Titel »Ça peut pas rater!«
bei Fleuve Noir, département d'Univers Poche, Paris.

Dieses Buch ist auch als E-Book erhältlich.

MIX
Papier aus verantwortungsvollen Quellen
FSC® C014496

Verlagsgruppe Random House FSC® N001967
Das FSC®-zertifizierte Papier *Pamo House* für dieses Buch
liefert Arctic Paper Mochenwangen GmbH.

1. Auflage
Deutsche Erstveröffentlichung Februar 2016

Umschlaggestaltung: UNO Werbeagentur, München
Umschlagmotiv: FinePic®, München
Redaktion: Martina Klüver
MR · Herstellung: Str.
Satz: DTP Service Apel, Hannover
Druck und Bindung: GGP Media GmbH, Pößneck
Printed in Germany
ISBN: 978-3-442-48368-6
www.goldmann-verlag.de

1

Es ist dunkel und ziemlich frisch. Ich zittere an der nasskalten Luft, während ich ziellos dem Verlauf des Kanals folge. Die winterlichen Temperaturen sind jedoch nicht der einzige Grund, weshalb ich den Kopf einziehe und meine Hände in den Taschen vergrabe. Vielmehr friere ich innerlich. Ich brauche gar nicht erst nach Wärme in mir zu suchen. Ich bin ein wandelnder Eisblock. Eine neue Eiszeit ist angebrochen, und ich kenne zumindest schon ein Lebewesen, das vom Aussterben bedroht ist.

Was ich hier mache? Normalerweise bin ich um diese Zeit nicht mehr unterwegs. Seit Jahren bin ich nicht mehr abends noch mal eine Runde spazieren gegangen, und vor allem nicht so Hals über Kopf aus der Wohnung gestürmt. Normalerweise hocke ich zu Hause, so wie all die anderen, die ich im Vorübergehen flüchtig durch die erleuchteten Fenster in ihren Häusern sehen kann. Normalerweise bin ich nicht so durcheinander. Normalerweise bin ich nicht allein.

Ich kenne dieses Viertel gut, und doch erkenne ich heute Abend nichts wieder. Nicht der Ort hat sich verändert, ich bin es. Es brauchte nur eine Stunde, ein einziges Gespräch, ein paar Sätze, die mich wie Pfeile trafen, um mein Leben komplett aus den Fugen geraten zu lassen. In letzter Zeit war nicht immer alles rosig gewesen zwischen Hugues und mir, aber dass es so schnell bergab gehen, ja, dass es schließlich aus und vorbei sein würde, das hätte ich mir nie im Leben träumen lassen.

Der Uferweg ist menschenleer, bis auf ein junges Liebespaar und einen Obdachlosen, der auf ein paar alten Kartons sitzt. Diese Botschaft schickt mir wahrscheinlich das Leben: Ich war mal wie das junge Mädchen, das sich verliebt an ihren Freund schmiegt, und ich werde enden wie dieser bedauernswerte Clochard. Mein Leben ist ein bodenloser Abgrund – und ich befinde mich immer noch im freien Fall.

Schnell gehe ich an dem Pärchen vorbei. Er zieht sie näher zu sich heran und flüstert ihr etwas ins Ohr. Aus seinem Mund steigen Atemwolken. Wärme. Es gibt sie also doch noch, und nicht nur in meiner Erinnerung. Mit einem gedämpften Lachen kuschelt sie sich an ihn an. Vielleicht machen sie sich über mich lustig. Bestimmt fragen sie sich, warum ich so vor mich hin trotte, allein, noch nicht mal mit einem Hund an der Leine. Wäre ich ein Mann, würden sie mich wahrscheinlich für einen Perversen halten, aber so ordnen sie mich eher in die Kategorie verrücktes Weib am Rande des Wahnsinns ein. Sie sind zu zweit, und sie haben einander. Sie fühlen sich stark genug, um dem ganzen Universum mit Herablassung zu begegnen. Sie sind unbesiegbar, weil sie sich lieben. Ich sehe das eher so: Die beiden *glauben*, sich zu lieben. Ob es wahre Liebe ist, stellt sich später heraus. Für diese Erkenntnis habe ich teuer bezahlen müssen. Im Moment noch gedeiht ihr Glück auf der dünnen fruchtbaren Humusschicht der Unschuld, doch wenn die zarten Wurzeln ihrer Liebe weiter in die Tiefe dringen, wird sie dort nichts finden, was sie nährt, und sie wird zugrunde gehen. Jedenfalls ist es mir so ergangen.

Sollte ich das Mädchen warnen? Sollte ich es auf die Gefahren hinweisen? Nein, das wäre idiotisch. Wer bin ich, um ihr das Glück des heutigen Abends zu verderben? Und wer weiß, vielleicht wird sie sich besser schlagen als ich? Ich bin wirklich ein verrücktes Weib am Rande des Wahnsinns.

Ich weiß nicht warum, aber plötzlich überkommt mich die Lust, auf der Umrandung des Uferwegs entlangzulaufen, auf den länglichen behauenen Steinen, die den Kanal einfassen. Normalerweise tun Kinder solche Dinge: Sie strecken die Arme aus wie Seiltänzer auf einem imaginären Seil und stellen sich vor, sich in ein großes Abenteuer zu stürzen, ihr Leben über dem tiefsten aller Abgründe zu riskieren. Meine Neffen taten dies oft. Ich bin eigentlich zu alt dafür. Was mir aber in dem Moment egal ist. Schließlich befinde ich mich am Rand eines der schwindelerregendsten Abgründe, auf dessen Grund mein Leben zu zerschellen droht.

Wenn ich im Nachhinein darüber nachdenke, muss ich zugeben, dass meine Beziehung mit Hugues immer schon kompliziert war. Und doch war am Anfang alles traumhaft schön. Wie im Märchen: die erste Begegnung, der Funke, der überspringt, zwei Wesen, die sozusagen inmitten von Blumen tanzen und singen und sich an den Händen halten. Das war, bevor wir uns tiefer in den Wald hineinwagten.

Ganz am Anfang war er charmant, wir lachten viel, waren leidenschaftlich, konnten nicht genug voneinander kriegen, hatten so viel, was uns verband. Ich bekam Blumen, heiße Blicke, freute mich, wenn er es nicht erwarten konnte, mich wiederzusehen. Wenn er mich in seine Arme nahm, dachte er nur an mich. Himmel, wie sehr ich das liebte!

Wir machten viele nette Wochenendausflüge, zum Skilaufen, ans Meer, ins Ausland, manchmal mit Freunden – wenn, dann aber nur mit seinen. Das Drumherum war mir ziemlich egal; solange er da war, an meiner Seite, fühlte ich mich wohl. Ich mochte es, auf ihn zu warten, wenn er spät nach Hause kam, ich mochte es auch, seine Kleider wegzuräumen oder ihm sein Lieblingsessen zu kochen. Was nicht heißen soll, dass ich unterwürfig war. Ich fand es einfach nur schön, etwas für ihn zu tun. Dann ging die Zeit ins Land, erst Tage, dann Wochen, dann Monate. Wir haben alle unsere Freunde heiraten sehen. Es wurde getanzt, es wurde gelacht, man hat Beifall geklatscht, aber nicht für uns. Schließlich haben wir vergessen, dass Tage Stunden enthielten und Jahre Monate. Wir funktionierten wie ein Dieselmotor, ohne große Beschleunigung, immer gleichmäßig im Takt. Nur der Kilometerstand wuchs. Die Zeit raste dahin, und nichts schien sich zu ändern. Man nannte uns die ewigen Verlobten. Von wegen! Ich hätte mich liebend gern mit einem Ring an ihn gebunden, aber Hugues fand immer einen guten Grund, um es zu verschieben, um noch zu warten, um nicht den nächsten Schritt zu wagen. Ein neuer Job, für den er sich ins Zeug legen musste, das viele Geld, das die Feier kosten würde, die Sinnlosigkeit solch eines formalen Akts »für Leute, die sich so sehr lieben wie wir«. Ja, genau. Wir drehten uns im Kreis. Mein Bauch blieb trostlos flach, seiner nicht. Andere bekamen Kinder, und wir lebten immer noch einfach so zusammen wie Studenten. Nichts entwickelte sich, und ich glaube, im Grunde war dies das Schlimmste. Kein Ziel vor Augen zu haben, nur die Vision eines auf das übernächste Wochenende begrenzten Lebens. Jedes Mal, wenn ich von der Zukunft sprach – ein vager Begriff – oder übers Heiraten – ein ungehöriges Wort –, fand er einen ausgezeichneten Grund, um die Diskussion abzukürzen. Am Ende redeten wir nur noch über Alltägliches: Einkäufe, Schlüssel, Fruchtjoghurt, Filme, was noch im Kühlschrank ist, wann das Auto zur Reparatur muss. Alles, was das Leben ausmacht, außer dem Wesentlichen.

Und dann erschien Tanya wie ein dem Paralleluniversum entsprungener böser Geist. Ich habe es nicht kommen sehen. Es war Emilie, die mich darauf hinwies. Eines Abends, nach einem

Essen mit Freunden, flüsterte sie mir zu: »Wenn *mein* Freund so über die Witze einer anderen Frau lachen würde, wäre ich vorsichtig.« Das war ich dann auch, aber zu spät. Die beiden trieben es schon miteinander, meist dienstagabends. Was war ich doch für eine dumme Nuss. Eine gutgläubige Gans, die sich einen Bären aufbinden ließ.

Als ich Hugues darauf ansprach, meinte er nur, ich hätte eine blühende Fantasie. Er nahm mich in seine Arme, sprach über uns. Er wagte es, mir in die Augen zu sehen und mich dabei anzulügen. Wenn ich nur daran denke … Und wisst ihr was? Ich dumme Kuh habe es geglaubt! Beziehungsweise, ich habe es, auf Teufel komm raus, glauben wollen. Frauen neigen wohl dazu, sich auf ihr Gefühl zu verlassen und die Tatsachen auszublenden. Männer wissen das genau und setzen auf diese Karte. Sie behaupten, das sei unsere Stärke. In dem speziellen Fall war es das Gegenteil. Auf diese Weise haben wir noch ein paar Monate so weitergemacht, nebeneinander, aber nicht mehr miteinander.

Jeden Abend, wenn ich von der Arbeit nach Hause kam, hatte ich einen Kloß im Hals und Tränen in den Augen. Als ich zufällig auf eine SMS von Tanya stieß, haute es mich buchstäblich um. Ich war so was von angewidert, fühlte mich verraten und verletzt. Keine hundert Zeichen. Drei Sekunden, um es zu lesen, ein ganzes Leben, um sich davon zu erholen. Es war nicht nur der Beweis für Hugues' Untreue, es war ein Schlag ins Gesicht. Ich konnte es nicht über mich bringen, darüber mit Emilie und noch weniger mit meiner Mutter oder meiner Schwester zu reden. Diese wenigen Worte trafen mich wie eine Kugel mitten in die Brust. Sie drang ein, trat aber nicht wieder aus. Vielmehr wanderte sie bei jeder Bewegung, die ich machte, ein Stück näher zu meinem Herzen hin. Und letzten Montag erreichte sie schließlich ihr Ziel.

Als ich nach der Arbeit in die Wohnung kam, war ich entschlossen, das Geschwür aufzuschneiden und das Problem mit Hugues aus der Welt zu schaffen. Ich hatte keine Kraft mehr, den Schein aufrechtzuerhalten. Ich sagte ihm, ich wüsste Bescheid, ich erklärte ihm, wie sehr ich litt, dass ich bereit war zu vergeben, aber dass ich von ihm erwartete, absolut ehrlich zu sein, damit wir einen Neuanfang machen konnten. Ich habe etwas gefaselt von wegen: »Die Liebe ist nur für den Preis der Wahrheit zu haben.« Ein hübscher Spruch! Doch was dann kam, war eine Shakespeare-Tragödie, bloß spielte sie in einer Dreizimmerwohnung *ohne* Balkon. Dass ich ihn quasi überführt hatte, schien ihn nicht weiter aus dem Konzept zu bringen. Er ließ sich ohne ein Wort aufs Sofa fallen, legte den Kopf nach hinten und seufzte. Ich stand in der Küche in der Ecke, zitterte am ganzen Körper und hing an seinen Lippen. Er ließ sich Zeit mit der Antwort: »Hör zu, Marie. Es ist gut, dass du das Thema anschneidest. Ich glaube, wir sind am Ende unseres gemeinsamen Wegs angekommen. Ich will nicht mehr so weitermachen. Das Leben, das ich gerade führe, gefällt mir nicht. Du und ich, das passt nicht mehr. Es ist besser, wenn wir einen Schlussstrich ziehen. Aber lass es uns positiv sehen: Ein Weltuntergang ist das auch wieder nicht. *C'est la vie!* Lass uns versuchen, wie Erwachsene damit umzugehen.«

Es war schlimmer als ein Fausthieb ins Gesicht. Und bevor ich etwas darauf sagen konnte, fügte er hinzu: »Ich will dich nicht unter Druck setzen, aber ich fände es prima, wenn du hier in ein paar Tagen ausziehen würdest. Da du schon Tanya angesprochen hast – es ist mir ernst mit ihr. Und schließlich ist es meine Wohnung.«

»Das Leben, das er gerade führt, gefällt ihm nicht«, und das, obwohl er immer alles allein entschieden hat, ohne mich jemals nach meiner Meinung zu fragen und mich jahrelang von den Menschen, die ich liebte, ferngehalten hat. Die Abfahrt des Zugs steht unmittelbar bevor, er wird aber ohne mich losfahren. »Die Begleitpersonen der Reisenden werden gebeten, den Zug zu verlassen. Achtung, die Türen schließen.« Ich habe keine Fahrkarte mehr.

Wisst ihr, wie ich mich in dem Moment gefühlt habe? Ich hoffe für euch, ihr wisst es nicht. Ein gebrochenes Herz wünsche ich keinem. Es wird ja oft mit einem Beben oder mit einer Naturkatastrophe verglichen, aber das hier, das war der Urknall. Jedes Molekül meines Seins wurde pulverisiert und in alle Winkel des Universums verstreut. Mein Herz ist ein schwarzes Loch, und die anderen Körperteile machen sich gut als Planeten.

Von da an sprach Hugues mit mir nur noch wie mit einem Flüchtling in einem fremden Land, der die Sprache des Gastlandes nicht versteht, alles versetzt mit ebenso freundlichem wie geheucheltem Lächeln. Er gab Sätze von sich, die nach großen Prinzipien klangen und sein schlechtes Gewissen betäubten. »Es hat einfach nicht sein sollen«, »Wir haben viel Schönes miteinander erlebt, lass uns ein neues Kapitel aufschlagen, ohne die Seiten auszureißen«, »In ein paar Jahren werden wir zusammen darüber lachen können« … Wem will er damit etwas vormachen? Und wie kann er es wagen, den Spruch »Lass uns wie Erwachsene damit umgehen« anzubringen? Er, der nur dem Aussehen nach erwachsen ist! Mistkerl … All die Jahre nur leere Versprechungen. Dabei hat er echt Glück gehabt: Wäre ich nicht so niedergeschlagen gewesen, hätte ich ihn auf der Stelle umgebracht. Aber es scheint mir wieder besser zu gehen, denn ich fange an, an dem Gedanken Gefallen zu finden.

Jedes Mal, wenn er etwas zu mir sagte, jedes Mal, wenn ich ihn sah, erlebte ich einen weiteren Angriff auf mein bereits besiegtes und in den Boden gestampftes Selbstwertgefühl. Seine Worte waren wie Geschosse, seine Blicke wie zwischen Blumen versteckte Flammenwerfer, und seine Gesten wie heimtückische Landminen, die mich jederzeit unerwartet niederstrecken konnten. Ich bin am Ende. Eine Ruinenlandschaft, zu oft bombardiert. Es liegt kein Stein mehr auf dem anderen, es gibt kein Mauseloch mehr, in das meine zerfetzte Seele fliehen könnte. Nach und nach haben sich zwei Gefühle meiner bemächtigt, die sich wie Geier um meinen Kadaver streiten: Schmerz und Wut.

Unsere »Aussprache« hat vor drei Tagen stattgefunden. Seitdem fühle ich mich wie ein Atomkraftwerk, das außer Kontrolle gerät. Die Lämpchen an der Tafel blinken in panischem Rot, der Druck steigt, der Zeiger zittert im schraffierten Bereich der Skala, die Ingenieure rennen durcheinander, jedoch vergeblich: Die Temperatur des Reaktors kann nicht gesenkt werden. Die ganze Gegend muss evakuiert werden, denn es wird gewaltig knallen.

Es bleiben mir noch vier Tage, um meine Kartons zu packen und das zu verlassen, was einmal unser Zuhause war. Unterm Strich habe ich nicht viel einzupacken. Doch! Da ist das Sofa. Wenn ich daran denke, dass dieser Scheißkerl sich auf MEINEM Sofa gemütlich niedergelassen hat, um mir das Ende unserer Beziehung zu verkünden. Typisch! Ich habe das Stück von meinem ersten Gehalt bezahlt, aber er war es, der es ausgesucht hat.

Ein Problem ist, dass ich im Moment nicht weiß, wohin ich gehen soll. Ich kann nicht zu meiner Mutter zurück. Sie würde mir alle paar Minuten mit ihrem Gerede in den Ohren liegen, von wegen sie habe es kommen sehen und dass Hugues schon immer ein unsympathischer Knilch gewesen sei. Das brauche ich nicht. Wenn ich mir ihre eigene Liebesgeschichte mit meinem Erzeuger ansehe, dann weiß ich ohnehin nicht, welche guten Ratschläge sie mir geben könnte. Und meine Schwester hat mit ihrer eigenen kleinen Familie genug zu tun; ich kann mir nicht vorstellen, ihr mit meinen fünfzig Kleenex-Schachteln fürs Ausheulen auf den Pelz zu rücken. Nur noch vier Tage, und dann heißt es: Hotel und Möbellager. Dieses Monster! Emilie hat mir zwar schon angeboten, bei ihr zu schlafen, aber das ist auch keine Dauerlösung. Ich will nicht von Wohnung zu Wohnung irren wie eine Schiffbrüchige, allein, Zeugin des Glücks und der Hoffnungen anderer, ohne das eine oder das andere zu besitzen.

Das Licht der Straßenlaternen auf der anderen Seite des Kanals spiegelt sich in seinen glatten Fluten wider. Es gab Zeiten, wo ich dieses Bild als schön empfunden hätte. Heute Abend kann ich nichts damit anfangen. Ich bin leer. Ich bin immer ein nettes, braves Mädchen gewesen, habe immer gewartet, bis ich an der Reihe war. Von klein an wurde mir eingetrichtert, niemals Wellen zu schlagen, erst an seinen Nächsten zu denken und dann an sich selbst. Und mit welchem Ergebnis? Ich habe den Kürzeren gezogen, mich von Hugues reinlegen lassen. Ich habe unwiederbringliche Jahre meines Lebens mit ihm vergeudet. Und hier stehe ich, an diesem Abend, von einem Gefühl der Einsamkeit überwältigt, das ich nur in schwedischen Filmen für möglich gehalten hätte.

Ich hebe den Blick zu den Sternen. Das könnte als eine verträumte Pose verstanden werden, aber die Wahrheit ist, dass ich den Kopf vor allem deshalb nach hinten lege, um die Tränen zurückzuhalten. Wenn ich mich vorbeuge, ein kleines bisschen nur, werden sie wie ein Wasserfall hervorschießen. Also sehe ich mir die Sterne an, die mir im Übrigen piepegal sind.

Und da erhalte ich die zweite Botschaft, die mir das Leben sendet: Man sollte die Sterne nicht gering achten. Als ich den Blick zum nächtlichen Himmel erhob, haben sich, ich weiß nicht wie, plötzlich meine Füße verknotet, und ich verlor das

Gleichgewicht. Wie gesagt, ich stand auf der Uferkante, am Rande des Abgrunds – und da ist er, der Absturz, der ultimative Fehltritt. Mein Freiflug endet mit einem großen Platsch, begleitet von einem lächerlichen Schrei: mein ganzes absurdes Leben, in zwei Geräuschen zusammengefasst. Dumm wie Brot fliege ich in den Kanal.

Es ist Ende Januar, und ich konnte wohl kaum damit rechnen, angenehme Badetemperaturen vorzufinden, was sich leider auch bewahrheitet: Das Wasser ist eiskalt. Zwei Grad weniger, und auf der Oberfläche hätte sich eine Eisschicht gebildet, und ich hätte mir obendrein noch die Zähne ausgeschlagen. Ich schnappe nach Luft und verschlucke mich. Schmeckt ein bisschen wie die Suppe von Großmutter Valentine. Normalerweise kann ich ganz gut schwimmen, aber mit dem Mantel komme ich mir vor wie ein afghanischer Windhund in der Springflut. In meiner Panik lasse ich meine Handtasche los. Wie idiotisch! Plötzlich höre ich ein weiteres Platschen. Wie schrecklich! Ohne es zu wollen, hab ich eine beispiellose Welle kollektiver Selbstmorde in Gang gesetzt. Noch eine verratene Frau? Eine schlechte Welt ist das! Wenn das so weitergeht, wird der Kanal bald voll von verzweifelten Frauen sein, denen das Leben übel mitgespielt hat. Aber nein, wie dumm von mir! Es ist bestimmt der junge Mann, der, in der Absicht, seine Freundin zu beeindrucken, ins Wasser gesprungen ist, um mich zu retten. Wie wunderbar! Wir sind doch eine nette Spezies, alles in allem! Diese menschenfreundliche Tat rührt mich, sie hat was Erhabenes. Inzwischen hat sich mein Mantel komplett mit Wasser vollgesogen und wiegt an die zwei Tonnen. Es fällt mir schwer, meine Arme zu bewegen. Ich drehe mich im Wasser, um meinen Retter willkommen zu heißen. Aber was ist das? Ich verstehe nicht: Er steht am Ufer neben seiner Freundin. Ich glaube, die beiden lachen. Verdorbenes Pack!

Was war es dann für ein Platschen? Ein Kerl, der im Schutz der Dunkelheit seine alte Waschmaschine entsorgt? Mafiosi, die eine Leiche im Kanal versenken? Ein Meteorit?

Plötzlich, zwischen zwei chaotischen Schwimmstößen, sehe ich einen zweiten Schwimmer. Aber wieso steigt er schon wieder aus dem Wasser, obwohl er mich noch gar nicht gerettet hat? Und was hält er da in seinen Händen? Ich glaube es nicht! Es ist der Penner, der mit meiner Handtasche abhaut! Eine ungeahnte Kraft steigt aus den Abgründen meiner verdammten Seele auf. Ich mutiere augenblicklich zur Furie. Ich verschlucke mich, spucke das Wasser sogleich wieder aus, aber ich schwimme jetzt wie eine Olympionikin. Meine Wut treibt mich vorwärts. Ich habe die Nase gestrichen voll von den Männern! In welchem Zustand man sich auch immer befindet, sie bringen es fertig, daraus ohne jeden Skrupel Profit zu schlagen. Sieht man gut aus, wird man angebaggert. Ist man halb abgesoffen, wird man ausgeplündert! Nur keine falsche Scheu: Vom Schwein ist alles fein!

Der Obdachlose ist inzwischen aus dem Kanal geklettert. Ich bin dicht hinter ihm, ziehe mich an den Steinen hoch und robbe auf dem Bauch hinaus. Ich habe einen Schuh verloren. Der Mann versucht zu fliehen, aber ich lasse keinen Abstand aufkommen. Trotz Humpelns erwische ich ihn. Ich packe ihn an seiner Jacke, stoße einen tierischen Schrei aus und werfe ihn mit einer Wucht zu Boden, die ich bei mir nicht für möglich gehalten hätte.

»Geben Sie mir sofort meine Tasche wieder! Schämen Sie sich eigentlich nicht?«

»Aber Sie wollten doch sterben! Wozu brauchen Sie da noch eine Handtasche?«

Ich bin geplättet. »Wie kommen Sie drauf, dass ich sterben wollte?«

»Wenn man so ein Gesicht zieht und sich in den Kanal schmeißt, bedeutet das meistens nicht, dass man Erdbeeren pflücken will!«

»Ich war deprimiert und bin ausgerutscht, das ist alles.«

»Das kannst du deiner Oma erzählen, Schätzchen.«

Ich glaube, er hat die Mordlust in meinen Augen blitzen sehen, denn er hebt seine Hände schützend vor sein Gesicht. Aber das reicht bei Weitem nicht. Wie heißt es so schön? Man solle niemanden schlagen, der am Boden liegt. Heute Abend kommt man bei mir mit solchen Sprüchen jedoch nicht weit. Ich beuge mich über ihn und hau ihm eine, dann ein zweites Mal und noch einmal. Das ist nicht gut, tut aber gut.

Meine Tasche hat er schon lange losgelassen. Aber wenn er glaubt, dass er so leicht davonkommt … Ich schreie ihn aus voller Lunge an: »Ich hab die Schnauze voll von euch Typen! Gestrichen voll! Ich hab genug von eurer Hinterhältigkeit! Ihr werdet es mir büßen!«

Das Jüngelchen und sein Liebchen fliehen Hals über Kopf. Das verrückte Weib am Rande des Wahnsinns prügelt sich mit einem Penner. Bestimmt ein Streit unter Suffköpfen, denken sie sich … Das ist nicht fair: Ich hab doch gar nichts getrunken. Das Echo meiner Stimme schallt noch im ganzen Viertel. Hier bin ich, nass bis auf die Knochen, schwankend, erschöpft, und fasse einen Entschluss, den ich, ich schwöre es, nie mehr zurücknehmen werde: Ich werde den Männern nichts mehr durchgehen lassen. Ich stelle den Zähler auf null. Ich reiße das Steuer herum. Hugues, dieser Mistkerl, wird für seine Schandtaten bezahlen. Jeder Spieler hat tausend Ohrfeigen frei. Ich werde mich für alles rächen. Da nicht zu erwarten steht, dass das Glück von einem imaginären Himmel auf mich herniederregnet, werde ich das bisschen, das mir zusteht, in den Tiefen der Hölle suchen.

Die nette Marie ist tot, ertrunken in diesem Kanal. Eine böse Marie ist daraus emporgestiegen. Ihre Frisur ist im Eimer, und sie hat nur noch einen Schuh, aber wen kümmert das schon. Ich werde mich revanchieren. Rache ist süß – zuckersüß sogar. Die Wut erstickt mich, der Hass verzehrt mich.

2

»Hallo, Marie! Was ist denn mit dir los? Du siehst ja furchtbar aus!«

Ja, hier stehe ich, die Pech-Marie, der das gestrige Abenteuer noch ins Gesicht geschrieben steht. Petula ist das erste menschliche Wesen, das mich nach meinem Tauchgang im Kanal anspricht. Ich bin mir nicht sicher, ob ich mich darüber freuen soll. Petula ist Empfangsdame bei der Firma, bei der ich arbeite. Mit vollendeter Anmut erhebt sie sich von ihrem Stuhl, der ein Quietschen von sich gibt, und lehnt sich über die Empfangstheke, um festzustellen, ob ich unten genauso jämmerlich aussehe wie oben. Dabei habe ich alles versucht, um mich einigermaßen herzurichten, ehrlich. Ohne jede Scheu, mit der Treuherzigkeit jener, die in ihrer eigenen Welt leben, beäugt sie mich von Kopf bis Fuß und setzt sich wortlos wieder hin, mit verzogenem Mund, der Bände spricht. Als Nächstes macht ihr Stuhl einen Schwenk, und sie vertieft sich in ihren Computerbildschirm, als hätte ich mich in Luft aufgelöst. Sie sitzt da und liest seelenruhig ihre Mails. Sie hat mich einfach vergessen, abgehakt. Petula hat die Aufmerksamkeitsspanne eines Goldfischs.

Ich mache einen Schritt auf den Empfangstresen zu, in der Hoffnung, dass sie kapiert, dass es einen Grund geben müsse, weshalb ich immer noch da bin, aber keine Chance. Ihre Finger klappern auf der Tastatur, während sie ihre Mails beantwortet. Ich weiß, sie macht diesen Job nur so lange, bis sie was Besseres findet, aber trotzdem ... Petulas wahre Leidenschaft ist der Tanz. Sie tanzt ununterbrochen, Tag und Nacht, und träumt davon, ein Star zu werden. Vor zwei Monaten übte sie in der Empfangshalle eine Choreographie aus *Schwanensee* und gerade, als sie eine Pirouette drehte, klingelte das Telefon, und sie stieß vor Schreck mit dem Handgelenk gegen den Garderobenständer. Sie wird garantiert verlangen, dass der Eingangsbereich vergrößert und mit Parkett ausgelegt wird und außerdem Wandspiegel und Ballettstangen angebracht werden. ... Wie komme ich plötzlich auf so einen Blödsinn?, frage ich mich. Als ob ich nicht andere Sorgen hätte.

»Petula, entschuldige bitte ...«

Sie schreckt auf. Unter ihrem Pferdeschwanz scheinen Sprungfedern zu sein.

»Hallo, Marie!«

Sie sieht zu mir hoch und erstarrt plötzlich. »Also, das ist sonderbar. Du siehst haargenau so aus wie gestern. Es ist verrückt, aber man könnte meinen, du hast dich vierundzwanzig Stunden lang nicht von der Stelle bewegt!«

Ich bin geplättet. Das ist schon das zweite Mal in zwölf Stunden. Ich ende noch als Flunder. Trotzdem mache ich mir ein bisschen Sorgen um unsere Petula. Das kommt bestimmt von ihren vielen Pirouetten. Die Zentrifugalkraft wird wahrscheinlich sämtliche Neuronen gegen ihren Schädel gepresst haben, bis unter die Haarwurzeln. Ich beschließe zu tun, als wäre nichts gewesen, und komme direkt zur Sache: »Hallo, Petula. Ich habe mein Namensschild verloren. Kannst du mir mal so ein Ersatzding geben?«

»Ich muss nur einen Begründungsbogen ausfüllen. Weißt du noch, wo du es verloren hast?«

»Schreib einfach, es liegt auf dem Grund des Kanals, oder, der

Obdachlose hat's behalten, oder, der Hund, der hinter mir her war, hat's gefressen.«

Sie kichert. Sie glaubt, ich mache Witze. Wenn es nur so wäre ... Sie zwinkert mir zu. »Mach dir keinen Kopf. Ich schreibe, du hast es auf dem Weg zur Arbeit verloren. Kein Problem. Das schreibe ich jedes Mal, außer für Pierre, als sein Haus abgebrannt ist. Da hab ich geschrieben, es sei geschmolzen.«

Sie zieht eine Schublade auf und holt daraus ein neues Schild hervor. »Da muss noch dein Foto rein.«

»So wie ich gerade aussehe, mache ich besser eine Zeichnung.«

Ich bin im Begriff zu gehen. Wäre ich in Form, hätte ich versucht, auf meinen Fußspitzen trippelnd und mit über meinem Kopf gerundeten Armen die Halle zu verlassen. Da springt Petula auf. »Ach! Marie? Ich hab's fast vergessen! Supermega wichtig: Monsieur Deblais erwartet dich in seinem Büro!«

Auf die eine Katastrophe mehr oder weniger kommt es auch nicht mehr an. Der Chef erwartet mich gerade an dem Tag, an dem ich zum allerersten Mal eine halbe Stunde zu spät komme. Mal wieder typisch. So war es schon in der Schulzeit: Wochenlang brav wie ein Engelchen und keiner sieht es, aber an dem Tag, an dem ich die Grimasse des Jahrhunderts schneide oder einen Spruch raushaue, den ich besser für mich behalten hätte, öffnen sich wie durch ein Wunder die Vorhänge, die Scheinwerfer und die Mikrofone gehen an, und ich finde mich live vor zehn Millionen Zuschauern wieder! Das Glück hat mich vielleicht im Stich gelassen, doch das Pech ist mir, Gott sei Dank, treu. Der heutige Morgen ist der Beweis. Es fehlte nur noch der schurkische Deblais, um dem Tag einen richtig miesen Start zu geben.

Ein Lieferant materialisiert sich im Empfangsbereich. Nach

einem teilnahmslosen Gruß beginnt er sofort, die Kartons im Eingangsbereich aufzuschichten. Petula regt sich auf: »Was soll das? Die können da nicht bleiben. Wenn mal einer ein bisschen Stretching machen will, könnte er sich verletzen!«

3

Ich hoffe, Deblais will mir nicht mit Nichtigkeiten auf den Nerv gehen, weil, in dem Zustand, in dem ich gerade bin, könnte ich seine kleinen krummen Manöver eventuell schlecht vertragen.

Ich kann es kaum glauben, aber ich bin schon seit zehn Jahren bei dieser Firma. Vieles hat sich inzwischen verändert. Ich gehe durch den Flur zwischen den Büros. Die Türen sind geschlossen, doch durch die verglasten Wände sieht man alles, was sich dort abspielt. Ich grüße die Kollegen, das heißt die, die mich bemerken. Dann bleibe ich vor Emilies Zimmer stehen. Sie telefoniert gerade, aber ich mache trotzdem die Tür auf und stecke meinen Kopf hinein. Sie lächelt mir breit zu, während sie sich weiter auf Englisch mit ihrem Gesprächspartner unterhält. Sie zeigt auf den Hörer und verdreht die Augen, ohne dass es ihrem freundlichen Ton anzumerken wäre. Ich zeige in den hinteren Bereich des Büroflurs und artikuliere lautlos: »Deblais will mich sprechen.«

Dann lege ich meine Hände um meinen Hals und stelle pantomimisch Erwürgtwerden dar. Sie lacht lautlos und gibt mir zu verstehen, dass wir uns später sehen werden.

Emilie ist für mich wie eine Schwester. Ein Glücksfall. Nie zuvor habe ich mich so gut mit jemandem verstanden, mit keiner anderen Freundin. Es kommt mir vor, als würden wir uns aus dem Kindergarten kennen. Ich glaube, wenn sie kündigen würde, hätte ich nicht mehr den Mumm, hier weiter zu arbeiten, vor allem in der jetzigen Zeit. Wir haben fast zeitgleich bei Dormex angefangen. Damals arbeiteten hier noch mehr als dreihundert Leute. Die von uns verkauften Luxusmatratzen wurden in der Fabrik direkt hinter dem Verwaltungsgebäude gefertigt. Es war viel los, die Büros waren vielleicht altmodisch, aber keine Tür war verschlossen. Es ging zu wie in einem Bienenstock, man fühlte sich einer riesengroßen Familie zugehörig, draußen fuhren in einem fort die LKWs vor, in der Fabrik ratterten die Maschinen, und in den Büros klingelten die Telefone. Die besten Hotels der Welt sowie anspruchsvolle Privatkunden bestellten unsere superbequemen, in Handarbeit gefüllten und genähten Matratzen. Sogar die Königin von England schlief auf einem unserer Produkte! Wir waren eines der Flaggschiffe der französischen Industrie. Wir hatten Modelle mit Federkern, aus Kaltschaum, mit aufgeschäumtem Latex und, für die verwöhnten Kunden, mit Mohair- oder Alpakabezug. Sie alle wurden hier entworfen, entwickelt, produziert und in die ganze Welt verschickt. Damals war unser Motto: »Vertrauen Sie uns Ihre Nächte an – und Sie werden Ihre Tage genießen!«

Als ich hier anfing, sah ich mir mit Emilie oft die Adressaufkleber der versandfertigen Lieferungen an – und die Fantasie ging auf Reisen: nach New York, Hong Kong, Südafrika, in die Arabischen Emirate, die Paläste des Orients und sogar auf kleine Pazifikinseln … Einige Jahre später verkauften die alt gewordenen Eigentümer den Betrieb, der daraufhin in eine AG umgewandelt wurde. Der neue Aufsichtsrat beschloss prompt, die Rentabilität zu steigern – sprich, die Produktion ins Ausland zu verlagern. Die Näherinnen in Asien sind billiger als in Frankreich, die Rohstoffe dort auch. Heute haben wir eine um die Hälfte reduzierte Produktpalette, und nur noch sechsundzwanzig Angestellte sind übrig geblieben. Die Büros wurden renoviert, alles ist heller, es gibt mehr Blinkblink, überall Glas und damit weniger Privatsphäre, wahrscheinlich, weil das Vertrauen in die Mitarbeiter fehlt. Trotz der schönen Reden sind wir kein Team mehr, sondern nur Firmenangestellte. Die »Alten«, die noch einen anderen Umgang kennengelernt haben, tun sich schwer damit. Der ganze Firmenstolz ist flöten gegangen. Unser Motto heute könnte sein: »Vertrauen Sie uns Ihr Leben an – und Sie werden schneller wieder auf der Straße stehen, als Sie denken.«

Als ich bei der Firma anfing, wurde ich der Personalabteilung zugeteilt. In jener Zeit, die so weit weg scheint, als wäre es zweihundert Jahre her, bedeutete das, die Kollegen zu unterstützen, ihnen bei Schwangerschaft, Ruhestand, Scheidung, Krankheit, Weiterbildungsfragen mit Rat und Tat zur Seite zu stehen … wir waren für sie da. Ich wusste alles über die Leute hier, ich wusste von ihren kleinen Sorgen, von ihren Freuden. Man war offen füreinander. Ich verwaltete das Humankapital, ich war das Bindeglied zwischen der Geschäftsführung und der Belegschaft. Monsieur Memnec, der alte Chef, meinte immer, ich sei eine Krankenschwester ohne Verbandsmaterial, ein Erste-Hilfe-Kasten für die Seele. Diese Definition gefiel mir. Heute, bei den maßlosen Budget- und Stellenstreichungen, bin ich zum ferngesteuerten langen Arm der Chefetage geworden. Ich werde damit beauftragt, Sozialpläne zu verkünden und die Abgänge abzuwickeln, die nur selten freiwillig geschehen. Es ist grauenhaft. Die Fertigungshalle wurde geschlossen und komplett umgebaut; jetzt sind dort Läden und Büros untergebracht, die an andere kleine Firmen untervermietet werden. Es gibt dort ein Internetcafé, eine Relooking-Agentur, ein Sozialkaufhaus – und ich weiß nicht, was sonst noch alles. Wieso werden *die* nicht ausgelagert? Und wenn wir schon dabei sind, am besten auf den Pluto.

Ich springe kurz in mein Büro, um meine Sachen abzulegen. Es ist das letzte vor dem »offenen Bereich«. Ich weiß nicht, wie lange ich es noch behalten werde. Nur noch acht von uns haben Anspruch auf ein eigenes Zimmer, die anderen sind allesamt im Großraumbüro. Am Anfang fanden wir es gut, weil es so nach Gemeinschaft aussah, wie in den amerikanischen Filmen, wo in großen Redaktionsräumen die Wahrheit letztendlich immer ans Licht kommt. Nach nur zwei Wochen haben jedoch alle die tiefe Kluft zwischen Fiktion und Realität erkannt. Man hockt aufeinander, es gibt keine ruhige Minute mehr. Es ist sogar verboten, von einem Büroabteil zum anderen zu sprechen. Wenn die Angestellten kommunizieren wollen, müssen sie sich Mails schicken. Ein Wunderwerk an Technik und Intelligenz ganz im Dienst der Produktivität! Zweitausend Jahre Menschheitsgeschichte, und am Ende redet man nicht mehr von Angesicht zu Angesicht, was der Geschäftsführung nebenbei einen Blick auf jeden Gedankenaustausch erlaubt. Wieder eine Idee von Deblais und seinem niederträchtigen Handlanger Notelho. Und mich hat man aufgefordert, dieses im Namen des sozialen Fortschritts zu verkünden. Am anderen Ende des Großraumbüros sitzt Deblais in seinem Aquarium und hat den totalen Überblick und die Kontrolle. Neben ihm ist der Ausguck von Notelho, seinem treuen Stellvertreter. Deblais und Notelho bilden das Duo infernale. Anfangs fanden wir den Vizechef noch sympathisch, wahrscheinlich wegen seines leichten brasilianischen Akzents. Sehr schnell haben wir jedoch gemerkt, dass nicht alle Brasilianer nett und charmant sind. Aber vielleicht haben wir auch nur das einzige faule Ei dieses schönen Landes erwischt. Er und Deblais sind exakt auf der gleichen Wellenlänge. Man könnte meinen, sie lieben es, einander mit einer möglichst inhumanen Idee zu überraschen. Auf Notelhos Konto geht die Idee zurück, den Raumtrenner, der vor der Kaffeemaschine stand, zu entfernen. Auf diese Weise kann man sehen, sogar in den Pausen, wer mit wem spricht und wer noch genug Energie zum Lachen hat.

Ich durchquere das Großraumbüro und grüße diskret auf dem Weg die Mitarbeiter, zu denen ich ein etwas engeres Verhältnis habe: Valerie, Florence, Malika und einige andere. Sie wagen es kaum, meinen Gruß zu erwidern. Die Stimmung hier lässt einen an einen Arbeitsraum der Gefangenen von Alcatraz denken. Der Einzige, der eine Ausnahme von der Regel darstellt, ist Florent, der Praktikant vom Marketing. Ich war es, die ihn eingestellt hat. Alle Mädels stehen auf ihn, weil er so hübsch lächelt und gerade mal zwanzig ist. Sein Sixpack, das er bei jeder Gelegenheit zur Schau stellt, ist auch nicht zu verachten; vor allem Lionel, dem Assistenten aus der Designabteilung, scheint dies nicht entgangen zu sein. Und da ist er, mein Praktikant, der mich strahlend anlächelt, mit der Dankbarkeit des Neuen, dem man eine Chance gegeben hat. Er bringt wirklich frischen Wind herein. Wie ein junger Hund rennt er jedem Ball hinterher. Er ist erst seit einer Woche da und hat sich noch nicht verbiegen lassen.

Ich stehe jetzt vor Deblais' Büro, aber er hat mich noch nicht gesehen. Sein gemeiner Kumpan hat mich jedoch schon entdeckt und mir einen seiner schiefen Blicke zugeworfen. Er hätte sich sicher prächtig mit Hugues, diesem falschen Fünfziger, verstanden. Ich kann es mir lebhaft vorstellen, wie sie zusammen auf meinem Sofa ein Gläschen trinken und über Gott und die Welt lästern.

Als ich an die Tür zu Deblais' Büro klopfe, sehe ich, wie er, offenbar überrascht, eine blaue Akte in aller Eile wegräumt. Zu dumm, mein Guter, dass die Glasscheiben in beide Richtungen durchsichtig sind! Ja, auch wir können sehen, was du da fabrizierst! Ich verabscheue ihn. Er ist ein überheblicher Heimlichtuer, imstande, von einem Augenblick auf den anderen das Gegenteil des eben Gesagten zu behaupten, wenn es ihm in den Kram passt. Sein größtes Talent im Beruf besteht darin, dass er seinen Job von anderen erledigen lässt und am Ende die Lorbeeren erntet, wenn es gut gelaufen ist. Um das Bild zu vervollständigen, muss man wissen, dass seine Frau und seine zwei Kinder ihn nicht daran hindern, die jungen Frauen in der Abteilung anzubaggern. Dieser Kerl hat vermutlich eine erschöpfende Analyse von den Eigenschaften erstellt, die einen schlechten Chef ausmachen, und bemüht sich nun, eine Karikatur davon zu werden. Er widert mich an. Das war schon so, bevor ich der Männerwelt den Krieg erklärt habe.

»Herein!«

Kaum bin ich in seinem Goldfischglas, reicht er mir, ohne mich eines Blickes zu würdigen, eine Akte – nicht die blaue – und brabbelt: »Seien Sie ein liebes Mädchen, und kopieren Sie mir das.«

Um mir zu verdeutlichen, dass er meine Verspätung sehr wohl registriert hat, sieht er übertrieben auf seine Armbanduhr und fügt hinzu: »Und dann seien Sie so nett, zu den Jungs aus der Qualitätssicherung zu gehen, um sie an die Versammlung morgen früh zu erinnern. Die gehen ja noch nicht einmal ans Telefon. Das geht mir auf die Nerven. Aber diesmal müssen sie da sein. Ich habe der ganzen Belegschaft etwas Wichtiges mitzuteilen, und alle haben zu erscheinen, ausnahmslos.«

Er reicht mir eine Kopie der offiziellen Einladung, die schon am Firmeneingang ausgehängt ist. »Seien Sie deutlich und bestimmt. Sollten die Männer wieder durch Abwesenheit glänzen, werde ich Sie persönlich dafür verantwortlich machen.«

Ich beiße mir auf die Lippen, damit mir nicht rausrutscht,

dass er die Nachricht gefälligst selbst hintragen kann. Ich versuche einen Blick auf die blaue Akte zu werfen. Einige Blätter gucken hervor, aber nicht weit genug. Ich kann nicht feststellen, worum es geht. Deblais folgt meinem Blick und legt seinen Unterarm auf das mysteriöse Schriftstück. »Und jetzt, husch, machen Sie mir diese Kopien und dann ab zu den Verrückten. Sie haben auch so schon genug Zeit verschwendet.«

Eines Tages werde ich ihn mir vorknöpfen und genüsslich Stück für Stück auseinandernehmen.

4

In die Qualitätssicherung zu gehen kommt einer Zeitreise gleich. Ich gehe gerne zu ihnen hinüber, auch wenn es mir immer einen kleinen Stich versetzt, weil es die einzige Abteilung in der Firma ist, die nicht umgesiedelt wurde und immer noch unverändert geblieben ist. Seit der Gründung des Unternehmens ist sie in einem separaten Flügel untergebracht, der sich den Modernisierungsbestrebungen entziehen konnte. Es gibt einen eigenen Eingang und auf der anderen Seite, zur Straße hin, ein großes Tor für die ankommenden Lieferungen. Die Eisentür mit rostigen Nieten quietscht, drinnen tritt man auf rohen abgenutzten Betonboden, auf dem die Spurrillen unzähliger Karren zu sehen sind. Das kleine Brett, das über die Schwelle gelegt wurde, damit Waren auf Rollen durch die Tür gelangten, lehnt immer noch in der Ecke, wahrscheinlich seit Jahrzehnten. Die verputzten Wände haben den gleichen Gelbstich, den man früher in Turnhallen und im Eingangsbereich alter Gebäude sah. Es ist eine andere Welt, tröstlich, weil unverändert, die einem jedoch zugleich schmerzlich vor Augen führt, was vergangen ist.

Ich gehe hinein. Es ist schummrig, das schwache Licht der Glühbirnen schafft es nicht, das vorherrschende Halbdunkel zu vertreiben. Während sich meine Augen allmählich an die Lichtverhältnisse gewöhnen, habe ich das jedes Mal neue Gefühl, Ali Babas wundersame Räuberhöhle zu betreten: Regale, die bis zum Dach der Halle reichen, gefüllt mit Kisten und den Restbeständen der noch vor Ort gelagerten Matratzen, nummerierte Gänge in langen Reihen, Schilder mit Zeichen und Nummern. Ich sehe und höre keinen Menschen, auch wenn es zugegebenermaßen nur drei sind, die an diesem Ort arbeiten. Sie kümmern sich um die seltenen Versendungen, aber vor allem nehmen sie die Schaumstoffe und die Federn entgegen, die irgendwo in Asien hergestellt wurden, um zu prüfen, ob sie unseren Anforderungen genügen. Ein Stück weiter, in einem zwischen den Regalen hergerichteten Bereich, liegen auf gewaltigen Böcken drei Matratzen, die von hellen Scheinwerfern angestrahlt werden, als wären es Kunstwerke, die auf ihre Begutachtung warten. Metall- und Kartongerüche schweben in der Luft, mischen sich mit hintergründigeren Düften, Wolle vielleicht, ganz bestimmt Latexschaum. Die Gesamtmischung riecht fast so gut wie Kuchen.

»Ist da jemand?«, rufe ich hinein. »Ich bin's, Marie, von der Personalabteilung.«

Keine Antwort. Plötzlich, irgendwo in den Gängen, ertönt Kettengerassel, und eine Stimme sagt: »Ihr wart meine besten Freunde. Ich werde euch nie vergessen. Adieu, grausame Welt!«

Ich stürze mich in irgendwelche Gänge. Das musste irgendwann so kommen: Bei diesen elenden Sozialplänen war es nur logisch, dass früher oder später ein Kollege sich das Leben nehmen würde. Ich schreie: »Springen Sie nicht! Sie haben Ihren Job nicht verloren!«.

Ich renne wie eine Verrückte durch die Gänge und halte nach dem Unglücksraben Ausschau. Als ich nach oben sehe, entdecke ich ihn plötzlich dort, wo zwei Gänge sich kreuzen. Er ist ziemlich hoch, ganz oben auf einem Regal, die Arme weit geöffnet, vor sich die Leere. Der Mann heißt Kevin. Ich glaube, er hat zwei Kinder. Eine furchtbare Tragödie. Ich kann noch nicht einmal losrennen, um ihn irgendwie aufzufangen, weil mir ein Berg aus Kartons den Weg versperrt. Und bevor ich ihm auch nur ein Wort zurufen kann, lässt er sich fallen!

Wie furchtbar: Er ist gesprungen! Er ist noch nicht ganz hinter dem Kartonstapel verschwunden, als ich mir schon das erschütternde Bild am Fuße des Regals vorstelle. Ich schließe die Augen. Aber anstatt des ängstlich erwarteten Aufpralls höre ich ein seltsames halbersticktes Geräusch und sehe das Bürschchen aufspringen und wie ein Kind herzhaft lachen.

Ich hab keine Kinder, aber ich habe mir sagen lassen, dass Eltern, die sich um eines ihrer Sprösslinge sehr ängstigen mussten, oft nichts Besseres einfällt, als dem Kind eine zu kleben, um den Stress abzubauen. Gerade jetzt kann ich das sehr gut nachvollziehen. Ich laufe durch das Labyrinth der Regale, umrunde die Kartonbarrikade und sehe, dass Kevin auf eine Anhäufung von Federkernmatratzen gesprungen ist.

Vor dem Matratzenberg, auf einem Empfangsteppich aus reiner Schurwolle, steht Sandro und klatscht Beifall. An seiner Seite nickt Alexandre, der neue Leiter der Abteilung, der erst vor einigen Monaten angefangen hat, anerkennend mit dem Kopf.

»Ein Superflug! Eins minus!«, ruft Sandro.

Kevin verbeugt sich vor seinem Publikum und meint maulend: »Nur eine Eins minus? Das ist aber eine strenge Benotung. Wieso keine glatte Eins?«

»Du hast dich zu früh zusammengerollt. Und an deiner Flughaltung musst du auch noch arbeiten.«

Ich traue meinen Ohren nicht. »Was soll das? Ich dachte, da bringt sich einer um!«, platze ich heraus.

Alexandre dreht sich zu mir um: »Marie! Welch eine Überraschung! Haben Sie sich verlaufen, oder kommen Sie, um uns mitzuteilen, dass man uns durch Roboter ersetzen wird?«

»Ganz und gar nicht. Ich bin gekommen, um Sie daran zu erinnern, dass Sie morgen früh unbedingt bei der Personalversammlung anwesend sein müssen.«

Ich reiche ihm den Zettel und weiche seinem Blick aus, weil er mich irgendwie verlegen macht. Er liest den Wisch, reicht ihn an seine Kollegen weiter und sagt spöttisch: »Unsere lieben Chefs werden uns sicher Gehaltserhöhungen verkünden und uns darüber aufklären, dass die Firma endlich unabhängig von den Interessen der Investmentfonds geführt wird!«

Ich versuche das Gespräch in andere Bahnen zu lenken und sage: »Es ist völlig verrückt, von so weit oben runterzuspringen. Auch wenn da Matratzen liegen, ist es immer noch gefährlich.«

Kevin hebt eine Augenbraue. »Man erwartet von uns, die Qualität mit äußerster Sorgfalt zu prüfen. Dafür setzen wir uns persönlich und mit aller Kraft ein.«

Alexandre beobachtet mich. Dieser Blick haut einen um. Ich schaffe es nie, ihm standzuhalten. Gleich als er bei uns angefangen hat, ist er mir aufgefallen. Manchmal habe ich den Eindruck, ihm schon einmal begegnet zu sein, aber ich wüsste nicht wo, und ich denke auch nicht weiter darüber nach, weil ich öfter diese Art von Déja-vus habe. Sandro zum Beispiel sieht einem Schauspieler aus einer Fernsehserie, die ich immer als Kind sah, unheimlich ähnlich. Ich habe sehr lange gebraucht, um darauf zu kommen, um wen es sich handelte. Aber er kann es nicht sein, weil der Betreffende jetzt ein alter Mann sein müsste, während Sandro eher mein Jahrgang ist.

»Ich muss jetzt wieder an die Arbeit und überlasse Sie Ihren Experimenten. Und versuchen Sie, sich nicht umzubringen.«

»Selbst wenn wir uns hier den Hals brechen«, antwortet Alexandre, »würde es niemand bemerken, es sei denn, das Lager hier wird aufgelöst.«

»Sehen Sie trotzdem zu, dass Sie morgen erscheinen, sonst springt mir Deblais an die Gurgel.«

»Wir könnten Sie mit Matratzen abschirmen, dann kommt er nicht dran«, lacht Kevin.

Ich lächle gezwungen und verlasse das Gebäude, ungern eigentlich. Wenigstens diese drei sind ein eingeschworenes Team.

Kaum im Bürotrakt zurück, werde ich auch schon von Deblais angeblafft: »Und meine Akte, die Sie kopieren sollten? Haben Sie die vergessen?«

Kleiner Wadenbeißer. Ich stelle die Ohren auf Durchzug, höre nicht mal hin, was er mir zu sagen hat. Sicher eine Mischung aus Moralpredigt und Zurechtweisung, gewürzt mit der Androhung von Strafmaßnahmen. Wieder ein Kerl, der mir sagen möchte, dass ich nicht die richtige Wahl bin, dass unser gemeinsamer Weg hier endet – dass er mir hiermit den Laufpass gibt. Ich kann nicht mehr. Ich würde nur zu gerne angemessen reagieren können, aber ich habe keine Kraft mehr. Total entnervt renne ich zum Kopierraum und bete zum Himmel, nicht vor den Kollegen in Tränen auszubrechen. Wenn die Würde eines Menschen von einer offenen oder geschlossenen Tür abhängt, kann es nur bedeuten, dass es einem ziemlich dreckig geht.

5

Ich weiß nicht, wie lange ich schon in diesem Kopierraum bin, und wann ich mich auf den Boden gehockt habe, mit dem Rücken zum Kopiergerät. Der Ausdruck »tief gesunken« ist heute extra für mich neu erfunden worden. Ich spüre die Wärme der Maschine – so viel schon mal auf der Haben-Seite. Wenn sie mich nur in ihre Arme schließen könnte …

Es fällt mir schwer, zwei zusammenhängende Gedanken zu fassen. Im Wald der Neuronen, mit denen mein Gehirn angefüllt sein sollte, muss ich mich wohl gerade auf einer Lichtung befinden. Ich bin unfähig aufzustehen. Die Tür geht auf, und Emilie steht vor mir. Als sie mich auf dem Boden kauern sieht, macht sie schnell die Tür hinter sich zu.

»Was machst du denn hier? Du siehst aus wie ein angeschossenes Reh. Warum bist du nicht zu mir gekommen?«

»Deblais hat mich in die Qualitätssicherung geschickt. Als ich da war, ließ sich Kevin vom obersten Regal fallen, um die Sprungfedern der Matratzen zu testen, und ich dachte, er wollte sich das Leben nehmen. Als ich wieder zurück war, hat mich Deblais wegen seiner Akten angekläfft. Aber ich kann sie nicht kopieren, weil das Papier alle ist …«

Meine Augen füllen sich wieder mit Tränen. Emilie geht auf die Knie und umarmt mich. »Arme Kleine. Du bist ja mit den Nerven völlig runter. Versuch, ein paar Tage freizunehmen, um wieder auf die Beine zu kommen.«

»Und wohin soll ich gehen?«, schniefe ich. »Zu einem anderen Kerl vielleicht, der mich wieder hinauswirft? Und wo soll ich eine Krankschreibung herbekommen? Soll ich dem Arzt vielleicht sagen, dass ich mich mit einem Penner geprügelt habe oder dass ich überall Kollegen sehe, die sich umbringen wollen? Er wird mich einweisen lassen. Obwohl – dann hätte ich wenigstens ein Dach über dem Kopf.«

»Marie, es ist doch kein Wunder, dass du fix und fertig bist, bei allem, was du gerade durchmachst. Es ist brutal, aber da musst du jetzt durch. Tu dir inzwischen was Gutes. Und ich bin auch noch da.«

Sie hebt mein Kinn an und sieht mir in die Augen. Mit ihrem Daumen wischt sie mir eine Träne von der Wange, aber weitere sind schon unterwegs.

»Wo kommen die denn alle her? Aber, nur raus damit, gut so, lass dich mal so richtig gehen.«

»Ich heule im Moment so viel, dass ich nicht mal mehr Pipi machen muss.«

Und los geht's mir einer neuen Flutwelle. Sogar mich selbst nervt es, dass ich mich nicht mehr im Griff habe. Emilie fängt an, die auf dem Boden verteilten Akten einzusammeln. »Heul so viel du willst, inzwischen mache ich dir die Kopien.«

»Es ist kein Papier mehr da, Emilie. Kein Papier. Weißt du was? Ich glaube, die Menschheit ist in zwei Lager geteilt: Es gibt Leute, die Papier nachlegen, und andere, die es nicht tun. Es ist erschreckend. Jetzt erst verstehe ich, wie die Welt funktioniert: Auf der einen Seite gibt es Leute, die aus allem nur für sich Profit schlagen wollen, und auf der anderen Seite sind die, die auch ein bisschen an ihre Mitmenschen denken.«

»Es muss dir wirklich mies gehen, wenn du über leere Papierbehälter philosophierst.«

»Das steht für was anderes, Emilie, es ist ein Spiegelbild unserer Gesellschaft.«

»Ich an deiner Stelle würde es nicht wollen, wenn mich jemand in diesem Zustand zu Gesicht bekommt. Und behalte deine depressiven Theorien für Saufabende. Selbst wenn du nichts trinkst, würde man dich für genauso knülle halten wie den Rest der Saufgesellschaft.«

Die Tür geht auf. Es ist Patrice, der Assistent aus der Buchhaltung. Er macht ein komisches Gesicht, als er uns so sieht: ich, in Tränen aufgelöst und völlig fertig, als hätte mich ein LKW überrollt, und Emilie, auf allen vieren zwischen meinen Beinen, die Akten zusammenklaubend. Sie springt auf und stellt sich ihm in den Weg: »Das ist kein guter Moment, Patrice. Komm später wieder.«

Er will sich nicht hinausschieben lassen, aber sie gibt nicht nach. Er meckert sie an: »Ich habe hier Bilanzen, die ich kopieren muss! Für eure psychodramatischen Sitzungen gibt es die Damentoiletten!«

»Stell dir vor, der Unterschied kommt uns nur marginal vor, denn auch dort gibt es kein Papier. Also sei so nett und verschwinde!«

Sie schlägt ihm die Tür vor der Nase zu. Ich komme wieder zur Besinnung. »Weißt du was, Emilie? Ich glaube, Heulen allein wird diesmal nicht reichen, um meinen ganzen Frust auszuspülen. Ich bin am Ende, ich schaffe es nicht.«

»Ich hasse es, dich so reden zu hören. Mach bloß keine Dummheiten! Du würdest ihm damit zu sehr schmeicheln, er ist es nicht wert. Und heute Abend gehst du nicht zurück zu ihm, ich verbiete es dir. Tu dir nicht noch einen Abend mit diesem Rüpel an. Komm zu mir.«

»Mach dir keine Sorgen. Ich werde mich nicht erhängen. Ich

werde mich rächen. Das ist sie, meine Therapie. Ich werde ihn mir vorknöpfen und dafür sorgen, dass ihm das Lachen vergeht. Ich weiß nur noch nicht, wie.«

6

Ich weiß, es ist lächerlich, aber ich habe trotz allem gehofft, Hugues würde sich Sorgen machen, wenn ich nicht nach Hause komme. Ich habe mein Handy den ganzen Abend nicht aus den Augen gelassen. Ich holte es immer wieder aus der Tasche hervor, weil ich mir sagte, dass ich vielleicht die Vibration nicht gefühlt habe. Alles was ich wollte, war eine SMS, etwa in der Art: »Wo bist du? Ich hoffe, es geht dir gut.« Obwohl ich weiß, dass das nur der scheinheilige Versuch gewesen wäre, sich ein gutes Gewissen zu verschaffen, wäre ich doch zufrieden gewesen. Dann hätte ich nämlich die Genugtuung gehabt, ihm nicht zu antworten, ihn grausam zu ignorieren in der Hoffnung, dass er panisch werden würde vor Angst, weil er endlich verstanden hätte, was für ein riesengroßes Arschloch er doch ist. Er würde sich wahnsinnige Sorgen machen, mich in allen Krankenhäusern, Leichenhallen, Tierasylen und Zoos mit exotischen Tieren suchen, und im Morgengrauen würde er sich dann – in der Überzeugung, die wunderbare Frau, die ich bin, sei tot – vor Verzweiflung vor einen Zug werfen, und seine Überreste würden meine Initialen formen. Welch ein Zeichen des Schicksals!

Doch nichts dergleichen. Rein gar nichts. Noch etwas aus der Palette der psychologischen Foltern: Ich durfte mir falsche Hoffnungen machen, dank einer SMS meiner Schwester, die mich sprechen wollte, weil sie »eine gute Nachricht« für mich habe. Ich kann mich nicht aufraffen, sie heute Abend zurückzurufen.

Obwohl ich mich natürlich frage, was diese »gute Nachricht« im Moment bedeuten könnte. Eine hochansteckende Krankheit vielleicht, die die Reihen der Männer auf unserem Planeten lichtet? Ja, das klingt gut. Morgen wird mir meine große Schwester erzählen, dass die Männer vom Aussterben bedroht sind, mit Ausnahme des Praktikanten, weil der so ein schnuckeliges Lächeln hat, und des kaufmännischen Direktors, weil er wirklich Klasse hat und diese in seine Maßanzüge und die dazu passenden Hemden investiert.

Ich hatte eine furchtbare Nacht. Ich weiß nicht, ob es wegen meiner Sorgen oder wegen des »guten« Essens war, das Emilie glaubte, unbedingt für mich machen zu müssen, um meine Laune zu heben. Wir haben viel gelacht. Wir werden heute bestimmt die gleichen Pickel im Gesicht haben und den gleichen Pesthauch verströmen, der sich trotz mehrfachem Zähneputzen hält, aber es war trotzdem super. Wenn dir jemand etwas Gutes tut, ist das einfach nur schön. Die Spaghetti mit Champignons von Emilie waren der Rettungsring, den sie mir zugeworfen hat, um mich aus dem Sumpf zu holen. Wenn ich auf der Titanic gewesen wäre, hätte ich glatt das Rettungsboot aufgefuttert.

Emilie und ich haben viel geredet. Sie hat es sogar geschafft, dass ich schallend lachen musste. Nur sie bringt so etwas fertig, wenn es mir schlecht geht. Ich glaube sogar, dass sie ihren eigenen Rekord aufgestellt hat, weil wir dermaßen viel gelacht haben, obwohl es mir so schlecht ging wie nie zuvor. Sie hat es mit den Männern auch nicht leicht. Es ist ein wahrer Hindernislauf zwischen denen, die sie wie Dreck behandeln, und denen, die in Ordnung scheinen, sich aber irgendwann nach einer anderen umsehen. Ich frage mich, ob es eine einzige Frau auf Erden gibt, die diesen Fluch brechen kann, die sich bislang noch nicht mit fiesen Kerlen herumschlagen musste? Angefangen bei den Göttinnen der Antike – überall wiederholt sich nämlich die gleiche Geschichte. Meine eigene Mutter wurde verlassen, als ich noch ein Kind war. Alle Frauen haben Probleme, aber keine hat eine Lösung. Ich sehe im Geiste alle Frauen vor mir, die ich kenne: Es gibt keine, deren Beziehung zu Männern einfach wäre. Ich glaube, wir alle schlagen uns mit diesen drei Fragen herum: Wo stecken bloß die guten Männer? Wieso sind sie nicht mit mir zusammen, vor allem an den Wochenenden? Und, wenn sie uns dann doch wie durch ein Wunder geliefert werden – manchmal durch den Transport beschädigt –, wieso liegt ihnen keine Gebrauchsanweisung bei?

Es muss sicher irgendwo eine geheime Kammer oder einen Vorrat geben, der besser bewacht wird als die Goldreserven der USA, wo die coolen Typen heimlich gelagert werden. Von Zeit zu Zeit kann der eine oder andere entkommen, lässt sich aber zwischen den Blindgängern nur schwer ausmachen. Und wenn er dann doch irgendwo seine Deckung verlässt, gibt es immer eine andere Frau, die ihn mir vor der Nase wegschnappt, und das war's dann.

Emilie und ich müssen nicht einmal beschwipst sein, um über alles und nichts herumzualbern. Und wenn es um die Bilanz unseres Liebeslebens geht, dann kann man getrost eine große Null darunterschreiben. Noch vor einem Monat war Emilie am Boden zerstört und ich verliebt. Jetzt geht die Medaille der Verlassenen an mich, und Emilie kehrt plötzlich mit ihren kurzen Affären ins Rennen zurück. Sie könnte vielleicht sogar den entscheidenden Punkt holen. Es gibt da einen Typen aus dem Wohnhaus gegenüber, der ihr offenbar gefällt, mit dem sie aber noch kein Wort gesprochen hat. Sie hat ihn noch nicht einmal aus der Nähe gesehen, aber von ihrem Küchenfenster aus sieht er »nett« aus. Sie macht sich einen Film nach dem anderen, mit ihm in der Hauptrolle. Bei dem Glück, das wir beide im Moment haben, ist ihr Auserwählter ein Psychopath, dessen zahllose furchtbare Verbrechen bislang unentdeckt geblieben sind. Er lockt seine Opfer an, indem er durch das Fenster vom Haus gegenüber »nett« aussieht. Das macht ihn unwiderstehlich. Seine Opfer sterben wie die Fliegen. Und er hat wieder eine große Romanze in Aussicht, bei der die Frau in Würfeln im Gefrierschrank endet. Die Presse wird sich darauf genüsslich stürzen: »Er liebt sie, Stück für Stück. Mit allen Fotos und einer 3D-Brille gratis.«

Aber am Ende unseres gemeinsamen Abends, als ich mich allein auf Emilies Sofa vor ihrem ausgeschalteten Fernseher wiederfand, in dem sich das Licht der Straßenlaternen spiegelte, war ich die einzige Psychopathin weit und breit. Ich stellte mir vor, was ich alles mit Hugues anstellen könnte. Nach der Lektüre unzähliger Krimis und dem Genuss vieler hirnrissiger Fernsehserien gingen mir die Ideen nicht aus. Ich habe mir Hugues sogar als Puppe vorgestellt, der ich niedliche volkstümliche Trachten anzog und deren Arme ich in alle Richtungen verdrehte. Ich hatte genug Szenarios parat, um ihn zehnmal umzubringen. Und doch, am Ende, in der Stille der Wohnung, als ich mich in meine Decke rollte und daran festkrallte wie ein einsames Kind, das zum ersten Mal weit weg von zu Hause schlief, wurde ich von einer Traurigkeit überwältigt, die mich zum endlosen Leiden verdammte für mein zweifaches Verbrechen: dem Wunsch nach Liebe und gegenseitigem Vertrauen.

Als ich ein Teenager war, liebte ich es, bei meinen Freundinnen zu übernachten. Wir taten genau das Gleiche wie heute Abend: Wir redeten über unser Leben, über die Jungs, wir lachten, stopften uns mit unsäglichen Dingen voll und schliefen schließlich erschöpft ein. Heute Abend ist es anders. Ich bin zwar erschöpft, aber einschlafen kann ich nicht. Ich fühle mich elend, und ich habe Angst. Meine Existenz ist in den Grundfesten erschüttert. Ich hoffe wirklich, dass es die Reinkarnation gibt, weil mein jetziges Leben für mich gelaufen ist, ich aber doch den Verdacht habe, dass es irgendwo Schönes zu erleben gibt. Tja, Pech für mich, es war mir nicht vergönnt. Es ist zu spät. Ich weiß inzwischen zu viel, um noch an das Glück zu glauben. Ich mache mir nichts mehr vor. Die Liebe ist ein Riesenschwindel, eine Falle aus Wunschdenken. Ich bin die Motte, die zu dicht um die Lampe schwirrte. Ich rieche verbrannt. Auf einmal fühle ich mich mit allen Frauen und ihren Leiden verbunden. Heute bin ich eine von ihnen. Ich glaube, wenn ich mit einem anständigen Mann zusammengekommen wäre, hätte ich an die Liebe bis ans Ende meiner Tage glauben können, aber an dem Punkt, an dem ich heute bin, ist das nicht mehr möglich. Ich kenne die Kehrseite der Medaille. Ich weiß, was sich hinter den Worten verbirgt, die uns von Männern zugeflüstert werden, um uns für sich zu gewinnen. Das sind nur Köder. Ich weiß, dass wir in zwei Welten leben, die nebeneinander existieren, aber nichts miteinander zu tun haben. Die Männer zwingen uns ihre Regeln auf und halten uns mit Versprechungen auf Trab, und ihre besten Verbündeten sind unsere eigenen Hoffnungen. Sie bedienen sich unserer Träume. Wie krass ist das denn? Und dies alles nur, damit die Spezies fortlebt und sich reproduziert. Aber mit welchem Ziel? Ich weiß es inzwischen. Der Weihnachtsmann, die Zahnfee, die große Liebe und die Kobolde mit Töpfen voller Gold existieren nicht. Automechaniker, die nicht versuchen würden, alleinstehende Frauen übers Ohr zu hauen, auch nicht. Wie soll man mit diesem Wissen unbeschwert leben? Man hat keinen Spaß mehr, man schläft nicht mehr. Man sucht nach dem Schuldigen, und ich, in meine traurige kleine Geschichte verstrickt, weiß genau, wo er wohnt.

7

Entschuldige bitte, Caroline, aber ich konnte nicht früher zurückrufen. Ich stecke bis zum Hals in Arbeit und habe in zehn Minuten eine Betriebsversammlung, die bestimmt kein Picknick wird. Wie geht's dir? Und den Kindern und Olivier?«

»Uns geht's allen gut, danke. Unser Termin in zwei Wochen geht doch klar, oder?«

»Natürlich, ich freue mich schon, euch zu sehen.«

»Halt dich fest – ich habe eine großartige Nachricht für dich. Erinnerst du dich an Veronique, meine Freundin von der Uni, die in der Geschäftsführung einer Kosmetikfirma sitzt?«

»Die, die auf deiner Party zum Vierzigsten war? Beine ohne Ende und Augen so blau wie das Wasser in der Kloschüssel, wenn man den Farbeinsatz wechselt?«

»Wenn du eines Tages wieder über ihre Augen sprichst, sei so lieb, es etwas anders auszudrücken, weil du ihr sehr dankbar sein kannst. Sie geht für ein Jahr in die USA, und sie überlässt dir ihre Wohnung, in der Rue Victor Hugo.«

»Das ist doch eine ziemlich vornehme Ecke. So was kann ich mir niemals leisten!«

»Hier kommt erst die gute Nachricht. Veronique will es nicht untervermieten, du passt nur auf ihre Wohnung auf, gießt die Pflanzen und so. Sie will sie sowieso komplett neu renovieren lassen, wenn sie wiederkommt.«

»Ist sie reich oder einfach nur großzügig?«

»Ein bisschen von beidem, glaube ich. Außerdem mögen wir uns, und als ich ihr erzählt habe, was Hugues mit dir abgezogen hat …«

Ich bin sprachlos. Caroline fügt hinzu: »Sie kann beruhigt gehen, ihre Firma zahlt alles, und du hast ein Jahr Zeit, dich nach etwas anderem umzusehen. Damit ist allen geholfen. Was sagst du dazu?«

Ich kann's kaum glauben. »Wenn es wahr ist, dann ist es tatsächlich eine wundervolle Nachricht«, bringe ich stammelnd hervor.

»Es ist wahr! Hör auf, alles nur schwarz zu sehen. Es gibt nicht nur Schlechtes im Leben. Du solltest sie anrufen, um dich bei ihr zu bedanken.«

»Du kannst dich darauf verlassen. Tausend Dank, Caro, du bist wirklich mein Schutzengel!«

»Das ist nicht mein Verdienst. Und jetzt viel Spaß bei deiner Versammlung.«

Sie legt auf. Ich sitze da, hinter meinem Schreibtisch, wie vom Blitz getroffen, den Hörer immer noch am Ohr. Emilie steckt ihren Kopf durch die Tür.

»Beeil dich, die Belegschaft ist schon im großen Saal, und Deblais will dich vorher noch kurz sprechen.«

Ich gucke sie aus großen Augen an: »Ich hab eine Wohnung. Kannst du dir das vorstellen?«

»Cool. Und jetzt hopphopp, das erzählst du mir später.«

8

Das Personal hat sich vollzählig im Versammlungsraum eingefunden. Sogar Petula hat die Erlaubnis bekommen, ihren Posten am Empfang zu verlassen. Das Telefon wird, wie so oft, vor sich hin klingeln, aber diesmal weiß man wenigstens, wieso. Florence, die Leiterin der Rechnungsabteilung, scheint nicht beunruhigt zu sein, das ist ein gutes Zeichen. Sie kann am besten die finanzielle Situation der Firma beurteilen. Clara, die Letzte, die einen unbefristeten Vertrag bekommen hat, spielt an ihrem Handy herum. Sie versucht wahrscheinlich gerade rauszukriegen, ob ihr Freund sie betrügt, oder surft auf einer dieser betrügerischen Seiten, die einem für ein kleines Vermögen verraten, in welchem Alter man sein erstes Baby bekommt. Noch eine wunderbare Erfindung der Männer, um aus den Ängsten und Hoffnungen naiver Mädchen Profit zu schlagen. Zum Glück sind auch die drei Kollegen aus der Qualitätssicherung da. Am Rand und abseits von der Belegschaft flüstern Deblais und Notelho miteinander wie zwei Verschwörer. Der Chef bedeutet mir, zu ihnen zu kommen. Er hält eine dicke Mappe in der Hand, aber nicht die blaue. »Seien Sie ein Schatz, Marie, und verteilen Sie das an alle Leute, und jeder braucht einen Stift.«

Er reicht mir einen Stapel mit Blättern und sein Handlanger einen kleinen Beutel mit Stiften. »Während sich das Personal mit dem Inhalt des Dokuments vertraut macht, lesen Sie ihnen diese Erläuterungen vor«, weist er mich an. »Sprechen Sie laut und deutlich, jeder Punkt muss verstanden werden. Am Ende der Versammlung werde ich eine kleine Bekanntmachung vorlesen, und danach werden wir die unterzeichneten Dokumente einsammeln.«

Notelho nickt billigend zu den Worten seines Vorgesetzten. Seine Art, den Kopf zu bewegen, erinnert mich an den kleinen Wackelhund, der im Auto meiner Mutter auf der Hutablage liegt. Nicht einfach, so einen Mann ernst zu nehmen, wenn man erst mal dieses Bild vor Augen hat. Deblais schiebt mich nach vorne vor meine Kolleginnen und Kollegen und flüstert mir zu: »Sie sind dran. Seien Sie ein braves Mädchen. Ich bin sicher, Sie machen das sehr gut.«

Wenn er mir noch einmal sagt, dass ich ein Schatz oder braves Mädchen sein soll, werfe ich ihm den Packen Papier an den Kopf.

Die Zettel werden von Hand zu Hand weitergereicht, jeder nimmt sich einen und reicht den Packen an seinen Nachbarn weiter. Mir fällt auf, dass Patrice zwei Stifte aus dem Sack nimmt. Lionel hat sich neben den hübschen Praktikanten gesetzt. Petula lässt ihre Handgelenke kreisen, um sie geschmeidiger zu machen. Valerie hat etwas an der Decke entdeckt und starrt nach oben. Außer ihr machen sich alle mit dem Inhalt des Schreibens vertraut und fragen sich, warum wir heute eine Vertragsänderung aufgedrückt bekommen. Durch die Versammlung zieht eine Mischung aus Verwirrung und Staunen.

Während die Verteilung der Blätter fast abgeschlossen ist und das fragende Gemurmel immer lauter wird, beende ich die Lektüre meines Vertragstextes. Wenn ich es richtig verstanden habe, erwartet man von uns, den Anweisungen der Direktion vorbehaltlos zu folgen, andernfalls wird man uns schwerwiegende fachliche Verfehlungen anlasten können. Wir verpflichten uns, keine wie auch immer geartete Information, sei sie mündlich oder in Schriftform, von der wir an unserem Arbeitsplatz Kenntnis erlangen, an Dritte weiterzugeben. Wir stimmen einem Arbeitsplatzwechsel innerhalb der Firma oder sogar einer Auslagerung in andere Gesellschaften zu, wenn dies die Umstände in den Abteilungen erforderlich machen. Wir stimmen außerdem zu, unsere Gehälter auf dem aktuellen Stand einzufrieren, damit die Fortführung der geschäftlichen Aktivitäten gewährleistet wird. Zwei Seiten lang diese und ähnliche Aussagen. Man riecht die Falle gegen den Wind. Ich frage mich sogar, ob das legal ist. Deblais und Notelho beobachten die Anwesenden und sezieren ihr Verhalten. Wahrscheinlich sind sie dabei, sich selbst die kleinsten Anzeichen von Widerstand zu merken. Alexandre aus der Qualitätssicherung lächelt spöttisch. Er murmelt seinen beiden Kollegen etwas zu, die daraufhin die Blätter zusammenfalten und auf ihren Knien ablegen. Der Vertriebsleiter, in dunklem Hemd und einer sehr geschmackvollen Krawatte Ton in Ton, fragt laut, ob das Einfrieren der Gehälter auch die Prämien beträfe. Angesichts der wachsenden Spannung im Raum ergreift Deblais das Wort: »Meine Freunde, seien Sie unbesorgt. Mademoiselle Lavigne wird Ihnen alles erklären.«

Er gibt mir ein Zeichen und sagt: »Sie sind dran, Marie.«

Ich vertiefe mich in die Notizen, die ich vorlesen soll. Ich habe den starken Eindruck, in eine Falle zu tappen, die unfreiwillige Komplizin von Machenschaften zu sein, deren Opfer ich selbst werden könnte. In dem Dokument, das wir auf der Stelle unterzeichnen sollen und das ich unter dem Zeitdruck nur querlesen konnte, ist alles darauf ausgerichtet, die Geschäftsführung zu schützen, auf die Gefahr hin, unsere Interessen zu verraten. Monsieur Memnec würde sich im Grabe umdrehen, wenn er denn schon tot wäre, aber da er seinen Ruhestand in Südfrankreich genießt, wird er sich wohl nur auf seiner Sonnenliege umdrehen. Widerwillig fange ich an: »Wir haben uns heute versammelt, um dieses wichtige Dokument zu unterzeichnen. Es wurde in unser aller Interesse ausgearbeitet und wird uns eine erfolgreiche Fortführung dieses Unternehmens und, im Rahmen des Möglichen, den Erhalt des Erreichten ermöglichen …«

Ich halte inne. Ich werde das nicht vorlesen, ich kann nicht. Ich hebe den Blick zu meinen Kollegen und Kolleginnen. Alle Blicke sind auf mich gerichtet, alle hören mir zu. Es übersteigt meine Kräfte, ihnen diesen peinlichen Schrieb vorzulesen. Am liebsten würde ich ihnen zurufen, ihn nicht zu unterschreiben.

»Fahren Sie fort, Marie«, drängt mich Deblais, »jeder muss schließlich im Anschluss an seine Arbeit zurückkehren.«

Notelho nickt mit dem Kopf wie der kleine Plastikhund, der den sich abzeichnenden Unfall nicht überleben wird. Ich gebe zurück: »Warum lesen Sie Ihre Prosa nicht selbst vor?«

Deblais empört sich: »Weil es Ihr Job ist, sich um das Personal zu kümmern, was wir just in diesem Moment tun. Seien Sie also bitte so lieb.«

»Ich bin nicht lieb, ich bin kein Schatz, und ich mag es nicht, in die Enge getrieben zu werden. Warum haben Sie diesen Vertragszusatz nicht bereits vor der Versammlung verteilt? Man hätte es vorher lesen, darüber nachdenken und Fragen stellen können. Wieso werden wir hier einfach so überrumpelt? Ich finde, dass dieses Vorgehen mehr als zweifelhaft ist.«

Das Gemurmel im Saal zeigt, dass meine Worte auf Zustimmung stoßen. Notelho wird panisch, er sieht, dass die Situation dabei ist, außer Kontrolle zu geraten. In einem Science-Fiction-Film würden er und der verbrecherische Herrscher Deblais, dem die Zerstörung des Planeten Dormex und seiner Bevölkerung vorschwebte, jetzt in eine Rettungskapsel springen, um ins

Weltall zu fliehen, aber unter den gegebenen Umständen, mit nur einem Toilettenfenster in Sicht, wird das schwierig.

Deblais holt zu einem Gegenschlag aus und wird laut: »Ihnen sind nicht alle Fakten bekannt, Mademoiselle Lavigne! Die Marktlage hat sich geändert. Wenn wir hier schnell agieren, geschieht das nur im Interesse der Belegschaft.«

»Und sicher ist es im Interesse der Belegschaft, dass von uns gefordert wird – Seite 2, ich zitiere –, auf jede konzertierte Aktion gegen die Anteilseigner von Dormex zu verzichten?«

Florence nickt zustimmend und erklärt als Erste lautstark: »Das unterschreibe ich nicht!«

Clara ruft aus: »*¡Viva la revolución!*«

Filme können bei manchen Menschen wirklich großen Schaden anrichten. Clara hat gestern bestimmt einen Western von Sergio Leone gesehen. Ich mag es mir kaum vorstellen, was sie ausgerufen hätte, wenn sie den *Zauberer von Oz* gesehen hätte. Ich wäre dann sicher der feige Löwe, der am Ende doch noch Mut beweist.

Die Leute stehen auf und lassen in den allermeisten Fällen die Blätter auf den Stühlen zurück. Deblais kocht vor Wut, Notelho, der seinen Kopf diesmal von links nach rechts dreht, auch. Wir sind wohl auf einer kurvigen Bergstraße … Ich hätte nicht gedacht, eine derartige Wirkung zu erzielen. Deblais nähert sich und erklärt mit verkniffenen Lippen: »Sie haben sich da ganz schön in die Nesseln gesetzt, Herzchen. Sie können damit rechnen, dass ich genauestens überprüfen werde, ob Ihr unbotmäßiges Verhalten nicht einen Verstoß gegen das Arbeitsgesetz darstellt. Sie haben recht, Sie sind alles andere als nett, und das wird Sie teuer zu stehen kommen.«

Notelho wechselt wieder in den Modus des kleinen Hundes zurück, der mit seinem Kopf in die richtige Richtung wackelt.

Sie sind lächerlich, alle beide. Und sie schäumen vor Wut. Ihre ausgeklügelten Machenschaften sind gescheitert. Ich habe Deblais noch nie gemocht, von Anfang an nicht. Er ist die Hinterhältigkeit in Person. Ich kann zwar nicht absehen, was jetzt mit mir passieren wird, aber ich bereue nicht, was ich getan habe. Ganz und gar nicht. Selbst wenn in meinem Privatleben alles ganz prima liefe, hätte ich mich nicht zurückgehalten, aber so genervt, wie ich im Augenblick von den Männern bin, kommt mir ein Stellungskrieg fast schon verlockend vor. Ich wage es, einen Schritt in seine Richtung zu tun. Überrascht weicht er etwas zurück. In dieser kleinen Bewegung, in ihrer Amplitude, kann man die Diskrepanz zwischen dem Hochmut eines Mannes und seinem tatsächlichen Mut ermessen. Ich blicke ihm geradeaus in die Augen und flüstere: »Ich bin nicht dein Herzchen.«

9

In der Mittagspause bin ich mit Emilie in dem kleinen Restaurant an der Ecke und berichte ihr von meiner neuen Bleibe. Wir werden aber immer wieder von Kollegen unterbrochen, die an unseren Tisch kommen, um mich zu meinem glanzvollen Auftritt bei der Betriebsversammlung zu beglückwünschen. Manche wollen von mir wissen, was sie nun tun sollten und was passieren könnte, wenn man die Unterschrift verweigerte. Ich bin zu einem richtigen Guru geworden. Irgendwann hatte ich die perfekte Formulierung drauf: »Wir werden uns den Text im Detail ansehen, prüfen, was rechtlich erlaubt und sinnvoll ist, und es anschließend allen mitteilen.«

Emilie macht sich über mich lustig: »Du bist von der kleinen Maus aus der Personalabteilung zum Sprachrohr der Belegschaft geworden. Herzlichen Glückwunsch! Aber pass bloß gut auf, weil Deblais und sein Henkersknecht es dir bestimmt bei der erstbesten Gelegenheit heimzahlen werden. Aber bis es so weit ist: Lass uns deine neue Wohnung würdig feiern!«

Sie hebt feierlich ihr Glas, und wir stoßen an, allerdings nur mit Wasser. Und auf den Tellern liegt gedünsteter Fisch. Wir beide wissen, dass wir für unser kalorienreiches Spaghettiessen gestern Abend büßen müssen.

»Du hast wirklich Riesenschwein gehabt – du wirst in einem megaschicken Viertel wohnen«, meint sie.

»Wetten, dass in dem ganzen Viertel niemand so ein mickriges Gehalt hat wie ich? Ich muss mich jetzt nur noch um den Umzug kümmern, und das dürfte nicht allzu schwierig werden, weil ich nicht viel besitze. Ich komme aus der Beziehung mit Hugues so gut wie nackt raus: eine Hand vorne, die andere hinten!«

»Auf diese Weise werden alle deine Brüste sehen können.«

»Das hängt davon ab, wo ich meine Hände platzieren werde, arme Irre. Wie auch immer, ich schulde der Freundin meiner Schwester ein Riesendankeschön. Ich hab vorhin versucht, sie zu erreichen, kam aber nicht durch.«

»Hast du meine SMS von heute Morgen bekommen?«

»Nein. Das ist merkwürdig. Was hast du mir denn geschrieben?«

»Nichts Wichtiges. Irgendein Blödsinn über die Champignons von gestern Abend, vergiss es.«

Ich beäuge misstrauisch mein Handy. Keine Nachricht, kein Netz.

Emilie nimmt ihr Telefon in die Hand und sagt: »Warte mal, das haben wir gleich.«

Sie wählt meine Nummer und hört sich eine Ansage an. Sie reißt die Augen auf und sagt: »Das ist ja wohl der Hammer!«

»Was ist los?«

»Du musst mir schwören, ruhig zu bleiben.«

»Spiel keine Spielchen mit mir, Emilie. Du weißt, dass mein Nervenkostüm im Moment sehr dünn ist.«

»Unter deiner Nummer gibt es keinen Teilnehmer mehr. Der Anschluss ist gesperrt.«

Ich überlege zwei Sekunden und rufe aus: »Dieser Drecksack!«

Genau in dem Moment kommt eine junge Frau aus der Buchhaltung vorbei und legt ihre Hand auf meinen Arm: »Da haben Sie vollkommen recht. Danke, Marie, zum Glück waren Sie heute Morgen da, sonst hätte uns Deblais alle über den Tisch gezogen!«

»Lieb, dass Sie das sagen. Wir werden uns den Text im Detail ansehen, prüfen, was rechtlich erlaubt und sinnvoll ist, und es anschließend …«

Unfähig, meinen Satz zu beenden, breche ich wie unter Schock ab. Dann bricht es aus mir heraus: »Beim geplatzten Autoreifen!«

Emilie lacht laut auf. Diese Marotte fand sie schon immer äußerst lustig. Immer wenn einer in meiner Familie sich ärgert, bringt er einen Spruch, der ihn an ein persönliches Desaster erinnert. Es dient dazu, sich das Fluchen zu verkneifen und gleichzeitig unsere schlimmsten Momente wie böse Geister auszutreiben. Ich hab das von meinem Großvater übernommen. Ich war sieben, als ich ihn ausrufen hörte: »Bei der vermaledeiten Schlägerei auf Augustins Hochzeit!« Meine Mutter macht das auch, und die Ärmste hat wahrlich einige Dämonen zum Austreiben: »Beim Ehemann, der mich verlassen hat!«, »Beim Rausschmiss in der Morgendämmerung!« … Normalerweise gehen die Leute schweigend darüber hinweg, aber Emilie hat sich da noch nie zurückgehalten. Als wir uns kennenlernten, hat sie sich gleich über diese verrückte Angewohnheit lustig gemacht. Ich hatte damals ausgerufen: »Beim Absatz, der im Gitter hängen geblieben ist!« Emilie hat mich damals auf den Arm genommen, so wie auch heute Mittag: »In einigen Jahren wirst du mit Fug und Recht sagen können: ›Bei der Schweinbacke, die mich von meinem Sofa vertrieben hat!‹ Aber im Moment sieht es eher so aus, als wäre dein Handyanschluss auf Hugues gelaufen – und der Mistkerl hat den Vertrag kurzerhand gekündigt.«

»Dieser ekelhafte Schleimbeutel! Er hat mir noch nicht mal

Bescheid gesagt. Und jetzt hab ich kein Telefon. Wenn etwas meiner Mutter, meiner Schwester, meinen Neffen oder dir passiert, und ihr könnt mich nicht erreichen, dann bring ich ihn um, ich schwöre es.«

»Was mich betrifft: Da ich gerade vor dir sitze, bin ich nicht sicher, ob ich im Notfall ein Telefon benutzen würde.«

Sie lacht wieder und rudert mit den Armen, als würde sie mir von einem Berg gegenüber Zeichen geben: »Huhu, Marie! Ich brauch deine Hilfe! Ich ruf dich mal an, ja?«

Um uns herum sehe ich Fragezeichen in den Gesichtern der Leute.

»Emilie, hör auf damit, du machst den Leuten Angst, und mir auch.«

Sie senkt die Stimme und raunt mir zu: »Ich will dich keinesfalls davon abbringen, deinen Ex zu killen. Hauptsache ist, du lässt dich dabei nicht erwischen. Ich bin sogar bereit, dir ein Alibi zu geben.«

»Diese fiese Ratte! Wenn er Krieg will, soll er ihn haben! Bei dem Spiel ›Lass uns mal mit den Einzugsermächtigungen herumspielen‹ hab ich auch einige Asse im Ärmel.«

Die Wut schnürt mir die Luft ab, der Hass frisst mich auf. Würde er jetzt vor mir sitzen, könnte ich ihn mit bloßen Händen zerquetschen, ihn langsam erwürgen und dabei das Knackgeräusch der Knochen, einen nach dem anderen, genießen, wie eine Boa Constrictor, die ein Reh einwickelt. Außer, dass ich ihn danach nicht auffressen würde, dafür widert er mich zu sehr an.

Wieder im Büro zurück, habe ich sofort meiner Familie Bescheid gegeben, dass mein Handy nicht funktioniert. Just in dem Augenblick kommt Vincent, der Vertriebsleiter, auf mich zu. Er klopft an der Tür und tritt ein. Er sieht aus wie aus dem Ei gepellt, bestimmt hat er gerade erst seine Frisur gerichtet, weil seine schönen dunklen Haare tadellos gekämmt sind.

»Hallo, Marie.«

»Hallo, Vincent.«

»Ich wollte dir danken, dass du heute Morgen so mutig warst.«

»Danke, lieb von dir. Wir werden uns den Text im Detail ansehen …«

»Wenn Deblais oder sein Gnom dir Schwierigkeiten machen sollten, komm ruhig zu mir. Ich bin auf deiner Seite«, sagt er gönnerhaft und zwinkert mir zu.

Ich glaub's nicht! Wie frech ist das denn? Und so was von unhöflich! Schneidet mir das Wort ab und erlaubt sich obendrein, mir auch noch zuzuzwinkern. Und hört sich noch nicht mal meine Antwort an. Die geht ihm irgendwo vorbei! Er kommt allen Ernstes her, um mir zu sagen, dass er mir zu Hilfe eilen würde, wenn es Probleme gäbe. Letztendlich weiß ich nicht, ob ich mich darüber freuen oder ärgern soll. Welcher Eindruck bleibt? Seine Selbstsicherheit, mit einem Hauch Macho, oder sein erklärter Wille, mir beizustehen, wenn es hart auf hart kommt? Während ich noch nach einer Antwort suche, ist er schon wieder gegangen. Fürs Erste war es wohl richtig, ihn nicht gleich einen Kopf kürzer zu machen.

In den nächsten zwanzig Minuten herrscht ein ständiges Kommen und Gehen. Noch mehr Kollegen schauen bei mir vorbei; sie wollen sich bei mir bedanken, beglückwünschen mich, rühmen meine Schlagfertigkeit, bewundern meinen Mut und ich weiß nicht, was sonst noch. Man könnte meinen, sie stehen draußen um die Ecke Schlange und erscheinen, sobald einer von ihnen wieder aus meiner Tür ist.

Franck, der Produktionsleiter, den ich gut leiden kann, steckte den Kopf bei mir rein, dann der Designer unserer Hotelleriematratzen-Serie, dann ein Ex von Emilie und schließlich ein großgewachsener Typ aus dem Versand, mit dem ich nie zuvor ein Wort gewechselt habe.

Kaum habe ich mich von diesem Aufmarsch erholt, da taucht Alexandre auf, der Chef der Qualitätssicherung. Er wartet höflich, bis ich ihn hereinbitte, was ich tue. Wieder einer, der mir wahrscheinlich sagen möchte, dass ich heute Morgen eine wahre Heldin war und dass, sollte etwas schiefgehen, ich auf ihn zählen könne. Ich genieße es, ein bewunderter Star zu sein, der in seiner Garderobe Hof hält, aber ich werde wohl Sprechstunden einrichten müssen, um meine Fans zu empfangen, sonst schlaucht das Ganze zu sehr. Mein Energiedepot ist im Moment sowieso eher leer.

Es ist schon komisch: Anfangs waren es nur Frauen, die mich sprechen wollten, schon gleich beim Mittagessen, und am Nachmittag kamen ausschließlich Männer. Dieser Frage sollte man mal nachgehen; dann würde man wahrscheinlich so einiges über das unterschiedliche Verhalten der beiden Geschlechter herausfinden. Reagieren Frauen schneller? Legen Männer mehr Wert auf die Form? Sind Frauen spontaner? Sind Männer zu sehr mit ihrem Essen beschäftigt, um an etwas anderes zu denken, als an den Teller vor ihnen? Tragen Frauen ihre Unterstützung gerne öffentlich zur Schau, während die Männer mit uns unter Ausschluss der Öffentlichkeit reden wollen? Jedenfalls, wenn man sich den Körperbau der Männer ansieht, die heute zu mir gekommen sind, werde ich eine komplette Rugby-Mannschaft auf die Beine stellen können. Sollte es ein Match gegen Deblais und seinen Schergen geben, werden wir sie zu Brei schlagen. Eine allzu schöne Vorstellung, in der ich mich glatt verlieren könnte. Fast habe ich dabei Alexandre vergessen, der immer noch vor mir steht. Ich bin schon fast wie Petula vom Empfang.

»Alexandre, sind Sie gekommen, um zu erfahren, ob uns eine Gehaltserhöhung erwartet und ob wir eine Geschäftsführung bekommen werden, die sich von den Investmentfonds unabhängig macht?«

»Gut gemerkt! Aber ich bin nicht hier, um über heute Morgen zu sprechen.«

Ich bin überrascht. Worüber sollen wir denn sonst reden? Ist er mit meinem Verhalten nicht einverstanden? Wie denn das bloß? Und was hatte er seinen beiden Kumpels auf der Versammlung zugeflüstert, das sie dazu brachte, ihre Zettel wegzulegen, noch bevor ich das Wort ergriffen habe?

»Was kann ich denn dann für Sie tun?«

»In Wahrheit bin ich es, beziehungsweise, wir sind es, die vielleicht etwas für Sie tun können. Heute Mittag habe ich zufällig mitgehört, was Sie über Ihren Umzug gesagt haben.«

Er sieht meine Verblüffung und beeilt sich, hinzuzufügen: »Ich habe nicht gelauscht, wirklich, aber es ist ein bisschen mein Fachgebiet. Ich habe nur spontan auf das Wort Umzug reagiert.«

»Ihr Fachgebiet?«

»Ja, ich habe früher mal als Möbelpacker gearbeitet. Was ich Ihnen sagen wollte: Wenn Sie mich und Sandro und Kevin brauchen können, uns drei, dann würden wir uns um Ihren Umzug kümmern.«

»Das ist total nett, aber …«

»Ich dachte mir schon, dass Sie und Ihr Mann sicher genug Helfer haben werden. Na ja, macht nichts. Aber ich wollte es Ihnen wenigstens anbieten.«

»Das ist wirklich supernett von Ihnen. Ich bin übrigens nicht verheiratet. Ich wollte eigentlich nur sagen: … aber ich habe nicht viel zu transportieren. Ich sollte jetzt wahrscheinlich das

Umzugsvolumen schätzen, damit Sie mir einen Kostenvoranschlag machen können.«

»Ich dachte an eine Drei-Bier-Pauschale.«

»Und das bedeutet?«

»Wir machen den Job, und Sie spendieren jedem von uns ein Bier.«

Was soll denn das wieder bedeuten? Warum sollte mir dieser Mann, den ich kaum kenne, überhaupt helfen wollen? Meine persönliche Erfahrung mit Männern besagt, dass sie kaum etwas tun, ohne dafür eine Gegenleistung zu verlangen. Was will er also? Mich anbaggern? Bestimmt nicht, sonst hätte er wohl kaum monatelang damit gewartet. Sandro helfen, mich anzubaggern? Schon eher, wenn ich an die samtigen Blicke denke, die er mir zuwirft. Nein, jetzt weiß ich's! Er will mich entführen und mich in Einzelteilen an Organhändler verkaufen, weil ich, wie der Kombi meiner Mutter, ausgeschlachtet mehr wert bin als am Stück. Oder es ist der liebe Gott, der ihn mir schickt. Mein Leben ist so was von jämmerlich, dass der Allmächtige in seinem weißen Gewand, von Gewissensbissen geplagt, mir gute Seelen auf meinen Kreuzweg sendet, um sich später nicht mit Selbstmord oder Serienmorden herumschlagen zu müssen.

»Das ist wirklich nett von Ihnen, Alexandre. Um ehrlich zu sein, weiß ich nicht, warum Sie und Ihre Kollegen mir ein derart wundervolles Angebot machen. Auch wenn es mir etwas unangenehm ist: Ich nehme Ihre Hilfe sehr gerne an! Passt es Ihnen am Samstag?«

10

In den nächsten Tagen tue ich alles, um Hugues aus dem Weg zu gehen. Allein bei der Vorstellung, seine Stimme zu hören oder sein Gesicht zu sehen, wird mir übel. Ich habe tatsächlich Urlaub eingereicht, um meine Kartons in der Wohnung, die einmal *unsere* Wohnung war, zu packen, während mein Ex bei der Arbeit war. Deblais dachte wahrscheinlich, dass ich vor seinem versprochenen Vergeltungsschlag floh, aber das ist mir egal. Eins nach dem anderen.

Donnerstag früh habe ich an der Straßenecke gewartet, bis Hugues sich auf den Weg zu seinem Maklerbüro machte. Um ihn zu überwachen, habe ich mich wie eine Geheimagentin hinter einem Eckschaufenster platziert. Es regnete. Ich trug einen Hut mit breiter Krempe und hatte den Mantelkragen hochgeschlagen. Ein echter Krimi. Jedes Mal, wenn die Haustür aufging, schlug mein Herz schneller. Wie üblich war er spät dran. Als ich ihn schließlich von meinem Versteck aus erblickte, lief mir ein Schauer den Rücken runter. Ich weiß nicht, ob es Angst oder Widerwille war, aber ich bin sicher: Wonne war es nicht. Ich habe ihn wie einen völlig Fremden beobachtet. Er wirkte aufgeschwemmt, ohne Klasse, er stand nicht mehr auf dem hohen Podest meiner Liebe. Das war für mich ein völlig neues Phänomen. Es ist schon komisch, wie man auf Wolke sieben schwebend einem Menschen viele Dinge andichtet. Ich wiederhole mich vielleicht, aber bei uns Frauen gilt: Gefühl vor Fakten. Ein klinisch scharfer Blick auf dieses Exemplar hätte mir einige Jahre mit ihm ersparen können. Aber es braucht nicht mehr als einen Abend, und schon bleibt man diesem ersten schmeichelhaften Eindruck treu, auch wenn er jeder Grundlage entbehrt. Inmitten der Passanten, die durch die Straßen eilten, um dem Regen zu entfliehen, war er nur ein x-beliebiges Individuum, eine Zielperson. Ein seltsames Gefühl. Wenn ich ihn erkennungsdienstlich hätte erfassen sollen, hätte ich angegeben: »Geschlecht: männlich (aber nicht sehr beeindruckend); Größe: 1,85 m in seiner Vorstellung, 1,75 m in Wirklichkeit; Haarfarbe: die wenigen, die noch da sind – braun; Augen: grün (recht hübsch, aber der Blick ist unerträglich falsch); besondere Kennzeichen: Benimmt sich häufig wie ein Schimpanse, der nach allem grapscht, was in seine Nähe kommt. Muss überwacht werden.«

Nach seinem Abgang habe ich noch weitere zehn Minuten gewartet, um sicherzugehen, dass er nicht wiederkam. Es ist nämlich schon oft passiert, dass er seine Unterlagen vergaß und es ihm erst unterwegs einfiel. Als genügend Zeit vergangen war und ich mich sicher fühlte, trat ich in Aktion.

Mit den Kartons, dem Klebeband und meiner Angst im Bauch stieg ich die fünf Etagen hoch, drehte den Schlüssel im Schloss und drückte die Tür auf. Ich kam mir vor wie eine Diebin, was schrecklich und verstörend zugleich war. Noch vor einigen Tagen war ich hier zu Hause. Vielleicht war dies sogar der Ort, wo ich mich am wohlsten gefühlt habe, aber jetzt scheint mich jeder Gegenstand zurückzuweisen. Der Boden brennt unter meinen Sohlen. Ich könnte hier nicht einmal mehr zur Toilette gehen. Ich bin ein Eindringling, fühle mich unwohl. Diese Dreizimmerwohnung ist feindliches Gebiet, sie gehört einem Fremden, einem Gegner, der mir wehgetan hat und vor dem ich mein Hab und Gut hinter den feindlichen Linien in Sicherheit bringe.

Ich hab so viel Schiss, dass er überraschend zurückkehren könnte, dass ich keine Zeit habe, traurig zu sein. Ich habe keine Lust, unsere gemeinsamen Fotos oder die Geschenke, die er mir gemacht hat, einzupacken. Es sind keine guten Erinnerungen. Mir ist, als wäre jeder Beweis unseres gemeinsamen Lebens Säure in einer klaffenden Wunde. Also leere ich meinen Kleiderschrank, meine Schubladen, und packe alles so schnell wie möglich ein. Obwohl ich mich abhetze, ist mir kalt. Was daran liegen mag, dass ich das Gas habe abstellen lassen und somit die Heizung nicht mehr heizt. Es ist Anfang Februar. Pech, sage ich nur, aber schließlich war ich es, die die Gasrechnungen bezahlt hat!

Ich habe die Kartons in der Diele gestapelt. Obenauf ließ ich gut sichtbar eine Notiz zurück, auf der stand, dass er die Finger von meinem Kram lassen sollte und dass die Kartons kommenden Samstag um neun Uhr abgeholt würden. Zum Schluss warf ich noch einmal einen Blick auf den armseligen Stapel. Ein ganzes Jahrzehnt, reduziert auf acht Kartons … Rasch machte ich die Tür hinter mir zu. Um nichts in der Welt wollte ich mich von meinen Gefühlen übermannen lassen. Nicht hier. Nicht jetzt.

Heute Morgen bin ich dann noch einmal hingegangen, weil mir noch das eine oder andere eingefallen war, was ich einpacken wollte. Um mir Mut zuzusprechen, habe ich mir gesagt, dass es zum Glück das allerletzte Mal ist. Ich bezog wieder meinen Posten hinter dem Eckschaufenster. Ich habe darin übrigens ein sehr hübsches Paar Pumps entdeckt. Ja, was denn? Auch Geheimagenten haben ein Recht auf schöne Schuhe. Diesmal regnet es nicht, daher falle ich jetzt mit meinem großen Hut, der nun nur noch die Funktion hat, mein Gesicht zu verbergen, etwas auf. Als Hugues aus der Eingangstür trat, blieb er davor stehen und scannte misstrauisch die Umgebung. Er ließ sich dabei übertrieben viel Zeit, führte sich auf wie ein großkotziger

Jäger auf der Pirsch, sah aber aus wie ein Parkplatzwächter in seinem Kabuff. Er wird sich denken können, dass ich mich hier irgendwo herumdrücke. Er kennt mich. Du kannst dich umgucken, so viel du willst, Bürschlein. Wenn du noch nicht mal die kleine Ente auf dem Bauernhof-Wimmelbild findest, wie willst du dann deine Ex auf der pickepackevollen Straße entdecken … Trotzdem beunruhigt es mich ein wenig. Dieses Verhalten gefällt mir nicht. Ich habe Angst, dass er nur so tut, als würde er weggehen, um dann zurückzukommen und mich zu überraschen. Ich bin nicht mehr in einem Krimi, sondern in einem Horrorfilm. Ich habe keine Lust, mich von ihm in seiner Wohnung erwischen zu lassen, auch wenn ich nichts Falsches tue. Ich habe eine Gabe dafür, mich schuldig zu fühlen – eine Gabe, die er im Übrigen perfekt zu nutzen wusste.

Statt zehn habe ich satte zwanzig Minuten gewartet. Dann bin ich noch schneller die Treppe hochgeflitzt als beim letzten Mal. Als ich die Türen der Nachbarn passierte, fühlte ich mich durch ihre Türspione beobachtet. In der Wohnung lehnte ich mich erst einmal gegen die Tür und atmete durch. Meine Kartons sind immer noch da. Aber als ich die Verklebung überprüfe, stelle ich fest, dass er einige geöffnet hatte. Wie widerwärtig ist das denn? Auf dem Zettel, auf dem stand, dass ich den Krempel am Samstag um neun Uhr abholen würde, hat er die 9 durchgestrichen und eine 10 drübergeschrieben. Ein richtiger Kotzbrocken ist er, bis in die Haarspitzen. Ich würde nur zu gern seine Visage sehen, wenn er am Montag merkt, dass er weder Strom noch Wasser hat … Tja, auch das hatte ich alles gezahlt.

Schnell packe ich meine letzten Papiere, meine Bücher und einige DVDs ein. Bei den Büchern und den Filmen laufe ich kaum Gefahr, dass er sie mir streitig macht. Wenn in einem Buch keine Bilder drin sind, interessiert es ihn ohnehin nicht.

Besser noch ist es, wenn es Bilder von Motorrädern, Uhren oder Frauen sind, die Klamotten vier Kleidergrößen kleiner tragen als das, was sie eigentlich bräuchten. Und apropos Filme: Das einzige Mal, dass ich ihn vor dem Bildschirm weinen sah, war, als seine Lieblingsmannschaft aus der Champions League rausgeflogen ist.

Ich habe noch vier weitere Kartons gefüllt, die sich zu den anderen gesellten. Als ich einen davon in der Diele abstellte, habe ich plötzlich im Treppenhaus ein Geräusch gehört. Ich erstarre zur Salzsäule. Dann höre ich Schritte, einen Schlüsselbund, der bewegt wird. Hugues hatte so einen riesigen. Ich habe nie erfahren, wofür die vielen Schlüssel gut sein sollten und fand es schon immer idiotisch, aber wahrscheinlich fühlte er sich damit superwichtig, und es passte zu dem Image, das er von sich hatte. Ich höre das Gerassel der Schlüssel und fange an zu zittern. Schnell spiele ich alle Optionen durch: Ich könnte mich im Schrank verstecken, spontan eine Superkraft entwickeln, die mich unter Stress unsichtbar werden lässt, einen der Vorhänge runterreißen und mich darunter verstecken oder aus dem Fenster springen. Das alles ging in zwei Millisekunden durch meinen armen Kopf. Und dann wurde auf der Etage eine andere Tür geöffnet. Einer der Nachbarn. Mein Herz klopfte wie verrückt, sodass ich mich für einen Moment hinsetzen musste. Ich habe einige Minuten gebraucht, um mich wieder zu beruhigen, wenn man überhaupt von Ruhe sprechen kann. Danach habe ich mich wie eine Wahnsinnige wieder an die Arbeit gemacht, um die Zeit, die ich verloren habe, wieder aufzuholen.

Geschafft! Ich war doch noch pünktlich fertig geworden und überglücklich, diese Packerei endlich hinter mich gebracht zu haben. Ich mag mir kaum vorstellen, wie die Sache ausgesehen hätte, wenn er dabei gewesen wäre. Er wäre mir überallhin gefolgt, nicht unbedingt um mich zu überwachen, sondern um mit mir zu reden – über sich natürlich. Auf den egozentrischen Wortschwall dieses Kindskopfs, der jede Verantwortung weit von sich weist, konnte ich aber getrost verzichten.

Bevor ich gehe, drehe ich noch eine letzte Runde durch die Wohnung, wobei ich das Schlafzimmer auslasse. Trotz der Dinge, die ich an mich genommen habe, hat sich das Gesamtbild kaum verändert. Letztendlich gab es hier nicht viel von mir. Ich wohnte bei ihm. Nüchtern betrachte ich die Einrichtung der Räume und stelle fest, wie gewöhnlich die Wohnung aussieht, so banal wie unsere Liebesgeschichte. Ich verlasse den Ort und bringe mich in Sicherheit, im wahrsten Sinne des Wortes.

11

Ich komme nie in dieses Viertel, bin hier aber schon das eine oder andere Mal durchgefahren. Wie alle anderen kenne ich jedoch seinen Ruf und den Quadratmeterpreis. Dies ist der historische Stadtkern, etwas erhöht gelegen, über dem Kanal, zwischen dem alten Kloster und dem Gerichtsgebäude. Es gibt hier denkmalgeschützte Häuser aus behauenem Stein, breite Bürgersteige, die von beeindruckenden hundertjährigen Bäumen in regelmäßigen Abständen beschattet werden. Die Straßenlaternen scheinen aus der Belle Époque zu stammen. Sogar die geparkten Autos sprechen Bände über den Lebensstil der Bewohner. Ich bin es nicht gewohnt, mich in einer solchen Umgebung aufzuhalten, sehe darin aber mindestens einen Vorteil: Ich werde es näher zur Arbeit haben. Ich kann gleich um die Ecke in den Bus steigen, der mir pro Wegstrecke fünfzehn Minuten Zeitersparnis bringen wird.

Als ich in die Straße einbiege, ist es kurz nach halb fünf. Ich sehe viele Frauen in Begleitung von Kindern, die gerade von der benachbarten Schule abgeholt werden. Dem Alter nach könnte ich eine von ihnen sein, aber es gibt kein Kind, das meine Hand hält, und so wie es aussieht, wird es auch nie eins geben. Im Übrigen bin ich mir nicht sicher, ob all diese Frauen tatsächlich die Mütter der Kleinen sind. Wahrscheinlich sind es Tagesmütter oder Kindermädchen. Ich komme an einem Blumenladen vorbei, einer Reinigung, einer Bäckerei-Konditorei und einem Optiker. In meinem bisherigen Viertel gab es ein Internetcafé, einen kleinen Supermarkt, der rund um die Uhr geöffnet hatte, und einen Second-Hand-Laden. Eine andere Welt. Ich sehe die Hausnummer 22 neben einer hohen Toreinfahrt. Es fühlt sich seltsam an. Ich bin hier nicht mit einem Menschen verabredet, ich habe bloß ein Rendezvous mit meiner Zukunft. Ich werde hier wohnen und entdecke nun diesen Ort zum ersten Mal. Ich habe ihn mir zwar nicht ausgesucht, aber es war ein Glücksfall, dass ich überhaupt irgendwo untergekommen bin, und ich bin neugierig, wo ich die nächsten Monate verbringen werde.

Den Türcode habe ich mir auf einem Zettel notiert, der in meiner Geldbörse steckt. Ich tippe die Zahlen in die glänzende Tastatur, ein Klick – und ich bin drin. Ich schiebe die große Holztür auf und betrete einen geräumigen Innenhof mit einer Baumgruppe und Anpflanzungen in der Mitte. Von außen konnte man die Größe dieses Ortes nicht einmal erahnen. Ein gepflasterter Gehweg führt um die Bäume herum. Auf der linken Seite befindet sich eine Garageneinfahrt und weiter hinten eine großzügige Außentreppe. Die Häuser, die den Innenhof umringen, sehen wie ehemalige Stadtpaläste aus. Die Straßengeräusche und das Lärmen der Kinder verstummen schlagartig, als die Tür hinter mir ins Schloss fällt. Alle Fenster zum Hof wirken auf mich wie Dutzende von Augen, die auf mich herabsehen. Aber diesmal fühle ich mich nicht wie ein Eindringling, sondern einfach wie ein Neuzugang.

Ich nehme die Außentreppe und sauge alles um mich herum auf. Keine Frage – Emilie wird Augen machen, wenn sie zu Besuch kommt. In der Eingangshalle gehe ich zielstrebig auf die Pförtnerloge zu. Ich klopfe an. Ein kleiner Mann, nicht mehr sehr jung, erscheint sofort und macht mir auf. Er trägt einen blauen Kittel wie früher die Eisenwarenhändler.

»Guten Tag! Ich suche die Concierge. Sind Sie vielleicht ihr Ehemann?«

»Nein, ich bin die Schwägerin vom Papst. Und Sie, wer sind Sie?«

Durch seine Antwort aus dem Konzept gebracht, stammle ich: »Ich ziehe in das Appartement von Madame Orléana. Die Concierge müsste die Schlüssel für mich haben.«

»Es gibt hier keine die, sondern den Concierge. Das hier ist mein Terrain, und ich kümmere mich hier um alles. Warten Sie mal kurz, Veronique hat für Sie einen Umschlag hinterlegt. Ich werde Ihnen erklären, wie hier alles läuft.«

Er verschwindet in seiner Pförtnerloge. Macht keinen einfachen Eindruck, der gute Mann. Durch die angelehnte Tür sehe ich eine portugiesische Fahne, die von einer französischen gekreuzt wird. Da liegt sicher die Erklärung für seinen Akzent. Er kommt mit einem großen Umschlag wieder.

»Die Wohnung ist im dritten Stock, sehr hübsch und ruhig. Auf Ihrer Etage wohnt Madame Brémont, eine äußerst feine und elegante Frau, die praktisch nie da ist, und auf der anderen Seite Monsieur Dussart, Leiter einer großen IT-Abteilung. Seit drei Jahren schon versuche ich, die beiden miteinander zu verkuppeln!«

Wieso erzählt er mir das?

Zwei Kinder kommen ins Treppenhaus gerannt. Ihre schlammigen Schuhe verschmutzen den Boden. Der Concierge hält sie auf: »Antoine, Hugo, wo wollt ihr so eilig hin, mit diesen dreckigen Schuhen? Hat euch eure Mutter keine Manieren beigebracht? Wie auch, wenn sie mehr Zeit beim Friseur oder im Fitnessstudio verbringt als mit euch beiden … Also, unter uns Männern: Tut mir den Gefallen, und putzt euch die Schuhe ab, bevor ich richtig sehe, welchen Dreck ihr da reinschleppt.

Wenn nicht, lasse ich euch den Boden zentimeterweise sauber lecken.«

Ich bin verdutzt. Ich habe noch nie jemanden so etwas sagen hören. Andererseits hat er nicht unrecht. Die beiden Jungs antworten im Chor: »Ja, Monsieur Alfredo!« und führen seine Befehle ohne Murren aus. Ich habe festgestellt, dass sein portugiesischer Akzent deutlicher wird, wenn er sich aufregt.

Er wendet sich wieder mir zu: »Alle nennen mich hier Monsieur Alfredo.«

Er geht auf der Treppe vor.

»Dort drüben gibt es einen Aufzug, aber in Ihrem Alter würde ich die Treppe empfehlen, wenn Sie Ihre hübsche Figur behalten wollen. Es sei denn, Sie haben was Schweres zu tragen.«

Ich warte schon förmlich auf den Moment, wo er mir sagt, dass er meine Frisur nicht mag. Seine Sprüche machen mich perplex, aber trotzdem schockieren sie mich nicht. Wie alt mag er wohl sein? Seine Haare sind mehr grau als graumeliert, seine Hände sehen nach Anfang sechzig aus, doch er strahlt die Energie eines Vierzigjährigen aus.

Das Treppenhaus ist tadellos in Schuss. Hugo und Antoine holen uns ein und überholen uns lachend. Der Concierge drückt sich an die Wand, um sie vorbeizulassen. »Nur zu, ihr beiden! Und vergesst nicht, eure Hausaufgaben zu machen, bevor ihr euch an den Computer setzt!«

Wir erreichen die dritte Etage. Aus dem Umschlag holt er einen Schlüsselbund heraus und bietet ihn mir mit einer überraschend anmutigen Geste an, während er auf die Tür in der Mitte weist. »Voilà – Ihr neues Zuhause! Nehmen Sie den großen Schlüssel, dieser hier ist für den Keller und der runde für die Garage. Wann ziehen Sie ein?«

»Morgen früh, aber ich besitze nicht viel.«

Ich mühe mich mit dem Türschloss ab.

»Ist ein bisschen schwergängig, muss ich zugeben. Ich lasse das für Sie nächste Woche reparieren. Wegen Ihrer Post: Möchten Sie, dass ich sie raufbringe, oder holen Sie sie bei mir unten ab?«

»So wie es Ihnen am angenehmsten ist.«

»Dann kommen Sie doch bei mir vorbei, am besten am späten Nachmittag oder abends.«

Ich betrete das, was *meine* Wohnung werden soll, und bin von den Socken. Sie ist riesig. Normalerweise kennt man solche Orte nur aus Filmen. Von der Diele aus sehe ich das Wohnzimmer, das ebenso groß zu sein scheint wie das Großraumbüro meiner Firma. Nach rechts erstreckt sich ein Flur mit mindestens drei großen Türen, ein zweiter geht nach links ab, mit weiteren Türen. Die Tatsache, dass Möbel da sind, hat eine seltsame Wirkung auf mich: als würde ich bei jemand anderem zu Hause zu sein.

Der Concierge holt ein Blatt aus dem Umschlag. »Hier steht, dass Sie alles nach Ihrem Geschmack verändern oder umstellen können, weil Madame Orléana ohnehin nach ihrer Rückkehr alles neu machen lassen will. Sie hat geschrieben: ›Fühlen Sie sich wie zu Hause.‹ Der Schaltkasten ist hier, die Küche dort, der Hauptabsperrhahn unter der Spüle. Wie dem auch sei, sollten Sie ein Problem haben, sagen Sie mir bitte Bescheid. Bestellen Sie niemals eine Firma oder einen Handwerker, ohne mich vorher zu benachrichtigen. Das sind oft Betrüger, die unsinnige Arbeiten machen, vor allem, wenn sie es mit alleinstehenden Frauen zu tun haben. Veronique hat mir gesagt, dass Sie ohne Anhang sind.«

»Ich habe mich erst vor Kurzem von meinem Freund getrennt.«

Auch wenn ich ihn im Grunde sympathisch finde, könnte er doch ein wenig mehr die Form wahren. Ich ziehe meine Schuhe aus und betrete das Wohnzimmer. Er folgt mir. Ich drehe mich zu ihm um und frage: »Hat Madame Orléana weitere Instruktionen hinterlassen?«

Er merkt, dass ich ihn aufdringlich finde, und wirft schnell einen Blick auf das Blatt. »Nichts Wichtiges. Hier – lesen Sie selbst. Ich lasse Sie jetzt allein. Seien Sie so freundlich, Ihren Müll nur montags und donnerstags hinunterzubringen. Wenn Sie Fragen haben, wissen Sie, wo Sie mich finden. Willkommen in unserer Hausgemeinschaft.«

»Vielen Dank.«

Er geht hinaus und zieht die Tür hinter sich zu. Das Klacken der Tür hört sich für mich an wie der Knall eines Champagnerkorkens. Es ist der Startschuss zu einer verhaltenen Feier, meinem kleinen, ganz persönlichen Fest. Dieses Schließgeräusch ist wie ein Punkt am Ende einer Seite, besser noch, wie der Großbuchstabe am Anfang eines neuen Kapitels. So viel Stille, Weite, Licht! Ich bin allein und vorerst damit zufrieden. Ich atme langsam und tief ein und dann wieder aus.

Zum ersten Mal seit Wochen bin ich an einem Ort, wo kein Mensch meine Anwesenheit infrage stellt und wo ich mich vor Anfeindungen und Angriffen sicher fühlen kann. Vermutlich eine gute Definition eines friedvollen Refugiums.

Ich sehe mir alles an, indem ich mich langsam um meine Achse drehe. Ich glaube, das habe ich seit meiner Kindheit nicht mehr getan. Die Möbel sind geschmackvoll, besitzen aber wenig Charme und sind ein wenig altmodisch. Ich wandle umher, beeindruckt von dieser Wohnung, die mir nicht gehört, und begeistert über den Raum, den sie mir bietet. Allein die Küche ist größer als das größte Wohnzimmer, das ich bisher gesehen habe. Zwei Schlafzimmer, ein Ankleidezimmer, ein Büro, dann ein Bad mit einer sehr schönen Dusche und einem riesigen Spiegel, dessen Beleuchtung mir schmeichelt. Vom Wohnzimmerfenster aus blicke ich auf den Hof und die Bäume hinab. Wenn ich mein Gesicht an die Scheibe presse, sehe ich auch die Fenster der anderen Gebäude. Von hier aus kann ich jeden Angreifer und jeden Ärger von Weitem kommen sehen. Einen Augenblick lang lächle ich, weil ich mich sicher fühle. Über meiner neuen Aussicht erstreckt sich ein blauer Horizont. Die Orte, von denen aus ich den Himmel sehen kann, waren mir schon immer am liebsten.

Vorsichtig setze ich mich auf das beigefarbene Ledersofa, das vermutlich zehnmal so viel gekostet hat wie meins und das dreimal so lang ist. Es fällt mir schwer, mir einzureden, zu Hause zu sein. Aber langsam erahne ich, dass ich hier zu neuen Kräften kommen kann. Und das ist nicht wenig. Wäre mein Leben ein Raumschiff, würde ich sagen, dass es auf einem unbekannten Planeten abgestürzt ist. Die Hülle muss komplett repariert werden, doch der Hangar steht schon bereit. Ich kenne mich: Manche Verletzungen werden schnell vergessen sein, aber mein Herz hat schweren Schaden genommen, und ich bin mir nicht sicher, ob es eines Tages wieder rund laufen wird. Das ist schlimm, aber wenn ich ehrlich sein soll, ist es mir in diesem Moment egal. Ich habe gerade ein ganz anderes Problem: Ich weiß nicht, ob ich die Beine so weit ausgestreckt kriege, dass ich sie noch auf dem Couchtisch ablegen kann.

12

Ich schaue auf die Uhr. Genau zehn. Ich bin so was von dankbar, dass Kevin, Sandro und Alexandre bei mir sind. Dann habe ich weniger Angst vor dem, was kommt – was unglaublich ist, da ich sie eigentlich kaum kenne. Im Augenblick sind sie meine besten Verbündeten. Ich muss wohl sehr labil sein, um mich in diesem Maße an fremde Menschen zu klammern. Der Mensch, der die Tür öffnen wird, war der Mann meines Lebens, noch vor wenigen Wochen. Welch ein seltsamer Ausdruck. Woran macht man so etwas fest? Es war ein Gefühl. Jetzt ist er mein fleischgewordener Albtraum, und das ist eine Tatsache. Als ich bei Hugues klingle, komme ich mir vor, als würde ich für einen Kampf in den Boxring steigen. Ich schüttle meine Arme aus, um mich zu entspannen. Ich würde ihn gerne k.o. schlagen, aber ich bin nur ein Federgewicht. Kevin, dem ich die Situation erklärt habe, flüstert mir zu: »Keine Sorge, das wird schon. Mit uns kann Ihnen nichts passieren.«

Hugues öffnet. Offensichtlich ist er gerade aus dem Bett gestiegen. »Ah, du bist schon da?«, murmelt er.

»Wie verabredet.«

»Willst du einen Kaffee?«

»Nein, danke.«

»Willst du mir vielleicht einen machen?«

Bloß nicht darauf reagieren. Nicht nachdenken. Emilie hat mir geraten, mich ausschließlich auf mein Ziel zu konzentrieren:

die Sachen einpacken und so schnell wie möglich verschwinden. Hugues trägt eins seiner unförmigen T-Shirts und seinen sackartigen Jogginganzug. Da ich keine Anstalten mache, ihm einen Kaffee zu machen, spöttelt er: »Ich seh schon, Madame ist immer noch sauer.«

Ich korrigiere ihn: »Mademoiselle.«

Also wirklich, gar nicht nett, dieses Mädel. Es ist immer noch sauer, obwohl es doch schon zwei Wochen her ist, seit es verraten, betrogen, abserviert und rausgeschmissen wurde. Ich muss schon sagen, Frauen sind wirklich nachtragend! Er hingegen hat offenbar schon wieder vergessen, was ich seinetwegen durchmachen musste. Ich beiße die Zähne zusammen. Eins darf ich auf gar keinen Fall: mich von meinen Gefühlen überwältigen lassen. Ich bin hier, um mitzunehmen, was mir gehört. Sachlich bleiben, zielgerichtet agieren. Punkt. Aus. Ende. Wenn der schwache Damm, der meine Gefühle zurückhält, brechen sollte, würde ich mich auf ihn stürzen, ihm die Augen auskratzen, ihm meinen Namen und alles, was ich über ihn denke, in sein feiges Gesicht ritzen, und zwar mit den Fischmessern, die ich gekauft habe, weil er mich dazu genötigt hat. Schick fand Hugues die Teile, benutzt haben wir sie aber nie. Blöder Spießer. Ruhig atmen, Marie, ganz ruhig.

Ich drehe mich zu meinen Umzugsleuten um: »Jungs, alle Kartons, die hier stehen, müssen mit, und auch das Sofa dort drüben.«

Alexandre geht an mir vorbei. »Wird gemacht«, sagt er.

Jeder von ihnen schnappt sich einen Karton und geht hinaus. Ich bin nun allein in der Wohnung mit Hugues. Ich weiß nicht einmal, wo er ist. Ich bin auf der Hut. Um nicht ganz so blöd dazustehen, beginne ich, die Sachen abzuräumen, die sich auf meinem Sofa häufen. Aus dem Flur höre ich ein Geräusch. Ich glaube, Hugues kommt gerade aus dem Schlafzimmer und schließt die Tür hinter sich. Normalerweise tut er das nie. Es kommt mir vor, als hätte ich eine Stimme gehört. Ist er etwa nicht allein? Was, wenn die SMS-Schlampe da ist? Ich hätte wirklich Lust, die Tür einzutreten, um nachzusehen. Ich sehe schon die Schlagzeilen vor mir: »Wahnsinnige massakriert Ex und seine Geliebte mit Zahnstochern und verfüttert die Leichen an Chinchillas.« Oder: »Verlassene Frau schickt Stoßgebet zum Himmel – Göttlicher Strahl fährt herab und verwandelt den Schurken samt seinem Luder in Zwerge.«

Hugues lehnt am Türpfosten, und bindet lässig seinen Bademantel zu. Ich wette, er ist überzeugt, sexy auszusehen. »Findest du nicht auch, dass es hier kalt ist?«

Armer Tropf, in der Wohnung ist es weniger kalt als in meinem Herzen, und außerdem brauchst du nur deine Rechnungen zu bezahlen. Ich habe es noch nie leiden können, wenn er diese vermeintlich coole Playboy-Pose einnahm und einen Abenteurer mimte, den nichts aus der Bahn wirft. Er hatte es eine Zeit lang sein lassen, nachdem er sich einmal im Karibikurlaub gegen einen Bambuspfosten gelehnt hatte, der unter seinem Gewicht nachgab. Er legte sich der vollen Länge nach hin, mitten in der Hotellobby. Megapeinlich. Danach hatte er mich den ganzen Abend lang angeschmollt, weil ich es gewagt hatte, laut zu lachen. Als ich mich daran erinnere und ihn da so stehen sehe, habe ich plötzlich die Kraft, ihn anzulächeln. Er denkt wahrscheinlich, ich sei einfach nur freundlich, während ich mich innerlich über ihn kaputtlache.

»Du hast mir deine neue Adresse nicht gegeben«, sagt er.

»Und was willst du damit? Wir hatten mal dieselbe. Es war nicht meine Idee, das zu ändern.«

»Wegen der Post, dachte ich …«

»Mach dir um mich keine Gedanken. Ich hab einen Nachsendeantrag gestellt. Du kannst mich ja anrufen, wenn …«

»Ah, ich hab übrigens vergessen zu erwähnen, dass dein Handy vielleicht nicht mehr geht … Na ja, eigentlich normal, weil ich den Vertrag auflösen musste, damit es zwischen uns einen sauberen Schnitt gibt. Es ist schließlich idiotisch, weiter dafür zu zahlen, wo wir nicht mehr zusammen sind. Logisch …«

»Das war völlig richtig. Ich sehe das genauso. Es muss einen sauberen Schnitt geben.«

»Gibst du mir deine Nummer, sobald du eine neue hast?«

Die drei Jungs kommen endlich wieder herein und ersparen mir eine Antwort. Jetzt, wo sie da sind, wage ich es, meine Wut rauszulassen, und ich fege kurzerhand den Rest von der Kleidung, die auf meinem einzigen guten Möbelstück liegt, mit einer Armbewegung auf den Boden. Hugues registriert es nicht einmal. Ich flüstere Alexandre zu: »Bitte, lassen Sie mich nicht mehr mit ihm allein. Gehen Sie abwechselnd nach unten, ich flehe Sie an.«

Er nickt und ruft in den Flur: »Sandro, du bleibst bei mir, wir kümmern uns um das Sofa. Kevin, machst du mit den Kartons weiter?«

Ich atme auf. Langsam beruhige ich mich etwas. Alexandre hebt das ziemlich schwere Sofa mit einer Leichtigkeit an, die mich verblüfft. Neben ihm wirkt Hugues regelrecht kümmerlich. Der einzige Sport, den er treibt, findet in seiner Fantasie oder im Schlafzimmer statt … Da war das Geräusch schon wieder. Ich bin fast sicher, dass sie da ist.

Meine beiden Umzugshelfer verrücken das Sofa. Hugues erklärt großspurig: »Sie können es mitnehmen, ist gar kein Problem. Ich wollte heute Nachmittag mit Tanya sowieso ein neues aussuchen. Ich glaube allerdings nicht, dass sie eine ähnliche

Farbe wählen wird. Die hier wirkt ein bisschen verstaubt, sie wird sicher etwas wählen, das mehr ihrem Alter entspricht, etwas Jüngeres halt. Und abgenutzt ist es auch schon.«

Hätte ich ihn mit zehn Kilo Kanonenpulver gefüttert, ihm die Zündschnur ihr wisst schon wo reingesteckt und sie dann angezündet, hätte mir vor Gericht jeder Richter nach einem derart niederträchtigen Schlag unter die Gürtellinie mildernde Umstände zugebilligt. Aber ich beherrsche mich. Um es zu schaffen, habe ich in Fällen wie diesen ein Geheimrezept. Ich benutze einen altbewährten Trick, mit dem ich meine Rage im Zaum halten kann: Ich denke an den Tag, an dem Mama in Tränen aufgelöst nach Hause kam, weil Papa sie verlassen hatte, allein zurückgelassen mit mir und meiner Schwester. Sie hatte sich in der Diele auf den Boden gleiten lassen, ihre Handtasche noch auf den Knien. Sie hat stundenlang geweint und hörte damit nur auf, um uns an sich zu pressen oder anzuschauen. Ich habe seitdem keinen unglücklicheren Menschen gesehen. Das ist meine absolute Referenz, das Schlimmste vom Schlimmen. Diesen Blick werde ich nie vergessen. Trotz der vielen Jahre, ist die Traurigkeit, die an jenem Tag in ihrem Herzen ausbrach, nie völlig aus ihrem Blick verschwunden. Ich war damals erst fünf, aber ich erinnere mich daran, als wäre es gestern gewesen. Als ich größer wurde, hat man mir oft gesagt, ich hätte die gleichen grüngrauen Augen wie meine Mutter, doch neulich abends, am Kanal, habe ich wahrscheinlich zum ersten Mal in meinem Leben auch den gleichen Blick gehabt. Wenn ich mir ihre Verzweiflung und ihren Schmerz in Erinnerung rufe, relativiert sich immer alles, was mir passiert. Aber heute, heute fällt es mir sehr schwer. Meine Wut raubt mir den Atem, mein Hass ist grenzenlos. Und Hugues, dieser Idiot, merkt nicht einmal, dass er in Gefahr ist.

Er sieht, dass ich nicht auf seine blöde Bemerkung anspringe, also wird er, so wie ich ihn kenne, vermutlich versuchen, die Provokation noch ein wenig weiterzutreiben. Alexandre und Sandro jedoch sind beide, wie es aussieht, schockiert. Es fällt mir schwer zu glauben, dass es purer Zufall ist, dass die beiden Jungs in alle Wände, an denen sie mit meinem Sofa vorbeikamen, Dellen geschlagen haben. Hugues hat davon wieder nichts mitbekommen. Typisch.

Meine drei Schutzengel haben den Auszug in weniger als einer Stunde bewältigt. Ohne sie hätte ich es nicht geschafft, diese furchtbare Situation durchzustehen. Ich wäre davongelaufen und hätte alles zurückgelassen. Manchmal ist Flucht die einzige Möglichkeit, um das Leiden abzukürzen. Kevin, Sandro und Alexandre haben das Feingefühl besessen, im Galopp wieder nach oben zu kommen, um mich im Augenblick des Abschieds nicht allein zu lassen. Sie stehen im Treppenhaus und warten auf mich, was Hugues im Übrigen sichtlich ärgert. Er versucht noch einmal sein Glück: »Sag mir wenigstens, wo du jetzt wohnst. Bei deiner Mutter? Oder bei deiner ulkigen Freundin, wie heißt sie noch mal …«

»Nein, ich werde meine eigene Wohnung haben, viel größer als die Butze hier.«

Sei still, Marie, dein Hochmut bringt dir nur Probleme ein.

»Und wie lautet die Adresse dieses Palasts?«

Mein Blick fällt auf eine seiner Autozeitschriften, auf deren Cover ein Rallyeauto abgebildet ist, das die Nummer 13 trägt. Mein panischer Blick fegt durch die Wohnung und bleibt am Thermostat über dem Schalter hängen, Meyer heißt der Hersteller.

»Rue Meyer 13.«

Wenn ich stark unter Druck stehe, mache ich solche Sachen.

Ich finde Antworten in dem, was ich gerade sehe. Das gibt nie besonders hervorragende Ergebnisse, aber diesmal ist es unterdurchschnittlich. Er zuckt mit den Schultern: »Sagt mir nichts.«

»Macht nichts.«

In fünf Minuten wird er es sowieso vergessen haben. Er kommt auf mich zu. Ich weiche zurück.

»Tja«, sagt er mit der sanften Stimme eines Helden, der trotz seiner Größe bescheiden geblieben ist. »Unsere Wege trennen sich nun wohl.«

Trottel. Man könnte eher sagen: Unser schroffer, an der steilen Felswand entlangführender Bergpfad bricht nun ein. Wie kann er mir bloß mit so etwas Banalem kommen? Er hat wohl als Kind zu lange vor dem Fernseher gesessen und idiotische Fernsehserien gesehen. Mir scheint, er hat die ganzen Dialoge auswendig gelernt.

»Ich danke dir für all die Jahre, in denen wir glücklich waren.«

Fortsetzung folgt, zweite Staffel, sechste Folge.

»Ich hoffe, wir sehen uns bald wieder. Lass uns Freunde bleiben. Auch wenn unsere Geschichte anders endet, als wir es uns gewünscht haben, lass uns nicht zerstören, was gut war.«

Erbarmen! Kann mal jemand den Ton abstellen? Die Bildqualität ist auch nicht gerade genial … Er hätte mir lieber alle Staffeln auf DVD schenken sollen, dann hätte ich mir die Folgen stückchenweise anschauen können, anstatt mir alles auf einmal reinziehen zu müssen.

»Und übrigens«, fügt er hinzu, »vergiss nicht, mir meine Schlüssel zurückzugeben. Ich brauche sie noch, du weißt schon, wofür …«

Und wie ich es weiß, Kumpel! Wir haben den Abschied nach Art einer brasilianischen Seifenoper abgehakt und gehen über zur amerikanischen Krimiserie. Es ist die Folge, in der Joe Bill droht, ihm den Arm zu brechen, sollte er ihm nicht den Schlüssel zum Tresor aushändigen. Ich hole den Schlüssel aus meiner Handtasche. »Hier ist er, Joe.«

Er sieht mich komisch an.

»Sorry, ich meinte *Hugues*. Das sind die Emotionen, weißt du …«

Er beugt sich vor, um mir einen Kuss zu geben, aber das geht zu weit. Wenn er mich anfasst oder auch nur einen Satz mehr anbringt, glaube ich nicht, dass der verstörte Blick meiner Mutter mich noch zurückhalten kann. Ich drehe mich auf dem Absatz um und mache, dass ich von hier wegkomme.

Während ich die Treppe hinuntergehe, steigen mir die Tränen in die Augen. Würde man sie analysieren, fände man 30% Schmerz, 35% Wut, 10% Stress – und der Rest wären Mineralsalze und Augenschweiß. Ich weiß, das ist eklig, aber ich bin ein Mädchen, das aus den Augen schwitzt, vor allem heute. Ich schluchze und verliere fast das Gleichgewicht. Wenn Alexandre mich nicht aufgefangen hätte, würde ich jetzt nach unten rollen, hilflos wie eine gewisse Säuferin, die sich nachts am Ufer des Kanals herumtreibt. Ich bin wirklich froh, dass er meinen Arm festhält.

In dem Kleintransporter, der uns zu meiner neuen Adresse bringt, tun die Jungs dann so, als wäre es völlig normal, dass ich von Weinkrämpfen geschüttelt werde, was ich echt süß finde. Zeit, dass wir uns endlich duzen. »Vielen Dank«, bringe ich heraus und wische mir die Tränen ab. »Ihr könnt euch nicht vorstellen, wie sehr ihr mir geholfen habt, einfach weil ihr da wart. Ohne euch hätte ich es dort nicht ausgehalten. Ich hätte ihn umgebracht, oder ich wäre gestorben. Oder beides. Aber zuerst hätte ich ihn definitiv umgebracht.«

»Das geht uns zwar nichts an«, witzelt Sandro, »aber ich glaube, wir hätten bei der Beseitigung der Leiche helfen können.«

Ich bringe ein Lächeln zustande. »Wisst ihr was, Jungs, drei Bier ist wirklich nicht genug für das, was ihr für mich getan habt. Ihr lasst euch von mir über den Tisch ziehen. Gebt mir ein paar Tage, um mich wieder zu fangen, und dann lade ich euch zum Essen ein.«

Mit einem verschmitzten Lächeln meint Alexandre darauf: »So schwer, wie das Sofa war, wirst du wohl als Zugabe auch noch auf dem Tisch tanzen müssen.«

13

Die erste Nacht an einem fremden Ort ist immer sonderbar, aber so etwas wie das hier habe ich noch nie erlebt. Es ist wie eine Art Zeitreise … Ich bin mehrfach in der neuen Wohnung aufgewacht, und jedes Mal dachte ich, irgendwo ganz anders zu sein. In der Dunkelheit nimmt man die Geräusche und Gerüche intensiver wahr und wird manchmal in der Erinnerung ganz weit zurückversetzt. Die Wohnung riecht vor allem nach Parfum, nach einem zarten, blumigen und ganz bestimmt sehr teuren Duft, den meine Vorgängerin benutzt haben muss, aber meine Kartons und mein Sofa haben ihre eigene Note mitgebracht und damit eine Mischung kreiert, die sich allen meinen Einordnungsversuchen widersetzt.

Was mich am meisten verwirrt, sind die Geräusche: Türen, die sich öffnen und schließen, ohne dass man wüsste, ob das Geräusch von oben oder von unten kommt, Stimmen, die mich durch die Wände gedämpft erreichen, etwas durchdringender die von Kindern, Gelächter, das aus dem Innenhof aufsteigt. Jedes Knarren und jedes Quietschen zeichnet eine sensorische Landkarte des Ortes. Man muss sich an diese Klänge gewöhnen, um sie nicht mehr als eine Bedrohung wahrzunehmen, um sich nicht mehr vor ihnen zu fürchten. Unser Gedächtnis ist definitiv seltsam. Als ich das erste Mal aufgewacht bin, war es vielleicht kurz vor ein Uhr in der Nacht. Einen Augenblick lang dachte ich, ich wäre in meinem alten Kinderzimmer, zu Hause bei meiner Mutter. Ich war fünfzehn, und meine Schwester sprach im Schlaf auf der anderen Seite des Raumteilers. Fast war ich ein bisschen enttäuscht, als ich merkte, dass das nicht der Fall war. Es hätte mir gefallen, mich in diesem familiären Kokon wiederzufinden, der nicht perfekt war, aber angefüllt mit Liebe. Als ich das zweite Mal aufwachte, war ich auf einer Jugendfreizeit, im Schlafsaal einer Jugendherberge in den Bergen, wo wir mit sechzehn Mädchen in nebeneinanderstehenden Betten geschlafen haben. Das riesige neue Schlafzimmer hat mich sicher darauf gebracht. Beim dritten Mal war ich im Studentenwohnheim, neben meiner Mitbewohnerin, die ich am selben Morgen erst kennengelernt hatte. Ich hätte nicht gedacht, dass alle diese Dinge mir noch so präsent waren, so kraftvoll, so real. Oma Valentine sagte oft, dass wir nichts vergessen. »Alles ist da drin«, ermahnte sie uns und tippte mit dem Zeigefinger auf ihr Herz. Und wie ich so an sie dachte, erstarrte ich plötzlich vor Schreck.

Weil mir nämlich brandheiß einfiel, dass ich etwas in der Wohnung von Hugues vergessen habe. Etwas sehr Wertvolles. Eins dieser Dinge, die man mitnehmen würde, wenn das Haus brennt, weil es um jeden Preis gerettet werden müsste. Oma Valentine hatte mir zu meinem achtzehnten Geburtstag einen Brief geschrieben. Sie war damals etwas über sechzig. In ihrer kleinen, runden und präzisen Schrift hat sie mir alles aufgeschrieben, was sie sich für meine Zukunft erhofft, aber auch alles, was sie das Leben gelehrt hatte. Dieses kostbare Erbe passte auf drei engbeschriebene Seiten. Ihr Brief sprach von Liebe, Aufrichtigkeit, Mut und Willen. Eine wundervolle Botschaft, die mich sehr bewegt hatte und die im Laufe der Jahre sogar noch an Bedeutung gewonnen hat. Oma Valentine starb zwei Jahre später, aber ihr Brief ist mir geblieben wie ein Vermächtnis. An jedem Geburtstag und zwischendurch, wenn ich nicht mehr weiterweiß, lese ich ihre Worte und finde darin Antworten. Immer öfter sogar. Bei jedem erneuten Lesen meine ich darin weitere Ratschläge zu entdecken, als öffneten sich mir im Verlauf der Jahre andere Horizonte, als würde ich neues Handwerkszeug bekommen, um ihr großartiges Geschenk besser zu verstehen. Drei magische Seiten. Auch wenn ich damals über den Scheck sehr glücklich war, den sie ebenfalls in den Umschlag gelegt hatte, weiß ich heute, welches Papier wertvoller war. Es ist eines der schönsten Geschenke, das ich jemals bekommen habe. Seit es mit mir und Hugues bergab ging, las ich den Brief wieder und immer wieder. Aber leider enthielt er nicht das Patentrezept für die Männerwelt.

Eines Abends, als ich ihn mal wieder zum Lesen hervorgeholt hatte, kam Hugues früher nach Hause als erwartet. Ich hatte Angst, er würde sich über mich lustig machen, wenn er mich damit erwischte, also hab ich ihn hastig zwischen zwei Büchern in der obersten Reihe des Bücherregals versteckt. Und da ist er immer noch. Ich würde viel dafür geben, um ihn jetzt, in diesem Augenblick, in meinen Händen zu halten. Ich würde so gerne den Umschlag aufklappen, daran riechen, mit den Fingern über die leicht vergilbten Seiten streichen, die zierliche Luftigkeit der schönen Unterschrift mit dem Finger nachziehen.

Ich kann nicht mehr schlafen und schlage mich die nächsten Stunden mit der Frage herum, wie ich den Brief wieder an mich bringen soll. Ich habe Angst vor dem, was Hugues damit machen könnte, wenn ich ihn darum bitten würde, und ich will sowieso auf keinen Fall, dass er seine dreckigen Griffel darauflegt. Das Schmutzige darf das Reine nicht berühren. Die bloße Vorstellung, er und seine neue Freundin würden ihn beim Großreinemachen in den Müll werfen, macht mich krank. Was soll ich bloß tun? Ich muss das mit Emilie besprechen. Sie wird Rat wissen. Aber ohne Handy bekomme ich sie heute nicht mehr zu fassen, und ich meine mich auch zu erinnern, dass sie den Sonntag mit ihrem neuen Freund verbringen will, einem Typen, den sie in ihrer Theatergruppe kennengelernt hat. Aber Montagmorgen muss ich gleich mit ihr sprechen, so schnell wie möglich.

Noch lange vor Sonnenaufgang habe ich beschlossen aufzustehen. Alles war mir recht, um mich von der Sorge um den Brief abzulenken. Ich habe meine Runden in der Wohnung gedreht, ging von einem Raum zum anderen und wieder zurück, setzte mich auf den nackten Boden und fragte mich, wie ich mich hier noch mehr wie zu Hause fühlen konnte. Ich durfte zwar alles nach meinem Geschmack umräumen, aber so leicht ist das gar nicht. Ich glaube, ich werde eines der Zimmer als Abstellraum benutzen und dort ihre ganze Habe unterbringen, einschließlich ihrer großen Couch. Mein kleines Sofa wird in dem großen Wohnzimmer verloren wirken, aber gemütlicher ist es allemal.

Es kommt mir vor, als würde ich ein neues Leben beginnen. Zum ersten Mal bin ich allein irgendwo eingezogen und muss allein alle Entscheidungen treffen. Ich habe Mamas Haus verlassen, um ins Studentenwohnheim zu gehen, und habe Hugues dann gleich nach dem Examen kennengelernt. Ich fühle den aufregenden Schauer der Freiheit und zugleich die Angst vor der Einsamkeit. Was soll ich bloß mit dem vielen Platz und der vielen Freiheit anfangen? Nur an mich selbst zu denken ist eigentlich nicht mein Ding. Ich bin niemals effizienter, als wenn ich etwas für jemand anderen tue. Ich glaube, das trifft auf viele Frauen zu.

Ich entscheide, vorerst aus dem Karton zu leben, bis ich mich an meine neue Bleibe gewöhnt habe.

Mit diesem guten Vorsatz und ohne eine Möglichkeit, das Problem mit dem Brief kurzfristig zu lösen, habe ich den Sonntag dahinplätschern lassen, was alles in allem eine gute Idee war. Ich habe herumgetrödelt, nicht einen Fuß vor die Tür gesetzt. Dreimal habe ich mich unter diese sagenhafte bodenebene Dusche gestellt. Ich hatte nur das Bedürfnis, mich in meinem Mauseloch zu verkriechen; ich wollte allein sein, um meinem strapazierten Gehirn die Gelegenheit zu geben, alles, was es in den vergangenen Tagen erleben musste, in aller Ruhe zu verdauen. Ich nahm mir die Zeit, die Minuten einzeln vorbeiziehen zu sehen, ich verfiel in Depressionen, dachte daran, mit welchen Leuten ich in Zukunft zusammen sein möchte und von wem mich Hugues ferngehalten hatte, an meine Freunde von früher, an meine Cousins. Und wieder verfluchte ich ihn und nahm mir vor, einige dämonische Rachepläne zu schmieden. Selbst in der mich umgebenden Ruhe und Sicherheit, selbst in diesem überwältigenden Zustand der Erschöpfung finde ich, dass sein Verhalten geradezu skandalös war. Ich sage mir zwar, dass auch ich meinen Teil der Verantwortung trage, aber was er mir angetan hat, ist unverzeihlich. Es reicht schon, wenn ich mir seine vorgefertigten Phrasen noch einmal in Erinnerung rufe, und schon könnte ich losschreien und auf ihn einschlagen. Auch dafür habe ich mir Zeit genommen. Ich hatte alle Zeit der Welt, die Wut aufsteigen zu lassen, in einer gewaltigen Woge, und sie dann wieder abfließen zu lassen, als würde sie wieder ins Meer zurückkehren, nachdem sie gegen den Felsen gebrandet war. Der Felsen, das ist mein neues Refugium, der Rückzugsort inmitten des Sturms, wo ich Ich sein kann. Das Meer, das sind die Tränen meiner Trauer, meines Kummers und meiner wie Schnee in der Sonne geschmolzenen Hoffnung. Man kann zwar viele Menschen kennen, Familie haben und Freunde – mit manchen Wunden ist man trotzdem verzweifelt allein. Ich bin entschlossen, von nun an ohne einen Mann zu leben, ohne trügerische Gefühle. Ich werde diese Welt bewohnen und mich bemühen, nicht mehr auf ihre Illusionen hereinzufallen. Ich will autonom sein, frei und unabhängig.

Immer wieder habe ich aus dem Fenster geschaut und mich viel im Wohnzimmer aufgehalten. Ich werde hier keinen Fernseher hineinstellen. Ich will mich nicht mehr von Dingen in Beschlag nehmen lassen, die keine Bedeutung haben.

Als ich Sonntagabend zu Bett ging, wusste ich zwar, wo ich war, aber trotz meiner guten Vorsätze hatte ich keine Ahnung, welche Richtung mein Leben einschlagen sollte.

14

Ich muss zugeben, ich war heilfroh, als der neue, noch bleiche Tag endlich anbrach, auch wenn ich mit dem Sonntag, den ich in meinem eigenen Rhythmus ohne alle Zwänge verbringen konnte, letztlich sehr zufrieden war. Man sollte sich so einen Tag in regelmäßigen Abständen gönnen, als ein Ritual, ein Rendezvous mit sich selbst. Danach hatte ich wieder Lust, unter die Leute zu gehen und der Welt beim Sichdrehen zuzusehen. Außerdem musste ich dringend mit Emilie über den Brief sprechen.

Als ich meine Wohnungstür hinter mir zuziehe, stoße ich beinahe mit meinem Nachbarn zusammen.

»Guten Morgen!«, grüßt er mich mit einem offenen Lächeln. »Mein Name ist Romain Dussart«, sagt er und reicht mir die Hand.

»Hallo, ich bin Marie Lavigne.«

Auf seinem erkennungsdienstlichen Blatt würde stehen: 1,80 m, braune Haare, braune Augen, schlank, gepflegte Hände, elegante Kleidung, kein Ehering.

»Sie haben also die Wohnung von Veronique übernommen?«

»Ja, für ein Jahr.«

Wir gehen gemeinsam die Treppe hinunter. Der aus dem Eingangsbereich aufsteigende kalte Luftzug macht sich bemerkbar. Mein Nachbar schlägt den Samtkragen seines perfekt geschnittenen Mantels im selben Moment hoch, in dem ich mir meinen billigen Schal um den Hals wickle.

»Sie werden sehen: Das hier ist ein sehr angenehmes Haus. Das einzige Problem liegt in der Versorgung mit den Dingen des täglichen Bedarfs. Die Geschäfte sind relativ weit weg, aber man kann sich die Einkäufe auch liefern lassen. Und wenn Sie Monsieur Alfredo nett bitten, kann er sich für Sie darum kümmern.«

Wir kommen an der Pförtnerloge vorbei, aber der Concierge ist nicht zu sehen. Ich wage eine Bemerkung: »Sie gehen aber sehr früh zur Arbeit.«

»Ja, ich mag es, früh bei der Arbeit zu sein. Später ist immer etwas los, Telefon, Meetings … So habe ich erst einmal meine Ruhe. Sie sind aber auch eine Frühaufsteherin.«

»Aus dem gleichen Grund wie Sie. Ich muss meinen Schreibtisch in Ordnung haben, bevor ich es mit Menschen zu tun bekomme.«

Wir überqueren den Hof. Er fragt: »In welcher Branche sind Sie tätig, wenn ich fragen darf?«

»Ich bin in der Personalabteilung einer Firma, die Matratzen herstellt. Und Sie?«

»Wir bieten Serverdienste an.«

Ich versuche einen bewundernden Ausruf, aber es klingt mehr nach dem Krächzen eines Huhns, das von einem Trecker überfahren wird. Er bleibt vor einem Garagentor stehen.

»Freut mich sehr, dass wir nun Nachbarn sind. Ich hoffe, wir sehen uns bald wieder.«

Das ist seine Art, mir auf Wiedersehen zu sagen. Sein Lächeln ist perfekt, ideales Gleichgewicht zwischen Lippenbewegung, Grübchen und den tadellosen Zähnen, die ihm etwas Animalisches geben. In seine Betrachtung versunken, brauche ich einen Augenblick, um ihm zu antworten: »Oh ja, natürlich, Ihnen auch einen schönen Tag.«

Er dreht sich weg, und ich verlasse den Hof.

Die Straße hat auf mich die Wirkung eines belebenden Bads. Ich tauche mit Wonne hinein. Endlich Leben, auch wenn es für die Schulkinder noch zu früh ist. Während ich zur Bushaltestelle gehe, denke ich über meinen Nachbarn nach. Wieso bin ich nie so einem Mann begegnet? Wie kommt es, dass man an bestimmte Menschen gerät und nicht an andere? Was sind die Kriterien, die Faktoren, die uns einem Menschen näherbringen oder uns von ihm Abstand nehmen lassen? Können Frauen sich eine eigene Existenz aufbauen, ohne zu viele Kompromisse im Privatleben zu machen? Wie würde mein Leben zum Beispiel mit Romain aussehen? Ich wäre Marie Dussart geworden, da es ja in den Kreisen üblich ist, dass eine Frau ihren Mädchennamen aufgibt. Wir würden vielleicht hier wohnen, zwei Kinder haben, mit denen Monsieur Alfredo schimpfen würde, wenn sie versuchen würden, auf die Bäume des Hofs zu klettern. Aber wer weiß? Hinter der gewinnenden und eleganten Fassade dieses Herrn verbirgt sich womöglich ein Monster, das mir genauso viel Kummer bereitet hätte wie Hugues. Obwohl das, was Hugues geliefert hat, eigentlich nicht zu toppen ist! Auch Romain hätte mich vielleicht betrogen und belogen und mich allein gelassen, ohne sich jedoch offiziell von mir zu trennen, um den Schein zu wahren, an dem ihm so viel zu liegen scheint. Gibt es auf dieser Welt überhaupt einen Mann, dem man nicht misstrauen müsste? Ich bin bereit, zehn Jahre meines Lebens zu geben, um ein verlässliches und garantiertes Ja oder Nein zu bekommen, wenn möglich, vom lieben Gott persönlich. Und ich will gerne fünf weitere Jahre meiner elenden Existenz drauflegen, wenn man mir die Adresse dieses Mannes gibt. Oder wenigstens die Postleitzahl.

15

Als ich den Empfangsbereich der Firma betrete, höre ich ein energisches »Aus dem Weg!« und kann gerade noch ausweichen, um die Rad schlagende Petula vorbeizulassen. Sie landet tadellos auf ihren kleinen zierlichen Füßen und sagt: »Guten Morgen, Marie! Geht's dir wieder besser?«

»Ich war nicht krank, ich bin nur umgezogen. Ich muss dir übrigens noch meine neue Adresse und meine neue Handynummer geben.«

»Das ist ja ein richtiger Rundumschlag! In einem Wisch alles neu! Du bist ja früh dran mit dem Frühjahrsputz.«

Indem ich Petula informiert habe, kann ich mir sicher sein, dass die ganze Firma im Laufe des Vormittags Bescheid wissen wird. Ich wechsle das Thema: »Wie war denn dein Vortanzen?«

Wie jedes Mal, wenn man sich mit ihr über das Ballett unterhält, dreht sie auf wie ein überspannter Teenager. »Sie wollen mich am kommenden Samstag noch einmal sehen! Außer mir sind jetzt nur noch drei Mädchen übrig. Am Anfang waren wir sechzig!«

»Das ist ja toll! Dann drück ich dir mal die Daumen. Pass schön auf dich auf, und verletz dich nicht bis dahin.«

Zu dieser frühen Zeit sind die meisten Büros noch verwaist, aber die wenigen Kollegen, die schon da sind, grüßen mich alle, ohne Ausnahme. Der Kontrast ist auffällig. Vorbei die Gleichgültigkeit, jetzt habe ich Anspruch auf die großen Gesten, auf lächelnde Gesichter, und alle kennen meinen Vornamen. Ich werde ein Songalbum und eine eigene Kleiderkollektion rausbringen können. Mein Traum wäre, einen eigenen Klingelton zu haben: »Vorwärts, Marie, Marsch! Steck ihm den Nachtrag in den … Ring-ring!« Klingt gruselig.

Mein Büro wirkt auf mich kleiner als sonst, vielleicht weil ich in eine größere Wohnung gezogen bin. Wie ein Fisch im freien Gewässer habe ich mich an meine neue Umgebung angepasst und fühle mich nun, zurück im Goldfischglas, ein bisschen eingeengt. Oder aber Deblais und sein schurkischer Handlanger haben während meiner Abwesenheit die Wände um einige Zentimeter zusammengerückt. So wollen sie meinen Lebensraum nach und nach verkleinern, ganz unmerklich, bis ich zwischen zwei Glaswänden feststecke wie ein Kunstwerk oder plattgedrücktes botanisches Gewächs. Ich muss darauf achten, am letzten Tag gepflegt auszusehen und in einer eleganten Pose zu enden.

Apropos, in meinem Mail-Postfach entdecke ich eine Nachricht von Deblais, in der er von mir verlangt, die Sondervereinbarungen sämtlicher Arbeitsverträge tabellarisch zusammenzustellen. Die nächste Nachricht ist von Notelho, der ankündigt, im Laufe des Vormittags bei mir im Büro reinschauen zu wollen, um die Fortschritte der Liste zu begutachten. Es ist schon niedlich, wie diese beiden ihre kleine Nummer abziehen, um Druck zu machen. Mir ist klar, was sie mit dieser Tabelle bezwecken: Sie möchten gerne die Schwachpunkte eines jeden Vertrags aufspüren, an die sie sonst nicht herankommen würden. Und ausgerechnet von mir wollen diese beiden Strategen Unterstützung haben! Die Ironie der Situation hat schon etwas Köstliches an sich. Ich liebe es, Idioten bei der Arbeit zuzusehen. Und ich werde ihnen dabei helfen, ganz bestimmt!

Zwischen den beruflichen Mails entdecke ich acht persönliche. Alle kommen aus Hugues' Freundeskreis. Man kann davon ausgehen, dass sie just an diesem Wochenende erfahren haben, dass ich den Laufpass bekommen habe. Ich öffne die erste: »Liebe Marie.« Da sie von einem Typen stammt, der kaum drei gerade Wörter hintereinander herausbekommt, mache ich mich auf das Schlimmste gefasst und werde nicht enttäuscht. »Eure Trennung tut mir wirklich leid, bla bla bla, ihr wart ein schönes Paar, bla bla bla, aber manchmal kommt es im Leben bla bla bla.« Ich werde das nicht zu Ende lesen. Die nächste Mail ist fast eine Copy-and-Paste-Variante. Die Kerle haben wahrscheinlich eine Schreibwerkstatt besucht mit dem Thema: »Bekunden Sie der Ex Ihres Freundes, mit der Sie nicht viel zu tun hatten, Ihr Beileid.« Ich sehe sie alle vor mir: Sie sitzen mit ihren Bierchen um einen Tisch herum und strecken konzentriert ihre Zungenspitzen heraus, um beim Ausmalen in den vorgegebenen Feldern zu bleiben. Ich gebe ihnen eine Sechs plus dafür. Also wirklich!

Es sind zwei große Tendenzen festzustellen: Von den acht Mails stammen fünf von Männern, allesamt Kumpel von Hugues, für die diese Mail ganz klar ein höflicher Abschiedsbrief ist, der keine Antwort erfordert und auch keinen weiteren Kontakt, was mir sehr recht ist. Die drei restlichen kommen von ihren Ehefrauen. Sie sind herzlicher, länger, weniger förmlich, und man hat den Eindruck, dass sie wirklich mitfühlen. Und ihr tut gut daran, Mädels, weil ihr vielleicht die Nächsten seid, die durch diese Hölle gehen dürft. Passt bloß gut auf eure Männer auf!

Allein die kurze Nachricht von Floriane berührt mich wirklich. »Was ist passiert, Marie? Ich hoffe, du kommst damit klar. Dein Handy funktioniert nicht mehr. Bitte ruf mich an. Ich denke an dich und umarme dich. Flo.«

Ich greife sofort zum Hörer.

»Floriane? Ich bin's, Marie. Störe ich?«

»Nein. Ich hab gerade die Kinder weggebracht. Wie schön, dass du dich meldest. Wie geht es dir?«

»Hugues hat mich abserviert. Ich hab rausgefunden, dass er eine andere hat. Und von ihm verlangt, die Affäre zu beenden. Daraufhin hat er mich aus der Wohnung geworfen und dafür seine neue Schickse ins Haus geholt.«

Pause, dann ein Seufzer. »Jetzt kapiere ich erst. Deine Version klingt sehr viel glaubwürdiger als seine.«

»Wieso? Was hat er denn erzählt?«

»Vorher hat er nie was gesagt. Offiziell war zwischen euch alles in Ordnung. Und dann, Samstag letzter Woche, als wir uns abends alle trafen, erscheint er völlig überraschend mit einer neuen Frau – recht vulgär übrigens – und verkündet, zwischen euch beiden sei es aus. Und dann fing er damit an, dass du krankhaft eifersüchtig seist, aber selbst keine Probleme damit hättest, dich woanders umzusehen. Wir kennen dich, und die Frauen haben das sofort richtig eingeordnet, aber Hugues' Freunde haben ihm die Geschichte natürlich abgekauft – so dreist, wie er sie vorgebracht hat. Für die ist damit die Sache gegessen.«

Ich spüre, wie mein Puls steigt. »Das hat er allen Ernstes erzählt?«

»Angeblich hat er dich gebeten, ihm die gleichen Freiheiten einzuräumen, die du für dich in Anspruch nimmst. Sein Vorschlag sei gewesen, eine freie Beziehung zu führen. Er habe dir damit entgegenkommen wollen, weil er dich liebte. Aber du hast davon angeblich nichts wissen wollen, also hat er dich gehen lassen …«

Der Druck steigt, der Atomreaktor geht in den nächsten Sekunden hoch.

»Marie? Alles in Ordnung?«

»Dieses Schwein! Hinausgeworfen hat er mich wie eine Schlampe! Und außerdem mein Handy sofort abgemeldet, weil es auf ihn lief.«

»Was für ein Dreckskerl! Ich werde mit Paul darüber reden, aber du kennst die Jungs. Sie werden deswegen nicht ihre Freundschaft zu ihm aufkündigen. Wir sind ja schließlich nur ihre Frauen … Wie kann ich dir helfen? Wo bist du eigentlich untergekommen? Ich habe einen Freund, einen Mathelehrer, er hätte ein Zimmer frei, wenn du willst.«

»Nein, danke, das geht schon, ich komm klar. Hör mal, Floriane, ich danke dir wirklich sehr für deine Offenheit und für deine Mail. Wir haben uns beide immer gut verstanden, aber …«

»Wir sind doch befreundet, Marie! Ich will dich nicht als Freundin verlieren, bloß weil Hugues so ein Quadratschädel ist. Du kannst dich darauf verlassen, dass ich ihm das bei der nächsten Gelegenheit mitten ins Gesicht sagen werde. Und den anderen werde ich auch erzählen, wie die Sache wirklich gelaufen ist.«

»Mach dir wegen mir bloß keinen Stress. Ich weiß, wozu Hugues fähig ist, wenn man ihm sagt, was Verantwortung ist. Ich habe teuer dafür bezahlt, und glaub mir, schön ist das nicht. Ich will in eurem Freundeskreis keinen Unfrieden stiften. Es war sehr schön, Teil davon zu sein, auch wenn mir manche bestimmt nicht fehlen werden. Wir können uns treffen, sobald du Zeit hast, aber nur du und ich.«

»Das alles tut mir so leid, Marie. Du warst immer für alle da.«

»Wenn ich daran denke, dass dieser Mistkerl es sich herausnimmt, so schnell mit seiner Neuen bei euch aufzulaufen, wo er mich gerade erst aus der Wohnung geworfen hat … Einfach nur widerlich. Was soll's. Okay, ich muss jetzt Schluss machen. Mach's gut, Floriane, wir telefonieren wieder, versprochen.«

Ich hasse es, aber ich habe gerade etwas versprochen, was ich mit ziemlicher Sicherheit nicht halten werde. Ich werde einige Personen vermissen, darunter Flo, trotzdem ist es mir lieber, wenn ich alle Brücken hinter mir abreiße, alles hinter mir lasse, was mich an Hugues erinnert.

Ich mache bestimmt einen völlig fertigen Eindruck. Ich bin furchtbar wütend und zugleich am Boden zerstört. Keine einfache Gefühlslage, das sag ich euch. Wie kann ein und dieselbe Person dir im Dezember Liebesbeweise entgegenbringen und im Februar solche würdelosen und niederträchtigen Tiefschläge verteilen? Nur Männer bringen es fertig, ihre Meinung in diesem Tempo zu ändern, ohne jeden Skrupel. Warum machen sie das bloß? Plötzlich fällt es mir wie Schuppen von den Augen. Ich sehe die Wahrheit deutlich vor mir, in Großbuchstaben wie eine Leuchtreklame in der Finsternis der weiblichen Gutgläubigkeit: Sie tun es aus Berechnung! Wenn es ihren Zwecken dient, schenken sie uns Blumen als seien es Bonuspunkte, und wenn man nicht spurt, fängt man sich einen Tritt in den Hintern. So einfach ist das! Ihre Philosophie des Zusammenlebens von Mann und Frau tritt endlich offen zutage. Je mehr ich darüber nachdenke, desto klarer wird es für mich, dass ich eines der Geheimnisse des Universums entschlüsselt habe. Und diese hochgeheime Regel lässt sich im Übrigen nicht nur auf ein Liebespaar anwenden, sondern auf alle Beziehungen zwischen den Geschlechtern. Man braucht sich nur Deblais anzuschauen: Wenn ich für ihn von Nutzen sein kann, bin ich die Nette und ein Schatz, aber beim ersten Anzeichen von Rebellion oder eigenem Denken droht er mir mit Konsequenzen. Auf seine Tabelle kann er lange warten, mein Möchtegern-Chef.

Emilie eilt im Laufschritt an meinem Büro vorbei, ohne anzuhalten. Ich springe von meinem Stuhl auf und nehme die Verfolgung auf.

»Emilie, bleib hier! Ich muss unbedingt mit dir reden!«

»Deblais hat mich zu sich bestellt. Ich komme später bei dir vorbei. Bis gleich.«

Sie ist nicht mal langsamer geworden. Ich bleibe zurück, mitten auf dem Gang, leicht verdattert. Jordana, die Assistentin aus dem Vertrieb, nimmt Kurs auf mich.

»Ich hab gehört, was dir passiert ist. Tut mir echt leid.«

Wovon redet sie? Ihre zischende Stimme erinnert mich an eine Schlange. Sie kommt noch näher und flüstert mir ins Ohr: »Weißt du noch, als wir uns letztes Jahr unterhalten haben? Über die Liebe?«

»Nein, nicht wirklich«, sage ich und rücke von ihr ab.

»Du hast lauthals verkündet, dieses Gefühl existiere tatsächlich, und es sei überwältigend. Ich dagegen habe die Meinung vertreten, es sei eine Illusion, ein Köder, den die Männer benutzen, um uns gefügig zu machen. Ich hab dir gesagt, man muss sie benutzen, so wie sie uns benutzen. Es ist ein Kampf, bei dem derjenige siegt, der zuerst die Oberhand gewinnt.«

»Ich weiß nicht, worauf du hinauswillst.«

»Ich meine ja nur. Vielleicht hast du es endlich verstanden, bei dem, was du gerade durchmachst … Aber du kannst immerhin noch froh sein, dass ihr nicht verheiratet wart. So sparst du dir die Kosten für den Scheidungsanwalt.«

»Wer hat mit dir über mein Privatleben geredet?«

»Alles kommt irgendwann ans Licht, Marie. Sieh dir deine Freundin an, die auf der Suche nach der großen Liebe ist, und sieh dich selbst an: eine Riesenohrfeige, mitten ins Gesicht. Da sollte man schon ins Grübeln kommen, meinst du nicht?«

Diese hinterhältige, besserwisserische Viper. Was das Benutzen von Männern betrifft, hat sie allerdings reichlich Erfahrung. Die Hälfte der männlichen Belegschaft steht auf ihrer Liste. Und als sie ihren Job wechseln wollte, hat sie sogar Deblais angeflirtet. Igitt. Emilie und ich haben über sie eine Theorie entwickelt. Jordana ist anders als wir. Ihr Hintern ist aus Blei, und ihre Füße sind mit Helium vollgepumpt. Es ist also allein der Erdanziehungskraft geschuldet, dass sie immer auf dem Rücken landet, mit den Füßen nach oben.

Jordana betrachtet mich mit einem kleinen schiefen Lächeln, das mir nicht gefällt. Ich muss in Zukunft wirklich daran arbeiten, im Gespräch mit solchen Leuten angemessen zu reagieren. Ich darf nichts preisgeben, mir nichts anmerken lassen. Ich bin noch nicht ganz so weit, Jordana, aber komm doch mal in ein paar Tagen wieder, dann kannst du dich auf etwas gefasst machen.

16

Wie wär's denn mit Floriane? Ist sie nicht ab und zu bei Hugues?«

»Sie war schon vorher nicht allzu oft da, aber wenn sie ihm nach unserem Gespräch die Meinung gegeigt hat, wird sie wahrscheinlich nie wieder einen Fuß in seine Wohnung setzen.«

»Schade. Sie hätte bestimmt nichts dagegen gehabt, den Brief an sich zu nehmen.«

Emilie studiert die Speisekarte. Wir essen nicht in demselben Restaurant wie üblich, weil wir uns einiges zu erzählen haben und weil ich nach der Nummer von Jordana keine Lust darauf habe, belauscht zu werden.

»Und wie war dein Date mit dem Typen aus der Theatergruppe?«

»Er ist ganz nett, aber ich sehe für uns keine gemeinsame Zukunft. Er redet nur über Theaterstücke, über Rollen, die zu ihm passen würden, und über große Gefühle wie in einer griechischen Tragödie. Ich glaube, es liegt ihm mehr, sie auf der Bühne zu spielen, als im wahren Leben zu zeigen. Was nicht viel zu bedeuten hat. Na ja, du wirst ihn ja kennenlernen.«

Ich sehe den Moment kommen, in dem sie das Potential der Theatergruppe ausgeschöpft haben wird. Bald wird sie wieder auf der Suche sein.

Der Kellner kommt. Emilie bestellt zuerst: »Für mich bitte Salat mit Lachsstreifen.«

»Das Gleiche für mich auch, und eine Karaffe mit Wasser. Vielen Dank.«

Als er wieder geht, frage ich Emilie: »Wieso klopfst du nicht mal bei deinem Nachbarn von gegenüber an, bei dem Kerl, den du seit Monaten im Visier hast?«

»Ich traue mich nicht. Wie stellst du dir das vor? ›Hallo, ich wohne auf der anderen Straßenseite. Und weil ich so ein armseliges Leben habe, verbringe ich meine Zeit damit, aus dem Fenster zu glotzen und – trara! – du bist der Sieger dieses Castings für Arme.‹ Aber ich muss schon sagen, er sieht wirklich nett aus. Gestern hab ich gesehen, wie er eine ganze Weile mit einem Kind geredet hat, das vor seinem Haus gespielt hat.«

»Vielleicht ist er pädophil?«

»Marie, jetzt mal im Ernst: Du musst aufhören, andauernd so zynisch zu sein. Ich weiß, dass du leidest, aber das ist kein Grund, die ganze Welt pauschal in die Tonne zu hauen.«

»Tut mir leid.«

Ich kann deutlich erkennen, dass sie sich ihren Nachbarn von gegenüber von niemandem madig machen lassen will. Ich wechsle das Thema: »Was wollte Deblais eigentlich von dir?«

»Der Termin war nur ein fadenscheiniger Vorwand, um mich vor dir zu warnen.«

»Wie bitte?«

»Er weiß, dass wir befreundet sind, und ich denke, er wird versuchen, dir an den Karren zu fahren.«

»Was hat er genau gesagt?«

»Dass man sich vor Aufwieglerinnen in Acht nehmen muss. Und dass diejenigen, die ihnen zu nahe stehen, ebenfalls auf dem Scheiterhaufen enden. Er ist ohne Zweifel megasauer auf dich und wird versuchen, dich in die Enge zu treiben.«

»Ich mache meinen Job gut, er kann mir nichts vorwerfen.

Und außerdem, so wie ich im Moment drauf bin, kann er kommen: Ich bin bereit, mich mit ihm anzulegen.«

»Als ich in sein Büro kam, ist mir etwas aufgefallen. Es hat wahrscheinlich nichts zu bedeuten, aber er war in seine Papiere vertieft, und als ich geklopft habe, hat er seinen Ordner so schnell zugeklappt, dass es mir verdächtig vorkam.«

»War der Ordner blau?«

»Ja. Weißt du, was das ist?«

»Nein, aber bei mir war es genauso. Man könnte meinen, ein auf frischer Tat ertappter Verschwörer. Ich bin sicher, da steckt etwas dahinter. Wenn man noch seinen Versuch dazuzählt, uns mit der Unterzeichnung des Vertragszusatzes zu überrumpeln, dann würde ich wetten, dass da was faul ist.«

»Könnte man da vielleicht ein Auge drauf werfen? Frühmorgens oder in der Mittagspause?«

»Ich hab auch schon dran gedacht, aber er schließt sein Büro ab.«

Emilie presst ihre Lippen aufeinander. Wenn sie das macht, hat es nie etwas Gutes zu bedeuten. Sie sagt: »Wir müssen unbedingt herausfinden, was er vorhat. Wir werden uns etwas einfallen lassen, mit Mädels, denen wir vertrauen.«

Unsere Salate kommen. Sehr übersichtlich. Ich sehe mir die Teller auf dem Nachbartisch an. Zwei Männer scheinen sich prächtig zu amüsieren, während sie sich eine riesige Schüssel Bœuf Bourguignon teilen. Wieso können die das und wir nicht?

17

Ich muss immer wieder an den Brief von Oma Valentine denken. Als ich heute Abend nach Hause kam, begegnete mir im Treppenhaus Monsieur Alfredo. Ich habe mir die Schuhe abgetreten. Keine Post für mich. Also bin ich schnell an ihm vorbei- und nach oben gegangen, glücklich, in mein eigenes Zuhause zu flüchten. Ich freue mich auf einen ruhigen Abend. Den kann ich wirklich gut gebrauchen.

Als Erstes nehme ich eine ausgiebige Dusche. Während das heiße Wasser über mein Gesicht und meine Haare läuft, kann ich nicht anders, als an die widerlichen Lügen zu denken, die Hugues über mich verbreitet. Wenn es hienieden Gerechtigkeit gibt, müsste er auch dafür bezahlen. Ich maße mir nicht an, der das Urteil vollstreckende Arm zu sein, aber ich kann es kaum erwarten, ihn hinabfahren zu sehen. Er soll Hugues treffen, wenn möglich mit voller Wucht mitten in seine Visage.

Ich habe mit Mama telefoniert. Sie macht sich Sorgen um mich. Dabei habe ich ihr nicht einmal alles erzählt. Ich habe Angst, meine Geschichte könnte ihre unguten Erinnerungen wieder hervorholen. Mit meiner Schwester Caroline habe ich auch gesprochen. Meine Neffen machen es ihr nicht eben leicht, aber zu mir sind sie immer ganz lieb. Es ist eindeutig einfacher, Tante zu sein als Mutter, vor allem bei Teenagern von vierzehn und siebzehn Jahren.

An diesem Abend habe ich mir vorgenommen, mit dem Auspacken meiner Kartons zu beginnen. In einigen Wochen wird es nicht mehr ganz so kalt sein, und dann möchte ich lieber wissen, wo meine Sachen für die Übergangszeit sind, bevor ich eines Morgens halbnackt vor meinen Kartons stehe, um auf die Schnelle irgendwas zum Anziehen zu finden.

Ich hole die Klamotten gedankenverloren heraus, breite sie überall aus und räume dann die Sachen, die ich behalten will, ins Ankleidezimmer. Ich hatte vorher noch nie so etwas, muss aber sagen, dass es superpraktisch ist. Man hat alles direkt vor Augen, man kann auswählen, ohne Kleiderstapel auseinanderpflücken oder Schubladen aufziehen zu müssen. In Hugues' Wohnung ähnelte die Kleiderwahl manchmal einem Memory-Spiel. In welcher Schublade ist wohl die Bluse, die zu dieser Hose passt? Schade, nächster Versuch.

Aus einem der Kartons fische ich eine hellgraue Jeans heraus, die ich seit ewigen Zeiten nicht mehr anhatte. Hugues mochte die Farbe nicht, ich aber sehr wohl. Wie üblich habe ich mich gefügt. Ich bin wirklich froh, diese machohafte Bevormundung hinter mir gelassen zu haben. Jetzt kann ich die Jeans endlich wieder tragen. Ich bin frei! Ich will sie gerade überziehen, um zu überprüfen, ob die Größe noch passt, als beim Auseinanderfalten etwas aus der Tasche fällt und vom Parkettboden zurückspringt. Ich fange an zu suchen, finde aber nichts. Neugierig geworden, gehe ich auf alle viere und krieche unter die Möbel. Zwischen den Füßen des Sessels glänzt etwas. Ich denke zunächst an eine Münze, aber als ich den Sessel wegschiebe, sehe ich einen Schlüssel. Es ist ein Schlüssel zu Hugues' Wohnung. Der, den ich verloren glaubte. Er musste einen neuen nachmachen lassen und hat es mir wochenlang vorgeworfen. Er hatte mir unzählige Male vorgehalten, dass ich daran schuld wäre, wenn bei uns eingebrochen würde. Was musste ich mir nicht alles anhören. Er hatte es wieder einmal geschafft, mir Schuldgefühle aufzuschwatzen.

Ein seliges Lächeln breitet sich auf meinem Gesicht aus. Ich muss absolut idiotisch aussehen. Ist mir egal. Ich hebe den Schlüssel auf und betrachte ihn im Licht der Deckenspots von allen Seiten wie einen Schatz. Ich brauche Floriane nicht mehr, um den Brief von Oma Valentine in meinen Besitz zu bringen. Ich muss vor dem Mistkerl nicht mehr im Staube kriechen und ihn darum anbetteln. Ich werde ihn mir selbst holen.

18

Diesmal fühle ich mich nicht nur wie eine Diebin – ich bin eine. Auch wenn ich etwas an mich nehmen will, was mir gehört, dringe ich doch unrechtmäßig in die Wohnung einer Person ein, mit der mich nichts mehr verbindet. Um das Risiko abzuschätzen, das ich eingehe, sehe ich im Internet die Strafe nach, die ich zu erwarten hätte. Da man dort aber alles und nichts findet, bekomme ich keine eindeutige Antwort. Je nach Webseite droht mir ein moderates Bußgeld oder eine Gefängnisstrafe auf Bewährung. In einigen Ländern würde ich dafür für achthundert Jahre in den Knast kommen oder öffentlich gesteinigt werden. Kein Zweifel, der freie Zugang zu Informationen ist schon etwas Feines. Auch wenn man überhaupt nichts erfährt und keine richtigen Antworten bekommt, stimmt es einen doch nachdenklich.

Diesmal habe ich keine Angst. Ich bin entschlossen, den wertvollen Brief an mich zu bringen. Ich sehne mich so sehr danach, ihn an mein Herz zu drücken, dass ich es gar nicht abwarten kann, in Aktion zu treten. Bei dem Gedanken, der Brief von Oma Valentine könnte nicht mehr da sein, wo ich ihn versteckt habe, wird mir ganz schlecht, aber es gibt nur eine Möglichkeit, das herauszufinden.

Ich bin auf alle Eventualitäten vorbereitet. Es kann nichts schiefgehen. Um sicherzugehen, dass Hugues auch wirklich nicht zu Hause ist, bin ich sogar an seiner Immobilienagentur vorbeigegangen, um zu überprüfen, ob er tatsächlich am Schreibtisch sitzt. Als ich den Bahnhofsvorplatz überquert habe, habe ich ihn schon durch die Scheibe dort sitzen sehen, hinter den Fotos der zum Verkauf stehenden Objekte. Die eklige Giftkröte hatte das Telefon am Ohr und war sicher gerade dabei, einem bedauernswerten Kunden irgendetwas aufzuschwatzen, um schnellstmöglich an die Provision zu kommen. Er scheint noch wichtige Termine vor sich zu haben, weil er seinen Angeberanzug trägt – was gut ist, weil ich damit genau weiß, dass er mir nicht in meinen Plan hineinpfuschen wird. Bleibt noch das Problem mit seiner neuen Freundin, das aber nicht schwierig sein dürfte: Bevor ich hineingehe, klopfe ich, und wenn sich etwas in der Wohnung rührt, komme ich später wieder.

Ich habe Kleidung ausgewählt, die ich sonst nie trage, um im Falle eines Falles auf den Überwachungsvideos der Straße nicht identifiziert werden zu können. Meine Haare stecken unter einer Schirmmütze. Meine Sachen sind bequem, falls ich laufen, kriechen, klettern oder graben muss. Ich habe nicht übertrieben, als ich sagte, ich sei auf alle Eventualitäten vorbereitet.

Als ich vor Hugues' Wohnungstür stehe, klopfe ich. Nichts rührt sich. Ich klopfe lauter, bereit, die Flucht zu ergreifen. Immer noch nichts. Ich ziehe meine Handschuhe über. Ich hab an alles gedacht, wie ein echter Profi. Keine Fingerabdrücke. Das Problem ist, dass ich nur Skihandschuhe gefunden habe. Ich fummle den Schlüssel unter Schwierigkeiten aus meiner Tasche, weil die dicken Handschuhe meinen Tastsinn deutlich einschränken. Die ersten beiden Male erwische ich nur meinen Lippenstift. Nachdem ich den Schlüssel fast fallen gelassen habe, lasse ich ihn mit der Fingerfertigkeit eines erstklassigen Einbrechers ins Schloss gleiten. Mich schaudert bei dem Gedanken, was das gegeben hätte, wenn ich nur Boxhandschuhe gefunden hätte. Aber, alles wird gut. Ich bin zuversichtlich. Ich brauche nur ganz kurz. Ich werde hineingehen, den Brief an mich nehmen und wieder verschwinden, ohne Spuren zu hinterlassen.

Ich betrete die Wohnung. In Momenten wie diesen kann man noch so gut vorbereitet sein, sich das Szenario zu Hause zehnmal vorgestellt haben, um gegen alles gewappnet zu sein, es gibt trotzdem immer noch Dinge, die einen überraschen.

In der Wohnung herrscht ein unglaubliches Chaos. Ich frage mich fast, ob vor mir schon andere Einbrecher da waren. Der Saustall ist unbeschreiblich. Pizzaschachteln überall, das Spülbecken voll mit dreckigem Geschirr, Kleidungsstücke, die den Boden im Flur bedecken. Die beiden Kartons, die von meinem Umzug übrig geblieben sind, stehen auch noch da. Ich wage mich einen Schritt vor und rufe: »Jemand zu Hause?«

Keine Antwort. Ich lasse die Eingangstür hinter mir so leise wie möglich ins Schloss gleiten. Die Wohnung ist kalt. Gut gemacht, Marie! Ich hoffe, er und seine Schlampe holen sich die Grippe, wenn sie einander nackig durch die Wohnung jagen. Ich gehe ins Wohnzimmer und steuere direkt auf das Bücherregal zu. Dabei muss ich meine Füße richtig gut anheben, um nicht auf die verstreut liegenden Sachen zu treten. Ein richtiges Minenfeld. Mit meiner Schuhspitze kicke ich die Fernbedienung des Fernsehers unter den Geschirrschrank. Das wird sicher ein Spaß, die wiederzufinden. Ich weiß, das ist kleinlich, aber ich kann gerade nicht anders. Auf den Möbeln stehen Kerzen. Angesichts ihrer Menge könnte ich darauf wetten, dass sie mehr mit dem abgestellten Strom als mit einer romantischen Wallung zu tun haben. Und wieder gut gemacht, Marie! Auf diese Weise werden sie sich bei ihren Verfolgungsjagden, nackt und mit Grippe, ihre fiesen Rattengesichter außerdem noch im Dunkeln an den Zimmerecken aufschlagen.

Alles ist abstoßend, und wenn ich die in der Mitte des Wohnzimmers aufgestellten Stühle richtig deute, ist das neue Sofa in der coolen Farbe, die »mehr Tanyas Alter entspricht« noch nicht da. Sieh mal an, sie trägt Stringtangas und zieht sie auch offensichtlich aus, denn man findet sie überall. Ein hübsches Paar, diese beiden! Ich kann es kaum erwarten, ihren Nachwuchs zu sehen. Sie werden die Babys im Dschungel aufziehen, mit Wildschweinen und Orang-Utans als Spielgefährten, in einem Schlammloch, mit Girlanden aus Stringtangas über der Wiege. Du Jane, ich Blödmann. Dieser Ort hat mit dem, den ich kannte, nichts mehr gemein.

Nach einem wahren Hindernisrennen erreiche ich schließlich das Bücherregal. Ich stelle mich auf die Zehenspitzen und lasse meine Hand zwischen ein Buch über Motorräder und einen Pin-up-Girl-Bildband gleiten, aber mit meinen Handschuhen komme ich nicht weiter. Ich ziehe den rechten ab und strecke mich, so gut ich kann. Plötzlich höre ich hinter mir ein winziges Geräusch. Es kommt nicht aus dem Treppenhaus, auch nicht von draußen, sondern von direkt hinter mir. Mist. Ich wusste es. War ja klar, dass die Zimtzicke es sich im Bett bequem gemacht hatte und so lange keine Antwort gab und ihren ehebrecherischen Hintern bewegte, bis sie irgendeinen Vorteil witterte. Ich bin wie gelähmt. Ich traue mich nicht, mich umzudrehen. Ich schließe die Augen und hoffe, die Realität verschwinden zu lassen, aber als ich sie wieder öffne, hat sich nichts verändert.

»Ich kann Ihnen alles erkläre«, bringe ich heraus, »sogar die dicken Handschuhe. Wenn Sie bewaffnet sind, schießen Sie bitte nicht.«

Wieder ein leises Knacken. Ich fühle, wie sie näher kommt. Warum sagt sie nichts? Vielleicht spricht sie kein Französisch.

Tanya – woher kommt das wohl? Ich mache einen Versuch: »*No habla español. No peng peng pistolero, please.*«

Ich darf es jetzt nicht vermasseln. Auch wenn sie nichts versteht, wird sie den Tonfall instinktiv deuten können, wie Hunde.

»Ich bin wirklich untröstlich und möchte mich bei Ihnen entschuldigen. Das alles ist nur ein furchtbares Missverständnis. Wenn ich es Ihnen erkläre – mit einem guten Wörterbuch –, werden Sie ganz sicher lachen.«

Sie schweigt immer noch wie ein Grab. Sie bewegt sich nicht mehr. Ich bin sicher, dass sie mit ihrer Waffe auf mich zielt. Bei meinem Glück ist sie eine untergetauchte Profikillerin. Ich werde zwischen Stringtangas und Pizzaschachteln krepieren, ohne vorher Bœuf Bourguignon gefuttert zu haben. Das ist entsetzlich. Ich werde mir in die Hose machen und ohnmächtig werden. Ich hab noch nicht entschieden, in welcher Reihenfolge. Ich muss mich zusammenreißen, mir mein Versagen eingestehen und der Situation in Würde begegnen. Ich versuche, ruhig zu atmen.

»Ich werde mich jetzt umdrehen. Sehen Sie? Ich hebe meine Hände hoch.«

Ich kann ihre Gegenwart hinter mir spüren, ich fühle ihren Blick. Es ist ein Albtraum. Plötzlich drehe ich mich um, die Lider fest zusammengedrückt, und falle auf die Knie.

»Jetzt bitte nicht auffressen!«

Ich öffne ein Auge, dann das zweite. Keiner da. Ich habe mein linkes Knie in ein Stück kalte Pizza gesetzt. Was bedeutet das? Wo ist sie denn? Ich hab doch deutlich jemanden gehört, jemanden gespürt. Ich stehe auf, das Pizzastück klebt an meiner Hose. Plötzlich zucke ich zusammen. Da war tatsächlich jemand hinter mir gewesen, jemand, der mich beobachtet hat. Er sitzt im Übrigen immer noch in aller Ruhe auf dem Fußboden. Er ist weiß und hat grüne Augen. »Er« ist ein junges Kätzchen, dessen Schwanz einen perfekten Kreis um seine Pfoten bildet. Ich schreie es an: »Du blödes Mistvieh! Wegen dir bin ich fast gestorben!«

Das Vieh zeigt sich völlig unbeeindruckt und leckt sich seinen kleinen pelzigen Hintern. Außerdem schnurrt es auch noch, glaube ich. Wer zum Teufel schnurrt, wenn er sich den Hintern säubert? Ich bin stinksauer. Mein Herz hat einen Puls von dreihundert, meine Schlagadern sind kurz vor dem Explodieren, und ich fange an zu zittern. Trotzdem vergesse ich nicht den Grund meiner Mission ins Feindesland. Ich drehe mich wieder hastig zum Bücherregal um und wühle hektisch zwischen den Büchern. Dann strecke ich mich so hoch wie möglich, um tief ins Regal hineinfassen zu können. Meine Finger treffen schließlich auf etwas. Ich ziehe es zu mir. Endlich! Es ist der Brief von Oma Valentine! Ich weine fast vor Erleichterung. Ich habe es geschafft!

Und jetzt, nichts wie weg! Ich steige schnell über die Katze hinweg, der das alles immer noch egal ist. Was hatte ich mir bloß dabei gedacht, als ich »Jetzt bitte nicht auffressen« gewinselt habe? Das ist absolut idiotisch. Es gibt keine einzige Situation, in der einem so ein blöder Spruch weiterhelfen würde. Außer vielleicht bei einem Kannibalen, und selbst da ist es fraglich, weil der aller Wahrscheinlichkeit nach nicht unsere Sprache spricht.

Gerade denke ich, mit den heftigen Emotionen abgeschlossen zu haben, da – just als ich die Wohnung verlassen will – fällt mein Blick auf ein Blatt Papier, das neben einer Einkaufsliste an die Wohnungstür mit Tesafilm geklebt wurde:

Am 25. Februar steigt eine Kostümparty, um Hugues' neugewonnene Freiheit zu feiern und Euch die bezaubernde Tanya, die Königin seines Herzens, vorzustellen. Es gibt Ge-

tränke in Hülle und Fülle bis zum Morgengrauen! Lasst Euch die Party des Jahrhunderts bei Hugues und Tanya nicht entgehen!

Das haut mich um. Ich weiß, das passiert mir letztens öfter, aber dies hier ist ein wirklich guter Grund. Er schmeißt mich raus, er erzählt Märchen über mich, er beleidigt mich, kündigt meinen Handyvertrag und organisiert dann eine Fete, um es zu feiern? Das wird mir Emilie nie glauben. Ich hole also mein Handy heraus und mache ein Foto als Beweis. Ich ersticke an meiner Wut, mein Hass nagt an mir, wieder einmal. Ich drehe mich zur Wohnung um. Wäre sie nicht schon in so einem chaotischen Zustand, würde ich sie verwüsten, aber das haben sie schon selbst übernommen. Doch irgendwas muss ich noch zerstören, um Dampf abzulassen, oder besser noch, etwas mitgehen lassen. Ich werde etwas mitnehmen, was ihm fehlen wird, etwas, was er nicht sofort merken wird. Ich sehe mich um, und dann kommt mir die Idee des Jahrhunderts, eine Idee, mit der ich in die Ruhmeshallen der großen Verbrecher aufgenommen werde.

Ich weiß, ich hätte es nicht tun sollen. Ich weiß, es ist idiotisch. Es ist mir bewusst, dass es mir großen Ärger einbringen wird, aber wenn ihr euch schon in einem ähnlichen Zustand befunden habt, wisst ihr, dass in solchen Augenblicken Vernunft und Lebensweisheiten keinen Einfluss mehr auf unser Verhalten haben.

Ich habe aus der Wohnung zwei Sachen mitgenommen: das Pizzastück, das immer noch an meinem Knie klebte, und den Beginn meiner Schwierigkeiten.

19

Wo warst du heute Morgen? Ich hab mir solche Sorgen gemacht.«

»Schließ die Tür, Emilie, ich will nicht, dass jemand mithört. Es tut mir leid, aber ich musste dringend etwas tun. Jetzt geht es mir um einiges besser. Es hat mir sogar richtig gutgetan, mehr als ich dir sagen kann.«

»Du hast mit dem Praktikanten geschlafen.«

»Nein! Du denkst auch immer nur an das eine.«

Ich hole den Brief von Oma Valentine aus meiner Schreibtischschublade.

»Tataah! Ich hab ihn wieder!«

Sie kommt näher, ungläubig.

»Wie hast du das denn geschafft? Hast du Hugues bestochen? Ihn mit einem Gewehr bedroht? Aber getötet hast du ihn nicht, oder?«

»Stell dir mal vor: Als ich meine Klamotten aus den Kartons räumte, fand ich den Schlüssel zu seiner Wohnung wieder, von dem ich dachte, dass ich ihn verloren hatte. Dann bin ich dahin. Ein Saustall war das.«

Sie greift nach meiner rechten Hand, die voller Kratzer und Schrammen ist.

»Wie ist denn das passiert?«, fragt sie besorgt. »Gehörte das auch zu deinem Plan?«

»Na ja, das ist jetzt ein bisschen kompliziert, aber, um es kurz zu machen: Ich habe aus Hugues' Wohnung eine Katze mitgehen lassen.«

»Wie bitte?«

Ich lasse sie nicht in Fahrt kommen.

»Ich weiß, was du sagen möchtest, aber an dem Punkt sind wir nicht mehr. Für Moralpredigten ist es zu spät. Ich hab's getan, basta. Ich weiß nicht, was ich mir dabei gedacht habe. Ich wollte ihm etwas wegnehmen, was ihm wirklich fehlen würde, ihm und seiner Schnepfe, also hab ich die Katze geklaut.«

»Du bist verrückt.«

»Danke. Wenn das Urteil von einer Expertin kommt, ist das ein echtes Kompliment.«

»Du musst sie zurückbringen.«

»Ja sicher. Ich tauche in aller Demut bei ihnen auf und sage: ›Hi zusammen, ich hab eure Miezekatze entführt, aber jetzt hab ich Gewissensbisse, weil mir Buddha und die sieben Zwerge erschienen sind, und deshalb bringe ich sie zurück. Und wo wir schon dabei sind: Könntest du mir bitte meinen rechten Skihandschuh zurückgeben, den ich in deinem eiskalten Schweinestall, den du Wohnung nennst, verloren habe?‹ Nein, Emilie, das kann ich nicht bringen.«

»Was ist das für eine Geschichte mit dem Handschuh? Du hattest Handschuhe an?«

»Wegen der Fingerabdrücke. Aber ich hab einen ausgezogen und dort vergessen. Deshalb hat mir die Katze nur meine rechte Hand zerkratzt.«

Emilie beäugt argwöhnisch mein Büro.

»Und, wo ist sie?«

»Ich hab sie in einem der Kartons mitgenommen, die noch von meinem Umzug übrig waren.«

»Ich meine: Wo ist sie jetzt, in diesem Moment?«

»In meiner Wohnung. Ich hab sie in eines der Zimmer gesperrt, die ich nicht benutze. So kann ich dort ein Jahr lang lüften und desinfizieren, sollte sie da hinmachen. Wenigstens hoffe ich, dass das was bringt, weil Katzenpipi angeblich infernalisch stinken soll.«

»Marie, es musste ja so kommen.«

»Was denn? Meine Begegnung mit Buddha und den sieben Zwergen?«

»Du spinnst total. Dein Prozessor ist durchgeschmort. Ich freue mich für dich wegen des Briefs, aber die Katze, ganz ehrlich … Du hättest mit mir darüber reden sollen.«

»Ja, mach nur weiter so. Als hätte ich es mir leicht gemacht. Du hättest doch nur versucht, mich davon abzuhalten, in seine Wohnung zu gehen. Du hättest mich vielleicht sogar mit physischer Gewalt daran gehindert.«

»Ganz und gar nicht. Du wärst überrascht, zu wie viel Unsinn ich fähig bin. Vielleicht wäre ich sogar mit dir mitgegangen, um Schmiere zu stehen.«

Deblais geht gerade den Korridor entlang. Ich gebe Emilie ein Warnsignal, und wir unterbrechen unser Gespräch. Um alle Zweifel zu zerstreuen, erkläre ich mit lauter Stimme und in einem sehr professionellen Tonfall: »Vielen Dank, liebe Emilie, für diese Informationen. Wir werden diese faszinierende Unterhaltung fortsetzen, wenn ich mir die Akten angesehen habe.«

Auf ihren Lippen lese ich die Antwort: »Arme Irre« und sie geht hinaus.

Gerade hab ich mich in die verflixte Aufgabe mit der Tabelle vertieft, als ein Kollege in der Tür steht. Es ist Benjamin, der junge Mann, der den Versand ins Ausland koordiniert.

»Mademoiselle Lavigne, kann ich kurz mit Ihnen sprechen?«

Auf seinem Erkennungsblatt würde stehen: »Ohne Zweifel

männlich. Blaue Augen, braune Haare. Schultern, Arme, und ich wette, auch Brustmuskeln.«

»Natürlich Benjamin, aber machen Sie's kurz, weil ich viel zu tun habe.«

»Oh, Sie haben sich an der Hand verletzt, Sie bluten ja!«

»Ist nicht weiter schlimm, man hat mir einen fleischfressenden Rosenstrauch zum Geburtstag geschenkt, und er ist nicht leicht zu füttern.«

»Aber Ihr Geburtstag ist doch gar nicht im Februar …«

Seltsam, ich wäre eher auf den fleischfressenden Rosenstrauch angesprungen als auf das Datum meines Geburtstags, aber na gut, jeder wie er mag. Ich betupfe meine Kratzer mit einem Taschentuch.

»Sagen Sie mir, Benjamin, was Sie zu mir führt.«

»Ich möchte wissen, ob jetzt vielleicht ein guter Zeitpunkt wäre, meine kleine Gehaltserhöhung zu verhandeln, auf die ich seit einem Jahr hoffe.«

Während er spricht, verwandelt sich sein Erscheinungsbild. Es ist verblüffend: sein Blick wird plötzlich samtig, sein Lächeln verführerisch. Er gestikuliert, aber ich habe den Verdacht, nur deshalb, um seinen Bizeps zur Geltung zu bringen. Er fährt fort: »Ich habe gesehen, wie gut Sie mit Monsieur Deblais fertiggeworden sind, und da dachte ich mir, Sie könnten ein, zwei Takte mit ihm reden. Außerdem fühle ich mich Ihnen sehr viel näher als ihm. Ich mag Ihre Art, die Dinge anzupacken. Sie sind cool …«

Der hübsche Junge aus der Versandabteilung hat gerade eine Charmeoffensive gestartet. Ich werde auf jeden Fall eine Kamera in meinem Büro anbringen lassen, weil große Momente wie dieser auf jeden Fall nicht spurlos vergehen dürfen. Sollte ich eines Tages Kinder haben, könnte ich ihnen damit beweisen, dass ihre

Mama eine wahre Sex-Ikone war, oder ich könnte, solange die Babys auf sich warten lassen, diese erinnerungswürdigen Momente mit meinen Freundinnen teilen.

Seht ihn euch an: Wäre er ein Täuberich, wäre sein Federkleid jetzt ganz aufgeplustert, und er würde gurrend um mich kreisen. Ganz großes Kino. Dies ist ein Musterbeispiel des universellen Gesetzes, das ich neulich entdeckt habe. Die Männer versuchen, uns zu verführen, wenn es ihren Interessen dient. Sie tun es nicht aus Liebe, sie tun es nicht für uns, sie tun es, weil sie etwas von uns wollen. Und wie süß er mich anlächelt. Hätte ich einen Pheromon-Detektor an der Decke, wäre der Alarm im ganzen Stadtviertel zu hören. Was bildet er sich eigentlich ein? Ich bin fast fünfzehn Jahre älter als er. Man hat mir schon mehr als zehnmal den Laufpass gegeben, als er noch ein herumirrendes Sperma unter seinen potentiellen Brüdern war. Ehrlich, ich bewundere seine Naivität. Wie kann er nur glauben, dass ich, mit meinen fünfzehn Jahren Vorsprung, nicht zwei, drei Tricks mehr auf Lager haben könnte als er. Er muss mich wohl für Dornröschen halten, das sich in ihrem Dorf beim Spinnen in den Finger gepikt hat, und bums, da liegt es und macht heia, während er mich von rechts überholt. Nee, also wirklich …

Wäre ich Jordana, würde ich jetzt als Gegenleistung irgendetwas für mich herausschlagen wollen, die Oberhand gewinnen. Ich würde meinen Vorteil ausspielen, um maximalen Nutzen aus der Situation zu ziehen, aber Kompromisse und kleine Mauscheleien waren noch nie mein Ding. Ich werde lieb sein und dabei listenreich. Fangen wir mal mit einem dümmlichen Lachen an, um ihn glauben zu machen, er habe gewonnen.

»Benjamin, ich mag Sie auch sehr gerne.«

Ich spiele mit meinen Haaren herum. Der arme Tropf denkt jetzt, ich sei seinem Charme erlegen. Ich behaupte nicht, er habe keinen, ganz im Gegenteil, doch wenn er glaubt, seine kleinen süßen Grübchen bringen ihm eine Gehaltserhöhung ein, dann hat er keine Ahnung vom wahren Wert der Dinge …

»Sie können auf mich zählen, Benjamin. Ich werde die Sache zu einem geeigneten Zeitpunkt ansprechen. Ich komme auf Sie zu, sobald ich mehr weiß.«

»Vielen Dank, Mademoiselle Lavigne.«

Er nennt mich »Mademoiselle« und dabei weiß ich ganz genau, dass er mich im Vergleich zu der kleinen Sexbombe, mit der er geht, für eine Mumie halten muss. Schamloser Schmeichler. Speichellecker! Die Mumie wird sich deine Gehaltserhöhung unter den Nagel reißen und gönnt sich neue Leinenbandagen!

Ich darf euch etwas verraten: Ich glaube, es geht mir wieder besser. Ich fühle es, weil ich keine Lust mehr zum Weinen habe, dafür umso mehr, mich zu rächen. Alles, was ich jetzt brauche, ist Katzenfutter und einen Massenvernichtungsplan.

20

Wie Napoleon, der sein Reich überblickt, steht Monsieur Alfredo auf der obersten Stufe der Außentreppe. In der Abenddämmerung bläht ein kalter Wind seinen blauen Kittel auf, aber er scheint die Temperatur nicht zu spüren. Er starrt auf die große schwarze Limousine, die gerade im Hof geparkt wird. Als der Mann aus dem Auto steigt, spricht ihn der Concierge ohne Umschweife an: »Guten Abend, Monsieur Berteuil. Ich möchte Sie bitten, das Leck an Ihrem Ölbehälter, das das Kopfsteinpflaster beschmutzt, reparieren zu lassen. Solange dies nicht der Fall ist, wäre ich Ihnen sehr verbunden, wenn Sie woanders parken würden.«

»Es tut mir leid, Monsieur Alfredo, ich hatte diese Woche keine Zeit, aber gleich morgen werde ich mich darum kümmern, versprochen.«

»Ich nehme Sie beim Wort. Es ist bereits das zweite Mal, dass ich Sie darauf anspreche.«

Der Mann verzieht keine Miene und holt eilig ein Kartonstück aus seinem Kofferraum, das er unter den Motorblock schiebt. Mit seinem feinen Anzug, der leicht in der Hofbeleuchtung schimmert, macht er nicht gerade den Eindruck, ein Mann zu sein, der sich häufiger unter Autos aufhält, selbst wenn sie so teuer sind wie dieses.

Als ich an ihm vorbeigehe, grüße ich ihn: »Guten Abend, Monsieur.«

Er grüßt höflich zurück. In der kühlen Brise schnappe ich den Duft seines teuren Rasierwassers auf. Ich erklimme die Stufen.

»Guten Abend, Monsieur Alfredo.«

»Guten Abend, Mademoiselle Lavigne. Kommen Sie schnell ins Warme. Hatten Sie einen angenehmen Tag?«

»So gut wie lange nicht mehr. Und Sie?«

»Alles bestens. Bis auf die Ölflecken!«

Dieser Concierge ist definitiv ein erstaunlicher Mann und sehr beeindruckend. Ich mag seine Offenheit. Die meisten der hiesigen Bewohner sind es sicher nicht gewohnt, auf diese Weise angesprochen zu werden. Alle bekleiden wichtige Funktionen oder haben ziemlich viel Kohle. Es würde mich interessieren, ob sie anlässlich der üblichen Neujahrsgeschenke ihren Hausmeister großzügig bedenken oder ob sie ihn für seine Bemerkungen büßen lassen, indem sie ihm nichts geben.

Als ich meine Wohnung erreiche, bete ich zum Himmel, die Katze möge ihre Bedürfnisse auf der dicken Zeitung erledigt haben, die ich sorgfältig in einer Ecke des Raums ausgelegt habe. Ich fühle mich ein bisschen schuldig, weil ich das Tier den ganzen Nachmittag eingesperrt allein zurückgelassen habe, aber ich habe ihm frische Milch und teure Katzenpasteten mitgebracht: Kaninchenfleisch-Häppchen und Lachsleckereien. Ich bin sicher, dass drei Viertel der Weltbevölkerung keine derart raffinierten Mahlzeiten zur Verfügung haben dürften.

Ich betätige den Lichtschalter im Flur. Die Zimmertür ist offen. Wo ist die verflixte Katze?

»Miez miez … Wo bist du?«

Was mache ich, wenn sie mir antwortet? Wieso meint man, mit Katzen reden zu müssen? Stellt euch mal vor, sie würde antworten: »Ich bin hier und werde dir deine Entführervisage zerkratzen.« Ich glaube, ich würde einen Herzanfall bekommen.

Ich stelle meine Tasche mit den Einkäufen ab und streife meine Schuhe ab. Ich gehe auf Zehenspitzen auf die Pirsch wie ein Jäger. Jedes Mal, wenn ich an einem Lichtschalter vorbeikomme, drücke ich ihn, um alles möglichst gut auszuleuchten. Ich komme mir vor wie auf einer Forschungsexpedition im Dschungel. Aus jeder Ecke könnte mich das Biest anspringen, nach Rache dürstend, weil ich es gefangen genommen habe. Der Kampf wird heftig sein. Es wird mich anfallen, und wir werden über den Boden rollen und unsere Waffen einsetzen: die Katze alle ihre Krallen und ich mein Eukalyptus-Nasenspray. Sollte ich den Sieg davontragen, wird sie einen exzellenten Bettvorleger abgeben, aber bei der Größe des Tierchens werde ich darauf nur einen Fuß auf einmal stellen können.

Ich nähere mich der Zimmertür und werfe einen Blick hinter mich, um mich nicht von hinten überraschen zu lassen. Ich will nicht, dass der Minitiger in meinem Gesicht die gleichen Spuren hinterlässt wie auf meiner Hand.

Vorsichtig betrete ich den Raum, mache das Licht an.

»Komm Kleiner, miez miez … Ich hab nichts gegen dich. Ich mag kleine Kätzchen!«

Wenn man mir gesagt hätte, dass ich diesen Satz tatsächlich laut und ernsthaft aussprechen würde, ohne unter dem Einfluss von Alkohol oder Drogen zu stehen, hätte ich es nie im Leben geglaubt. Und plötzlich wird mir klar, dass mein gefährlicher Gegner in dem gerade ausgefochtenen Kampf einen entscheidenden Schlag gegen die Moral meiner Truppen landen konnte: Die Zeitung liegt da und die Pfütze genau daneben. Elendes Mistviech. Niederträchtiger Umweltverschmutzer. Und was ist das bloß für ein Gestank? Wie kann ein Tier, das so klein ist, eine solche Chemiewaffe produzieren, die gleichzeitig Nase und Rachen angreift?

Zum Glück ist die Matratze sauber geblieben. Ich bücke mich, um unter dem Bett nachzusehen.

Rasch verlasse ich das Zimmer und unterziehe die Wohnung ab sofort einer sorgfältigen, systematischen und hochgefährlichen Inspektion aller Ecken und Wandschränke, einschließlich der verschlossenen. Wenn dieser kleine Teufel es fertiggebracht hat, die Türklinke runterzudrücken, warum sollte er dann nicht in der Lage sein, weitere Türen zu öffnen und sie wieder zu schließen, um seine Spuren zu verwischen?

Bleiben wir realistisch: Alle Fenster sind verriegelt und die Eingangstür auch, die Katze konnte die Wohnung also nicht verlassen, was zu bedeuten hat, dass sie noch da ist und sich irgendwo verkrochen hat. Das ist beängstigend. Ich gehe von Zimmer zu Zimmer und sichere eines nach dem anderen wie Sondereinsatzkommandos in Actionfilmen. Wenn ich sicher bin, dass sie nicht in einem Raum ist – *clear!* –, schließe ich die Tür, wenn möglich mit einem Schlüssel. Ich weiß, das ist irrational, aber langsam bekomme ich es mit der Angst zu tun. Angst vor der Katze. Womöglich ist sie das Ergebnis eines geheimen wissenschaftlichen Experiments, das ihr wundersame Fähigkeiten verliehen hat. Sie wird mich angreifen, mir die Augen auskratzen und mein Herz auffressen. Sie hat vielleicht schon in meinen Papieren herumgewühlt und weiß alles über mich. Nein, das kann nicht sein. Wenn sie derart begabt wäre, hätte sie schon die Polizei angerufen, um die Entführung zu melden. Aber sie hatte auf jeden Fall einen ganzen Tag lang Zeit, sich mit ihren kleinen Pfoten eine Waffe zu basteln. Und wenn sie eine Verlängerungsschnur gefunden hat, kann sie mich sogar mit meinem Küchenmixer verfolgen.

In der Küche ist auch nichts. Ich schnappe mir im Vorbeigehen einen großen Holzlöffel, um nicht völlig wehrlos zu sein.

Kurz bin ich versucht, ein Sieb über den Kopf zu stülpen, aber ich verzichte darauf, aus Angst, die NSA könnte gerade Aufnahmen von mir machen und die Fotos mit der Bildunterschrift: »Manche Menschen sind weniger intelligent als eine Rennmaus, wie diese Frau zum Beispiel« ins Internet stellen.

Tatsächlich habe ich gerade begriffen, was dieses Tier so besonders macht: Die Neue von Hugues ist eine Hexe, die meinen Ex in einen Kater verwandelt hat. Der Trottel ist jetzt also ein Spanner, der in meiner neuen Wohnung umgeht, und er hat alle Scheußlichkeiten gehört, die ich heute Mittag über ihn vorgebracht habe. Er wird sich rächen wollen.

»Tut mir leid, ich hab es nicht so gemeint, zeig dich doch mal.«

Jetzt muss ich nur noch den Wirtschaftsraum und das Wohnzimmer durchkämmen. Ich sehe sogar in der Waschmaschinentrommel nach. Wieder nichts. Hab ich ein Glück! Ich habe die einzige Katze erwischt, die sich unsichtbar machen kann.

Plötzlich lässt mich ein lautes Geräusch vor meiner Wohnungstür vor Schreck aufschreien: Da klopft jemand. Es ist aus mit mir: die TSWDK – die Truppe zum Schutz weißer diabolischer Katzen – ist angerückt, um mich zu verhaften. Ich werde auf geistige Umnachtung plädieren. Ich blicke durch den Türspion und entdecke Monsieur Alfredo.

Ich mache die Tür nur einen Spaltbreit auf, weil mir zwei Dinge Sorge bereiten: der Hausmeister könnte den grässlichen Geruch wahrnehmen, der durch die Wohnung zieht, und die Katze ergreift die Gelegenheit zur Flucht.

»Ja, Monsieur Alfredo?«

»Haben Sie so geschrien? Sie sind ja ganz schön schreckhaft!«

Der Abwechslung halber lache ich idiotisch und werfe dabei den Kopf zurück.

»Nein, eigentlich gar nicht, ähm … Es sind meine chronischen Schmerzen, die sich bei Kälte wieder melden. Ich habe mich gerade zu schnell auf meinem schwachen Knöchel umgedreht.«

»Chronische Schmerzen? In Ihrem Alter? Was soll das bloß werden, wenn Sie in mein Alter kommen? Und wieso umklammern Sie den Salatlöffel wie einen Dolch? Haben Sie vor, den Kopfsalat zu töten?«

Welche intelligente Antwort gibt es auf so was? Ich tue so, als hätte ich nichts gehört.

»Was kann ich für Sie tun?«

»Ich hatte eben vergessen, Ihnen zu sagen, dass Post für Sie gekommen ist. Also hab ich sie raufgebracht.«

Er reicht mir drei Briefe.

»Vielen Dank, dass Sie sich die Mühe gemacht haben. Ich wünsche Ihnen einen wunderschönen Abend.«

»Danke, Ihnen auch.«

Ich mache die Tür zu, wobei ich darauf achte, dass die Bewegung nicht allzu eilig aussieht. Ich glaube, es hat hingehauen. Diese Mistkatze hat sich nicht blicken lassen. Das bedeutet, dass sie sehr clever ist und ich mich vor ihr in Acht nehmen muss. Ich wage mich ins Wohnzimmer vor und werfe dabei einen Blick auf meine Post. Eine Rechnung, Bankauszüge und ein Brief, der sehr viel interessanter als die anderen beiden Schreiben aussieht. Der Umschlag trägt keine Andresse und keine Briefmarke und ist nur mit »Marie Lavigne« beschriftet. Großbuchstaben, schwarze Tinte. Das macht mich so neugierig, dass ich darüber fast die Katze vergesse.

Ich stehe in der Mitte des Wohnzimmers. Das hinterhältige Tier hat wahrscheinlich gespürt, dass meine Aufmerksamkeit nachlässt, und ergreift die Gelegenheit, um zum Angriff überzugehen. Jedenfalls springt das grauenerregende Geschöpf – ich weiß nicht woher – direkt neben meine Beine aufs Sofa. Mir entfährt vor Schreck ein Schrei, diesmal noch lauter. Das ganze Haus muss es gehört haben. Der Katze ist es völlig egal, sie sitzt da, ganz gelassen, und leckt ihre Vorderpfote. Ich schimpfe mit ihr: »Du hörst sofort damit auf, mir solch eine Angst einzujagen!«

Und dann, für den Fall, dass Monsieur Alfredo etwas gehört haben könnte, füge ich ganz laut hinzu: »Aua, meine chronischen Schmerzen!«

Ich vermute, das Katzenvieh war dabei, oben auf dem Bücherregal ein Schläfchen zu halten, als das Klopfen an der Wohnungstür es geweckt hat. Ich streichle das weiche Fell. Die Katze macht einen Buckel und reibt sich an meiner Hand.

»Du hast bestimmt Hunger, deswegen bist du so lieb. Heute Morgen habe ich dich entführt, und du hast mir die Hand zerkratzt, und heute Abend schmust du mit mir herum, um ans Futter zu kommen. Du bist bestimmt ein Männchen.«

Aber bevor ich dem Vieh zu fressen gebe, muss ich wissen, was in dem seltsamen Brief steht. Ich öffne ihn vorsichtig. Der Umschlag enthält ein schlichtes Blatt, auf dem in Computerschrift steht:

Liebe Marie,
da du jetzt endlich wieder Single bist, können wir uns näher kennenlernen. Versuche bitte nicht herauszufinden, wer ich bin. Ich werde auf Dich zukommen. Wenn Du möchtest, dass ich Dir wieder schreibe und unsere Geschichte weitergeht, mache morgen einen Knoten in Dein Tuch. Tust Du es nicht, werde ich es verstehen und für immer aus Deinem Leben verschwinden. Wenn Du aber diesen Knoten trägst,

wirst Du sehr bald wieder von mir hören. Es liegt ganz bei Dir. Ich hoffe sehr, dass Du uns beiden eine Chance gibst.

Liebe Grüße

Unterzeichnet: Jemand, dem sehr viel an Dir liegt.

Das hat mir gerade noch gefehlt: erst dieser Schwachkopf, der mich betrogen hat, und jetzt ein Geisteskranker, der mir anonyme Briefe schreibt. Ich bin ein echter Glückspilz! Ich werde wohl bis an mein Lebensende von einem Märchenprinzen zum nächsten springen und hoffe, dieses ist nicht mehr fern, weil ich, so wie die Dinge stehen, das ganze Theater sowieso nicht mehr lange durchhalten werde.

Ich starre den Brief ungläubig und beunruhigt an. Ich hab einen Verrückten an der Backe, und er weiß, wo ich wohne. Das ist der Horror.

Ich könnte schreien. Ich bin kurz vor dem Durchdrehen. Ich zittere am ganzen Leib, aber der Katze ist das schnurz. Ich stürze zum Telefon, um bei Emilie Hilfe zu suchen.

21

Wow! Die Wohnung ist der Wahnsinn!«

Emilie umarmt mich nicht einmal zur Begrüßung, sondern beginnt sofort mit ihrer Erkundung.

»Danke, dass du so schnell gekommen bist.«

»Na klar doch.«

Aber sie reagiert weder auf den Brief, den ich ihr reiche, noch auf mein entsetztes Gesicht. Sie geht den Flur hinunter, öffnet Türen. Ich hefte mich an ihre Fersen und halte ihr das Blatt entgegen wie ein Kind, das seine 1+ einem Erwachsenen zeigen möchte, dem diese völlig egal ist. Nur dass ich keine gute Note vorzuweisen habe, sondern einen Fluch.

Sie geht von Zimmer zu Zimmer und gibt entzückte Laute von sich, die den Nachbarn zu denken geben könnten.

»Wenn es dich tröstet«, verkündet sie, »dann bin ich bereit, hier zu übernachten. Und ich bin bereit, so oft wiederzukommen, wie du möchtest, weil ich mich hier wie in einem Fünfsternehotel fühle.«

Sie taxiert die Größe des Wohnzimmers, wirft einen Blick durchs Fenster auf den Hof und sagt: »Was ist besser? Sein Liebesleben zu vermasseln und hier zu landen oder in der kleinen Butze, die ihr hattet, glücklich zu sein?«

Dann dreht sie sich zu mir um und fügt hinzu: »Natürlich kann man auch sein Liebesleben vermasseln und so wohnen wie ich.«

Sie öffnet die Toilettentür und begeistert sich: »Wow! Dieses Klo ist so groß wie mein Schlafzimmer!«, und sie macht: »Echo, Echo!«

»Emilie, ich flehe dich an, ich sterbe vor Angst. Dieser Brief …«

Sie erreicht die Küche und entdeckt die Katze.

»Ist das die Miezekatze, die du geklaut hast? Sie ist zu süß. Wie alt ist sie wohl? Höchstens vier Monate, würde ich sagen.«

Sie streichelt die Katze, die ihren Charme versprüht.

»Ich glaube, sie mag mich.«

»Sie hat Hunger, also mag sie jeden, der einen Dosenöffner bedienen kann. Emilie, bitte, könntest du mir jetzt mal zuhören?«

Sie betrachtet den Brief, ohne ihn an sich zu nehmen, und sagt nebenbei: »Das ist jetzt sowieso gelaufen. Du fummelst schon so lange daran herum, dass selbst die CSI Miami nichts darauf finden würde außer deinen eigenen Fingerabdrücken.«

Sie hat recht. Was bin ich doch für ein Idiot! Ich lege das Blatt eilig auf der Arbeitsplatte ab und durchwühle die Schubladen. Schließlich finde ich einen Ofenhandschuh und nehme den Brief wieder auf, nicht ohne Schwierigkeiten. Emilie betrachtet mich amüsiert.

»Weißt du, Marie, es gibt Handschuhe für jeden Zweck. Wenn du Probleme mit der Zuordnung hast, kann ich dir eine Liste mit den passenden Bildern erstellen. Du wirst sehen, es ist gar nicht schwer: mit chirurgischen Handschuhen kein Holz im Kamin nachlegen und mit Motorradhandschuhen keine Uhr aufziehen. Irgendwann, hoffe ich, wirst du verstehen, warum die Astronauten keine Strickhandschuhe von ihrer Oma überstreifen, wenn sie einen Spaziergang im Weltraum unternehmen.«

Wir gehen ins Wohnzimmer. Ich deponiere den Brief mit

dem Ofenhandschuh auf dem Couchtisch, als wäre er radioaktiver Müll. Wir nehmen drum herum Platz. Die Katze hat es sich schon in Emilies Schoß bequem gemacht und fährt ihre ganze Verführungskunst auf. Sie geht aufs Ganze: Sie schnurrt und betatscht Emilies Schenkel mit ihren samtigen Pfötchen. Viel Spaß dabei, meine Kleine, aber Emilie hat keine Ahnung, wohin ich das Katzenfutter geräumt habe … Kokettiere, mit wem du willst, aber ich bin die Hohepriesterin der Fleischbällchen in Sauce.

»Und du weißt wirklich nicht, wer dir das geschrieben haben könnte?«

»Nicht die Bohne.«

»Ich sehe das so: Es ist weder bedrohlich noch beleidigend. Also brauchst du damit nicht zur Polizei zu laufen, sonst halten sie dich für eine paranoide Verrückte.«

»Was soll ich denn deiner Meinung nach tun?«

»Alles hängt von dem Knoten in deinem Tuch ab. Machst du ihn, oder machst du ihn nicht?«

»Keine Ahnung. Ich bin unschlüssig. Eigentlich wollte ich auf die Männer pfeifen und mich nie wieder auf ihre Spielchen einlassen.«

»Wie du willst. Aber wenn du es nicht tust – und diesen Fall hat er auch in Betracht gezogen –, wirst du nie wieder von dem Kerl hören. Wenn du andererseits auf sein Spiel eingehst, kann dir natürlich keiner sagen, wohin das führen wird …«

»Danke, Emilie, das hilft mir wahnsinnig.«

»Willst du wirklich nicht erfahren, wer das hier geschrieben hat? Bist du in der Lage, es komplett zu ignorieren? Denn wenn du diese Option wählst, wirst du alle Typen, die du kennst, immer mit einem Fragezeichen im Gesicht betrachten.«

»Würdest du denn diesen Knoten machen?«

»Auf jeden Fall. Allein schon, um herauszufinden, was hinter dieser Nachricht steckt. Denn merkwürdig ist dieses Verhalten schon, findest du nicht? Der Typ spricht dich nicht persönlich an, als ob er vor deiner Reaktion Angst hätte … Hast du wirklich keinen in Verdacht?«

»Doch, ganz viele. Je mehr ich darüber nachdenke, desto länger wird die Liste. Ich hab sogar schon die Katze verdächtigt!«

»Es ist auf jeden Fall jemand, der weiß, dass du solo bist und wo du wohnst.«

»Das kann auf jeden Mann in der Firma zutreffen, aber auch auf meinen Nachbarn. Eigentlich auf Hinz und Kunz, weil der Concierge und Petula mit Gott und der Welt über meine Situation geredet haben. Da kannst du Gift drauf nehmen.«

»Wer sagt denn überhaupt, dass es ein Mann sein muss?«

»Das ist nicht dein Ernst!«

»Wieso nicht?«

»Wir wollen jetzt mal auf dem Teppich bleiben. Aber ich hab mich schon gefragt, ob es nicht vielleicht Hugues sein könnte, der mich ärgern will.«

»Dieser Idiot? Einen so ausgefeilten Plan? Der ist doch zu so etwas überhaupt nicht fähig.«

»Man müsste eine Liste von Verdächtigen aufstellen. Hilfst du mir dabei?«

»Du machst also einen Knoten in dein Tuch …«

Ich seufze. »Ich hab keine andere Wahl.«

»Na gut. Einen sicheren Anhaltspunkt haben wir schon mal, um den mysteriösen Mann, ›dem sehr viel an Dir liegt‹, zu identifizieren.«

»Und welchen?«

»Er wird unter denjenigen sein, die sich morgen irgendwo in deinem Dunstkreis aufhalten.«

22

Emilie blieb über Nacht, und ich war sehr froh darüber, obwohl ich den Verdacht hatte, dass sie es nicht allein mir zuliebe getan hat. Schließlich braucht sie auch ein paar positive Anreize, um an meiner Seite zu sein, wo ich doch in letzter Zeit nicht immer besonders lustig war. Und trotzdem, wie jedes Mal, wenn wir die Welt und unsere Probleme vor der Tür lassen, haben wir wahnsinnig viel Spaß gehabt. In dieser riesigen Wohnung haben wir uns gefühlt, als hätten uns die Eltern für einen Abend allein gelassen, zwei Kinder in einer sturmfreien Bude. Wir haben zwei Stunden in dem begehbaren Kleiderschrank verbracht und haben uns mit den verrücktesten Einrichtungsideen für alle Teile der Wohnung überboten. Fast hätten wir auch noch Verstecken gespielt. Ich frage mich, ab wann sich ein Mensch wie ein Erwachsener benimmt. Gibt es einen bestimmten Moment im Leben? Ich hoffe, bei mir wird es nie so weit sein. Ich möchte ein Wein sein, der nicht zu Essig wird, ich möchte kein alter Hase sein. Zugegeben: Letztens bin ich etwas korkig geworden, und das Hüpfen fällt mir auch schwer …

Irgendwann am Abend haben wir so gelacht, dass die Katze Angst bekommen und Reißaus genommen hat. Unsere männlichen Begleiter – als wir noch welche hatten – taten in solchen Fällen genau das Gleiche. Jedenfalls hatten wir trotz der angeschlagenen Seelenlage und des anonymen Briefs einen fantastischen Abend. Heute Morgen jedoch ist die Lage ernst.

Ich brauche mehr als eine Viertelstunde, um diesen verflixten Knoten in mein Tuch zu binden: zu hoch, zu dick, zu klein. Schlimmer als ein Bühnenstar, der seine Garderobiere zur Verzweiflung bringt, bevor er vor die Blitzlichter der Kameras tritt. Ich hoffe, dieser Knoten ist nicht der Strick für meine Hinrichtung.

Bevor ich die Wohnung verlasse, hole ich noch einmal tief Luft, wie eine Skispringerin, die sich zum Absprung bereit macht. Ich hoffe, das Ganze endet nicht mit einer Bruchlandung. Aber jetzt geht es los und fängt schon ziemlich gut an: Als Erstes begegnet uns Romain Dussart, mein direkter Nachbar. Er ist durchaus ein potentieller Kandidat für meine Verdächtigenliste. Er weiß, dass meine Beziehung beendet ist, und er weiß, wo ich wohne. Wir haben auch Monsieur Alfredo und sogar den Herrn, dessen Auto Ölflecken hinterlässt, getroffen. Aber die beiden kommen nicht auf meine Liste. Ich bin entschlossen, alle Männer, die mir über den Weg laufen, genauestens unter die Lupe zu nehmen. Ich trage sämtliche Eindrücke in mein Notizbuch ein, und später wird man sich dann ihre Akte ansehen müssen, um zu beurteilen, ob sie eine heiße Spur sind oder nicht.

Auf der Straße und im Bus verhält sich Emilie wie ein Bodyguard. Es fehlt ihr nur noch ein Knopf im Ohr und eine Knarre mit Schalldämpfer, ansonsten sieht alles perfekt aus. Sie starrt im Umkreis von zehn Metern um meine Person jeden an, bereit, im Notfall sofort zu reagieren. Sie nimmt ihre Rolle sehr ernst. Sobald mein Tuch etwas verrutscht, zupft sie daran herum und bringt den Knoten wieder zur Geltung.

»Steh gerade. Der Knoten muss immer zu sehen sein. Dreh dich mal ab und zu um, damit er zu sehen ist, selbst wenn dein Typ hinter dir geht.«

»Emilie, entspann dich.«

Als wir die Firma erreichen, sind wir in höchster Alarmbereitschaft. Mein Instinkt flüstert mir zu, der Autor des Briefs könnte sich irgendwo hier versteckt haben, aber ich traue meinem Gefühl nicht mehr, vor allem nicht im Moment und insbesondere nicht in Bezug auf Männer.

Damit die Botschaft für denjenigen, der sie erwartet, klar ist, behalte ich mein Tuch die ganze Zeit um wie einen Angelhaken. Und meine Liste der Verdächtigen wird so schnell länger und länger, dass ich nicht die Zeit habe, die Namen alle einzeln zu notieren. Ich bin in einem gewissen Zwiespalt: Ich trage den Köder, obwohl ich doch die Beute bin. Habt ihr schon einmal eine Maus gesehen, die mit ihrer Mausefalle spazieren geht? Oder eine Forelle, die die Angel festhält, mit der sie gefangen werden soll? Ich bin die erste Ente, die im Schilfdickicht in die Lockpfeife pustet. Wenn es so weitergeht, werde ich mir in einigen Tagen selbst den Abschuss verpassen. Quak quak!

Der Praktikant ist mir gerade entgegengekommen und hat mich mit einem strahlenden Lächeln bedacht. Nichts, was mich aus dem Häuschen bringen sollte, könnte man meinen, weil er mich jeden Morgen auf diese Weise anlächelt, aber heute glaube ich, dass er mich zwei Zehntelsekunden länger angesehen hat. Wie soll ich das verstehen? Ich werde später darüber nachdenken, weil Vincent auf mich zukommt, in seinem neuen Anzug, und mir zuzwinkert. Meine Sensoren blinken. Er sagt leichthin, wie hübsch mein Tuch sei. Meine Sensoren spielen verrückt. Ich beobachte seine Augen, seine Hände, achte auf jede Geste. Gleich drehe ich durch. Zu viel Druck, Marie, du wirst gleich explodieren. Auch wenn im Kontrollturm die Panik ausgebrochen ist, darf ich nichts tun, was meinen inneren Aufruhr offenbaren würde.

Um mir eine Auszeit zu nehmen, laufe ich in die Toilettenräume, um die zuletzt erschienenen Verdächtigen zu notieren. Ich werde den Namen Vincent mit einem Textmarker unterstreichen. Er drängt sich als Verdächtiger Nummer 1 geradezu auf. Warum hat er mein Tuch angesprochen? Es stimmt zwar, dass er mir schon oft Komplimente zu meiner Kleidung gemacht hat – wie übrigens allen Frauen, die ihm über den Weg laufen –, aber ihr müsst zugeben, dass das schon sehr verstörend ist. Es fällt mir schwer, an einen Zufall zu glauben.

Ich sitze auf meinem Posten und beobachte das Kommen und Gehen der männlichen Belegschaft durch die Glaswand meines Büros. Dabei komme ich mir vor wie vor einer Schießbude auf der Kirmes, in der die abzuschießenden Ballons vorbeiziehen. Ich kann mich nicht auf meine Arbeit konzentrieren. Ich stelle mir jeden als den Briefschreiber vor, aber bei den meisten lässt mich diese Vorstellung kalt. Benjamin kommt auch vorbei, der hübsche Junge aus der Versandabteilung.

»Guten Morgen, Mademoiselle Lavigne.«

»Guten Morgen, Benjamin. Ich hatte noch keine Zeit, über dein Anliegen zu sprechen, aber mach dir keine Sorgen, ich hab es nicht vergessen.«

»Es eilt nicht. Sie haben auch so schon genug um die Ohren, mit allem, was Sie für uns tun. Ich hatte einfach nur Lust, vorbeizukommen und Hallo zu sagen. Ein wunderschöner Tag heute, nicht wahr?«

Ich bin wahrscheinlich so rot wie das Gummiband seiner Boxershorts, das ein Stück aus seiner Jeans hervorlugt. Könnte er es sein? Wieso sollte sich dieser junge Mann für eine Frau interessieren, die älter ist als er? Und wieso nicht? Fünfzehn Jahre sind eigentlich gar nicht so viel. Und außerdem ist mir egal, was »die Leute« dazu sagen würden. Ich will leben! Ich kann es mir sehr gut vorstellen, wie wir beide hüllenlos durch die Natur jagen, vor allem er. So geht das nicht weiter. Ich darf mir vor allem keinen Film machen. Ich muss mich an die Fakten halten, an Fakten allein. Aber ich werde trotzdem zur Toilette gehen und seinen Namen mit dem Textmarker unterstreichen, weil ich den Eindruck habe, dass er mir etwas sagen wollte, es aber nicht gewagt hat. Meine Situation ist untragbar. Ich bin seit einer Stunde in der Firma und habe bei drei Toilettengängen schon zwei Seiten meines Notizbuchs beschrieben. Wenn mich jemand beobachtet, wird er denken, ich sei eine kreative Autorin mit Magen-Darm-Problemen. Am schlimmsten ist, dass ich schon mindestens drei ernsthafte Verdächtige habe.

Lionel, der Assistent aus der Designabteilung, kam ebenfalls vorbei. Seine Geschichte vom Lieblingsfarbton irgendeines Kunden klang stark nach einem Vorwand. Ich wundere mich, dass er auf meine Liste will, weil ich ihn für schwul hielt. Andererseits hat er sich immer als sehr einfühlsam und geschmackssicher erwiesen. Der anonyme Brief passt sowohl in der Form als auch im Inhalt perfekt zu ihm.

Später lief mir Deblais über den Weg, und obwohl bei mir in dem Moment kein Film im Kopf abgelaufen ist – bei ihm hatte ich dazu nicht die geringste Lust –, weiß ich, dass er eine Reaktion gezeigt hat, als er meinen Knoten im Tuch sah. Einen Augenblick lang sah ich etwas in seinem Blick, ganz ohne Zweifel. Jetzt bin ich aber völlig fertig. Würde dieser Perversling so weit gehen, dieses Spiel mit anonymen Briefen zu spielen, um mich zu schwächen? Fähig wäre er dazu auf jeden Fall. Aber lieber würde ich mich von ihm fertigmachen lassen, als etwas mit ihm anzufangen.

Irgendwann am Vormittag ist Notelho bei mir aufgetaucht, um mir im Hinblick auf die Tabelle, die nicht so gut vorankommt, einen Motivationsschub zu geben. Sein Besuch ist durchaus berechtigt. Aber er sieht aus, als wolle er eigentlich ein anderes Thema anschneiden, kommt jedoch nicht so richtig in die Gänge. Er hat einen Satz begonnen, ohne ihn zu beenden, und murmelte ausweichend etwas wie: »Nein, ist schon gut, wir können ein anderes Mal …« Normalerweise ziert er sich keineswegs so. Was wird hier gespielt?

Emilie fragt zwischendurch leise: »Und, wie sieht's aus? Kommt die Untersuchung voran?«

»Verstörende Tatsachen, Indizien, Verdächtige zuhauf, aber kein Schuldiger. Das kann einem ganz schön auf den Geist gehen.«

»Halt einfach die Augen offen: Er läuft dir heute ganz sicher über den Weg. Und übrigens, dein Tuch ist verrutscht.«

Überraschend sind Sandro und Kevin gekommen, um sich einen Kaffee aus unserer Maschine zu holen. Welcher von beiden hat den anderen mitgebracht, damit er ihm als Alibi dient? Die Antwort interessiert mich, doch ich habe keine Chance, es herauszufinden. Also fahre ich fort, alle ganz genau zu beobachten, die Blicke, die Gesten und das nicht Gesagte zu deuten. Ich hoffe, niemand bemerkt es. Jordana sieht mich seltsam an. Ich bin schon total paranoid. Das Ganze macht mich völlig fertig. Ich hab keine Lust mehr auf dieses Spielchen. Die vielen Gedanken, die ich mir mache, erschöpfen mich, ich bin mit meinen Nerven am Ende. Selbst wenn gerade kein Mann in deinem Leben ist, kommen sie trotzdem in Scharen und setzen dir zu. Es ist unerträglich. Ich weiß nicht, wo mich der Briefschreiber haben will, aber ich habe nicht die Absicht, dort hinzugehen. Für die Zeit, die er mir stiehlt und die Qualen, die er mir antut, hätte ich nicht übel Lust, ihm eine zu scheuern. Er hat sicher irgendwelche Hintergedanken. Männer kommen nie ohne Hintergedanken zu uns. Er will mich sicher zu etwas formen, zu seiner

Kreatur, seinem Opfer, seiner Geliebten, seinem Haustier, seiner Köchin, Putzfrau oder was weiß ich, aber das kann er total vergessen. Ich habe schon viel zu viel gegeben.

Am späten Vormittag beschließe ich, den Jungs von der Qualitätssicherung einen Besuch abzustatten. Sie sind wirklich supernett, und ich muss sie um noch einen Gefallen bitten. Es tut mir gut, das Büro zu verlassen. Während ich den Hof überquere, atme ich tief durch, um die Beklemmung loszuwerden, die ich schon den ganzen Tag verspüre.

Ich finde sie um eine aufgeschlitzte Matratze versammelt, die mit starken Scheinwerfern beleuchtet wird – wie bei einer Autopsie. Sie betrachten konzentriert eine Stelle, mit Zangen und Lupen in den Händen.

»Hallo, Jungs!«

Sie richten sich auf und begrüßen mich herzlich. Sandro kommt zu mir und fragt: »Und? Wie fühlt man sich so in dem neuen Zuhause?«

Durch seinen Schwung mitgerissen, gibt er mir fast einen Begrüßungskuss. Das könnte aus ihm fast einen potentiellen Verdächtigen machen. Ich werde seine Personalakte einsehen müssen, um seine familiäre Situation zu prüfen.

Kevin lächelt mir breit zu und drückt mich wie einen Kumpel kurz an seine Schulter. Das ist nicht gerade eine Begrüßung nach den Regeln der Kunst, aber die Geste ist herzlich.

»Schön dich zu sehen. Hast du Halsschmerzen?«

»Nein, wieso?«

Ich werde schon wieder rot. Seit heute Morgen wechsle ich zwischen zartem Rosa und leuchtendem Rot. Sollte ich meinen Job verlieren, kann ich immer noch als Diskokugel anfangen.

Alexandre beendet die Betrachtung der ausgeweideten Matratze und gesellt sich ebenfalls dazu. Er legt seine Zange ab und bedenkt mich mit einem angedeuteten militärischen Gruß, bevor er erklärt: »Wir müssen jede Charge genauestens überprüfen. Bei der hier haben wir ein Problem entdeckt. Unser größtes Werk in Südostasien hat ein technisches Detail verändert, ohne uns darüber zu unterrichten. Und dies alles nur, um ein paar Euro zu sparen. Sie haben die Verstärkungsdrähte der äußeren Polsterung dünner gemacht. Das vermindert die Elastizität des Innenlebens …«

Er unterbricht sich: »Aber deshalb bist du nicht hergekommen.«

»Es interessiert mich trotzdem. Habt ihr mit Deblais darüber gesprochen?«

»Das ist dem doch piepegal«, sagt Sandro, »er macht sich nicht die Mühe, unsere Berichte zu lesen.«

»Er hat kein Problem damit, schlechte Qualität zu verkaufen, solange die Gewinnspanne größer wird«, fügt Kevin hinzu. »Er macht sich lieber bei den Aktionären beliebt, statt die Kunden zufriedenzustellen …«

Alexandre hält sich im Hintergrund. Er scheint sich um die Qualität der neuen Matratze wirklich Gedanken zu machen. Ihn hätte ich heute nicht zu Gesicht bekommen, wenn ich nicht hergekommen wäre. Er hat also auf meiner Verdächtigenliste nichts verloren. Schade eigentlich. Es gibt einige Kandidaten, die ich zu seinen Gunsten gerne gestrichen hätte.

»Tut mir leid, wenn ich störe. Ich bräuchte noch mal eure Hilfe. Ich will euch wirklich nicht ausnutzen, aber ich hab sonst keinen, den ich fragen könnte. Diesmal möchte ich euch aber auf jeden Fall bezahlen.«

»Willst du wieder umziehen?«, fragt Alexandre.

»Nein, zum Glück nicht. Ich würde nur gerne einige Möbel verrücken.«

Alexandre beratschlagt mit seinen Kollegen. Sandro macht eine nachdenkliche Miene und sagt: »Nächstes Wochenende bin ich auf einer Hochzeit.«

»Und meine Kinder haben ein Judoturnier«, fügt Kevin hinzu.

Alexandre überlegt laut: »Und wie wär's mit morgen Abend? Ist das für alle okay?«

23

Bevor ich das Büro verlasse, um mit Emilie essen zu gehen, beuge ich mich über meinen Schreibtisch, um an meine Tasche und meinen Mantel zu kommen. Als ich mich wieder umdrehe, stoße ich buchstäblich mit Sandro zusammen, der unbemerkt hereingekommen war. Ich stoße einen Schrei aus. Er weicht zurück.

»Tut mir leid, Marie! Ich wollte dich nicht erschrecken.«

Wir haben uns erst vor einer Viertelstunde gesehen. Er tänzelt von einem Bein aufs andere und kann mir nicht geradeaus ins Gesicht sehen. Er ist es also! Ich hatte noch nicht mal Zeit, mich mit seiner Akte zu befassen.

»Marie, ich möchte dir was sagen, ich weiß nur nicht wie.«

Er wirft ängstliche Blicke in den Korridor und schließt dann vorsichtig die Zimmertür. Ich kann mir denken, was er mir beichten möchte. Wie soll ich darauf reagieren? Ich möchte ihm nicht wehtun, weil er ein netter Junge ist, aber ich bin nicht bereit, mich in ein neues Abenteuer zu stürzen. Nicht so schnell. Außerdem kenne ich ihn nicht. Ich hoffe, er wird es verstehen.

Er knetet an seinen Händen wie ein Lausebengel, der sein Gewissen erleichtern möchte, und murmelt: »Ich konnte darüber nicht vor den anderen reden … auch wenn sie es schon wissen.«

Ich will ihm nicht helfen, weil er dann sicher denken wird, dass er schon gewonnen hat, aber ich will auch nicht zu hart erscheinen und ihn mit Worten kämpfen lassen, die er schwer rauskriegt. Wie kann ich ihm Interesse signalisieren, ohne dass es nach übertriebenem Eifer aussieht? Ein erwartungsvolles Neigen des Kopfes vielleicht? Ein Vogelpiepen? Oder soll ich vielleicht mit den Ohren schlackern?

Er legt los: »Ich muss dir ein Geheimnis anvertrauen. Etwas sehr Persönliches. Du bist die erste Frau, bei der ich mich das traue …«

Deblais geht im Flur vorbei. Sandro sieht plötzlich noch verlegener aus. Wenn er könnte, würde er unter das Laminat kriechen. Zu der Zeit, als man noch Teppichboden hatte, wäre es einfacher gewesen, aber dafür hätte er sich wahrscheinlich Milben eingefangen. Er folgt Deblais mit dem Blick, und als dieser außer Sichtweite ist, nimmt er den Faden wieder auf: »Marie, wir haben nicht mehr viel Zeit …«

Den Rest kann ich mir schon vorstellen. Er hat eine unheilbare Krankheit und nur noch zwei Tage zu leben – was erstaunlich ist, weil er ziemlich fit aussieht. Er wird mir vorschlagen, mich mit ihm in eine achtundvierzig Stunden lange, leidenschaftliche Affäre zu stürzen. Ich kann nichts dafür, er hat mich am Haken.

Er hebt sein Gesicht und taucht seinen Blick in meinen: »Marie, gleich wirst du eine Explosion hören. Ich vertraue dir genug, um dir zu beichten, dass ich deren Verursacher bin. Es ist das Auto von Deblais. Ich möchte dich vorwarnen, es gibt einen lauten Rums. Keine Angst, ihm wird nichts passieren. Ich kann diesen Typen nicht ausstehen, deshalb habe ich ihm einen Streich gespielt und seinen Auspuff manipuliert. Du bist cool, Marie, und ich weiß, dass er zu dir gemein war. Ich hab das dir zuliebe gemacht. Verrate es keinem, es soll unser Geheimnis bleiben.«

Wovon spricht er? Er verübt mir zuliebe ein Bombenattentat? Das ist total süß. Welch ein wundervoller Liebesbeweis! Und was genau hat er mit dem Auspuff von Deblais angestellt? Ist

»Auspuff« eine Metapher für irgendwas? Er ist also nicht der Briefschreiber? Er liebt mich nicht. Aber er hat auch nicht gesagt, den Brief nicht geschrieben zu haben. Vielleicht ist er es trotzdem. Ein Typ, der Bomben baut, kann wahrscheinlich auch schreiben. Und was ist mit seiner unheilbaren Krankheit? Wird er wenigstens bis Donnerstag am Leben bleiben? Und unsere leidenschaftliche Affäre?

Die Detonation hat mich jäh aus meinen Gedanken gerissen. Er hat nicht übertrieben, als er von einem großen Rums sprach. Die Wände haben gewackelt, und in den Büros brach Panik aus. Valerie schrie: »Ein Erdbeben! Alle zu den Toiletten!«

Sandro zieht mich hinter sich ans Fenster meines Büros.

»Tu so, als wärst du überrascht, sonst wird man uns verdächtigen.«

Die Detonation war in jedem Winkel hörbar gewesen. Auf dem Parkplatz der Geschäftsführung springt Deblais brüllend aus seiner Limousine. Der hintere Teil seines Wagens ist hinüber. Der ganze Unterbau ist auseinandergerissen, und diverse Autoteile liegen im Umkreis verstreut. Deblais flucht wie ein Kesselflicker, genug um eine Nonne erröten zu lassen. Mit ruhiger Stimme frage ich: »Sandro, wie hast du das denn angestellt?«

»Ich hab eine Kartoffel in seinen Auspuff gesteckt. Es ist ganz simpel. Als Jugendliche haben wir es bei Leuten getan, die wir nicht mochten. Die Abgase können nicht entweichen, und wenn man den Wagen startet, steigt der Druck im Auspufftopf. Eine Bintje kann herausgeschleudert werden, aber mit einer dicken, fetten Charlotte gibt es einen ordentlichen Knall.«

Sandro lächelt selig, während er unserem Möchtegern-Diktator zusieht, wie er um sein Auto herumspringt und mit den Armen wie bekloppt herumfuchtelt – wie ein Sioux-Indianer beim Regentanz, nachdem ihn der Blitz getroffen hat.

Sandro steht direkt hinter mir und flüstert: »Ich weiß nicht, wie das bei dir ist, Marie, aber bei Deblais fühle ich mich wie ein kleines Kind, das mit einem fiesen und ungerechten Erwachsenen zu tun hat. Meine Kumpel und ich haben schon eine ganze Menge Mistkerle getroffen, die miese Sachen gemacht haben und immer damit durchkamen. Wir fanden das richtig ätzend, konnten aber nichts dagegen machen. Also haben wir uns gerächt.«

Ich finde ihn rührend. Ich mag seinen rebellischen Geist. Ich finde ihn edelmütig. Das, was er sagt, findet in mir ein Echo. Ausnahmsweise sehe ich keinen Unterschied zwischen Männern und Frauen. Wir sind gleich, zumindest angesichts von Unrecht.

Unsere Gesichter sind dicht nebeneinander. Er lächelt entzückt über das Spektakel, das alle nach draußen treibt.

»Danke, Sandro. Danke, dass du dein Geheimnis mit mir geteilt hast. Die beste Kartoffelsorte für solche Zwecke war die Charlotte, richtig?«

24

Am nächsten Morgen diskutieren alle über das seltsame Missgeschick, das dem schönen Auto von Deblais widerfahren ist. Jeder erzählt seine eigene Version der Geschehnisse, aber die meisten sind sichtlich zufrieden, dass das »Schicksal« ausgerechnet ihn getroffen hat. Alle lachen, als Notelhos Name fällt, der wie ein Schachtelteufel aus dem Gebäude geschossen kam, um die auf dem Boden verteilten Autoteile einzusammeln und sie seinem Herrn zu bringen. Braver Hund.

Alexandre, der technisch am versiertesten ist, hat einen Blick auf das Auto geworfen und dann verkündet, dass es sich wahrscheinlich um ein Problem mit der Kompression oder der Direkteinspritzung handelte. Er hat es auf eine hochgelehrte Art dargelegt und sah Deblais dabei direkt in die Augen, ohne zu blinzeln. Ich muss schon sagen, er kann echt gut lügen. Sandro hält sich diskret im Hintergrund, doch ein kleines Lächeln um die Mundwinkel hat ihn seitdem nicht mehr verlassen.

Es fällt mir schwer, die Hintergründe des Anschlags vor Emilie geheim zu halten, aber ich habe versprochen, es niemandem zu erzählen. Heute Mittag haben wir ohnehin ein anderes wichtiges Thema zu besprechen. Unser Mittagessen ist ein Kriegsrat, eine Krisensitzung, eine konspirative Versammlung … Wir sitzen zu sechst am Tisch. Emilie und ich haben beschlossen, vier weitere Kolleginnen, denen wir am meisten vertrauen, zurate zu ziehen, um die erste Phase unserer großen Geheimoperation mit dem schlichten Titel »Was ist in der blauen Akte?« zu starten.

Anwesend sind Florence, Chefin der Buchhaltung, Catherine, Assistentin aus dem Einkauf, Malika, die viersprachige Sekretärin aus dem Export, und glücklicherweise Valerie, die persönliche Assistentin von Deblais und Notelho, die schließlich die Toilette verlassen hatte, nachdem das Erdbeben zu Ende war.

Emilie richtet als Erste das Wort an die Anwesenden: »Mädels, ich will euch nicht verheimlichen, dass wir uns mit dem, was wir vorhaben, in große Schwierigkeiten bringen könnten. Wenn eine von euch das nicht riskieren möchte, werden wir es verstehen, aber sie müsste jetzt diese Runde verlassen, bevor die Details besprochen werden.«

»Wir haben doch schon unsere Dampfgarmenüs bestellt«, wirft Valerie ein, »es wäre idiotisch, jetzt zu gehen.«

Emilie nimmt den Faden wieder auf: »Ihr habt vielleicht auch schon bemerkt, dass Deblais sich oft mit einem blauen Ordner beschäftigt, den er sofort wegräumt, sobald jemand in seine Nähe kommt. Angesichts der letzten Ereignisse und seines Verhaltens sind Marie und ich überzeugt, dass dieser Ordner wahrscheinlich sensible Informationen enthält, die er vor uns geheim halten möchte.«

»Ich wüsste nicht, was das sein sollte«, unterbricht Florence. »Die Finanzen sind in bester Ordnung, und das Auftragsbuch ist voll. Wir haben sogar Rücklagen.«

»Ich tippe alle seine Dokumente«, fügt Valerie hinzu, »und mir ist nichts Verdächtiges untergekommen«.

Malika und Catherine nicken zustimmend. Ich frage: »Wieso verhält er sich dann so seltsam? Ich bin sicher, dass er einen guten Grund hat, niemanden an diese Unterlagen zu lassen. Der einzige Weg, ganz sicher zu sein, ist, sich davon selbst zu überzeugen.«

»Deblais lässt niemanden in sein Büro, wenn er nicht da ist«, sagt Malika, »und mittags schließt er ab. Valerie, hast du einen Schlüssel?«

»Nein.«

»Man könnte ihn ablenken, wenn er sein Büro kurz verlässt«, schlägt Florence vor.

»Aber da ist immer noch Notelho im Nachbarbüro«, bemerkt Emilie. »Dem entgeht nichts. Wenn wir ein Ablenkungsmanöver planen, dann muss es für beide sein. Aber dann wird's kompliziert, und wir müssten einen verdammt guten Plan haben.«

»Das ist unsere einzige Chance«, meint Catherine und fügt spöttisch hinzu: »Wir können schließlich nicht bei ihm aufkreuzen, an die Decke zeigen und ›Oh! Guck mal, ein Schweinenest!‹ rufen, während wir die Geheimakte auf die Schnelle fotografieren.«

Valerie beugt sich zu mir und fragt leise: »Machen Schweine eigentlich Nester?«

Typisch Valerie. Dabei ist sie eigentlich ein intelligentes Mädchen, manchmal hat man allerdings den Eindruck, dass sie ein paar wichtige Lektionen im Kindergarten verpasst hat, weil ihr einige grundlegende Begriffe völlig abgehen.

Emilie ist schon weiter: »Wir müssen alles versuchen, um an diese Unterlagen zu kommen. Wer eine Idee hat – nur raus damit, auch wenn sie verrückt klingen mag.«

Das hätte sie nicht sagen sollen.

25

Die drei Jungs sind superpünktlich zur vereinbarten Zeit erschienen und auch noch mit den passenden Handschuhen. Ich höre schon Emilie im Geiste sagen: »Nimm dir ein Beispiel an den Profis.«

Alexandre und seine beiden Kollegen wischen sich ihre Füße sorgfältig an der Fußmatte ab. »Guten Abend, Marie!«

Sandro zeigt auf seine Uhr und sagt: »Tut mir leid, aber ich werde nicht lange bleiben können. In einer Stunde fängt mein Dienst auf der Wache an.«

Auf seinem erkennungsdienstlichen Blatt steht: »Ein Mann der Tat, richtige Größe, sanfter Blick, tiefe Stimme, ledig, Terrorist, Lieblingswaffe: Kartoffel.« Ich muss zugeben, dass ich inzwischen dazu übergegangen bin, Notizen zu allen Verdächtigen zu machen – weil es so viele sind. Sandro ist mehr denn je ein erstklassiger Kandidat, umso mehr, als es in seinem Leben noch nicht ausgeleuchtete Bereiche gibt, wie die Sache mit dem »Dienst« zum Beispiel.

»Was für eine Wache?«

»Die Feuerwache. Ich bin bei der freiwilligen Feuerwehr. In unserer Familie ist das Tradition.«

Ohne weiter Zeit zu verlieren, übernimmt Alexandre das Kommando: »Damit Sandro so früh wie möglich loskommt, fangen wir mit den größeren Möbeln an, wenn du einverstanden bist. Weißt du schon, was du umstellen willst?«

Wir gehen von einem Raum in den nächsten, und ich zeige ihnen die Dinge, die an einen anderen Platz geräumt werden sollen. Als die Tour beendet ist, bestimmt Alexandre die Reihenfolge der Möbelstücke. Ich beobachte alle drei. Es ist erstaunlich, wie gut sie miteinander harmonieren. Sie verstehen einander fast ohne Worte, arbeiten koordiniert und sind extrem effizient. Ich dachte, sie würden eine Stunde brauchen, um die hohe Regalwand aus dem Wohnzimmer hinauszubefördern, die ich dort nicht gebrauchen kann, aber alles ist in zehn Minuten erledigt, ohne den kleinsten Kratzer. Der Bücherschrank sieht jetzt ein bisschen einsam aus, wie er da mittig vor der Wand steht, doch so ist es mir lieber. Auf beiden Seiten werde ich einfach Fotos aufhängen.

Im Zimmer, das als Katzengefängnis gedient hat, haben sie das Bett verschoben, um Platz zu schaffen. Die Katze hat sich nicht blicken lassen, sicher wegen der Unruhe und dem Krach. In einer knappen Stunde haben die drei Jungs die Hälfte der Möbel bewegt und sie mit Sorgfalt in das Zimmer getragen, das nun als Lagerraum dient.

Sandro muss los. Ich danke ihm und gebe ihm zum Abschied ein Wangenküsschen. Es scheint ihn zu verwirren. Wieder ein Kandidat, den ich mit dem Textmarker unterstreichen werde.

Kevin ergreift die Gelegenheit und verabschiedet sich ebenfalls: »Macht es euch etwas aus, wenn ihr das allein zu Ende bringt? Jetzt sind nur noch die kleinen Möbelstücke übrig, und meine Frau wartet auf mich, um zu ihrem wöchentlichen Bowlingabend mit Freundinnen zu gehen. Heute Abend hab ich die Kinder …«

Alexandre sieht mich fragend an und gibt dann sein Okay. Ich begleite die Jungs hinaus vor die Tür.

»Vielen Dank euch beiden, ihr habt mir einen riesengroßen Gefallen getan!«

Ein Lächeln, ein letzter Gruß, und sie sind gegangen. Ich bin jetzt mit Alexandre allein. Er ist schon in der Küche und verschiebt einen kleinen Küchenschrank, den ich näher am Fenster haben wollte. Er schafft es problemlos und sieht sich dann in der Wohnung um, um die Wirkung der vorgenommenen Änderungen zu beurteilen.

»Es sieht jetzt viel luftiger aus, großzügiger. Die Räume wirken noch größer.«

Wir wechseln nur wenige Worte, während wir die restlichen Sachen neu positionieren. Meine Insel des Friedens nimmt Form an. Ich gehe noch einmal mit prüfenden Blicken durch die Wohnung.

»Zufrieden?«, fragt Alexandre.

»Ja, sehr. Noch einmal vielen Dank für eure Hilfe, ihr habt mir schon wieder aus der Patsche geholfen. Jetzt bleiben nur noch ein oder zwei Regale anzubringen, hier und da …«

»Wenn du Hilfe brauchst, sag Bescheid.«

»Das ist sehr lieb von dir.«

Er hat sich schon den Besen gegriffen, um die Staubmäuse zusammenzukehren, die sich hinter den umgestellten Möbeln versteckt hatten. Es ist das erste Mal, dass ich ihn ohne seine Kumpel sehe.

»Alexandre?«

»Ja?«

»Neulich hast du über ein Projekt mit Sandro und Kevin gesprochen. Es ging da um Umzüge …«

Er hält inne und lehnt sich auf den Besen. Dann sieht er mich mit diesem offenen Blick an, den ich so beeindruckend finde. Er scheint zu überlegen.

»Sandro sagt, dass man dir vertrauen kann, und Kevin denkt, dass du in Ordnung bist. Also kann ich dich wohl gefahrlos einweihen.«

Er fegt wieder weiter.

»Wir machen uns nichts vor. Früher oder später werden uns die neuen Firmenbesitzer alle entlassen, um den Standort komplett aufzulösen. Ich glaube sogar, dass Deblais seinen Posten genau zu diesem Zweck bekommen hat.«

»Wie kannst du dir da so sicher sein?«

»Wenn man sich die Fakten ansieht, passt alles zusammen. Er scheint regelrecht darauf hinzuarbeiten. Er verbringt seine Zeit damit, die kostengünstigste Variante zu finden. Die Frage, ob er uns feuert, stellt sich nicht mehr, sondern wann und wie. Also haben wir, die Jungs und ich, uns gedacht, dass wir unsere eigene Firma aufmachen könnten. Der Grundgedanke ist, Dienstleistung im kleinen Rahmen anzubieten, zum Beispiel bei Umzügen, Neueinrichtungen oder Umbaumaßnahmen. Wir ergänzen uns perfekt und können anpacken.«

»Klingt gut.«

Der Boden ist tadellos sauber, bis in die letzte Ecke. Es gibt also doch noch Männer, die mit einem Besen umgehen können.

Mittlerweile ist es schon acht Uhr abends. Alles steht, wo es hingehört. Ich werde endlich meine letzten Kartons auspacken können. Doch ich habe keine Lust, es gerade jetzt zu tun. Und keine Lust, allein zu sein.

»Bleibst du zum Essen? Ich hab nicht viel da, aber irgendwas wird sich schon finden.«

»Das ist sehr nett von dir, ich werde nur leider woanders erwartet. Aber zu einem Glas Wasser sag ich nicht Nein.«

»Natürlich! Entschuldige, ich hätte es dir früher anbieten sollen!«

Wir setzen uns an den Küchentisch, einander gegenüber. Ich hab keine Ahnung, wo sich die Katze verkrochen hatte, aber jetzt kommt sie heraus, springt auf den Tisch und geht schnurrend und mit gerundetem Rücken auf Alexandre zu.

»Gehört sie dir?«

»Ja …«

»Ich mag Katzen eigentlich nicht besonders, aber die hier ist süß. Wie heißt sie?«

Panik! Ich hab keinen Schimmer. Meine Blicke fliegen durch die Küche, und da sehe ich etwas – eine Medikamentenschachtel neben dem Spülbecken.

»Paracetamol, sie heißt Paracetamol.«

»Das ist aber ein ungewöhnlicher Name …«

Ich glaube, ich werde nie Kinder haben, und das ist vielleicht auch besser so. Ich wäre noch imstande, ihre Vornamen aus der Konservendosenabteilung eines Supermarkts zu wählen. Darf ich Ihnen Sauerkraut und Ravioli vorstellen? Sauerkraut ist der Erstgeborene, er hat ein kleines Würstchen.

Alexandre streichelt die Katze, die ihren kleinen Kopf in seine große Handfläche schmiegt. Warum kann es zwischen Mann und Frau nicht genauso sein? Keine Zweideutigkeiten, nur das Vergnügen, zusammen zu sein, nach getaner Arbeit. Vielleicht kann man Männern nur dann nahe sein, wenn sie gut drauf sind und gerade ein paar Möbel verrückt haben … Alexandre leert sein Glas in einem Zug. Jemand wartet auf ihn. Auf mich wartet niemand. In meinem Terminkalender könnte ich allenfalls eintragen: Zähne putzen, Beine rasieren, Dusche, Müll rausbringen, das kleine Biest füttern. Ich habe alle Zeit der Welt, über Dinge nachzudenken, die andere tun, ohne einen Gedanken daran zu verschwenden. Ich betrachte den Mann, der mir geholfen hat, und die Katze, die ich gestohlen habe. Einen kurzen

Moment lang, der so etwas wie Zufriedenheit auslöste, haben sie mir beide gehört. Dieser Moment verblasst bereits, und das macht mich traurig. Auch wenn ich glaube, dass es mir zwischenzeitlich besser geht, muss ich immer noch ziemlich angeknackst sein, wenn mich der Abschied von einem Kollegen, der meine Möbel herumgeschoben hat, so runterzieht. Er steht auf.

»Marie, ich hoffe sehr, dass wir dir behilflich sein konnten.«

»Ist das eine Frage?«

»Dann werde ich mal gehen.«

Sandro ist in der Feuerwache und wartet darauf, dass eine Katastrophe einen armen Teufel trifft, der um jeden Preis gerettet werden muss. Kevin ist bei seinen Kindern und füllt seine Rolle als Vater und Ehemann aus. Alexandre geht zu der Frau, die auf ihn wartet, und ich bleibe allein zurück mit Paracetamol.

Ich begleite meinen Kollegen bis zur Tür. Er reicht mir seine Hand. Es ist ein bisschen lächerlich, aber ich wage es nicht, ihm einen Kuss auf die Wange zu drücken. Er scheint auch nicht zu erwarten, dass ich mich ihm an den Hals werfe. Okay, dann eben einen Händedruck.

»Dir noch einen schönen Abend, Marie. Bis morgen in der Firma.«

»Vielen, vielen Dank noch mal. Bei allem, was ihr für mich getan habt, werde ich bei dem Essen, das ich euch schulde, über mich hinauswachsen müssen. Kaviar auf Toast mit Blattgold!«

Er tritt über die Schwelle und bleibt plötzlich stehen. Dann bückt er sich und hebt etwas von der Türmatte auf.

»Guck mal, das muss für dich sein.«

Wieder ein Umschlag. Dieselbe Schrift. Meine Hände fangen an zu zittern, dann mein ganzer Körper, aber ich versuche mich zu beherrschen.

»Danke, Alexandre.«

Ich habe die Stimme einer bemitleidenswerten Kreatur, die ihren Tod kommen sieht, weil der Verfolger ihre Adresse kennt und den Türcode des Gebäudes hat. Alexandre ist schon auf dem Weg nach unten. Erst wollte ich nicht allein sein, und jetzt habe ich richtiggehend Angst davor. Auch wenn Alexandre nicht der Briefschreiber sein kann, würde ich ihn trotzdem gerne bitten, heute Nacht hierzubleiben.

26

Es hat mich tief berührt, als ich sah, dass Du einen Knoten in Dein Tuch gemacht hast. Danke dafür. Ich bin sehr dankbar, dass Du uns eine Chance gibst … Ich wollte Dich ansprechen, aber ich hatte zu viel Angst, damit etwas kaputtzumachen. Du bist mir wichtig, und ich weiß auch, warum. Aber Du kennst mich nicht, Du hast mich noch nicht einmal bemerkt. Wir haben noch einen weiten Weg vor uns, und ich hoffe, dass Du mir Dein Vertrauen schenkst.
Wenn Du einverstanden bist, schlage ich Dir am kommenden Samstag am Bahnhof ein Treffen vor. Ich werde dort sein, gegen 18 Uhr. Warte auf mich vor dem großen Café bei den Bahnsteigen. Aber noch einmal: Du bist zu nichts verpflichtet. Wenn Du kommst, rückt unsere Zukunft ein Stück näher, wenn nicht, kannst Du sicher sein, dass ich Deine Entscheidung akzeptieren werde, wenn auch schweren Herzens. Ich hoffe sehr, Dich dort zu sehen. Ich hoffe auch, Dich sehr bald in meine Arme schließen zu können, nicht nur auf dem Papier.

Gezeichnet: Dein treuer Freund

Emilie gibt mir den Brief zurück und sagt ratlos: »Das ist schön, keine Frage, aber ich finde seine Methode immer noch sehr seltsam. Erinnert mich an eine Schnitzeljagd. Entweder tickt er wie ein Vierjähriger, oder er weiß ganz genau, was er tut … Ein Psychologe oder ein Profiler würden dieser hübschen Prosa sicher viel entnehmen können.«

»Ich weiß nicht, was ich davon halten soll. Ich habe den Brief die ganze Nacht immer wieder gelesen und in die Sätze irgendwas und dann das Gegenteil davon hineininterpretiert. Ich schwankte zwischen Panik und Ungeduld, diesen Typen endlich kennenzulernen. Kannst du dir das vorstellen? Zum Glück wird es nicht mehr lange dauern. Aber trotzdem habe ich dabei ein komisches Gefühl. Und was mich am meisten an der Sache beunruhigt, ist, dass dieser Typ den Brief vor MEINER Tür abgelegt hat! Ist dir klar, was das bedeutet? Was kommt als Nächstes? Steht er plötzlich vor mir, wenn ich aus der Dusche steige? Das ist mir echt unheimlich!«

»Vielleicht hat dein Hausmeister den Brief hochgetragen.«

»Nein, ich hab ihn heute Morgen danach gefragt. Ihm ist gestern Abend niemand außer den Hausbewohnern und meinen Umzugshelfern aufgefallen.«

»Dann vielleicht jemand aus dem Haus?«

»Wie es der Zufall will, ist mein Nachbar, Romain Dussart, heute Morgen auf Geschäftsreise gegangen. Monsieur Alfredo meint, dass er am Wochenende zurückkommt.«

»Wirklich? Dein Nachbar? Ihr habt euch doch erst einmal gesehen?«

»Vielleicht ist es Liebe auf den ersten Blick, was weiß ich? Er war sehr charmant und zuvorkommend. Aber er hat mich nicht geduzt, er ist auch, glaube ich, nicht der Typ dafür.«

»Wenn er dir solche leidenschaftlichen Briefe schreiben kann, wird das Duzen kein Problem sein. Und bestimmt ist er noch zu ganz anderen Dingen fähig!«

»Du hast recht, auch wenn ich mich weigere, darüber nachzudenken, was du mit ›ganz anderen Dingen‹ meinst. Ich stehe jedenfalls im Moment komplett neben mir. Ein Kerl wirft mich aus seiner Wohnung, und ein anderer schreibt mir rätselhafte Briefe. Ich kann nicht mehr! Ich bin es leid, ihr Spielzeug zu sein. Alles, was ich will, ist, zur Ruhe zu kommen. Ich brauche Zeit, um herauszufinden, was ich selbst will. Du hast mir gestern Abend so gefehlt! Wenn wir miteinander geredet hätten, hätte ich vielleicht ein bisschen besser schlafen können.«

»Es tut mir leid, aber nach der Probe hat mich ein Typ aus der Theatergruppe zum Essen eingeladen, und da wollte ich nicht Nein sagen. Wenn die Initiative schon mal nicht von mir ausgeht!«

»Ich nehme es dir nicht übel. Ich weiß doch, dass es für dich auch nicht einfach ist. Wenn man sich vorstellt, wie viel Zeit wir mit Männern verplempern … Verrückt, was man alles für sie macht, auch wenn nichts dabei rauskommt. Wie war denn dein Date?«

»Am Anfang glaubte ich an ein Zeichen des Schicksals. Der einzige Mann aus der Gruppe, den ich noch nicht angebaggert habe! Der Letzte auf Lager! Da kann von erstklassiger Qualität natürlich keine Rede mehr sein, aber mir steht es schließlich nicht zu, wählerisch zu sein. Außer ihm gibt es nur noch den Spielleiter, doch der wäre wirklich meine allerletzte Wahl. Da müsste schon die Welt untergehen …«

»Und wie war's, gut oder nicht?«

»Es ist ja ein bisschen wie beim Ausverkauf. Du sagst dir, dass du vielleicht ein Schnäppchen machen kannst, aber gleichzeitig weißt du, wenn sich das Teil nicht schon vorher verkauft hat, dann gibt es sicher irgendwo einen Haken. Und der hier stand noch als Letzter im Regal … Ich hab alle Nähte überprüft. Er ist nett, aber ich glaube, er braucht mehr eine Freundin zum Quatschen als eine Frau. Ich fühlte mich auf einmal wieder in meine Schulzeit versetzt. ›Was soll ich aus meinem Leben machen?‹ ›Wie soll ich in einer Welt zurechtkommen, die mich nicht versteht?‹ Mit dreißig Jahren auf dem Buckel sollte er vielleicht die eine oder andere Antwort gefunden und gemerkt haben, dass es nicht die Aufgabe der Welt ist, ihn zu verstehen! Ich hab keine Lust auf einen Mann, der auf der Suche nach sich selbst ist. Ich will einen, der weiß, was er will, der mich in sein Boot holt, mir Halt gibt!«

»Na dann, viel Glück … Das einzige Mal, dass Hugues nicht ewig hin und her überlegte, war, als er Videospiele aussuchte. Es ist schon komisch, während du dich mit diesem Typen abgerackert hast, hab ich mir den Kopf über den Brief zerbrochen … Wie schön ist die Liebe!«

»Ich finde den Brief übrigens ziemlich nett und irgendwie anrührend. Wirst du zum Bahnhof hingehen und auf ihn warten?«

»Ja, aus zwei Gründen: Erstens will ich wissen, wer er ist, und zweitens, ob er es ehrlich meint. Du hast recht, das, was er schreibt, klingt nett. Vielleicht hab ich diesmal ja Glück …«

27

Samstagnachmittag. Ich verliere mich fast in der großen Bahnhofshalle. So viele Menschen! So viele Lebenswege, die sich kreuzen. Ich habe den Eindruck, einen Film im Zeitraffer zu sehen. Überall Leute, die kommen, gehen oder warten … Hier und da fallen sie einander in die Arme, zur Begrüßung oder zum Abschied. Menschen, die verreisen, die nach Hause kommen. Sie haben Koffer bei sich, suchen nach Schildern, die ihnen die Richtung weisen, laufen zu ihrem Zug oder gehen heim, warten an den Schaltern, mit Kindern im Arm, mit Reisetaschen, Musikinstrumenten oder Tieren. Ich sehe einige, die sich über die Züge aufregen, andere, die Bettlern Kleingeld geben, und wieder andere, die an den Kiosken in Zeitschriften blättern. Ein Kind geht vorbei, es hat Mühe, den Schritten seiner Mutter zu folgen, es trägt einen winzigen Rucksack und hält seinen Kuschelbären an der Pfote.

Ich bin eine Stunde zu früh gekommen und habe alles bis ins Kleinste im Kopf durchgespielt: Der Mann, den ich erwarte, kommt von einem Bahnsteig und geht mit einem heiteren Lächeln geradewegs auf mich zu. Er sagt kein Wort und nimmt mich in den Arm. Nein, das ist zu viel.

Der Mann, den ich erwarte, kommt von einem Bahnsteig und geht mit einem heiteren Lächeln geradewegs auf mich zu. Er blickt mir mit großer Zuneigung in die Augen. Es ist unser erstes Gespräch, aber es beruht nicht auf Worten, obwohl wir uns viel zu sagen hätten. Er reicht mir schüchtern seine Hand, dann, als würde er meine Gedanken lesen, nimmt er mich sanft in den Arm. Er drückt mich an sich. Ich darf nicht weinen, obwohl ich es zu gerne tun würde. Ich bin durcheinander, gerührt wie eine Schiffbrüchige, die erstmals wieder festen Boden betritt, wie eine Gefangene, die endlich wieder den Himmel sieht. Dieses Gefühl habe ich mir schon oft vorgestellt, wie wahrscheinlich alle Frauen, aber ich glaube nicht, es jemals erlebt zu haben. War ich überhaupt jemals so richtig verliebt? Werde ich mich wieder verlieben? Ist das möglich nach so vielen Enttäuschungen?

Frauen verbringen ihr Leben mit Warten, oft genug auf einen Mann. Vor einer Woche war ich mir nicht mehr sicher, ob ich weiter warten wollte. Ich war bereit, ganz auf Männer in meinem Leben zu verzichten. Und wo stehe ich heute? Ich bin zu einem Rendezvous erschienen, auch wenn ich nicht mehr so blauäugig bin wie früher. Das, was das Leben mir beigebracht hat, wiegt schwer im Vergleich zu dem, was ich mir einst erhofft hatte. Und doch stehe ich hier, bin wieder einmal einem Kerl ausgeliefert und warte.

Ein Zug fährt ein, und eine Flut von Reisenden ergießt sich in die Halle. Es ist immer noch zwanzig Minuten bis zur vereinbarten Zeit, aber vielleicht war der, auf den ich warte, in diesem Zug. Vielleicht ist er lieber früher da, um den anderen nicht warten zu lassen. Ich beobachte jeden der Fahrgäste. Einige streben direkt auf den Taxistand zu, andere suchen und finden ihre Familien. Einige scheinen es nicht eilig zu haben. Es sind wahrscheinlich Leute wie ich, auf die niemand zu Hause wartet. Wenn ich die Menschenmenge in diesem Bahnhof betrachte, die Geschichten dahinter und ihre zurückgelegten Lebenswege, wenn ich die bewegenden Gesten der Zuneigung sehe, kommt mir der Gedanke, dass wir tatsächlich keine Spezies sind, die zum Alleinsein geschaffen ist. Das ist eine gute Nachricht. Denjenigen zu finden, mit dem man ein Stück des Weges gemeinsam zurücklegen kann, ist jedoch keine leichte Aufgabe. Das ist die schlechte Nachricht.

»Ich warte auf jemanden.« Ich wiederhole diesen Satz in meinem Kopf, um seinen ganzen Sinn zu erfassen und ihn zu genießen. Ich bin verabredet. Auch wenn ich im Moment noch allein bin, fühle ich mich durch diesen Gedanken mit der Welt verbunden. Ich bin nicht nur bloße Zuschauerin, ich bin eine der Darstellerinnen. Ich habe hier etwas zu tun. Ich warte auf jemanden. Mein Herz klopft wie verrückt, aber es gelingt mir, es zu beruhigen. Mit wem habe ich ein Date? Um mich abzulenken, spiele ich mir wieder meinen kleinen Film ab. Er wird kommen, mich anlächeln. Wir werden nicht unbedingt reden. Die Bühne habe ich schon: Sie ist riesig und wimmelt von Statisten. Ich habe auch die Geräuschkulisse: Lautsprecheransagen, Stimmengewirr, ausbrechendes Gelächter. Was mir fehlt, ist der Star. Romain Dussart, Vincent, der die letzten Tage zufälligerweise zur Fortbildung weg war, Benjamin, der sich den Freitag aus mir unbekannten Gründen freigenommen hat, Sandro, Lionel … Welches Gesicht wird der, auf den ich warte, haben? Ich wiederhole die Szene in einer Endlosschleife, mit wechselnder Besetzung. Seltsames Casting.

Ich stehe vor dem großen Café, dessen Außenbereich einen Blick auf die Bahnsteige erlaubt. Ich wollte mich nicht an einen der Tische oder ins Innere setzen, aus Angst, er könnte mich übersehen. Also stehe ich da, gut sichtbar wie die Werbung meiner eigenen Person, allen Blicken frei zugänglich. Ich sehe etwa ein Dutzend Züge eintreffen, ich beobachte Hunderte von Menschen, Tausende vielleicht, und jetzt ist die vereinbarte Zeit gekommen. In seinem Brief schreibt er von seiner Ankunft gegen 18 Uhr. Er wollte die Zeit bestimmt deshalb nicht präzisieren, damit ich die Herkunft des Zugs nicht ableiten konnte. Vielleicht wollte er es spannend machen. Ist das nett von ihm oder grausam? Die Antwort erhalte ich in wenigen Minuten schon, wenn ich in seine Augen sehe, wenn ich seine Stimme höre und vielleicht seine Hand berühre. Ich will mich vor allem nicht auf einen Favoriten unter den möglichen Kandidaten festlegen, damit, sollte der Briefschreiber nicht der Gewünschte sein, keine Enttäuschung aufkommt, denn das wäre schade.

Ein Mann geht auf mich zu, sein Gesicht ist hinter einem Blumenstrauß versteckt. Was soll ich bloß tun? Vor allem Ruhe bewahren, gelassen bleiben. Ich schaffe es, meine Arme unter Kontrolle zu bringen und auch – wenngleich ein bisschen weniger – meine Beine, aber in meinem Inneren herrscht Chaos: Die Gallenblase springt vor Freude über die Leber hinweg, und mein pochendes Herz schlägt die Lunge grün und blau. Der Mann nimmt immer noch Kurs auf mich, die Rosen sind wunderschön. Gleich wird er aus dem Strauß geboren wie die Venus aus ihrer Muschel.

Plötzlich rempelt mich eine junge Frau an, die rechts an mir vorbeirennt und ihn umarmt. Ich habe mir gerade den Mann meines Lebens von einer hübschen Konkurrentin wegschnappen lassen. Er drückt sie an sich und lächelt selig. Sie lacht laut. Das kann nur eins bedeuten: Glück pur. Die Welt ist grausam … Ich komme mir vor, als würde ich mich einem Tannenbaum nähern, das Geschenk, das ich schon immer haben wollte, im Visier, und entdecke, als ich davorstehe, dass ein anderer Vorname auf dem Päckchen steht. Mit dem Glück ist es wie mit allen guten Sachen: Es ist nicht genug für alle da. Meine freudige Erregung verwandelt sich schlagartig in tiefe Niedergeschlagenheit.

Mein Herz plumpst nach unten auf die Bauchspeicheldrüse, und meine Lunge landet im Gesäß. Ich kriege schlecht Luft.

Das Paar entfernt sich. Wie konnte ich mich da nur so hineinsteigern? Die vereinbarte Zeit ist vorbei. Trotz allem muss ich mich zusammenreißen, denn, sollte er einige Minuten Verspätung haben, darf er mich nicht mit einem langen Gesicht sehen. In dem Moment, in dem er erscheint, muss ich einen Topeindruck machen. Es spielt keine Rolle, durch welche Hölle ich vorher gegangen bin. Ich darf die verrinnenden Sekunden nicht auf die Goldwaage legen. Ich bin auf der Bühne, bereit, die Rolle meines Lebens zu spielen. Ich warte, dass sich der Vorhang hebt, aber ich weiß noch nicht, wann. Schlimmer noch: Vielleicht werde ich nicht merken, dass er schon oben ist, und ich aus der Ferne beobachtet werde. Trotzdem will ich meinen Auftritt in diesem Stück, das er für mich geschrieben hat, nicht vermasseln.

Im Moment stellt mir mein ungeduldiger Verstand eine entscheidende Frage, während ich mich bemühe, gute Miene zum bösen Spiel zu machen: Wie lange soll ich warten? Mein Herz weigert sich, eine Antwort zu geben und ein Limit zu setzen, aber mein Gehirn hat schon die Verhandlungen aufgenommen, weil es weiß, sollte die Sache schiefgehen, wird es die Konsequenzen tragen müssen. Eine Viertelstunde zu warten kommt mir wie ein striktes Minimum vor. Was sind schon fünfzehn Minuten angesichts eines ganzen Lebens? Und dann, man weiß nie, vielleicht hat sein Zug Verspätung, auch wenn nichts dergleichen angekündigt wurde. Ich vereinbare mit mir, eine halbe Stunde zu warten. Ich will mir meine Chancen nicht durch Ungeduld oder Stolz kaputt machen. Ab wann wird sich mein Selbstwertgefühl mit den Füßen getreten fühlen? Wann werde ich die schmale Grenze zwischen Hoffnung und Resignation erreicht haben? Kann denn alles gemessen werden? Ich glaube schon: Der Grad der Abweichung von der selbstgesetzten Frist zeugt von der Intensität der Angst. Der verlängerte Zeitraum bemisst die Intensität des Wartens. Die Menge der Tränen bemisst sehr präzise das Niveau der Einsamkeit.

Jetzt komme ich mir in dem ganzen Getümmel immer mehr wie eine Zuschauerin vor. Ich versuche trotz allem herauszufinden, wer von den Leuten hier auf jemanden zu warten scheint. Wie viele von ihnen werden am Ende wohl enttäuscht sein? Vielleicht bin ich ja die Einzige. Aus Mitleid für meine Mitmenschen hoffe ich es fast. Angeblich hat ja jeder einen Platz im Leben, eine Aufgabe, die er zu erfüllen hat. Meine besteht vielleicht darin, tragisch zu scheitern, um damit den anderen die Möglichkeit zu geben, selbst das kleinste Glück als strahlend zu empfinden. Ich habe endlich meinen Platz in dieser Welt gefunden. Ich bin die, auf die man verweisen kann und sagen: »Es hätte schlimmer kommen können, du hättest so enden können wie sie«, und schon geht es den Leuten besser.

Ich sehe auch wartende Männer. Da ist zum Beispiel ein junger Typ, der sich seit zehn Minuten an einer Haarsträhne herumzupft, als würde davon sein Leben abhängen, oder dieser hier, der abwechselnd auf seine Uhr und sein Handy schaut. Es fällt mir immer schwerer, die Menschen zu beobachten, die sich gefunden haben. Ich habe dazu keine Kraft mehr. Ihre Freudenausbrüche treiben mir Tränen in die Augen, ihre Emotionen wühlen mich auf, ihre Begeisterung schmettert mich nieder. Was gibt es Schöneres als Menschen, die zusammenkommen? Was gibt es Schlimmeres, als sich von diesem zutiefst menschlichen Ritual ausgeschlossen zu fühlen?

Ich habe bis zwanzig vor acht gewartet, hundert Minuten länger. Mal war mir nach himmelhoch jauchzend zumute, mal war ich zu Tode betrübt. Jetzt bin ich einfach nur erschöpft. Mein Selbstwertgefühl ist dahin, und ich habe mittlerweile jede Hoffnung aufgegeben. Ich könnte sie nicht mal mit dem Fernglas sehen, ich bin zu weit ins Land der Einsamkeit vorgedrungen. Tränen laufen über meine Wangen. Ich sehe nicht mehr wie die in der Menschenmenge aufgerichtete stolze Werbung meiner selbst aus. Ich bin eine Ruine, die aus ungeklärten Gründen noch nicht eingestürzt ist, auf die aber schon die Abrissbirne wartet.

Nur zwei Frauen – beide älter als ich – sind zu mir gekommen, um zu fragen, ob ich mich nicht wohlfühlen würde. Ich habe es verneint. Sie wissen, dass ich lüge, weil sie wahrscheinlich schon das Gleiche erlebt haben. Denn diese grausame Erfahrung macht irgendwann jede Frau: sitzen gelassen zu werden. Man gibt so viel, und wird nur betrogen. Mein Schmerz ist übermächtig, das Gefühl, Unrecht erfahren zu haben, nagt an mir.

28

Am nächsten Tag komme ich mir wie John Wayne vor: Fünf Wörter Vokabular und ein geladenes Gewehr – mehr brauche ich nicht. Sollte sich Hugues, der niederträchtige Bandit, um zwölf Uhr mittags zu einem Duell einfinden, hat er gegen mich keine Chance.

Als ich meine Wohnungstür hinter mir schließe, bleibe ich einen Moment auf dem Treppenabsatz stehen und lausche in Richtung des Appartements von Romain Dussart. Kein Laut. Ich würde mein Ohr auch direkt an seine Tür legen, aber bei meinem Glück würde er genau in diesem Moment herausstürmen oder Monsieur Alfredo die Treppe heraufkommen.

Unten treffe ich auf den Hausmeister, der die Außentreppe fegt. »Guten Morgen, Mademoiselle Lavigne. Ein schöner sonniger Tag heute, nicht wahr? Ein wundervoller Sonntag steht uns bevor, kühl, aber sonnig, gut für die Gesundheit. Versuchen Sie, ein paar Strahlen aufzufangen, Sie sehen etwas mitgenommen aus …«

»Ich werde heute bei meiner Familie zu Mittag essen, das wird mir guttun. Sagen Sie, Monsieur Alfredo, wissen Sie, ob Monsieur Dussart gestern wiedergekommen ist?«

»Ich glaube nicht, weil er seine Post noch nicht abgeholt hat. Vielleicht musste er seine Dienstreise verlängern. Wenn Sie wollen, kann ich ihm sagen, dass Sie ihn sprechen möchten, sobald er wieder da ist.«

»Nein, bloß nicht …«

Er lächelt mich wissend an. Was wird er wohl über mich denken?

Heute Mittag fahre ich zu meiner Schwester. Sie, ihr Mann Olivier und die Jungs wohnen etwas außerhalb. Die Stadt zu verlassen war für sie die einzige Möglichkeit, sich ein kleines Haus mit Garten leisten zu können. Sie haben sich dazu entschlossen, als die Kinder noch klein waren.

Caroline und ich standen uns immer schon sehr nahe. Als ich noch klein war und Mutter spät von der Arbeit nach Hause kam, hat meine Schwester darauf geachtet, dass ich meine Hausaufgaben machte. Mit Caro lernte ich zu lesen und zu rechnen. Sie hatte mir auch sehr oft vorgelesen, und wir haben viel miteinander gespielt. An den Tagen, an denen die Bettwäsche gewechselt wurde, haben wir aus den Matratzen Hütten gebaut. Ich konnte es kaum erwarten, bis es wieder so weit war. Wir erfanden uns eine eigene Fantasiewelt im Alltag. Die Bettlaken waren die Türen, wir leuchteten unsere Hütte mit Lampen aus und spielten Puppenküche. Caro übernahm die Rolle von Vater und Mutter wie unsere Mutter im richtigen Leben. Ich weiß noch, wie traurig ich war, als Caro anfing, mit Freunden auszugehen. Es kam mir vor, als hätte sie mich verlassen. Ich schäme mich zuzugeben, dass ich es Olivier sogar ein bisschen übel genommen habe, als sie sich verlobt haben. Seinetwegen ist sie dann auch ausgezogen.

Sie zu besuchen ist für mich ein liebgewonnenes Ritual. Seit ich mit dem Mistkerl von Hugues zusammen war, sind die Besuche seltener geworden. Er hatte mich von ihnen abgeschnitten, wie von allen, die mir etwas bedeuteten. Er wiederholte gerne, dass sie ein Spießerleben führten, aber sie hatten wenigstens ein Leben. Er hingegen hatte nur eine große Klappe. Caro und Olivier haben mich nie gedrängt, mit Hugues zu ihnen rauszufahren. Wenn sich jedoch eine Gelegenheit ergab, luden sie mich allein zu sich ein. Caro war von Hugues nie besonders angetan gewesen. Das einzige Mal, als wir offen über ihn sprachen, sagte sie: »Ich finde ihn irgendwie antriebslos und bin mir nicht sicher, ob man ihm vertrauen kann.« Sie sollte recht behalten. Es ist wahr: In den zehn Jahren, in denen ich ihn kannte, habe ich ihn nie etwas Sinnvolles tun sehen.

Ich weiß schon, was es heute Mittag geben wird: Roastbeef mit selbstgemachtem Kartoffelpüree. Ihre Männer lieben es. Der Nachteil ist, dass sie nur dieses eine Gericht lieben. Sie wollen nichts anderes. Wenn Caro mal etwas anderes ausprobieren wollte, erntete sie Murren oder offenen Protest. Ich habe es mehr als einmal selbst miterlebt.

Ich weiß auch, dass ich Olivier wie üblich beim Heimwerkeln oder bei der Gartenarbeit vorfinden werde, während Enzo und Clément ihre Hausaufgaben machen oder – was sehr viel wahrscheinlicher ist – am Fernseher im Wohnzimmer Xbox spielen werden.

Caroline und ich sind vom Charakter her ziemlich verschieden, trotzdem standen wir uns immer sehr nahe. Wahrscheinlich wegen der Verantwortung, die sie sehr früh übernehmen musste, war sie immer die Vernünftigere von uns beiden. Sie und Mama haben mich beschützt, das ist mir bewusst. Ich war fantasievoller und impulsiver als meine große Schwester. Sie hat mir den Raum dazu gegeben auf Kosten ihrer eigenen Sorglosigkeit. Oft hat sie über meine ausgeflippten Ideen und meine Begeisterungsfähigkeit gelacht. Besonders stolz war sie, wenn ich frei und spontan war.

Clément, der Ältere meiner beiden Neffen, begrüßt mich an der Haustür. Ich habe Jahre gebraucht, um ihn davon zu überzeugen, mich nicht »Tante« zu nennen.

»Hallo, Marie!«

Er läuft sofort wieder zu dem Autorennen zurück, das er mit seinem Bruder auf der Xbox ausficht, und ruft: »Mama, Marie ist da!«

Caro kommt aus der Küche geschossen und umarmt mich kurz.

»Hallo, meine Kleine. Es ist noch nichts fertig, wie üblich.«

Sie dreht sich zum Wohnzimmer und schreit: »Enzo, drück den Pausenknopf, und sag Marie guten Tag.«

»Aber, Mama …«

»Sofort! »

Ich amüsiere mich immer über den Unterschied in der Lautstärke, in der sich die Eltern untereinander und mit ihren Kindern unterhalten. Man könnte meinen, Kinder seien grundsätzlich taub, also müsse man schreien, um sich verständlich zu machen.

Ich lege meine Sachen auf der Banktruhe ab, vor der sich eine spektakuläre Ansammlung von unordentlich abgestellten Schuhen befindet. Es kommt mir vor, als würden die Treter von Besuch zu Besuch immer größer werden. Die schicken Stiefeletten meiner Schwester machen sich inmitten dieser Armada von Hausbooten immer niedlicher aus.

Ich schlendere herum und sehe mich um. Endlich entspanne ich mich etwas. Wer hätte gedacht, dass es mir heute überhaupt möglich wäre? Ich mag das Haus, ich komme gerne hierher. Es ist ein Ort, der sich wie ein Ankerplatz nicht verändert, auch wenn drum herum Bewegung ist. Für mich, die einfach so durchs Leben treibt, sind solche Bezugspunkte umso wichtiger.

Jetzt, wo die Kinder groß sind, gibt es keine im Wohnzimmer herumfliegenden Spielsachen mehr, und ich kann mich beruhigt fortbewegen, ohne Angst haben zu müssen, auf einem

Spielzeugauto auszurutschen. Es riecht nach parfümierten Kerzen, die meine Schwester so liebt, und auch nach Küchendüften, die etwas Tröstliches an sich haben. In der Vitrine des Wohnzimmerschranks stehen rechts und links der Gläser und Teller, die nur zu Weihnachten oder zu den Geburtstagen herausgeholt werden, Unmengen von gerahmten Fotos. Ich entdecke ein neues, auf dem Clément und Enzo auf einem Quad zu sehen sind. Welches wurde ausgetauscht, um diesem Platz zu machen? Ich meine mich zu erinnern, dass es ein Foto von den Vieren im Schwimmbad war. Das, auf dem wir alle um meine Mutter versammelt sind, ist immer noch da. Das, auf dem Caro und ich zu sehen sind, als ich mein Examen feierte, auch. Wir jung wir da beide noch waren! Auf ihrem Hochzeitsfoto wirken Caro und Olivier weniger freudestrahlend als auf dem, wo sie vor den Grundsteinen ihres Hauses posieren – als wäre ihr Glück gewachsen, als wäre der Tag ihrer Hochzeit ein Wagnis gewesen, dem erst die späteren gemeinsamen Projekte seinen ganzen Sinn gegeben hätten.

Weitere Fotos mit den Kindern: in der Schule, in den Ferien, im Garten. Ich kann gut verstehen, dass sie so viel Platz im Leben ihrer Eltern einnehmen, und finde Caro und Olivier rührend: Sie sind wie ein Vogelpaar, das für die Kleinen ein Nest baut, in dem sie in Sicherheit und mit einer schönen Aussicht aufwachsen können.

»Olivier ist auf der Terrasse. Er hat sich in den Kopf gesetzt, eine Markise anzubringen.«

»Ich geh mal zu ihm.«

Meine Schwester und ihr Mann haben immer etwas zu tun, selten zusammen, wenn ich es recht bedenke, aber sehr oft macht einer etwas für den anderen. Ich weiß nicht, ob dies immer freiwillig geschieht, aber Langeweile haben sie sicher keine! Wer weiß, vielleicht ist es manchmal besser, wenn man keine Zeit hat, sich allzu viele Fragen zu stellen. So bleibt man am ehesten glücklich …

Olivier steht auf einer Trittleiter, trotz der Kälte im T-Shirt, und hält eine Bohrmaschine mit beiden Händen. Er kommt zu mir herunter, um mich zu begrüßen.

»Hallo, Marie. Wie geht's dir? Wieder auf dem aufsteigenden Ast?«

»Ich werde noch ein bisschen Zeit brauchen, um mich zu berappeln. Und wie sieht's bei dir aus?«

Er zeigt auf seine Markise: »Ich plage mich ein bisschen mit dem Ding da ab, weil ich auf eine Betonarmierung gestoßen bin, genau auf der Höhe, auf der ich die Dübel anbringen wollte. Na ja, gibt Schlimmeres. Aber ich werde es diese Woche wohl nicht mehr fertig machen können.«

Der Kontrast ist augenfällig. Wir tauschen Neuigkeiten aus: ich zu meinem strauchelnden Leben, er zu seiner Markise. Jeder von uns könnte sich zu dem betreffenden Thema stundenlang ausbreiten. Ich stelle nur eins fest: Ich habe nicht die geringste Ahnung, wovon er spricht. Was ist eine Armierung? Und wo genau liegt das Problem? Und wie herum werden diese dicken grauen Plastikzäpfchen in die fertig gebohrten Löcher gesteckt? Versteht er denn andersherum überhaupt, wovon ich rede? Hat er eine Ahnung von meinen Qualen, oder sagt er sich einfach nur, dass mich ein Kerl abgeschoben hat und dass ich mir schnell einen neuen suchen muss wie ein Gebrauchtwagen einen neuen Besitzer, damit ich nicht auf dem Schrottplatz lande? Zwei Arten, die Welt zu sehen.

Während Olivier mit seiner Bohrmaschine wieder auf seine Trittleiter steigt, fragt er: »Macht es dir was aus, wenn wir heute mal ein bisschen zügiger essen? Ich wollte mit den Jungs am frühen Nachmittag eine Fahrradtour machen. Sie müssen mal an die frische Luft.«

»Nein, natürlich nicht. Es ist wirklich nett von euch, dass ihr mich überhaupt zum Essen einladet.«

Olivier hält in seiner Bewegung inne: »Marie, das macht uns gar keine Mühe. Wir freuen uns über deinen Besuch. Du bist uns sehr wichtig, und die Jungs lieben dich.«

Ich bin gerührt. Überrascht und gerührt. Diese kleine Bezeugung von Zuneigung wirkt auf mich wie ein Regenschauer in der Wüste: alles erblüht, hält aber leider nicht lange vor.

Als Olivier sagte, er und die Kinder würden zügig essen, war das noch untertrieben. Sie hatten bereits drei Viertel von dem Fleisch und vom Püree vertilgt, als Caro und ich gerade Messer und Gabel in die Hand nahmen. Wie drei ausgehungerte Raubtiere. Sie kauten nicht, sie schlangen das Essen runter. Zum Schluss haben sie sich Brot- und Käsestücke geschnappt und fluchtartig den Tisch verlassen, eine breite Krümelspur hinter sich her legend. Während sie sich fertig machten, brüllten sie sich vom Keller bis ins Obergeschoss Instruktionen zu, um nicht irgendeinen für das Abenteuer unverzichtbaren Ausrüstungsgegenstand zu vergessen. Ich komme mir vor wie auf einem Militärstützpunkt, kurz bevor die Soldaten losstürmen, um die Welt zu retten. Die Jungs sind nacheinander zu Caro gekommen, weil der eine seine Handschuhe suchte und der andere seine Sonnenbrille. Die beiden Dinge waren an ihrem angestammten Platz gewesen, und Caro übergab sie ihnen, nicht ohne ihre Jungs vorher zum Abschied zu küssen, was sie sich nur widerstrebend gefallen ließen, weil sie es so eilig hatten wegzukommen.

Als sie endgültig verschwunden waren, blieben Caro und ich in einer erholsamen Stille zurück. Ruhe nach dem Sturm. Caro wünschte mir einfach nur »guten Appetit«. Wir haben uns angelächelt und gegessen wie zivilisierte Leute, ohne sofort ein Gespräch zu beginnen. Man kann nur dann wortlos essen, wenn man mit Menschen am Tisch sitzt, die einem wirklich nahestehen. Genau daran lässt sich sogar die Nähe ablesen. Mit wem kann man denn schon eine Mahlzeit teilen ohne ein Wort, mit nur einem kleinen Lächeln auf den Lippen?

»Caroline? Kann ich dir eine Frage stellen?«, unterbreche ich die Stille. »Du lebst mit drei Männern in einem Haushalt …«

»Wenn du nur *eine* Frage zu dem Thema hast, dann bist du schlauer als ich!«

Wir lachen.

»Wie kommt es, dass es so gut läuft zwischen dir und Olivier?«

Sie scheint erstaunt zu sein.

»Warum es läuft? Ehrlich gesagt, ich weiß es nicht. Wir fühlen uns beide gut miteinander, jeden Tag aufs Neue, aber du würdest wahrscheinlich genug Leute finden, die dir sagen, dass unsere Ehe nichts Besonderes ist. Solche Fragen stelle ich mir gar nicht. Man baut gemeinsam etwas auf, hat zu den meisten Sachen die gleiche Meinung – ausgenommen vielleicht zum Thema Kochen oder wann man beim Autofahren blinken muss –, und das war's auch schon.«

»Woher wusstest du, dass er der Richtige ist?«

»Keine Ahnung. Ich weiß nicht mal, ob er der Richtige ist. Aber so lange, wie wir schon zusammen sind, und bei dem, was wir schon alles erlebt haben, würde ich mal sagen, dass unsere Chancen, unseren Weg gemeinsam zu beenden, ganz gut stehen. Früher stellten sich meine Freundinnen ihren Wunschpartner bis ins kleinste Detail vor. Sie machten Listen mit Eigenschaften, die der Betreffende haben sollte, und verglichen ihre Idealbilder mit Jungs, die sie kannten. Das haute natürlich nie hin. Ich hingegen habe von Männern nie etwas erwartet, wahrscheinlich wegen dem, was Mama erlebt hat. Ich habe nicht nach meinem Traummann gesucht, dafür aber Olivier getroffen.«

»Was hat dir an ihm zuerst gefallen?«

Sie überlegt und trinkt langsam einen Schluck Wasser.

»Wenn ich darüber nachdenke, glaube ich, war es die Tatsache, dass er zupackend ist.«

»Verstehst du ihn immer?«

»Was meinst du damit?«

»Ich meine, hast du die Gebrauchsanweisung für ihn gefunden?«

Sie lacht laut auf.

»Ich weiß nicht, ob es überhaupt eine gibt! Ich habe es aufgegeben, alles verstehen zu wollen. Weißt du, ich lebe mit drei männlichen Wesen zusammen. Die meiste Zeit sage ich mir, dass ich einfach nicht kapiere, wie sie ticken, aber ich muss zugeben, dass sie insgesamt ganz gut klarkommen. Das Wichtigste ist, den anderen gewähren und sich Freiräume zu lassen. Olivier kann das eine ganz gut, ich etwas anderes. Und wenn einem etwas über den Kopf wächst, sucht man Hilfe bei dem anderen.«

»Und jetzt, wo deine Kinder langsam erwachsen werden, verstehst du die Mechanismen, die aus ihnen Männer werden lassen, besser?«

»Schon wieder so eine Frage. Du willst doch wohl nicht auf Psychologin umschulen?«

»Ich suche einfach nach Antworten.«

»Die beiden hassen es, wenn man ihnen sagt, dass der Ernst des Lebens irgendwann mal beginnt. Aber wir haben sie nun mal fabriziert. Wir lieben sie, ich wasche ihre Wäsche, und ich koche für sie. Und Olivier dressiert sie manchmal, unsere beiden jungen Löwen. Ich weiß nicht, ob es Mechanismen gibt, die aus ihnen Männer machen. Die Hormone, der Instinkt, ihre Begabungen, ihre Persönlichkeit … vieles spielt da mit hinein. Sie sind noch reichlich jung, obwohl sie sich schon wie Männer aufführen. Die tiefere Stimme, die Behaarung, die Begeisterung für alles, was schnell fährt, und für Mädchen … Aber ich verrate dir mal was: Jeden Morgen, wenn ich sie wecke und bevor sie ihr Männer-Kostüm überziehen, sehe ich kleine Jungs, die von uns gar nicht so verschieden sind. Oft denke ich mir dann, dass du und ich ihnen als Kinder sehr ähnlich waren. Bevor sie einen auf großen Macker machen, mit ihren kleinen Bizepsen und ihren Bauchmuskeln, krabbeln sie aus ihren Betten und bewegen ihre Arme wie Hummer, langsam und unbeholfen. Sie sind rührend, wenn sie ihre Superman-Verkleidung noch nicht übergezogen haben. Ich sage mir oft, dass auch sie dazu gezwungen werden, ein bestimmtes Verhaltensmuster an den Tag zu legen. Wir Frauen müssen schlank sein, sie müssen stark sein. Von uns verlangt man, dass wir den Alltag organisieren, sie müssen erfolgreich sein. Wenn man es in einer Beziehung, in einer Familie schafft, diese alten Kamellen aufzugeben, wenn man versucht, den anderen einfach nur so zu nehmen, wie er ist, hat man eine Chance, glücklich zu werden. Wenn man einen Mann liebt, muss man herausfinden, wie er wirklich ist, jenseits aller Posen, und ihn akzeptieren, so wie er ist.«

Eine Weile sagt keine von uns ein Wort. Ich wage mich mit einer weiteren Frage vor: »Du hast Hugues nicht gemocht?«

»Ich hatte zu ihm keinen Draht, aber du hattest ihn dir ausgesucht. Weißt du noch, was dir an ihm zuerst gefallen hat?«

Ich überlege und sage dann: »Er ließ sich von niemandem beeindrucken, er fühlte sich überall wohl. Ich glaube, ich hielt es für Mut und Stärke, aber es war nur Arroganz und mangelndes

Einfühlungsvermögen. Er war nur ein Großmaul mit nichts dahinter, ein fürchterlicher Besserwisser.«

»Ich kenne dich, Marie, und ich hoffe, dass du ein gemeinsames Leben mit einem anderen nicht von vornherein abschreibst, nur weil du zuerst eine Niete gezogen hast.«

»Ich bin kein unbeschriebenes Blatt mehr … Ich habe einiges dazugelernt. Noch einmal an die große Liebe zu glauben wird mir schwerfallen. Männer sind irgendwie doch ganz schön kompliziert.«

»Das sehe ich genauso. Männer und Frauen ticken anders. Ich verstehe nicht, warum Olivier es immer noch nicht schafft, seine Hosentaschen auszuleeren, bevor er seine Sachen in die Wäsche gibt, obwohl ich ihn hundert Mal darum gebeten habe. Ich weiß nicht, was er sich dabei denkt, wenn er die frisch gebügelten Hemden der Jungs auf einen Sack mit Holzkohle ablegt. Ich kann es nicht begreifen, warum er bei einer Schachtel Schrauben im Baumarkt, die gerade im Angebot sind, glänzende Augen bekommt, aber nicht bei einem schönen Blumenbeet. Ich mag Enten, weil sie ihr Leben lang als Paar zusammen bleiben, er mag sie wegen ihrer leckeren Entenbrust. Wir sind verschieden, ganz klar. Und ich erzähl dir lieber nicht, welche Fragen ich mir gestellt habe, als ich vor fünfzehn Jahren entdeckt habe, dass er mit seinem Schniedel spricht … Mein Gott! Das habe ich noch nie jemandem erzählt!«

Wir brechen zusammen in Gelächter aus, und sie fügt hinzu: »Weißt du, Marie, das Leben mit ihm ist weit davon entfernt, perfekt zu sein, aber ich bin sicher, dass es wirklich sehr viel ärmer wäre, wenn er nicht da wäre.«

29

Ich kann es kaum erwarten, ins Büro zu kommen, allerdings nicht wegen der Arbeit. Ich bin neugierig, meinen Verdächtigen in die Augen zu sehen. Ich brenne sogar darauf. Ich habe den schlimmsten Samstag meines Lebens hinter mir, wenn man den einen nicht mitrechnet, an dem ich dachte, blind geworden zu sein, als die Verschlusskappe vom Shampoo unkontrolliert abgeflogen war und das Zeug mir ins Gesicht schwappte: Drei Stunden lang konnte ich mich nur tastend fortbewegen, während Hugues sich über mich lustig machte. Er hat nicht mal seine Fernsehserie unterbrochen, um mir zu helfen. Kaum vorstellbar, aber damals nahm ich es ihm nicht übel … Nun, da die Stunde der Abrechnung geschlagen hat, kommt diese Erinnerung auch auf die Liste. Männer haben recht, wenn sie uns vorwerfen, nachtragend zu sein. Wir sind halt so. Wir vergessen rein gar nichts. Und den vergangenen Samstag werde ich bis ans Ende meiner Tage in Erinnerung behalten.

Die Wahrscheinlichkeit spricht dafür, dass der Schuldige sich an meinem Arbeitsplatz befindet. Der Mann, dem ich den Wunsch verdanke, in einer Bahnhofshalle zu sterben, wird vielleicht einen Anflug von Scham in seinem Blick haben, was mir erlauben würde, ihn zu entlarven. Laut Petula sind alle da, außer Emilie. Dabei ist es gar nicht ihre Art, sich zu verspäten.

Als ich durch das Großraumbüro gehe, winkt mich Valerie zu sich heran. Ihre Geste, die meine Aufmerksamkeit auf sich ziehen soll, ist diskret gedacht, doch natürlich hat es jeder gesehen.

»Guten Morgen, Valerie. Was gibt's?«

Sie spricht laut, damit alle es mithören können, und zeigt mir auf ihrem Computer eine Seite mit Zahlenkolonnen: »Sieh mal hier, ich habe hier Mengenzahlen, die nicht zu den voraussichtlichen Frachtkosten der Sendung passen.« Dann fügt sie leise hinzu: »Komm näher, und tu so, als würdest du dich dafür interessieren, ich hab eine Idee …«

»Eine Idee?«

»Mir ist eingefallen, wie wir herausfinden können, was in der blauen Akte steht.«

»Ist ja toll, wie denn?«

»Wir müssten Deblais dazu kriegen, dass er uns von selbst sagt, was drinsteht.«

Ich sehe sie zweifelnd an.

»Wie lautet dein Plan?«

»Was könnte das Schlimmste sein, was wir in der Akte finden?«

»Ein Plan zur Standortverlegung, verbunden mit der Schließung der Firma und der Kündigung der gesamten Belegschaft.«

»Zu dem Schluss bin ich auch gekommen. Hier ist also mein Plan: Wir suchen Deblais auf, unter irgendeinem Vorwand – das kann ich gerne übernehmen. Ich falle in seinem Büro auf die Knie, rolle über den Boden und halte mir dabei den Kopf. Ich stöhne, lauter und immer lauter. Ich tue so, als würde ich eine Vision bekommen, eine richtig ausgewachsene Vorahnung. Plötzlich werde ich ganz starr und sage ihm, ich würde etwas SEHEN, nämlich, dass unsere Firma dichtgemacht wird und alle ohne Job dastehen. Ich sehe das Elend, die Tränen, die Erhängten, einen im Versammlungsraum geopferten Waschbären …

An seiner Reaktion werden wir sehen können, ob wir mit unseren Vermutungen recht hatten!«

Ich starre Valerie an, die wie ein hechelnder Jagdhund immer noch auf ihre Excel-Tabelle zeigt, mit der ich nicht das Geringste anzufangen weiß. Hätte sie einen Schwanz, würde sie damit angesichts ihrer genialen Idee wedeln. Sie fragt ungeduldig: »Und, was sagst du dazu?«

»Hör mal, Valerie, ich bin versucht, dir zu sagen, es sei eine geniale Idee, nur um die Szene sehen zu können, aber ich glaube, dass es in deinem und in unserem Interesse besser wäre, etwas zu finden, das nicht auf einem paranormalen Phänomen beruht.«

»Nein, nein, nein, du hast es nicht verstanden! Ich tue nur so als ob! Ich werde keine Vision haben, ich bin doch keine Wahrsagerin. Ich tue nur so, damit er glaubt, ich sei eine!«

Die NSA wird ein weiteres Foto ins Internet stellen, mit einer leicht abgeänderten Bildunterschrift: »Manche Menschen sind sogar weniger intelligent als eine alkoholisierte tote Rennmaus. Diese Frau ist der Beweis dafür.«

»Valerie, ich mag dich wirklich sehr gern, aber du musst mir versprechen, es nicht zu tun.«

»Warum? Er wäre so überrascht, dass er sich glatt verraten würde. Und er würde einen Riesenschreck kriegen!«

»Stimmt, und dieses eine Mal hätte ich sogar Mitleid mit ihm.«

»Was kann denn schon passieren?«

»Entweder kommt Notelho und besprenkelt dich mit Weihwasser, oder sie lassen dich in die Psychiatrie einweisen. Das eine schließt übrigens das andere nicht aus.«

Sie sieht enttäuscht aus.

»Bist du ganz sicher, dass das keine gute Idee ist?«

»Absolut sicher. Lass uns weiter nach einem Weg suchen. Deine Kreativität finde ich echt bewundernswert. Wir haben großes Glück, dich in unserem Team zu haben.«

Mein Kompliment hilft ihr, ihre Enttäuschung wegzustecken. Sie scheint getröstet. Uff! Gut gemacht, Marie. So ist sie, unsere Valerie. Sie würde zwei Jahre lang Zeichensprache für ihren Angebeteten lernen, bevor ihr auffallen würde, dass er nicht taub, sondern blind ist. Aber dann würde sie sich mit der gleichen Energie und einer faszinierenden Willenskraft auf das nächste Projekt stürzen. Allein dafür respektiere ich sie und beneide sie mehr, als ich sagen kann.

Als ich auf dem Weg in mein Büro bin, sehe ich, wie eine unbekannte Gestalt Emilies Zimmer betritt. Wenn jemand zu ihr geht, dann muss sie wohl auch da sein. Ich stecke bei ihr den Kopf zur Tür rein.

Es ist kein Unbekannter. Es ist eine kaum wiederzuerkennende Emilie. Sie trägt eine schwarze Sonnenbrille, ihre Frisur ist anders als sonst, und sie trägt Sachen wie zu einer Beerdigung. Irgendetwas ist nicht in Ordnung, so viel ist klar.

»Emilie? Was ist mit dir passiert?«

»Mach die Tür zu. Marie, ich hab eine große Dummheit begangen. Gleich wird hier die Polizei aufkreuzen. Guck mal, ich hab das Armband, das du mir geschenkt hast, nicht umgetan, damit die Handschellen keine Macken hinterlassen. Schwöre mir, dass du mich im Knast besuchen wirst.«

Sie lehnt sich an die Wand und schluchzt.

»Aber was ist denn los? Sag endlich!«

»Ich hatte dir ja erzählt, dass in meiner Theatergruppe nur noch der Spielleiter übrig war und dass er wirklich der Letzte von der Resterampe ist.«

»Der, den du als Wüstling beschrieben hast? Mit einem Krötengesicht? Hast du dich in ihn verliebt? Aber das ist doch nicht so schlimm. Weißt du, die Liebe …«

»Ich hab ihn getötet.«

»Bitte?«

»Wir hatten gestern eine Probe, und am Ende hat er mich zu sich eingeladen, um meine Rolle mit mir ›durchzugehen‹ … Ha! Ich fand auch schon vorher, dass er bei seinen dämlichen Inszenierungen den Mädchen viel zu oft half, ihre ›Körper richtig zu positionieren‹, wie er das nannte.«

»Was hast du getan?«

»Als wir bei ihm waren, hat er mir ein Glas eingeschenkt und mir seine Sammlung moderner Kunst gezeigt: Bilder, Skulpturen – unterirdisches Zeug wie Brotrinden und Müllhaufen, die mit überkandidelten Namen auf die Kacke hauen.«

»Emilie! Das ist doch jetzt egal! Was hast du mit ihm gemacht?«

»Wir tranken. Dann hat er sein Glas abgestellt, rückte näher an mich ran und flüsterte: ›Ich hab seit drei Tagen nicht geduscht, ich werde mit dir Liebe machen wie ein Tier‹«.

»Das ist ja ekelhaft!«

»Das sehe ich ganz genauso. Dann hat er sich auf mich gestürzt. Also hab ich mir irgendwas geschnappt und ihm damit eins übergezogen, so fest ich konnte.«

»Wo hast du ihn getroffen?«

»Am Kopf. Er platschte hin wie eine Kugel Eis, die aus ihrem Hörnchen fällt. Es klang übrigens genauso.«

»Und dann?«

»Ich hab Panik gekriegt und bin abgehauen. Hab nicht mal daran gedacht, meine Fingerabdrücke abzuwischen. Wie blöd von mir! Wenn ich daran denke, dass ich mich über deine Skihandschuhe lustig gemacht habe! Du hast wenigstens Handschuhe getragen! Dann bin ich nach Hause gegangen und habe mich im Dunkeln verkrochen, um auf die Bullen zu warten.«

»Du hast ihn auf dem Boden liegen lassen, ohne ihm zu helfen?«

»Was denn sonst? Ich konnte bei diesem fiesen Widerling doch keine Mund-zu-Mund-Beatmung machen!«

»Womit hast du ihn niedergeschlagen?«

»Keine Ahnung, mit einer seiner hässlichen Skulpturen. Was ist das auch für eine dämliche Idee, diese scheußlichen Teile voller scharfer Kanten zu sammeln! Hätte er eine Sammlung von Teddybären oder Trockenblumen, hätte er jetzt nicht eine blutige Stirn. Das könnte man doch einer Geschworenenjury als Argument vorlegen, meinst du nicht? So gesehen, ist alles seine Schuld.«

»Emilie, hör auf, immer vom Thema abzulenken. Antworte nur mit Ja oder Nein. Hast du ihn in der Wohnung zurückgelassen?«

»Ja.«

»Hast du jemandem davon erzählt?«

»Nein.«

»Hast du die Tür hinter dir zugezogen?«

Sie sieht mich an wie ein Pavian, dem man einen Steuerbescheid vor die Nase hält.

»Emilie! Antworte mir bitte!«

»Ich weiß es nicht.«

»Ist dein Auto hier?«

»Ja.«

»Gib mir die Schlüssel. Wir fahren hin.«

30

Was man auch im Leben durchmacht, welche Prüfungen das Schicksal auch bereithält, man darf nicht vergessen, dass es irgendwo jemanden gibt, den es noch schlimmer getroffen hat. Und heute Morgen geht der erste Platz bei den Top Ten des miesesten Karmas an meine neben mir sitzende Freundin, deren Auto ich so fahre wie meine Neffen in ihren Videospielen.

Emilie brabbelt wirr vor sich hin, macht manchmal sinnlose Gesten wie eine Besessene. Dann glotzt sie wieder vor sich hin, als hätte sie ein Ufo gesehen, und einen Augenblick später wirft sie ihren Kopf zurück, als würde sie ein Minischläfchen halten. Ich habe noch nie jemanden so gesehen, außer einmal in einem Horrorfilm. Ein paar Jugendliche, die Mädchen mit großen Brüsten und die Jungs mit ausgeprägten Bauchmuskeln, zelteten dort in einem Wald. Das betreffende Mädchen, in Minishorts und einem zu engen Top, hatte ein Loch gegraben, um Feuer zu machen. Und, dumm gelaufen, sie schwingt nur zweimal ihre Schippe und legt ein Grab frei, in dem der Tod persönlich seit mindestens drei Jahrhunderten verbuddelt lag. Als ob man den Tod begraben könnte … Danach machte das Mädchen nur noch seltsame Sachen, die ihr Top verrutschen ließen. Emilie reagiert genau so wirr, sie hat sogar einen langen Laut ausgestoßen, der an das Brüllen eines Bisons erinnerte. Sie macht mir echt Angst. Andererseits, wenn ihr Kopf anfängt, sich auf ihrem Hals zu drehen und sie sich in alle Richtungen übergeben muss, kann es mir auch egal sein, schließlich ist es ihr Auto. Ich kann dann immer noch ihren Regenschirm aufspannen, der in der Seitentür steckt. Womöglich wird sie gleich noch virtuos wie Chopin spielen, obwohl sie nie zuvor eine Klaviertaste berührt hat. Schließlich werden sie und Valerie, beide mit Weihwasser besprenkelt, in einen Raum gesperrt, an deren verschweißter Tür ein Pfleger ein Schild anbringen wird mit der Aufschrift: »Achtung! Hexen! – Nur zum Verbrennen öffnen«.

Emilie sagt, sie wolle nicht sterben. Es sei im Affekt passiert, sie werde auf Totschlag plädieren. Außerdem sei es nicht ihre Schuld, dass ihr diese wollüstige Kröte über den Weg gelaufen sei. Sie verspricht, dass sie ihm mit ihrem Bausparvertrag einen neuen Kopf besorgen würde, der auf jeden Fall weniger hässlich wäre als der, den er vorher hatte. Es ist furchtbar, aber, als sie das sagt, muss ich mir auf die Lippen beißen, um nicht loszulachen.

Wir sind nun vor dem Haus des Theaterfuzzis angekommen. Ich weiß nicht, was ich jetzt tun soll. Lasse ich Emilie im Wagen – ohne jede Garantie, dass sie dort sitzen bleibt –, oder schleppe ich sie mit an den Ort des Verbrechens, auf die Gefahr hin, mit einer hysterisch reagierenden Person fertigwerden zu müssen, sobald wir auf die Leiche stoßen? Keine leichte Entscheidung: Entweder bleibt sie im Auto, beißt dort in die Sitze oder fällt Passanten an, wenn es ihr gelingen sollte, durch die halb offene Fensterscheibe zu entwischen. Oder sie geht mit mir hinauf, und ich werde Zeugin der großen Hamlet-Szene, in der er den Totenschädel in die Hand nimmt und rezitiert: »Lebenslänglich oder nicht lebenslänglich, das ist hier die Frage?«

Da ich mir nicht vorstellen kann, sie wie ein armes verlassenes Tier anzubinden, gehe ich das Risiko ein und nehme sie mit.

Es fällt ihr sehr schwer, sich an die Etage zu erinnern, und außerdem legt sie sich, als wir die Treppe hochsteigen, mit ihrer dunklen Sonnenbrille dreimal beinahe hin. Dann weist sie auf die Wohnungstür mit einer Hand, die genauso zittert wie ihre Stimme, gerade so, als sei dies der Eingang zur Hölle. Ich versuche sie zu trösten: »Sieh mal, das ist ein gutes Zeichen, dass der Tatort nicht abgeriegelt wurde. Entweder hat die Polizei die Leiche noch nicht gefunden, oder die Bullen sind noch drin.«

»Nein, klingle noch nicht, ich bin noch nicht bereit …«

Sie dreht sich zweimal um ihre Achse und zupft immer wieder an ihrem Mantel. Ich weiß nicht, warum sie das macht, aber wir können dieses Spiel nicht den ganzen Morgen fortsetzen. Ich drücke die Klingel.

Keine Reaktion. Ich gebe nicht auf und klopfe. Es ist mir klar, dass, sollte die Polizei öffnen, mein Besuch nur dazu dienen würde, meine einzige wahre Freundin an ihre Kerkermeister auszuliefern.

Ich höre Schritte. Die Tür geht auf. Mein Gott! Sie hat ihn tatsächlich getötet, und es ist sein Geist, der vor mir steht: ein kleines Männlein um die sechzig, genauso lang wie breit, mit einem Verband um den Kopf. Ich weiß nicht wieso, aber bei seinem Anblick fällt mir eine Begebenheit aus meiner Kindheit ein. Ich habe seit mindestens zehn Jahren nicht mehr daran gedacht. Caro und ich waren auf einer Kirmes, in der Geisterbahn, als plötzlich ein Monster seitlich an unserem Wägelchen auftauchte. Eine Axt guckte aus seinem bandagierten Kopf heraus, und er streckte seine Arme nach uns aus. Ich hatte eine solche Angst, dass ich ihm reflexartig einen Fausthieb verpasst habe, und sein Röcheln wurde plötzlich zu einem spitzen Schrei. Vielleicht hat dieser arme Mann, seines Jobs überdrüssig, seine Familie, seine Skelette, die kleinen Wägelchen und die dicken Plastikspinnen verlassen, um ein neues Leben zu beginnen, und steht nun – wie es der Zufall so will – wieder vor mir.

Der Theaterleiter sieht wirklich bizarr aus. Und er lächelt. Wenn ein Angehöriger unserer Spezies lächelt, erleichtert dies im Allgemeinen den Kontakt und animiert zum Kommunizieren. Aber in diesem speziellen Fall hat das eine andere Wirkung auf mich. Wie soll ich es ausdrücken? Zwei Dinge machen mir Angst: die Visage dieses Typen und der Gedanke, Emilie hätte auch nur entfernt in Betracht gezogen, einen wie auch immer gearteten körperlichen Kontakt zu ihm zu haben. Sie muss wirklich sehr verzweifelt sein … Bei der Hochzeit wäre ich ganz sicher ihre Trauzeugin geworden. In dem Fall hätte ich verlangt, dass meine Gestalt auf allen Fotos unscharf gemacht würde, um mich der Verantwortung zu entziehen.

»*Good morning, ladies …*«

Was für ein lächerlicher Akzent … Und diese Pose! Im Vergleich zu ihm hatte sogar Hugues noch Format. Emilie versucht, sich in einer Ecke des Treppenabsatzes in Luft aufzulösen. Ich versuche, ruhig Blut zu bewahren.

»Guten Tag, Monsieur. Wir waren gerade hier in der Gegend und wollten nur nachsehen, ob es Ihnen gut geht.«

Er taxiert mich von Kopf bis Fuß wie ein Bauer eine Kuh auf dem Viehmarkt, dann wendet er sich mit dem Lächeln eines Psychopathen direkt an Emilie: »Du hast Temperament, Süße! Das mag ich. Du kleiner Feger bringst eine Freundin mit, die genauso entzückend ist wie du. Wir werden viel Spaß miteinander haben. Kommt rein, der Champagner steht kalt.«

Emilie schlägt ihre Hände vors Gesicht und beginnt zu wimmern wie ein Känguru in den Wehen. Ich versuche, die Kontrolle über die Situation nicht zu verlieren.

»Nein danke, machen Sie sich keine Umstände. So wie's aussieht, geht's Ihnen gut, also werden wir jetzt wieder die Düse machen.«

»Aber nein!«

Er packt meine Hand. Ein Schauer des Ekels jagt mir über den Rücken.

»Sie haben eine samtweiche Haut.«

Ich bin kurz davor, ihm zu sagen, dass er sich in Acht nehmen müsse, weil ich schon mal einen Penner verprügelt habe, aber ich muss meine brutalen Instinkte im Zaum halten. Wenn Emilie ihn küsst, wird er sich dann vielleicht in einen Traumprinzen verwandeln? Ich versuche mich zu befreien, aber er packt nur noch fester zu. Hinter seinem Rücken sehe ich einige der »Werke«, von denen mir Emilie erzählt hat. Wie kann man so was schön finden, ohne sich zuvor einer Gehirnwäsche unterzogen zu haben? Kann aber auch sein, dass wir vielleicht nicht die richtige Zielgruppe sind … Was soll's! Erst einmal muss ich versuchen, mich von dem Kerl loszueisen.

»Seien Sie bitte vernünftig, Monsieur.«

»Das Leben ist kurz, lasst es uns genießen. Tretet ein, Mädchen, ich werde euch in meinem Reich den Regenbogen in tausend Farben zeigen.«

Emilie hatte recht, die einzige Möglichkeit, sich von diesem Typen zu befreien, ist, ihm eins auf den Kopf zu hauen. Aber ich habe nichts, womit ich ihn verprügeln kann, und er zieht mich immer noch in sein Reich. Meine Sohlen quietschen auf dem Parkett wie Reifen in einer Kurve im Hochgebirge. Aus Ermangelung anderer Möglichkeiten gebe ich ihm einen satten Schlag auf seinen Verband. Die Wirkung ist direkt und befriedigend. Er lässt mich los und heult auf vor Schmerz – ein bisschen wie der Kerl aus der Geisterbahn. Was soll ich tun? Auf der einen Seite steht er und schreit wie ein Esel, und auf der anderen quiekt Emilie wie ein Ferkel.

»Tut mir leid, Monsieur … Es hat mich gefreut, dass Sie

wohlauf sind. Und wenn ich Ihnen einen Rat geben darf: Versuchen Sie nie wieder, eine Frau zu verführen, ohne vorher unter die Dusche zu gehen!«

Ich schnappe mir Emilies Arm und ziehe sie aus dem Haus. Ich glaube, sie wird die Theatergruppe abhaken müssen. Und ich werde mich in Zukunft selbst um ihre Männerbekanntschaften kümmern.

31

Es mag überraschen, aber ich bin froh, mich wieder mit der Tabelle beschäftigen zu dürfen. Ich habe nicht die Absicht, sie fertigzustellen, aber allein ihr Anblick erfüllt mich mit Frieden: Spalten, Zeilen, rational, greifbar, verlässlich. Ich habe Emilie nach Hause gefahren und in der Firma Bescheid gegeben, dass sie heute aus gesundheitlichen Gründen nicht mehr zur Arbeit kommen würde.

Ich mache es mir in meinem Goldfischglas bequem. Meine Stifte stecken in ihrem Glas, mein Notizblock ist parallel zu meiner Schreibtischauflage ausgerichtet, und die Telefonschnur hat keinen Knoten. Ich weiß, dass es lächerlich ist, sich an solchen Nichtigkeiten zu erfreuen, aber in letzter Zeit bin ich schon mit sehr wenig zufrieden. Nach dem Wechselbad der Gefühle der vergangenen Tage bin ich derart ausgelaugt, dass ich keine Lust habe, nach weiteren Verdächtigen Ausschau zu halten. Von seltsamen Männern habe ich fürs Erste genug.

Bald ist Mittagspause, und ich werde mit Florence, Valerie und Malika essen gehen. Bis dahin begnüge ich mich damit, die letzte Stunde des Vormittags damit zu verbringen, eine ruhige Kugel zu schieben.

Doch auch wenn man sich etwas vornimmt, ist es noch lange nicht gesagt, dass die anderen dich dein Vorhaben in die Tat umsetzen lassen. Virginie steht in meiner Tür.

»Störe ich dich?«

»Nein, gar nicht, komm rein.«

Sie hat unter dem Wechsel der Geschäftsführung ganz besonders gelitten. Als sie heiratete, hat Monsieur Memnec extra einen kleinen Umtrunk organisiert, und fürs erste Kind gab es ein großzügiges Geschenk von der Firma. Dann kam Deblais. Zu ihrem zweiten Kind durften wir für sie keinen Umtrunk mehr während der Arbeitszeit abhalten, und der Umschlag, in dem wir Geld für ein Geschenk sammelten, enthielt nicht einen Cent von der Firma. Jetzt ist sie geschieden und reibt sich zwischen dem Job und ihren zwei kleinen Kindern auf: morgens im Laufschritt zum Kindergarten, um sie wegzubringen, am späten Nachmittag im Laufschritt zum Kindergarten, um sie abzuholen. Sie ist eine alleinerziehende Mutter und betreut die Kunden aus dem Hotelgewerbe, hat also zwei Vollzeitjobs, die sie in einen einzigen Tag quetschen muss. Ich habe sie, glaube ich, seit einem Jahr nicht mehr lachen sehen. Sie ist immer sehr korrekt und macht einen sehr guten Job, steht aber ständig unter Strom und ist kurz vor dem Kurzschluss. Wieder so eine, die den Männern viel zu verdanken hat.

»Was kann ich für dich tun, Virginie?«

»Heute Morgen hat mich Monsieur Deblais zu sich gerufen, sein Stellvertreter war auch da. Sie haben mir erklärt, dass bestimmte Freiheiten in Bezug auf meine Arbeitszeit so nicht mehr fortbestehen könnten.«

»Das heißt?«

»Ich müsse zur Kernarbeitszeit im Büro sein, weil – ich zitiere – ›wir uns als Dienstleister sehen‹. Aber für mich ist das schlicht nicht machbar, weil ich da die Kinder wegbringen oder abholen muss.«

»Haben sie dir einen Grund genannt?«

»Optimierung der Betriebsabläufe. Sie behaupten auch, es sei mehrfach vorgekommen, dass sie mich gebraucht hätten und ich wäre schon nach Hause gegangen. Aber das ist nicht wahr! Ich habe den Eindruck, dass sie nur nach irgendeinem Vorwand suchen, um mich loszuwerden. Was soll ich jetzt tun?«

Die Ärmste ist fast panisch, und ich kann es ihr nicht verdenken.

»Wie seid ihr verblieben?«

»Sie geben mir zehn Tage, um mich zu organisieren. Danach werden sie eine Liste führen und festhalten, wann ich komme und gehe.«

»Wir werden eine Lösung finden, Virginie.«

Sie lächelt mich an, sie glaubt mir. Sie ist dermaßen verängstigt, dass sie mir glauben will. So sind wir Frauen eben. Wir glauben anderen, statt an uns selbst zu glauben. Ich will sie nicht enttäuschen, ich bin wütend wegen dieser Ungerechtigkeit, aber ich muss zugeben, dass ich im Moment keine sofortige Lösung parat habe.

»Ich werde mit ihnen reden. Wir werden ihre Argumente genau unter die Lupe nehmen und nach Lösungen suchen.«

»Danke dir, Marie. Wenn ich diesen Job verliere, gehe ich komplett unter.«

»So weit sind wir noch lange nicht. Setz dich nicht auch noch damit unter Druck. Wie geht es denn deinen Kindern?«

»Nathan kann inzwischen perfekt lesen. Er ist bestens auf die Grundschule vorbereitet. Mit Arthur werde ich es wohl nicht ganz so einfach haben.«

»Gib ihnen einen Kuss von mir, und mach dir keine Sorgen, ich halte dich über alles auf dem Laufenden.«

Ich habe keine Zeit, Deblais sofort aufzusuchen, aber sobald ich aus der Mittagspause zurückkomme, werde ich ihn mir vorknöpfen. Ich durchschaue ihn: Er will so viele Mitarbeiter wie möglich verunsichern, indem er ihre Schwachstellen angreift. Auf seine Tabelle mit den Eckpunkten der Mitarbeiterverträge kann er lange warten.

Das Leben ist nicht bereit, mich mit meinen Stiften und meiner glatten Telefonschnur in Ruhe zu lassen. Als Nächstes steckt Benjamin den Kopf zur Tür herein.

»Hätten Sie einen Moment Zeit für mich, Mademoiselle Lavigne?«

»Natürlich.«

Auch wenn ich die Anzeichen nicht sehen *will*, springen sie mich förmlich an. Der junge Mann fühlt sich nicht wohl in seiner Haut. Objektiv betrachtet könnte man sogar sagen, dass er zerknirscht aussieht. Er traut sich nicht, mir in die Augen zu sehen, und macht kleine Schritte, als trüge er bereits eine Fußfessel, um eine Schuld zu sühnen. Was ist, wenn er es war, auf den ich letzten Samstag gewartet habe? Mein mysteriöser Verehrer? Ich habe ihn in meinem Casting in Betracht gezogen, und in der Rolle des Mannes, der auf dem Bahnsteig auf mich zugeht, sah er zum Anbeißen aus.

»Sie waren Freitag nicht in der Firma«, sage ich in einem neutralen Tonfall.

»Ich hatte etwas zu erledigen. Und genau darüber wollte ich mit Ihnen reden. Es fällt mir nicht leicht ...«

Du brauchst nichts mehr zu sagen, du junger Verführer, du bist entlarvt! Alles passt: deine Blicke, deine Zweideutigkeiten, deine unaufhörlichen Besuche und deine Charmeoffensive.

Da steht er nun vor mir, unsicher, schuldbewusst. Ich sehe ihn an. Ich war mir sicher, dass ich auf den Mann, der mir dieses nicht stattgefundene Rendezvous zugefügt hat, bitterböse sein würde, aber jetzt, wo er vor mir steht, bringe ich nicht die Spur von Groll auf. Ich kann ihm einfach nicht böse sein. Das ist furchtbar. Trotz der Qualen, die ich wegen ihm erlitten habe, trotz der Stunden, die für mich eine Tortur waren, schmilzt mein ganzer Ärger gerade wie Schnee in der Sonne. Es ist, als hätte sich in mir eine Falltür geöffnet, und meine zwei Tonnen Wut und meine sechshundert Kilo Hass verschwinden in der Versenkung. Wer hat in uns diesen geheimen Mechanismus installiert, den nur Männer auslösen können? Man ist sauer auf sie, man verwünscht sie, und es reicht, wenn sie eine zerknirschte Miene aufsetzen, und schon ist ihnen vergeben – und je niedlicher sie sind, desto schneller geht das. So sind wir nun mal gestrickt: Unser Herz hat einen doppelten Boden, es kann alle Schmerzen der Welt verschwinden lassen unter der Bedingung, dass ein winziger Hoffnungsschimmer aufleuchtet.

Benjamin sieht mich endlich an. Könnte ich mir eine Beziehung mit ihm vorstellen? Ehrlich gesagt, würde ich mir den Mann an meiner Seite etwas anders vorstellen, aber er ist ein gutaussehender Junge, und das, was er in seinen Briefen geschrieben hat, lässt mich annehmen, dass er reifer ist, als sein Alter vermuten lässt.

»Ich habe Sie um vieles gebeten und Ihre Zeit sehr in Anspruch genommen.«

»Nicht weiter schlimm.«

»Doch, doch, es tut mir wirklich leid.«

»Schwamm drüber.«

»Ich hoffe, Sie haben sich wegen meiner Gehaltserhöhung nicht mit Deblais herumgeschlagen, weil ich echt nicht wollte, dass Sie Ärger haben.«

Ich hätte es sicher vorgezogen, wenn er sich wegen des missratenen Rendezvous am Bahnhof Vorwürfe machen würde oder wegen der Selbstzweifel, in die ich mich wegen ihm gestürzt habe, aber jedem das Seine.

»Ich werde die Firma verlassen, Mademoiselle Lavigne.«

Ich bin sprachlos.

»Du gehst?«

»Ja, ich werde heiraten, und mein zukünftiger Schwiegervater bietet mir einen Job in seiner Spedition an, im Osten Frankreichs.«

Er war's nicht, der mir geschrieben hat. Er war's nicht, der mich hat schmoren lassen. Es deprimiert mich fast. Einen Moment lang fand ich Gefallen an der Idee, dass mir dieser junge Mann den Hof machen würde. Er ahnt meine Enttäuschung, ohne den wahren Grund zu kennen. Ich habe mir zu seiner Person einen ganzen Roman gemacht, für nichts und wieder nichts. Ich frage mich sogar gerade, ob ich überhaupt irgendwelche Briefe bekommen habe. Ich zweifle an allem, und vor allem an mir selbst.

Er macht einen Schritt auf mich zu. »Ich sehe, dass Sie enttäuscht sind. Ich wusste es: Sie haben bei der Geschäftsführung wegen meiner Gehaltserhöhung vorgesprochen.«

»Mach dir deswegen keine Gedanken, Benjamin. Alles halb so wild. Dir wird's im neuen Job sicher besser gehen als hier. Ich freue mich für dich, dass du heiratest. Glückwünsche an dich und an deine Zukünftige. Werdet glücklich miteinander.«

»Ich muss noch sehen, wie ich früher aus meinem Vertrag rauskomme, aber machen Sie sich keine Umstände, ich werde mich selbst darum kümmern. Sie haben auch so schon genug Zeit wegen mir verplempert.«

Er war es nicht, der meine Zeit verplempert hat. Ich war es ganz alleine, die sich selbst Märchen erzählt hat. Ich finde es traurig, dass ich in meinem Alter nichts weiter bin als ein armseliges kopfloses Huhn, das jedes Mal bei null anfängt, wenn es um die Liebe geht.

32

Hallo, Emilie, hab ich dich vielleicht geweckt?«

»Nein, ich schäme mich so sehr, dass ich kein Auge zumachen kann. Marie, ich kann dir nicht genug dafür danken, was du heute Morgen für mich getan hast. Ich bin wirklich ein hoffnungsloser Fall.«

»Sei dir nicht so sicher, diesen Titel für dich beanspruchen zu können – ich kenne da eine ernsthafte Konkurrentin. Wie geht's dir denn?«

»Ziemlich mies. Und ich kann mich nicht mal auf mildernde Umstände berufen. Magst du mich überhaupt noch?«

»Natürlich, ganz doll sogar, du arme Irre. Aber tu mir den Gefallen, und lass dich nicht mehr von jedem dahergelaufenen Typen nach Hause einladen!«

»Versprochen. Und wie war dein Tag im Büro?«

»Deblais hat es auf Virginie abgesehen. Keine Frage, wir werden kämpfen müssen. Und außerdem hab ich erfahren, dass es nicht Benjamin war, der die Briefe geschrieben hat. Er kam zu mir, um mir zu sagen, dass er kündigen und heiraten wird.«

»Das macht einen Verdächtigen weniger, den wir auf dem Schirm haben müssen. Andererseits war er nicht der Hässlichste.«

»Ich weiß nicht wieso, aber es hat mir einen Schlag versetzt. Um ganz ehrlich zu sein, hat es mich sogar ganz schön deprimiert.«

»Du wirst doch wohl jetzt nicht die Schultern hängen lassen, nur weil du einen Verdächtigen weniger hast?«

»Leider doch. Ich hatte mir die ganze Zeit selbst vorgebetet, dass ich keinen Mann mehr haben wollte, dass das nicht mehr mein Ding sei, dass ich damit nichts mehr zu tun haben wollte. Nicht mehr leiden müssen, sich nichts mehr vormachen. Und sieh mich an: Ich bin am Boden zerstört, nur weil einer meiner imaginären Verehrer wegfällt. Ich gehe völlig den Bach runter. Es ist, als hätte ich zwei Maries in meiner Brust: eine, die denken kann und die Schnauze voll hat, und eine, die fühlt und bereit ist, sich wieder in die Liebe zu stürzen, weil sie nichts dazugelernt hat. Die Vernünftige und die Verrückte. Die Vernünftige hat übrigens eine Frage an die Verrückte: Da ich alle diese Männer in Betracht gezogen habe, macht es aus mir eine Irre?«

»Nein, nur eine große Schlampe!«

Ich stecke im dunkelsten Depri-Loch, und sie macht sich über mich lustig.

»Okay, ich sehe, Madame ist in Stimmung für schlechte Witze auf meine Kosten. Lass dir gesagt sein: Ich bin es nicht, die sich mit Monsieur Frankenstein, einem Möchtegern-Kunstsammler, einlässt.«

»Da diese kleine Spitze von einer Frau kommt, die Katzen klaut, geht sie an mir spurlos vorbei!«

Eine Idee kommt mir gerade: »Hör mal, Emilie, da wir beide diesen miesen Tag überlebt haben, was hältst du davon, wenn wir das in einem netten kleinen Restaurant feiern? Nur du und ich.«

Sie holt mich in ihrem Wagen ab, und wir fahren zusammen ins Stadtzentrum. Da Wochenanfang ist, haben wir keine Probleme, einen Parkplatz zu finden, und wir machen uns auf die Suche nach einem Lokal, das montags geöffnet hat und uns auf Anhieb gefällt. Wir haben uns für ein Bistro in einer kleinen Seitenstraße entschieden. Ich war hier früher ein paarmal mit Hugues, als wir uns gerade kennengelernt hatten. Durch mich hat er es erst entdeckt. An diesem Abend liegt für Emilie und mich etwas Leichtes in der Luft, auch wenn der Himmel grau ist. Wer hätte voraussagen können, dass wir so ausgelassen sein würden, nach allem, was wir in den vergangenen Stunden erlebt haben?

Im Eingangsbereich des Lokals warten wir in einer Schlange, bis die Kellner die Gäste vor uns an ihre Tische bringen. Emilie sagt: »Ich hab wieder meinen Nachbarn von gegenüber gesehen. Ich kenne jetzt seinen Vornamen: Er heißt Julien.«

»Hast du mit ihm gesprochen?«

»Nein, ich hab mir seinen Briefkasten angesehen.«

»Es wäre besser, du würdest ihn direkt ansprechen.«

»Das kann ich unmöglich tun. Ich trau mich nicht! Ich glaube, er kommt immer über Mittag nach Hause, weil ich ihn vorhin gesehen habe. Diesmal hat er mit einem Hund gespielt.«

Auch wenn es mir schwerfällt, kommentiere ich es nicht.

»Du musst ihn ansprechen, Emilie. Seit Monaten schon erzählst du mir von ihm. Du hast doch schon alle möglichen Klubs auf der Suche nach einem Mann abgegrast. Im Bridgeklub waren sie dir zu alt, die Modellbauer waren zu kindisch und allesamt verheiratet, im Schachklub waren sie zu schweigsam, und ich will nicht in offenen Wunden herumstochern, indem ich dich daran erinnere, wie es mit der Theatergruppe endete.«

»Sei nicht so grausam.«

»Und jetzt? Wohin als Nächstes? In den Reitverein? Dann wirst du wohl ein Pony heiraten müssen, weil du an solchen Orten sowieso nur Frauen antriffst.«

Ein kalter Luftzug fährt uns durch die Haare. Jemand ist hinter uns ins Bistro gekommen. Emilie dreht sich um und erstarrt. Wieso das denn? Ist es der Kerl aus der Theatergruppe? Sie murmelt mir irgendwas zu, das ich nicht verstehe.

»Was? Was ist denn?«

Ich drehe mich um und erblasse. Hugues steht hinter mir, Arm in Arm mit einer jungen Frau, die geradewegs einem Hochglanzmagazin entsprungen sein könnte. Auch wenn ich sie hasse, muss ich leider zugeben, dass sie blendend aussieht.

»Marie! Was hast du denn hier verloren?«

Haltet euch gut fest: Es ist ihm nicht ein bisschen peinlich, und was noch schlimmer ist, mir dafür umso mehr. Eine verkehrte Welt ist das. Er wirft sich in Pose und mustert mich abschätzig.

»Wie süß! Macht ihr euch einen schönen Singleabend miteinander, Mädels? Cool. Aber futtert nicht zu viel, sonst setzt ihr Speck um die Hüften an, und dann wird sich kein Typ für euch interessieren.«

Zufrieden mit seinem gemeinen Seitenhieb, küsst er die Frau, die wohl Tanya sein muss, mitten auf den Mund. Vor zehn Jahren, an genau demselben Ort, hatte ich die Ehre, mir von diesem Kraken mein Gesicht ablecken zu lassen, der nun vor der ganzen Welt sein Glück zur Schau stellt, ein Weibchen erobert zu haben.

Emilie sieht mich an. Ihre Augen befehlen mir, ihm eine Ohrfeige zu verpassen und ihm dann die Speisekarte an einen Ort zu rammen, den ich euch wegen meiner guten Erziehung nicht näher präzisieren werde.

Niemals um einen dummen Spruch verlegen, fügt Hugues hinzu: »Passt auf, Mädchen, das hier ist ein Restaurant für Verliebte. Man könnte euch für ein Pärchen halten, wenn ihr wisst, was ich meine.«

»Komm, Emilie, wir gehen.«

Hugues lässt nicht locker: »Gut so. Auf diese Weise sind wir schneller dran. Vorwärts, Tanya, beweg deinen hübschen kleinen Hintern.«

Und wieder frisst er ihr das halbe Gesicht auf. Das arme Mädchen braucht kein wasserfestes Make-up mehr, sondern Bootslack. Wir gehen hinaus, bevor er sich noch an den Rumpf dranmacht.

Ich schreite in der Dunkelheit schnell aus. Emilie kommt fast nicht hinterher. Diesen Tag in meinem Leben werde ich nicht vermissen.

Emilie klingt schockiert: »Jetzt ist er aber wirklich zu weit gegangen. Wieso hast du nichts gesagt?«

»Was hätte ich denn sagen sollen?«

»Keine Ahnung, aber wir dürfen ihm diese fiesen Sprüche nicht einfach so durchgehen lassen.«

»Worauf du dich verlassen kannst. Diesmal ist er fällig. Er wird dafür büßen. Ich brauche zwei Kilo Kartoffeln – von der Sorte Charlotte, richtig schöne, dicke – und achtzehn Packungen Abführmittel.«

33

Trotz der vielen grippalen Infekte, die in diesem endlosen Winter umgehen, brauche ich keine Vitamine. Die Wut hält mich aufrecht, die Empörung und der Rachedurst sind mein Antriebsmotor. Ich brauche keinen Sport und keine guten Vorsätze, die schlechten genügen mir vollends. Der Ärger hilft mir, meine Kalorien zu verbrennen, und spornt mich an, diesem Mistkerl ebenfalls Feuer unter dem Hintern zu machen und alles in Brand zu setzen, was ihm wichtig ist.

Wenn ich bedenke, dass ich bereit war, auf einen Krieg mit ihm zu verzichten! Dass ich mich damit begnügen wollte, ihnen die Katze geklaut zu haben! Dieses kleine Tier, das übrigens jeden Tag pfiffiger und anschmiegsamer wird, ist in sich allein der wandelnde Widerspruch zu dem Sprichwort: »Unrecht Gut gedeihet nicht.« Paracetamol paktiert nämlich mit seiner Entführerin. Es muss wohl das Stockholm-Syndrom nach Anwendung von Trockenfutter sein. Wie gesagt, ich war gewillt, mein Schwert vor diesem Schuft und seiner hübschen Larve zu senken, aber diese Restaurant-Nummer, die öffentliche Demütigung, das ist unverzeihlich. Ich habe alles durchdacht, alles geplant. Es kann nichts mehr schiefgehen.

»Emilie, bitte, ich brauche deine Hilfe.«

»Nein, niemals. Du bist ja krank. Kommt gar nicht infrage.«

»Ich weiß, wie man an Kostüme und Perücken kommt. Es ist doch nichts dabei.«

»Nein, Marie, diesmal gehst du zu weit. Auch wenn ich es sehr gut nachvollziehen kann, dass du auf ihn sauer bist, glaube ich nicht, dass diese Strafaktion eine gute Idee ist.«

»Dann waren das also alles nur leere Worte, als du sagtest, du würdest mir helfen?«

»Hör auf, mich zu bedrängen. Es kommt einfach nicht in die Tüte, dass ich mich als Fee verkleide und auf der Party deines Ex Häppchen mit Abführmitteln unters Volk bringe.«

»Das würde dich nur ein paar Minuten kosten! Du gehst rauf, klingelst, stellst das Essen irgendwo ab und verschwindest wieder. So viel kannst du wohl noch für mich tun, oder?«

»Marie, wenn es dazu eine Untersuchung gibt, wird mich die Polizei diesmal wirklich drankriegen. Und man wird mich wegen Massenvergiftung anklagen.«

»Ein ordentlicher Durchfall hat noch nie jemandem geschadet.«

»Hörst du dir eigentlich selbst zu? Weißt du eigentlich, was du da vorhast?«

»Oh ja, das weiß ich, und stell dir vor, es gibt mir ein gutes Gefühl. Vor dem Einschlafen zähle ich die Klospülungen.«

»Du bist ja irre.«

»Du hattest damit noch kein Problem, als ich bei deinem bescheuerten Date mit den Motorradtypen aus dem Park deine Schwester spielen musste.«

»Du bist unfair!«

»Es hat dich auch nicht gestört, dass ich verrückt genug war, um nachzusehen, ob du deinen wollüstigen Kunstsammler abgemurkst hattest. Stell dir mal vor, wie eure Kinder wohl ausgesehen hätten: halb Kröte, halb Prinzessin.«

»Das ist gemein von dir, und miese Erpressung! Ich habe noch nie jemandem erzählt, dass du den Kleber von den Briefmarken abgeleckt hast, weil du ihn so lecker fandest. Aber ich schwöre dir: Ich verpfeife dich bei der nächstbesten Gelegenheit. Und ich erzähle allen, dass du auch vor den Umschlägen nicht haltgemacht hast! Und alle haben sich bloß gewundert, warum nichts kleben wollte! Ich weiß warum: Mademoiselle, die arme Irre, hatte alles abgeleckt!«

»Nur weil es mich an meine Großmutter erinnerte!«

»Zum Glück hat sie bei der Post gearbeitet und nicht im Klärwerk!«

Ich muss laut lachen. Sollte man uns jetzt abhören, sind wir beide fällig. Die Männer in Weiß, die diese speziellen Kittel mit Knöpfen auf dem Rücken verteilen, würden kommen und uns auf eine Insel im Nirgendwo verfrachten, wo nur die schwersten Fälle des Planeten hingebracht werden.

»Emilie, ich flehe dich an, ich kann es nicht ohne dich durchziehen. Und es gibt niemanden außer dir, den ich darum bitten könnte. Bitte! Ich verspreche dir, danach werde ich zufrieden sein, glücklich gerächt, dank meiner besten Freundin, der ich ewig zu Dank verpflichtet sein werde.«

»Ich hoffe, du schämst dich jetzt wenigstens. Ich hoffe, du trägst dein Leben lang an dieser schweren Schuld, die du mir aufbürdest.«

»Ja ja, versprochen. Ich zerbreche jetzt schon unter ihrer Last.«

34

Ich war noch nie ein Bastelfan: Stunde um Stunde irgendetwas Pseudokreatives herzustellen, das beim Beschenkten im Müll landete, das ist nicht mein Ding. Ich finde es rührend, wenn es von Kindern kommt oder wenn es wirklich für jemand Besonderen ist, aber sonst … Jedenfalls schwöre ich, mich nie wieder darüber lustig zu machen, denn nach drei Stunden, in denen ich Abführmittel in Berliner in psychedelischen Farben gespritzt und schnellwirksame Tabletten zu Pulver zerstoßen habe, um sie mit diabolischer Präzision auf der Pizza zu verteilen, wird mir kein Workshop mehr dämlich vorkommen.

Um die benötigte Menge Abführmittel zu besorgen, musste ich drei Apotheken leerkaufen. Ich nahm zur Hälfte Gelkapseln und zur Hälfte Tabletten. Meine Küche und das Wohnzimmer sehen wie der Vorratsraum einer Kantine aus. Überall liegen Krapfen und Pizzas. Ich habe ein Viertel meines Gehalts dafür ausgegeben, um Hugues sein Kostümfest zu ruinieren. Ich hoffe, er hat genug Toilettenpapier auf Lager, sonst endet es in einer hygienischen Katastrophe. Und da ich keine halben Sachen mag, werde ich, während Emilie diese leckeren Dinge ausliefert, die Auspuffrohre aller Gäste mit Kartoffeln verstopfen. Ich will einen totalen Krieg. Keine Gefangenen. Keine Kapitulation. Das haben sie davon, wenn sie mit diesem Misthaufen und seiner Schlampe feiern, obwohl er mich so schändlich abserviert hat.

Bei den Kostümen waren zwei Kriterien entscheidend: Wir

mussten zum einen unerkannt bleiben und zum anderen volle Bewegungsfreiheit haben, sei es im Hinblick auf Tragekomfort, Flucht oder Nahkampf. Schließlich sollte man auf alles vorbereitet sein. Gut geplant ist halb gewonnen! Wer einen Krieg gewinnen will, muss sich eine Niederlage vorstellen können. Besser einen Spatz in der Hand als eine Taube auf dem Dach. Gut vorbedacht ist halb gemacht. Für mich habe ich daher ein Hasenkostüm gewählt, einen Ganzkörperanzug, der alles, bis auf die Gesichtsmitte, d.h. Augen, Nase und Mund, bedeckt. Das strikte Minimum. Sehen, atmen und kommunizieren. Ein richtiger Kampfhase. Für Emilie habe ich ein Kostüm ausgesucht, das etwas weniger lächerlich aussieht – eine Feenprinzessin mit Flügeln – und das ihrer Figur schmeicheln wird, weil sie alle Klamotten hasst, in denen sie einen dicken Hintern hat. Und um nichts dem Zufall zu überlassen, habe ich sogar bei einem alten Freund aus Studientagen, der in einem Beerdigungsinstitut arbeitet, nachgefragt, ob er uns so schminken könnte, dass man uns nicht erkennen kann. Die Tatsache, dass er normalerweise Tote schminkt, findet Emilie etwas beunruhigend und abstoßend, aber es ist eine zusätzliche Vorsichtsmaßnahme.

Bei der Zubereitung der vergifteten Nahrung fühlte ich mich wie die böse Hexe aus Schneewittchen, nur dass mir ein Apfel bei Weitem nicht ausreicht. Ich bin zur industriellen Massenproduktion übergegangen. In meinem eigenen wundervollen Märchen werde ich am Abend des großen Balls die lieblichen Prinzessinnen, Prinzen und sogar die Zwerge wie am Fließband niederstrecken. Paracetamol, der es sich in einer Ecke der Arbeitsplatte bequem gemacht hatte, mit einem guten Blick auf meine Teufelsküche, stand die Frage, was ich da fabrizierte, in sein Katzengesicht geschrieben. Er saß brav da, seinen Schwanz um die Pfoten gekringelt, und beobachtete mich. Ich habe versucht, ihm zu erklären, was ich tat und warum – ja, ich redete wirklich mit meiner Katze –, aber er hat mir nicht geantwortet, und manchmal hatte ich den Eindruck, dass er mich trotz meiner guten Argumente verurteilte.

»Du hast sehr viel Glück, dass ich deinen Namen an einem Tag ausgesucht habe, als eine Schachtel mit Kopfschmerztabletten herumflog«, belehrte ich ihn, »denn heute würdest du den Namen Laxoquick oder Darmwindungsfeger bekommen«.

Er starrte mich an. In seinen hübschen grünen Augen las ich tiefste Verachtung. Er ist ein Männchen, keine Frage. Die Kerle bringen uns erst zur Verzweiflung und finden dann, dass wir uns lächerlich aufführen. Ich habe kurzerhand eine Pizzaschachtel nach ihm geworfen und lief dann in der ganzen Wohnung hinter ihm her, um ihn zu knuddeln und mich zu entschuldigen.

Emilie war pünktlich. Als sie beim Anblick der Unmengen von Pizzakartons, Berlinerschachteln und insbesondere der vielen leeren Abführmittelverpackungen einen Schreckensruf ausstieß, fragte ich mich kurz, ob ich nicht vielleicht tatsächlich ein wenig übertrieben haben könnte.

»Sag mir nicht, dass der ganze Inhalt dieser Packungen in diesen Lebensmitteln steckt.«

»Nein, natürlich nicht. Ich hab etwas zurückbehalten, um später Konfitüre daraus zu machen.«

»Du hast eine Schraube locker, ehrlich. In den Geschichtsbüchern wird man uns unter dem Stichwort ›Montezumas Racheengel‹ finden.«

Sie zog ihr Kostüm in einem Zimmer an und ich meins in einem anderen. Als wir uns wieder im Flur trafen, ich als Hase und sie als Fee, bekamen wir einen Lachkrampf. Ich bin glatt auf mein Stummelschwänzchen gefallen, und sie hat sich ihre Flügel fast an der Wand abgerissen.

Als wir schließlich meine Wohnung verließen, betete ich darum, niemandem im Treppenhaus zu begegnen, und mein Wunsch wurde erfüllt, wenigstens dieses eine Mal. Ich kann mir denken, dass dieses Glück nicht umsonst zu haben ist und dass ich früher oder später dafür bezahlen muss. Egal. Ich will meine Rechnung beim Schicksal gerne begleichen, aber ein andermal. Heute Abend lebe ich auf Pump.

Wir gingen aus dem Haus mit Laken über den Schultern, als Sichtschutz für unsere darunter versteckten Kostüme. Zwei Gespenster, Dämonen mit hochwirksam abführenden Pizzas und Berlinern, durchquerten den Innenhof wie garstige, durch die Nacht gleitende Schatten.

Wir haben zwei Straßen von Hugues' Wohnung entfernt geparkt. Mit unseren Kostümen sind wir eine Freude für Groß und Klein. Ein netter Opi hat uns sogar geholfen, einen Teil des Essens zu tragen. Er wollte sich als Belohnung einen Berliner nehmen, aber zum Glück hatte Emilie die Geistesgegenwart, ihm zu erzählen, dass sie alle für ein Waisenhaus bestimmt seien und auch so schon knapp bemessen wären. Es ist nicht schön zu lügen, aber wir haben ihm damit den Abend gerettet.

Emilie und ich geben ein seltsames Paar ab. Was glaubt ihr, was passiert, wenn nicht verkleidete Leute auf eine Fee und einen Hasen treffen? Sie machen sich über einen lustig! Manche versuchen auch, uns zu berühren, weil das angeblich Glück bringt. Man muss sich nur unser Leben ansehen, und dann weiß man, wie viel an dem Brauch dran ist.

Während ich weitergehe, fühle ich meine großen Lauscher in alle Richtungen wackeln, weil sie dem Wind eine gute Angriffsfläche bieten. Sie ziehen meinen Kopf unangenehm nach hinten. Emilie ergeht es mit ihren Flügeln ähnlich. Man denkt nicht darüber nach, aber jede Kreatur wird wohl ihre eigenen spezifischen Probleme haben. Weise Menschen haben recht, wenn sie sagen: Will man jemanden verstehen, muss man eine Weile in seinen Schuhen stecken. Ich bin noch keine ganze Stunde lang ein Hase und habe jetzt schon die Schnauze voll davon.

Mein Freund aus dem Bestattungsinstitut hat richtig gute Arbeit geleistet, weil wir tatsächlich nicht wiederzuerkennen sind. Normalerweise versucht er, die Verstorbenen so ansehnlich wie möglich zurechtzumachen, damit die Familien beim Anblick der sterblichen Überreste ihrer Lieben nicht in Ohnmacht fallen. Nun ja, in unserem Fall ist es genau andersherum. Würde mich meine Mutter so sehen, würde sie denken, dass ich das Zeitliche gesegnet habe. Wenn ich mich bis Oktober nicht abschminke, kann ich mit dem gleichen Gesicht Halloween feiern und damit einen großen Erfolg einheimsen. Ich würde als Zombiehase und Emilie als depressive Feenprinzessin gehen.

Wir betreten das Gebäude. Je näher wir unserer Operationszone kommen, desto schleppender wird Emilies Gang. Sie schnaubt missbilligend. Letztendlich würde sie mit ihrem Pony doch ein sehr schönes Paar abgeben. Sie würde Madame Klipp-Klapp heißen und wie ihr Mann, das störrische Biest, vor jedem Hindernis scheuen.

Unten vor dem Aufzug treffe ich auf ein Ehepaar, das mehr als fünf Jahre lang auf meiner Etage wohnte. Sie bedenken mich mit einem freundlichen »Guten Abend, Monsieur«, das mich etwas beruhigt. Ein Hoch auf das Make-up. Sie erkennen mich nicht, und das ist auch besser so. Ich mochte sie gerne. Gut für sie, dass sie heute Abend außer Haus sind. Flieht, solange ihr noch könnt! Das Haus wird bald der achten ägyptischen Plage zum Opfer fallen, und ein bestialischer Geruch wird Einzug halten. Einen schönen Abend noch.

Jemand von den oberen Etagen hat uns den Aufzug vor der

Nase weggeschnappt. Emilie scheint es nicht gut zu gehen. Ich versuche, sie zu beruhigen: »Langsam und gleichmäßig atmen, alles wird in ein paar Minuten vorbei sein. Denk dran, wir stehen das zusammen durch. Das ist wie im Krieg, stärker als Blutsbrüderschaft.«

»Ich fühle mich nicht gut. Ich brauche deine gepanschten Berliner gar nicht zu essen, mir wird auch ohne sie schlecht.«

»Ist es, weil du ein Problem damit hast, ihnen so was anzutun? Quält dich dein schlechtes Gewissen?«

»Nein, es ist mein Magen. Ich hab Bauchschmerzen. Ich mag mich nicht verkleiden, mochte ich noch nie. Ich fühle mich unwohl damit und finde es komplett bescheuert.«

»Aber du bist sehr hübsch als Fee, Ehrenwort. Sogar die blonden Löckchen sehen …«

»Kein weiteres Wort, bitte, oder ich mache einen Abflug und lasse dich allein mit deinen vergifteten Fressalien und deiner grünlichen Hasenvisage, du verrücktes Weib.«

Der Aufzug bewegt sich endlich wieder nach unten. Plötzlich verdreht Emilie die Augen und lässt ihre Schachteln fallen. Sie sinkt inmitten ihrer giftigen Berliner nieder, die in alle Richtungen wegrollen.

»Emilie!«

Ich stürze mich auf sie und hebe ihren Kopf an: »Sprich mit mir, ich flehe dich an!«

Sie hat die gleichen Zuckungen wie neulich im Auto. Leute kommen aus dem Aufzug. Sie führen einen winzigen Hund an der Leine. Sie sehen das Schauspiel und bleiben stehen, um es sich anzusehen. Ich kann es ihnen nicht verdenken. Man bekommt nicht jeden Tag einen Hasen zu sehen, der von bunten Berlinern umringt eine Fee tröstet. Sogar in ihrem Alter noch könnte es ihnen den Glauben an den Weihnachtsmann und an die Zahnfee wiederbringen. Sie haben sich in Schale geworfen. Wenn ich mich nicht täusche, dann wohnen sie in der dritten Etage. Wahrscheinlich sind sie gerade auf dem Weg in ein schickes Restaurant. Ich versuche sie zu beruhigen: »Es geht ihr gut, es ist nur ein kleiner Schwächeanfall.«

Wieso habe ich das mit einem chinesischen Akzent gesagt? Wahrscheinlich rein instinktiv, damit sie meine Stimme nicht wiedererkennen. Du trägst zu dick auf, Marie. Ich wusste schon immer, dass ich im Grunde meines Herzens eine richtige Kriegerin bin.

Bevor ich es verhindern konnte, hat der kleine Hund einen der herumliegenden Berliner gefressen, der fast so groß war wie er selbst. Das ist wirklich traurig. Ihr schöner Abend ist im Eimer. Da gehen sie hin mit ihrer kleinen Zeitbombe am anderen Ende der Hundeleine.

In aller Eile packe ich die Berliner wieder in die Schachteln. Einige haben den Sturz eher schlecht überstanden, die Cremefüllung läuft aus. Bloß nicht die Finger ablecken!

Emilie setzt sich wieder auf.

»Marie, ich schaffe es nicht. Ich schwöre dir, ich packe es nicht. Ich würde dir so gerne helfen. Ich hoffe, du bist mir nicht böse.«

»Alles halb so schlimm, ich übernehme ab jetzt.«

Jetzt, wo wir so weit gekommen sind, werde ich auf keinen Fall aufgeben. Ich bin das Trojanische Pferd. Ich bin der Kriegsheld, der sich opfern wird, indem er mit seinen Himbeerguss-Granaten in die Luft fliegt. Ich bilde einen großen Stapel aus allen Schachteln und mache mich auf.

»Emilie, du bleibst hier. Sprich mit niemandem. Und nicht den Boden ablecken, verstanden?«

Ich glaube, sie hat sich einen Flügel gebrochen.

35

Der Aufzug trägt mich zu meinem Schicksal, das Rache verspricht, und ich leide. In meinem Kostüm schwitze ich erbärmlich, und meine Arme werden unter dem Gewicht der Schachteln immer länger. Ich lehne den Stapel an die Aufzugwand und atme durch. Meine großen Ohren berühren die Decke. Ich weiß nicht, was ich tun würde, wenn sie Feuer fangen sollten. Bloß nicht daran denken! Es passiert nur dann, wenn man es sich vorstellt.

Die Musik ist noch zwei Etagen drunter zu hören. Ein Albtraum für die Nachbarschaft! Und was sind das überhaupt für Songs? Olle Kamellen von vor zwanzig Jahren, zweihundert Dezibel antiquierter Rückschritt.

Wenn ich mit jemandem reden muss, dann – Krieg ist Krieg – packe ich meinen chinesischen Akzent wieder aus. Ich hoffe, niemand erkennt mich. Wenn doch, dann bin ich ein armes Häschen am Tag der Jagderöffnung. Bevor ich die Offensive lostrete, befrage ich mein Gewissen ein letztes Mal. Schäme ich mich beim Gedanken daran, was ich gleich tun werde? Ja. Ein bisschen. Aber von allen Gefühlen, mit denen ich in der letzten Zeit fertigwerden musste, ist dieses Schamgefühl nicht besonders schwer zu ertragen. Es wird jedenfalls locker durch mein legitimes Verlangen kompensiert, Hugues das Leben zur Hölle zu machen. Und nun, da mein Gewissen sein letztes Plädoyer gehalten hat, ohne das Urteil ins Wanken zu bringen, kann der ehrenwerte Richter die Vollstreckung anordnen. Ich konzentriere mich auf meine Mission: Ich bin ein Hase, der ungenießbare Nahrung liefert.

Ich brauche mindestens eine Minute, bevor es mir gelingt zu klingeln, weil ich den Knopf mit einer Pizzaschachtelecke drücken muss, die ständig verrutscht. Man könnte meinen, es sei eine Aufgabe in einem dämlichen Videospiel, und ich habe auch noch das passende Kostüm dazu.

Ich weiß nicht, wer mir die Tür öffnet. Das heißt, doch, ich weiß: Es ist der Kater Jerry, aber ich meine, ich weiß nicht, wer drinsteckt. In einem breiten Fächer aus Laserlicht erblicke ich Superhelden, Gangsterkarikaturen oder Pseudodoppelgänger von Berühmtheiten. Manche tanzen, andere reden. Die Bude ist voll. Pech gehabt, Leute! Mitgefangen, mitgehangen!

»Eine Lieferung von Pizzas und Berlinern!«

Jemand ruft »Super!«, aber ich kann nicht sagen, ob es die brasilianische Tänzerin war oder das Pokemon. Beim Gang durch die Menge kommen von überall Hände her und heben unter ausgehungerten Jubelrufen die Deckel von den Schachteln. Niemand fragt, wer das Essen bestellt hat. Umso besser. Ich nehme Kurs auf die Küche, um die Sachen abzustellen, aber da ich schon mal vor Ort bin, kann ich der Versuchung nicht widerstehen, den Leuten die Berliner anzubieten, was mir darüber hinaus die Möglichkeit eröffnet, zu sehen, wer gekommen ist, und wer dafür teuer bezahlen wird.

Ich habe gerade zwei Freunde von Hugues erkannt. Einer ist als Cowboy und der andere als Batman verkleidet. Sie greifen begeistert zu, lächeln mich an, beglückwünschen mich zu meiner Verkleidung. Ich freue mich, sie zu vergiften, weil ich sie noch nie sympathisch fand. Der Cowboy ist einer von der Sorte, die einem ein eingepacktes Kondom vor die Nase halten, als sei es ein Verlobungsring im Wert von dreißig Millionen Dollar, und Batman rühmte sich gerne, seine Unterhosen sehr sorgfältig auszusuchen – manchmal mit bedruckten Botschaften – für den Fall, ein erstes Date würde sich nach seinen Wünschen entwickeln. Zwei klasse Typen.

Wir haben uns in losen Abständen gesehen, aber heute erkennen sie mich nicht. Es ist ein großartiges Gefühl, mit Leuten zu sprechen, die man seit Jahren kennt und die nicht merken, wen sie vor sich haben. Man sieht sie mit neuen Augen, wie bei einer ersten Begegnung, aber in dem Wissen, mit wem man es zu tun hat. Köstlich. Man kann die Heuchelei ermessen, die Tragweite ihrer Charmeoffensive, die sie einem am Anfang angedeihen lassen, die Nettigkeiten, deren sie sich zu Beginn befleißigen und für die sie sich im späteren Verlauf der Bekanntschaft keine Zeit mehr nehmen. Ich fange an, das Spiel zu genießen. Manche sprechen mit mir, als sei ich ein Mann, ich bemerke jedoch, dass die Männer sich nicht täuschen lassen – wahrscheinlich, weil sie meine weiblichen Formen erahnen –, aber die Frauen, vor allem die jüngeren, irren sich häufiger. Ich teile unbeirrt weiter meine Gaben aus, ich stoße überall auf Begeisterung, und eine Schachtel nach der anderen leert sich. Ich komme mir vor wie in einem Traum. Unter den Klängen der überlauten Musik wandele ich durch die Fernsehserien meiner Kindheit oder durch einen Blockbuster, in dem alle Kinomythen versammelt sind. Die Schachteln werden mir aus den Händen genommen, man bedient sich selbst. Ich sehe, wie Pizzastücke weitergereicht werden, ich sehe Zähne, die sie verschlingen. Das Böse breitet sich aus. Während die Sorglosigkeit und die Ausgelassenheit allgegenwärtig sind, kriecht die Plage im Schatten herbei. Bald wird sie über sie kommen! Wie in einer Vorschau zu einem amerikanischen Horrorfilm: »Sie wissen es noch nicht, aber das Unheil naht« oder »Sie liebten HUGUES: DER BAMBUS KNICKTE UM, verpassen Sie nicht HUGUES 2: DIE RACHE DES VERFLUCHTEN HASEN«. Man würde ihre Münder in Zeitlupe zeigen, die sich mit Pizza vollstopfen, untermalt mit schriller, angsteinflößender Musik. Esst nur, esst nur, meine Kleinen, das soll euch eine Lehre sein, mit diesem Blödmann zu feiern.

Ich stelle mir eine Frage: Wenn ich immer noch mit Hugues zusammen wäre und diese Leute meine Gäste wären, würde ich mich auf dieser Party amüsieren? Ganz ehrlich: Ich glaube, das würde ich nicht. Ich habe schon aus Prinzip keinen Spaß an unreifen Feiern wie dieser. Die Musik ist immer zu laut, man trinkt und raucht komisches Zeug, wie einige hier auch, und man versucht angestrengt, gut gelaunt zu erscheinen, indem man schlechte Witze reißt. Ich habe mich auf diesen Feten noch nie wohlgefühlt. Zu viel Gehabe, zu viel leeres Geschwätz, zu viele gesellschaftliche Zwänge. Normalerweise habe ich mich irgendwann in der Küche wiedergefunden, mit Leuten, die sich wirklich unterhalten wollten. Man schmierte Schnittchen für die Feierwütigen und blieb unter sich. Ich habe gute Erinnerungen an Begegnungen am Rande solcher Partys. Wenigstens dafür waren diese Feten gut.

Inzwischen habe ich fast alle Gäste bedient, aber die beiden Gastgeber habe ich noch nicht entdecken können. Schließlich sehe ich Tanya, in ein minimalistisches Kostüm gezwängt, das alle ihre Reize hervorragend zur Geltung bringt. Eine Frau wie diese tut so etwas instinktiv. An diesem Abend ist sie eine Teufelin in Netzstrumpfhosen. Und ratet mal, wer da sabbernd hinter ihr angedackelt kommt? Mein Ex! Er hat sich als Hund verkleidet! Hätte er ein Wolfskostüm gewählt, wäre unsere misslungene Beziehung aufs Schönste symbolisch sichtbar geworden, da ich ja hier als Hase stehe. Hugues ist schwer in Form. Mit seinem unvergleichlichen Humor reibt er sich an den Beinen der Gäste – Männer wie Frauen. Nein, wie lustig. Er schafft es, gleichzeitig vulgär und idiotisch zu erscheinen. Ich biete ihm einen Berliner an, und er lässt sich nicht zweimal bitten. Es ist ein historischer Moment, außerhalb von Raum und Zeit. Er steht mir gegenüber, mit seiner aufgemalten Hundenase und seinen hängenden Hundeohren, und lächelt mich an. Seit Wochen waren wir uns nicht mehr so nahe. Es ist surreal. Wir wechseln sogar einen Blick. Er denkt wahrscheinlich, dass ich seinem hündischen Charme erlegen bin, und dankt mir mit sehr viel mehr Freundlichkeit, als er es jemals für nötig gehalten hatte. Jahrelang habe ich alles für ihn getan, und es war normal. Er hielt meine Bemühungen für selbstverständlich, er hatte sich an sie gewöhnt. Egal, wie sehr ich mich anstrengte, nichts verdiente auch nur den Hauch von Dankbarkeit. Und nun, da ich ihm einen mit Abführmitteln gefüllten Berliner überreiche, überschlägt er sich vor Dankbarkeit. Da soll einer die Männer verstehen. Iss, mein Guter, du bist erst der zweite Hund, den ich heute vergifte.

Ich habe jetzt fast alle Gäste identifiziert. Die meisten von ihnen haben nicht einen Finger gerührt, als mich Hugues zum Teufel gejagt hat. Das werden sie mir büßen. Ich bin froh, dass Floriane nicht da ist. Es hätte mir echt leidgetan, sie krank zu machen.

Ich habe praktisch nichts mehr zu verteilen. Mein Plan lief besser, als ich erwartet hatte, einfach nur genial. Ich muss jetzt nur noch schnell von hier verschwinden. Ich werde diese Wohnung ganz sicher nie wieder von innen sehen. Wie Hugues so schön sagen würde, ein neues Kapitel wird aufgeschlagen, aber ich fürchte, es wird auf Toilettenpapier geschrieben sein. Als ich das in meinen Gedanken formuliere, schießt mir eine letzte Idee durch den Kopf. Ich habe die Rolle des Bösewichts wohl schon zu sehr verinnerlicht. Es wird das Tüpfelchen auf dem i sein, das Finale Grande. Ich weiß, dass es nicht gut ist. Es ist sogar schäbig und gemein. Ich gehe zur Toilette und werfe mit vollendeter Niedertracht alle Klopapierrollen, die ich finde, aus dem Fenster. Juhu! Und hopp! Fünf Etagen tiefer höre ich ihren wattierten Aufprall im Hof des Nachbargebäudes. Da kommen sie nicht so leicht dran. Es ist komisch, doch diesmal sagt mir mein Gewissen, dass ich eine Grenze überschritten habe. »Das Bessere ist des Guten Feind«, wie es so schön heißt, und »weniger ist mehr«.

Nachdem ich die Reservevorräte sabotiert habe, verlasse ich schnell das WC und nehme Kurs auf die Wohnungstür, als ich von zwei lustigen Gesellen ergriffen werde – einem Polizisten und einem Astronauten –, die mich zum Tanzen mit sich ins Wohnzimmer ziehen. Diesmal entkomme ich nicht. Das Schicksal hat beschlossen, mich auf der Stelle bezahlen zu lassen. Als ich meinen Kopf zu ihnen drehe, stopft mir der Polizist, der mir wahrscheinlich damit etwas Gutes tun wollte, den letzten meiner Berliner in den Mund. Ich spucke sofort das meiste davon aus, aber ich weiß, dass das Schicksal seinen Lauf genommen hat. Das Gift ist in meinem Körper.

Ich bin wie die Schlange, die sich in den Schwanz beißt. Ich bin wie die Fliege, die sich einen mit der Klatsche fängt. Der Hase wird sich seinen Bommel schmutzig machen. Ich verspreche, nie wieder kleinlich und schäbig zu sein, aber heute Abend werde ich um die Bestrafung wohl nicht herumkommen.

36

Kennt ihr die Fabel »Die Fee, der Hase und der tückische Berliner«? Es geht darin um eine hübsche Fee, die sich ins Spülbecken erbricht, weil sie zu viel Angst hat, und um ihren Freund, den netten Hasen, der sich währenddessen über das andere Ende entleert, in einem Raum, in dem es ein bisschen hallt. Ich werde sie euch nicht erzählen, weil ich euch die gute Stimmung nicht verderben möchte. Aber die Moral dieser herzergreifenden Geschichte verrate ich euch trotzdem: »Man erleidet immer einen Teil der Strafe, die man anderen zufügt.« Es ist eine schöne Moral, und wahr ist sie außerdem. Ich bin sicher, dass diese erbauliche Geschichte noch in tausend Jahren den Kindern erzählt wird – sollte sie zumindest.

Seien wir ehrlich: Es gibt hehre Prinzipien, und es gibt die Realität. Sprich: Ich habe es mir nicht nehmen lassen, meine Kartoffeln in die meisten Auspuffrohre der Autos zu stopfen, mit denen die Gäste gekommen waren. Ich weiß, ihr werdet mich dafür nicht gerade bewundern, aber ich schwöre, dass es an eine Heldentat grenzt, eine Kartoffel mit der einen Hand in ein Auspuffrohr zu schieben, während man sich mit der anderen den Bauch hält, in dem es gurgelt und rumort.

In meinem Geist, der nach großen ordnenden Prinzipien dürstet, die mir erlauben würden, über den Horizont eines verlorenen Insekts hinauszuwachsen, erscheint ein empirisches Gesetz, das über allen anderen steht: »Wir sind durch und durch

Menschen, und ein Gefühl, das aus dem Bauch kommt, wird immer stärker sein als eine unumstößliche Wahrheit, die unserem Gehirn entspringt.« Kurzum, ich weiß, dass meine Tat böse war, aber ich bin trotzdem sehr zufrieden, sie begangen zu haben, weil ich damit ganz schön Dampf ablassen konnte.

Emilie blieb bei mir über Nacht. In dem elenden Zustand, in dem sie von unserer kleinen Expedition wiedergekommen war, brachte ich es nicht übers Herz, sie nach Hause zu schicken. Sie schlief auf dem Sofa ein, im Bademantel, nachdem sie kurz unter der Dusche gewesen war, und ich breitete vorsichtig eine Decke über sie und schob ihr ein Kissen unter den Nacken. Ihre beiden Flügel lagen am anderen Ende des Sofas zu ihren Füßen – ein sehr symbolträchtiges Bild, ein wahres Meisterwerk. Paracetamol kauerte eine ganze Zeit lang auf der Armlehne des Sofas, mit geweiteten Pupillen und einem irren Blick, bevor er die armen Flügel erbarmungslos angriff.

Gegen zwei Uhr morgens, als ich schlaflos in meinem Bett ausgestreckt lag, schien es mir, als hörte ich aus der Ferne in der Stadt eine Serie von Explosionen. Zu meiner Schande muss ich gestehen, dass meine erste Reaktion reine Freude war. Ein Gefühl von vollkommener Zufriedenheit legte sich über mich. Ich empfand unbändiges Vergnügen, als ich mir vorstellte, wie die Auspufftöpfe dieser Einfaltspinsel in Serie in die Luft flogen wie bei einem Bombardement in einem großen Action-Blockbuster. Wenn man außerdem weiß, dass viele dieser guten Jungs ihren Autos mehr Aufmerksamkeit entgegenbringen als ihren Frauen, macht es den Film auch noch bestürzend.

Das Tageslicht weckte uns schließlich und verscheuchte den vergangenen Abend auf den Rang eines irrealen Traums. Die Feenflügel waren übrigens verschwunden.

Weder Emilie noch ich hatten Hunger, und so ließen wir das

Frühstück ausfallen, und Emilie fuhr bald heim. Als wir uns verabschiedeten, hätte niemand, der uns so ruhig, sanft und zuvorkommend im Umgang miteinander sah, auch nur eine entfernte Ähnlichkeit mit den zwei Bekloppten attestieren können, die am Vorabend in der Stadt gewütet hatten. Es war wie bei Dr. Jekyll und Mr Hyde.

Durch das Fenster sehe ich Emilie nach. Sie überquert den Hof. Bevor sie auf die Straße hinausgeht, dreht sie sich um und grüßt mich ein letztes Mal. Dann flattert sie mit ihren Armen und tut so, als würde sie ohnmächtig werden, und lacht lauthals los. Wenn das jemand sieht, ist sie reif für die Klapse. Ich habe zwei Schwestern: Caro und Emilie. Eine hat mir meine Mutter geschenkt, die andere das Leben. In unserer Sprache gibt es nur ein Wort für die Liebe, und obwohl ich nicht an die Liebe der Männer glaube, weiß ich, dass die Liebe, die wir beide füreinander empfinden, tatsächlich existiert. Man müsste zwei Begriffe dafür haben, einen, der seinen Sinn verliert, sobald sich die Illusionen verflüchtigen, und der andere, der im Gegensatz dazu im gleichen Moment seine volle Bedeutung annimmt. Dank dieser Liebe hat das Leben einen wirklichen Wert. Sie leuchtet in dunkler Nacht, wärmt in der Kälte, rettet vor Verzweiflung. Man muss durch einige Widrigkeiten hindurch, um sie zu entdecken, und man muss diese überstehen, um sie vollends genießen zu können.

Ich fühlte mich auf einmal sehr einsam in meiner Wohnung. Es ist seltsam, aber seit gestern Abend ist etwas in mir anders geworden. Ein Kapitel meines Lebens ist endgültig beendet. Ich habe mit Hugues abgerechnet. Er gehört jetzt der Vergangenheit an. Was mich betrifft, sind wir quitt. Ich habe ihm mit gleicher Münze zurückgezahlt, mit ein bisschen – losem! – Kleingeld als Zinsen. Der Kollateralschaden ist nicht unerheblich. Ich bin nicht stolz darauf, ganz im Gegenteil. Mein Ärger hat mich zum Handeln getrieben, doch im Grunde weiß ich, dass es nicht meiner Natur entspricht. Ich bin für die Liebe gemacht, nicht für den Kampf.

Ich mache es mir auf meinem Sofa bequem, versuche mir meine Zukunft vorzustellen, aber nichts zeichnet sich ab. Ich lebe mein Leben, jede Sekunde, jede Stunde, Tag für Tag, ohne zu wissen, wie es weitergeht. Was soll ich bloß machen? Ich sitze in einem Boot, das sich im Nebel fortbewegt. Ich habe keine Lust mehr zu rudern. Ich vermute Riffe voraus, aber ich sehe sie nicht. Springe ich ins Wasser, werde ich von Haien oder mutierten Kraken gefressen. Rufe ich um Hilfe, wird meine Stimme von dem dichten Nebel erstickt. Kein Land in Sicht.

Paracetamol taucht aus dem Nichts im Wohnzimmer auf. Er läuft gemächlich in seinem typisch raubtierhaften rollenden Gang. Er hält vor dem Regal, setzt sich und beginnt eine seiner Pfoten abzulecken. Er zeigt sich darin sehr gründlich, nichts scheint ihm im Augenblick wichtiger zu sein. Ist das nicht eine faszinierende Lebensphilosophie? Vielleicht könnten wir uns davon inspirieren lassen. Ich hätte es nie gedacht, aber Katzen sind letztlich ziemlich gute Spiegelbilder des Menschen. Sie leben ganz in unserer Nähe, verleugnen jedoch nie ihre eigene Natur. Tausende von Jahren der Domestizierung haben sie nicht verändern können. Auch wenn sie gut genährt werden, gehen sie auf die Jagd. Auch wenn sie vergöttert werden, machen sie ihr eigenes Ding. Akzeptieren wir ihre Unabhängigkeit, erweisen sie sich als exzellente Gefährten. Jedes Mal, wenn ich Paracetamol beobachte, gerate ich über mich selbst ins Grübeln. Er lässt sich nicht drängen, er frisst nur, wenn er Hunger hat, er lässt sich nicht von Dingen ablenken, die ihn nicht interessieren, er tut nie etwas, was gegen seine Natur ist. Auch wenn er älter wird, hört er nicht auf, sich zu amüsieren. Er kennt keine Heuchelei, keine Lüge. Menschen könnten so vieles von Katzen lernen! Mit einigen kleinen Einschränkungen: Ich zum Beispiel gleite niemals vom Sofa wie eine alte Bananenschale, weil ich auf der Sofakante eingeschlafen bin. Kaum zu glauben, dass ich dieses Tier gestohlen habe. Das scheint so weit weg zu sein. Jetzt habe ich mich nicht nur an den Kater gewöhnt, ich liebe es sogar, wenn er bei mir ist. Er taktet meinen Alltag, ohne dass jemals Routine entsteht. Ich liebe seinen ruhigen Gang, seine verrückten Momente, wenn er mit allem spielt, was ihm vor die Pfoten kommt. Er bringt mich zum Lachen. Jetzt sieht er mich an. Fühlt er, dass es gerade um ihn geht?

Ich mache eine einladende Geste, aber er dreht sich ostentativ um und nimmt sein Reinigungsritual wieder auf. Ich bin versucht, ihm eine Zeitschrift an den Kopf zu werfen, halte mich jedoch zurück. Seit einigen Tagen stelle ich seinen Napf nicht mehr in die Küchenecke, sondern ans Tischbein, neben meinen Stuhl, und dann essen wir beide oft zusammen, er allerdings viel schneller als ich. So bin ich bei den Mahlzeiten wenigstens nicht alleine. Schließlich ist er der Mann im Hause – glaube ich jedenfalls, weil ich noch nie so genau nachgeschaut habe.

Ich beobachte ihn immer noch. Ich wünsche mir, dass er zu mir kommt, damit ich ihn streicheln kann. Er sieht mich wieder an. Plötzlich, als hätte er meinen Gedanken aufgeschnappt, trippelt er zum Sofa, springt mit einem Satz hoch und kuschelt sich in meinen Arm. Warum ist er jetzt gekommen und nicht vorher, als er sich verächtlich von mir abgewandt hatte? Wahrscheinlich, weil ich ihn vorher aus Prinzip an meiner Seite haben wollte. Meine Finger gleiten über sein Fell, er lässt es sich gefallen, er liefert sich mir aus. Er vertraut mir, weil er spürt, dass meine Gefühle aufrichtig sind. Einfach irre: Eine Katze lehrt mich gerade etwas über das Leben. Paracetamol blickt mir in die Augen. Das ist schrecklich, aber er hat mich umgarnt. Ich liebe dich, du kleines Monster.

Ich werde heute nicht mehr über meine Zukunft nachdenken. Ich werde heute auch nicht mehr an den Mann denken, der mir Briefe schreibt, ohne sich blicken zu lassen. Ich möchte an die Menschen denken, die ich liebe und die Teil meines Lebens sind. Irgendetwas hat sich in mir seit gestern gelöst. Am Boden meines tiefen Brunnens habe ich eine Luftblase gefunden. Ich kann wieder durchatmen. Ich werde Mama anrufen und hören, was es bei ihr Neues gibt. Ich werde versuchen, sie so bald wie möglich zu besuchen. Auch Caro will ich eine SMS schreiben und ihr von den Briefen erzählen. Sie wird mir sicher einen guten Rat geben können. Dann muss ich noch eine kleine Nachricht an Emilie schicken, um mich bei ihr zu bedanken und ihr zu sagen, dass ich sie liebe. Die Ärmste hat nur mich, die ihr diese simplen Worte sagen kann, obwohl sie davon träumt, sie von dem einen zu hören, den sie überall sucht. Wenn ich es recht überlege, dann werden ihr diese Worte vielleicht nur umso deutlicher machen, dass sie sie von niemand anderem zu hören bekommt. Da ich ihr keinen Schmerz zufügen möchte, werde ich ihr letztendlich doch nicht schreiben, dass ich sie liebe, auch wenn es wahr ist. Man müsste wirklich ein anderes Wort finden, um die Zuneigung zu beschreiben, die wir für einander empfinden. Ich schlage »schnuffeln« vor. Ich schnuffle dich, du schnuffelst mich. Wir schnuffeln uns wie verrückt. Es ist nicht ideal, aber besser als nichts. Ich schreibe Emilie also, dass ich sie unglaublich und aus tiefstem Herzen schnuffle. Ich weiß genau, was die Analysten der NSA denken würden, sollten sie diese SMS abfangen.

Noch besser wäre es natürlich, wenn ich ihr helfen könnte, die Liebe ihres Lebens zu finden.

Plötzlich habe ich eine Idee. Auch wenn ich in letzter Zeit eher die Gewohnheit hatte, Briefe zu erhalten, bin ich dennoch in der Lage, selbst einen zu schreiben.

37

Es ist mir bewusst, dass ich ein großes Risiko eingehe. Ich mische mich in Dinge ein, die mich nichts angehen. Auch wenn meine Absichten gut sind, fürchte ich, dass der Schuss nach hinten losgehen könnte. Mit diesem Dilemma beschäftigt, bin ich eine ganze Stunde lang durch die Wohnung getigert. Ich habe einige Kilometer zurückgelegt, bevor ich den halbherzigen Entschluss fasste, den Brief erst einmal zu schreiben und dann zu entscheiden, ob ich ihn einwerfe oder nicht.

Der Grundgedanke ist einfach: Da Emilie sich nicht traut, den Nachbarn von gegenüber, von dem sie seit Monaten schwärmt, anzusprechen, werde ich es für sie tun. Etwas an der Art, wie sie von ihm spricht, lässt mich hoffen, dass er anders ist als all die anderen Spinner, denen sie hinterherlief. In ihren Beschreibungen meine ich den Funken zu erkennen, den man versprüht, wenn man sich in den Richtigen verliebt. Ein Indiz bestärkt mich in meiner Einschätzung: Wenn sie über ihn spricht, hat sie den gleichen leuchtenden Blick wie Caroline, wenn es um Olivier geht.

Jetzt stellt sich nur noch eine wesentliche Frage: Schreibe ich in meinem oder in ihrem Namen? Soll meine Botschaft von einer im Hintergrund bleibenden Vermittlerin kommen, so wie man das aus alten Romanen kennt, in denen eine Kupplerin alles in die Hand nimmt? Oder ist es mein Schicksal, heimlich einzugreifen und, sobald die gute Tat vollbracht ist, diskret den Rückzug anzutreten, während die Turteltäubchen Hand in Hand in den Sonnenuntergang schreiten, ohne jemals zu erfahren, was ich für sie getan habe? Ich habe kein Problem damit. Ich werde also in Emilies Namen schreiben und mich völlig aus der Gleichung herausnehmen. Natürlich ist das die schwierigere Option. Zu der Einmischung gesellt sich der Identitätsdiebstahl. Ich erspare mir die Mühe, die Strafen dafür im Internet nachzusehen – ich werde geteert, gefedert und dann gehängt. Wer bin ich, um in Emilies Namen sprechen zu wollen? Ich habe solche Angst, sie zu verraten. Aber nur so kann sie die Aufmerksamkeit dieses Mannes gewinnen.

Ich habe mich also für die effizienteste Lösung entschieden, auch wenn sie sich vielleicht als die riskanteste erweisen sollte. Danach habe ich den ganzen Tag damit verbracht, einen kurzen Brief zu schreiben. Wieder einmal höre ich auf mein Bauchgefühl und nicht auf meinen Verstand. Jede Vernunft verbietet mir, mein Vorhaben auszuführen, ich weiß es ganz genau, aber trotz allem bin ich überzeugt, das Beste zu tun, was getan werden kann. Ich hoffe, Emilie wird mir verzeihen, sollte sie eines Tages entdecken, was ich mir herausgenommen habe. Ich habe meine Argumente zu Ende gedacht. Ist es mir lieber, ihre Freundin zu bleiben, und sie bleibt allein? Oder gehe ich das Risiko ein, ihre Freundschaft zu verlieren, damit sie endlich den Richtigen findet? Es würde sicher nicht leicht für mich werden, aber ich wähle ihr Glück. Ich glaube, sie bedeutet mir mehr, als ich ihr bedeute, und ich will, dass sie wirklich glücklich wird, selbst wenn ich sie danach nie wiedersehen sollte.

Ich habe zunächst gedacht, in ihrem Namen zu schreiben würde kompliziert sein, schwierig sogar, aber die Worte kamen wie von selbst. Ich brauchte nur in mein tiefstes Inneres abzutauchen, um für sie zu sprechen. Ich habe dort das gefunden, was uns in der verrückten Hoffnung verbindet, geliebt zu werden. Paradoxerweise habe ich noch nie so viel Wahres von mir preisgegeben wie in dem Moment, wo ich mich für eine andere Frau ausgab. Ich setzte mich an den Küchentisch und merkte nicht, wie die Stunden verflogen. Wie bei meiner Katze, die sich ihre Pfoten leckt, war mir nichts anderes wichtiger.

Lieber Nachbar,
ich hoffe, Sie halten mein Verhalten nicht für allzu seltsam, aber ich musste Ihnen einfach schreiben. Ich heiße Emilie und wohne im Haus gegenüber, Gebäude C, Appartement 19. Ich beobachte Sie seit Monaten. Ohne dass es meine Absicht gewesen wäre, sind Sie mir aufgefallen. In Ihren Gesten, in der Art, wie Sie mit Kindern sprechen, wie Sie mit Hunden umgehen, sah ich etwas, das mich berührt hat. Sie werden mich sicher für verrückt halten, aber diese Details können über einen Menschen mehr preisgeben, als Worte, die man beim ersten Treffen austauscht. Ich würde Sie so gerne ansprechen, wage es aber nicht. Sie dürfen mich jetzt nicht für total verrückt halten – obwohl, ein bisschen schon! –, aber ich hatte einfach Angst, Sie würden mich ablehnen oder sich ein falsches Bild von mir machen, bevor ich Ihnen sagen kann, wer ich bin. Ich erwarte nichts von Ihnen, aber ein Teil von mir hofft natürlich, dass wir uns sehen können. Alles, worum ich Sie bitte, ist – aber nur, wenn Sie es möchten –, dass wir uns treffen und miteinander reden. Nur das. Über alles Weitere werden wir danach entscheiden, zusammen. Dieser Brief ist nur eine kleine Geste, eine ausgestreckte Hand, in der Hoffnung, dass er Sie dazu bewegt, den ersten Schritt zu tun, zu dem ich nicht fähig bin.

Ich möchte Sie noch um einen letzten Gefallen bitten: Wie auch immer Sie entscheiden, sprechen Sie mich bitte nie auf diesen Brief hier an. Es sieht mir so gar nicht ähnlich, solch einen Schritt zu wagen … Bis bald, vielleicht.

Lieben Gruß

Emilie

Eine Unterschrift gefälscht, und hopp, Missetat begangen! Der Brief sieht locker dahingeschrieben aus, aber ich habe mehr als sechs Stunden gebraucht, um ihm den letzten Schliff zu geben. Hunderte von Details, Tausende von Fragen, die es zu beachten galt: bloß nicht »ich finde Sie total süß« schreiben, sondern »ich würde Sie so gerne ansprechen«; niemals durchblicken lassen, dass man Angst hat, als einsame alte Jungfer zu enden; offen und unschuldig erscheinen, trotz aller Erfahrungen, die man im Leben gemacht hat.

Ein ganzer Tag für einige wenige Zeilen. Meine alte Französischlehrerin hätte mich wahrscheinlich zu Tode geprügelt.

Ich muss zugeben, dass ich beim Schreiben oft an den Verfasser meiner anonymen Briefe denken musste. Auch er hat sicher jedes Wort auf die Goldwaage gelegt. Auch er musste über alle Bedeutungen nachdenken, den ein Satz theoretisch annehmen kann. Auch er musste befürchten, missverstanden zu werden. Plötzlich verstehe ich ihn. Ich finde sogar, dass mein Brief streckenweise dem seinen gar nicht so unähnlich sieht. Meine Grube sieht genau so aus wie die, in die ich hineingefallen bin. Ein seltsames Gefühl. Ich kann mir zwar immer noch nicht vorstellen, wie er aussieht, aber ich habe jetzt weniger Angst vor ihm.

Ich habe Emilies Brief den ganzen Abend wieder und wieder gelesen. Ich habe sogar Paracetamol um Rat gefragt. Er schien meine Vorgehensweise nicht abzulehnen. Dass die Katze mit der Zustellung des gefälschten Briefes einverstanden ist, ist ein gutes Zeichen. Jetzt kann wirklich nichts mehr schiefgehen.

38

Heute Morgen habe ich das Haus eine Stunde früher als sonst verlassen, um den Brief auf dem Weg ins Büro einzuwerfen. Als ich aus der Wohnung kam, traf ich auf die kleine Familie aus der Etage über mir, die auf dem Weg zur Kinderkrippe war. Ich habe mich hier inzwischen gut eingelebt und lerne so langsam auch die Namen der einzelnen Bewohner. Die der Kinder habe ich schon drauf. Viele nennen mich Madame, einige wenige benutzen meinen Vornamen, was mir lieber ist. Hätte ich Kinder, hätte ich mich mittlerweile sicher mit einigen der Mütter angefreundet. Aber da ich ledig und kinderlos bin, passe ich nicht recht dazu. Wie meinte Oma Valentine so schön: »Gleich und gleich gesellt sich gern.«

Ich war innerlich darauf vorbereitet, Romain Dussart zu begegnen, aber dem war nicht so. Ich frage mich sogar, ob er mir vielleicht aus dem Weg geht. Als ich eingezogen bin, haben wir uns recht oft gesehen. Wie zufällig kam er immer im selben Moment aus der Tür wie ich. Seit den Briefen und dem misslungenen Rendezvous ist er untergetaucht.

An der Bushaltestelle sitzt eine kleine Dame auf der Bank und wartet. Ich sehe sie hier jeden Morgen. Ihre Haare sind graumeliert und zu einem Dutt zusammengebunden, sie trägt einen ähnlichen Wintermantel wie meine Mutter und ein Tuch um den Hals. Sie sitzt im Wartehäuschen immer am äußeren Ende der Bank, ihre Hände liegen auf ihrer Handtasche. Ich habe sie gleich an meinem ersten Tag in diesem Viertel bemerkt, weil ich sie zu alt fand, um zur Arbeit zu fahren. Sie muss wohl auch einen anderen Bus nehmen als ich, weil ich sie noch nie einsteigen sah. Wir lächeln uns oft zu, wechseln ein paar belanglose Worte über das Wetter. Ihr müdes Lächeln erinnert mich sehr an das meiner Mutter.

»Guten Morgen, Madame, wie geht es Ihnen?«

»Sehr gut, danke. Zum Glück regnet es nicht, und es ist auch schon milder geworden.«

»Sie sind heute noch früher dran als sonst. Fahren Sie zur Arbeit?«

»Ich fahre nicht zur Arbeit. Ich warte auf Henri.«

Ich bin überrascht, doch mein Bus kommt, bevor ich eine weitere Frage stellen kann.

»Ich wünsche Ihnen einen schönen Tag, Madame!«, rufe ich und springe in den Bus.

»Das wünsche ich Ihnen auch!«

Aus dem Bus heraus, der Fahrt aufnimmt, sehe ich ihr nach. Wer ist dieser Henri? Wartet sie etwa jeden Tag auf ihn? Wieder eine Frau, die sich wegen eines Mannes gedulden muss.

Bevor ich den Brief bei Emilies Nachbar einwerfe, habe ich alle möglichen Vorsichtsmaßnahmen ergriffen, um von Emilie nicht entdeckt zu werden, sollte sie zufällig aus dem Fenster sehen: Ich näherte mich dem Haus, indem ich die Passanten als Sichtschutz benutzte, und sprang von einem geparkten Auto zum nächsten. Hätte mich jemand beobachtet, wäre ich diesmal reif für die Zwangsjacke gewesen. Ich würde mich zu Valerie und Emilie in die Zelle mit der Aufschrift »Achtung! Hexen!« gesellen. Bald werden wir anbauen müssen, es wird langsam eng.

Als ich wenig später bei der Arbeit ankomme, sehe ich, wie Petula eine Geburtstagskarte auf dem Empfangstresen schreibt.

Ich komme näher und kann nicht anders, als den Text zu lesen, den sie schon geschrieben hat:

»Alles Liebe zum Geburtstag, Omi, ich komme am Sonntag vorbei, deine kleine Tänzerin.
Alles Liebe zum Geburtstag, Omi, ich komme am Sonntag vorbei, deine kleine Tänzerin.
Alles Liebe zum Geburtstag, Omi, ich komme am Sonntag vorbei, deine kleine Tänzerin.
Alles Liebe zum Geburtstag, Omi, ich komme am Sonntag vorbei, deine kleine Tänzerin.
Alles Liebe zum Geburtstag, Omi, ich komme am Sonntag vorbei, deine kleine Tänzerin.«

Sie hat denselben Satz fünfmal geschrieben.

»Guten Morgen, Petula.«

»Guten Morgen, Marie.«

Als sie ihren Kopf hebt, kann ich sehen, dass sie geweint hat. Schon als kleines Kind hat es mich immer mitgenommen, wenn andere Menschen traurig waren, und daran hat sich nichts geändert. In den letzten Wochen war ich selbst so unglücklich, dass ich nicht die Kraft hatte, dafür empfänglich zu sein. Es muss mir wohl besser gehen, da ich die Verzweiflung im Gesicht meiner Kollegin sehr deutlich wahrnehme.

»Alles okay, Petula?«

»So einigermaßen.«

»Ist es diese Karte, die dich so traurig macht?«

»Nicht nur.«

Sie hält mir spontan die Karte unter die Nase. Ich sehe ein altmodisches Aquarellmotiv mit einem kleinen strohgedeckten Landhaus, umgeben von einem üppigen Blumengarten.

»Es ist für meine Großmutter …«

»Die Karte ist sehr hübsch. Ich möchte wirklich nicht indiskret sein, aber du hast denselben Satz mehrere Male geschrieben.«

»Sie hat Alzheimer. Wenn sie am Ende einer Zeile ist, hat sie schon vergessen, was sie gelesen hat. Deshalb habe ich es mehrmals geschrieben. Dadurch wird sie vielleicht wenigstens fünf winzig kleine Glücksmomente haben, weil es bei ihr für länger nicht mehr reicht.«

»Das ist eine sehr schöne Idee. Aber du solltest deshalb nicht so traurig sein.«

»Weißt du, es ist nicht wegen der Krankheit meiner Oma«, seufzt sie. »In den sieben Jahren, die sie nun schon krank ist, habe ich mich inzwischen daran gewöhnt. Was mich wirklich traurig macht, ist die Sache mit der ›Tänzerin‹. Sie war immer die Einzige, die mich dabei unterstützt hat. Schon mit fünf tanzte ich in ihrem Wohnzimmer. Sie ließ klassische Musik laufen, und ihr Perserteppich wurde zu meiner Bühne. Ich habe eine unglaubliche Menge an Nippes umgeworfen, doch sie hat trotzdem immer geklatscht. Sie nannte mich ihre kleine Tänzerin. Nun ist es damit wohl vorbei.«

Den Tränen nahe, senkt sie den Blick.

»Ich bin zwar eine Runde weitergekommen beim Vortanzen, aber sie haben mich trotzdem nicht genommen. Mein Traum ist geplatzt. Ich hatte mich so darauf gefreut, es war meine letzte Chance, und ich hab es vermasselt. Es ist aus. Siehst du, Marie, deshalb bin ich sogar froh, dass Oma nicht mehr so richtig beieinander ist, dann versteht sie wenigstens nicht, dass ich versagt habe.«

Diesmal kann sie ihre Tränen nicht mehr zurückhalten. Sie steht gerade und würdevoll da, aber ihr hübsches Gesicht verzieht sich schmerzlich. Sie versucht, sich zusammenzureißen, schafft es aber nicht. Ich kenne das gut. Ich gehe um den Empfangstresen herum und umarme sie. Sie lässt es sich gefallen und lehnt sich an mich.

»Wann hast du erfahren, dass sie dich nicht genommen haben?«

»Gestern Abend war eine Nachricht auf meinem Anrufbeantworter. Sie hatten nicht mal den Anstand, es mir persönlich zu sagen.«

»Es ist völlig normal, dass du enttäuscht bist, aber du darfst jetzt nicht aufgeben. Lass dir einige Tage Zeit, nimm ein bisschen Abstand. Niemand schafft so was beim ersten Mal.«

»Es war nicht mein erstes Mal. Ich habe nicht mitgezählt, aber es war vielleicht das zweihundertste.«

Notelho betritt die Eingangshalle. Als er uns sieht, reißt er seine Augen auf.

»Eine sehr bewegende Vorstellung, meine Damen, aber ich denke, Sie haben etwas anderes zu tun. Sollten Kunden kommen, sieht das nicht besonders professionell aus.«

Eines Tages werde ich ihm die Rechnung dafür präsentieren, so wie Deblais auch. Der Tag fängt ja wirklich gut an.

39

An der Kaffeemaschine ist eine Verschwörung im Gange. Florence, Valerie, Emilie und ich ziehen Zwischenbilanz, während wir Deblais' Büro diskret beobachten.

»Wir werden es nie schaffen, an diese verflixte Akte zu kommen«, sagt Florence mutlos.

»Natürlich nicht«, faucht Valerie, »wenn alle meine Vorschläge abgelehnt werden. Und ich glaube immer noch, dass sie gut sind.«

Emilie legt ihre Hand auf Valeries Schulter.

»Nein, Valerie, wir werden keinen Tunnel graben, um von unten an sein Büro zu kommen.«

Wir brechen in Gelächter aus, selbst Valerie. Ich schlage vor: »Wir sollten das mit den Jungs aus der Qualitätssicherung besprechen. Denen kann man vertrauen, und vielleicht haben sie mal eine geniale Idee.«

»Warum nicht?«, sagt Florence. »Wir überlassen es dir, ihnen die Sache zu erklären. Ich bin sicher, Sandro wird sein letztes Hemd geben, um dir einen Gefallen zu tun.«

Sie und Valerie kichern.

»Flo, was soll diese Anspielung? Was willst du damit sagen?«

»Hast du denn sein Spielchen immer noch nicht mitgekriegt?«, wundert sich Valerie.

Emilie und ich sehen uns an.

»Welches Spielchen?«

»Jedes Mal, wenn er hierherkommt, manchmal unter recht witzigen Vorwänden, geht er bis zur Ecke des Flurs, um einen schnellen Blick auf dich zu werfen. Dir fällt das vielleicht nicht auf, aber wir kriegen es ganz genau mit. Er holt sich einen Kaffee, macht ein paar Schritte und bleibt genau da stehen, von wo aus er dich begaffen kann. Er verschlingt dich förmlich mit seinen Blicken.«

Florence nickt bestätigend.

»Danke für die Info. Das wusste ich nicht.«

Wieder ein Mann, dessen Namen ich mit dem Textmarker unterstreichen muss. Monsieur Kartoffel wurde soeben auf den ersten Listenplatz katapultiert. Ich muss ihn im Auge behalten.

Jordana kommt und drängt sich wortlos an uns vorbei, um sich einen Kaffee zu ziehen. Wir alle wissen, wie wenig sie von uns hält. Sie wird sich wie üblich bedienen, ohne uns zu beachten, weil sie sich uns haushoch überlegen glaubt, wird uns dann jedoch, weil sie gleichzeitig eine unerträglich besserwisserische Person ist, sicher eine ihrer schneidenden Bemerkungen mit auf den Weg geben. Ihr Becher füllt sich. Sie nimmt ihn an sich mit einer Geste, die sie für elegant hält, die aber nur hochnäsig aussieht, und tut so, als wären wir Luft für sie. Plötzlich versprüht sie ihr Gift: »Na, Mädels, seid ihr wieder mal am Jammern? Habt ihr schon herausgefunden, welche von euch am schlimmsten dran ist?«

»Wir haben abgestimmt«, gibt Florence zurück, »und sind zu dem Schluss gekommen, dass du es bist.«

Valerie fügt hinzu: »Deine Bluse sieht klasse aus.«

»Danke.«

»Aber das nächste Mal versuch's mit einer Nummer größer, weil, da, unter den Armen, schneidet es ein bisschen ein.«

Jordana ist stocksauer. Auch wenn wir in der Überzahl sind,

wird sie sicher gleich zurückgiften, doch die plötzliche Ankunft von Petula macht ihr einen Strich durch die Rechnung.

»Marie, ich suche dich überall, da ist jemand, der dich sprechen will.«

»Ich weiß nichts von einem Termin.«

»Eine Frau wartet vorne am Empfang auf dich.«

Wer kann das sein? Als Personalfrau habe ich nur sehr wenig mit Besuchern zu tun, und diese wenigen Termine sind auch Wochen im Voraus geplant. Ich hoffe, das bedeutet keine schlechten Nachrichten oder gar Ärger. Als ich Petula folge, überprüfe ich auf meinem Handy, ob ich vielleicht eine Nachricht übersehen habe.

Ich betrete den Empfangsraum und erstarre. Miss Universum ist da. Die Person, die mich ohne einen Termin besucht, ist Tanya, die neue Freundin meines Ex. Sie kommt bestimmt, um mir zu sagen, dass sie herausgefunden haben, wer für das Massaker auf ihrer Kostümparty verantwortlich ist, und dann wird sie hundert Millionen Dollar Schweigegeld von mir verlangen, damit sie mich nicht bei der Polizei verpfeift. Sie geht auf mich zu. Gleich wird sie mich ohrfeigen, keine Frage.

»Es tut mir leid, hier so unangemeldet zu erscheinen, aber ich musste unbedingt mit Ihnen reden. Ich hatte weder Ihre Telefonnummer noch Ihre Adresse, aber in Hugues' Papieren habe ich gefunden, wo Sie arbeiten.«

»Was wollen Sie?«

»Mit Ihnen reden. Nur ein paar Minuten. Bitte. Wenn Sie es wünschen, kann ich wiederkommen, aber es ist wirklich wichtig.«

Gleich wird sie mir sagen, dass sie von dem Mistkerl schwanger ist. Das musste ja so kommen, bei seiner Manie, sich an jeder zu reiben. Schlimmer noch, sie werden heiraten, und sie kommt nur deshalb her, um mir ihr Glück unter die Nase zu reiben. Bei seiner neuen Dulcinea verhält er sich endlich anständig und gibt ihr nach nur wenigen Wochen mehr als mir nach zehn Jahren. Ich hasse sie beide. Soll sie sich doch zum Teufel scheren mit ihrem Glücksgefühl, seinen Geschenken und seinem Braten in ihrer Röhre. Nimmt das denn nie ein Ende? Wollen sie mich bis ans Ende meiner Tage foltern? Ich war froh, mit Hugues endlich abgeschlossen zu haben, und da bricht er wieder in mein Leben ein und bedient sich dabei dieser Kreatur hier.

»Ich habe nicht viel Zeit.«

»Es wird nicht lange dauern. Lassen Sie uns ein paar Schritte gehen. Das ist alles, was ich möchte.«

Ich gebe nach. Die Situation ist irreal. Ich schreite neben der Frau her, für die mich der Mann, den ich zu lieben glaubte, verlassen hat. Ich spaziere Seite an Seite mit der makellosen Schönheit, die diese anzügliche SMS geschrieben hat. Sie ist größer als ich und jünger und trägt eine Jeans, in die ich, ohne mich zu verstümmeln, nie hineinpassen würde, und sie ist viel hübscher. Ich bin ein kümmerlicher Chihuahua, der neben einem preisgekrönten Dobermann hertrottet. Gleich wird er mich mit einem Biss verschlingen.

Ich könnte natürlich den Überraschungseffekt nutzen, mich mit Schwung auf sie werfen und ihr die Augen auskratzen. Ich bin hin- und hergerissen zwischen dem Wunsch, mich mit Gebell auf sie zu stürzen, und meiner Neugierde. Schließlich will ich wissen, was sie mir zu sagen hat. Hugues hatte die Gabe, einen Riesenakt daraus zu machen, mir irgendetwas anzukündigen, das bestenfalls bedeutungslos und schlimmstenfalls idiotisch war. »Meine Süße, halt dich fest, ich habe etwas gemacht, was dich sehr, sehr, SEHR glücklich machen wird« – charmantes Lächeln. »Es passiert nicht jeden Tag, aber ich hab es für dich getan« – samtig funkelnder Blick. Trommelwirbel, der Vorhang hebt sich: Ist es ein Verlobungsring? Eine Überraschungsreise nur für uns zwei, ohne seine lästigen Kumpel? Nein! Es ist ein Schokoladenkuchen! Es ist so bewegend. Ich bin so gerührt, dass mir wahrscheinlich meine Tränendrüsen explodieren werden. Es ist so großartig. Kann man sich das vorstellen? Er hat für mich, nur für mich, die Milch, die ich für ihn geholt habe, mit dem Fertigkuchenpulver verrührt, das er in der vergessenen Einkaufstasche eines Kunden seines Maklerbüros gefunden hatte. Was will eine Frau mehr? Ich hoffe, seine neue Flamme hat sich nicht seinen Sinn für überdimensionierte Ansagen abgeguckt.

Sie sieht mich nicht an, als sie fragt: »Ist diese Begegnung für Sie auch so seltsam wie für mich?«

»Das kann man wohl sagen. Was möchten Sie mir denn mitteilen?«

»Ich habe Hugues verlassen. Es ist vorbei. Ich habe ihm den Laufpass gegeben. Und zum großen Teil Ihretwegen.«

Ich bleibe stehen. Zum ersten Mal sehe ich ihr direkt in die Augen, wie vom Donner gerührt. Ihre Augen sind ganz einfach wunderschön, aber das ist es nicht, was mich aus dem Gleichgewicht bringt.

»Wie meinen Sie das, ›meinetwegen‹?«

»Ich fand die Art, wie er mit Ihnen Schluss gemacht hat, von Anfang an nicht besonders toll, aber seine kleine Nummer im Restaurant neulich, als Sie mit Ihrer Freundin da waren, hat mir die Augen dafür geöffnet, wer er wirklich ist. Ich war so empört!«

Ein leichter Wind bläst durch ihr wallendes Haar. Sie ist vollkommen. Sie ist die Heldin eines großen Films, eine Abenteurerin, die sich für die gute Sache einsetzt und fünf Sprachen beherrscht, und ich sehe sie an wie eine kleine dankbare Robbe, weil sie natürlich auch Tierschützerin ist. Ich hoffe, sie hat kleine Fischchen in den Taschen ihrer schicken Jacke, weil ich Hunger habe.

Auf dem Bürgersteig gehen Menschen an mir vorbei und grüßen mich, aber ich kann meinen Blick nicht von der Frau abwenden, die ich noch vor fünfzehn Sekunden verabscheut habe und die mich jetzt völlig aus dem Konzept bringt. Ich starre sie an wie eine Gans ein 1000-teiliges Puzzle.

»Sie haben ihn verlassen?«

»Ja, letztes Wochenende. Es war mir wichtig, Ihnen zu sagen, dass es zwischen uns aus ist. Ich konnte es nicht ertragen, was er Ihnen an den Kopf geworfen hat. Es war bösartig und ungerecht. Vieles andere fand ich vorher auch nicht richtig, aber ich wollte nicht darauf herumreiten, weil ich wahrscheinlich dachte, dass er zu mir anders sein würde. Und ich habe mir eingeredet, dass Sie ihm vielleicht nicht gewachsen waren. Das war einfacher für mich. Ich musste ja auch irgendwie mit meinem schlechten Gewissen fertigwerden. Und er hat mir da nach Kräften geholfen. Er hat Sie durch den Dreck gezogen. Und seine Freunde waren auch nicht besser. Lauter unreife und angeberische Blödmänner. Aber ich habe auch einige Frauen über Sie reden hören, und das war etwas ganz anderes. Da habe ich verstanden, dass ich nur die Nächste auf der Liste bin. Und dass Sie ein guter Mensch sind, den er widerlich behandelt hat. Diese Art von Männern funktioniert halt so. Sie bauen nichts auf, sie pflegen nicht, was gepflegt werden muss, sie investieren nicht. Sie konsumieren, sie werfen weg und holen sich was Neues. Ich weiß, dass man hinter meinem Rücken über meine Beine, meine Brüste oder meine Augen spricht, aber ich verrate Ihnen etwas: Mir wäre es hundert Mal lieber, wenn man über mich so reden würde, wie Floriane über Sie gesprochen hat.«

Was mache ich jetzt? Soll ich weinen? Soll ich sie umarmen?

Soll ich weinen und sie dann umarmen? Aber da sie sehr groß ist, bleibe ich womöglich zwischen ihren Brüsten stecken, die tatsächlich sehr schön sind.

»Deswegen sind Sie gekommen? Um mir das zu sagen?«

»Ich dachte, ich kann zwar nichts mehr ungeschehen machen, aber vielleicht hilft es Ihnen, besser mit der Trennung fertigzuwerden. Ich wüsste zu gerne, ob er versuchen wird, wieder mit Ihnen Kontakt aufzunehmen. Würde er es wagen? Oder wird er es aus Stolz sein lassen? Diese Sorte Mann erträgt es nicht, allein zu sein. In ihren Augen ist es ein Makel. Sie betrachten es als beschämend. Wird er schwach genug sein, um einen Versuch zu unternehmen, Sie wiederzugewinnen? Dieser aufgeblasene Trottel ist voll von Niedertracht und Stolz. Soll er doch platzen! Ich hoffe, er hat Sie nicht zu tief gekränkt. Sie verdienen etwas Besseres als ihn.«

»Danke, Tanya.«

Was habe ich da gerade gesagt? Bis vor zwei Minuten wollte ich sie vierteilen, und jetzt bedanke ich mich bei ihr? Sie scheint gerührt zu sein und fügt hinzu: »Sie wissen es sicher besser als ich, aber Hugues ist kein guter Mensch. Er ist sogar so weit gegangen, meine kleine Katze, die ich mir gekauft habe, bevor ich bei ihm eingezogen bin, verschwinden zu lassen. Er wollte sie nicht haben, dabei habe ich davon geträumt, seit ich klein war. Meine Eltern waren immer dagegen. Sie war so süß, und dieses Monster hat sie mir einfach weggenommen. Und das ist noch nicht alles. Erst letzten Samstag hat bei ihm eine Party stattgefunden. Er hat mich als Nutte verkleidet, um mich seinen Freunden vorzuführen. Und wissen Sie, was? Ich glaube, es gibt sie doch, die ausgleichende Gerechtigkeit, weil alle Anwesenden krank geworden sind – ich übrigens auch. Es war grausam, ich hab darin allerdings ein Zeichen des Schicksals gesehen.«

Ich fühle mich schlecht, sehr schlecht sogar. Kämpfe mit meinem Gewissen und den riesigen Schuldgefühlen, die ich plötzlich habe.

»Ich weiß nicht, was ich sagen soll, Tanya.«

»Sagen Sie mir nur, dass Sie nicht böse auf mich sind. Dass Sie mich nicht mehr mit den verabscheuungswürdigen Machenschaften dieses Mistkerls in Verbindung bringen.«

»Ich bin nicht böse auf Sie. Sie und er haben nichts gemeinsam.«

»Wünschen wir einander Glück. Wir haben mit diesem fiesen Macho beide die gleiche schlechte Erfahrung gemacht. Wir könnten fast einen Club aufmachen!«

»Sie haben einen Monat gebraucht, um zu kapieren, was ich zehn Jahre lang nicht sehen wollte. Sie sind nicht nur viel schöner als ich, Sie besitzen auch eine Entschlossenheit, um die ich Sie beneide.«

»Beneiden Sie mich nicht, Marie, wir Frauen sind alle gleich, wenn es um Männer geht. Sie haben Vorzüge, die ich nicht habe, und wenn ich könnte, würde ich gerne auf mein Aussehen verzichten, das alle für einen Vorteil halten. Wir denken immer, Männer seien das Beste, was uns im Leben passieren kann. Leider ist es nicht immer so. Scheint wohl unser Schicksal zu sein.«

Sie lächelt mich an und versucht zu verbergen, wie nah ihr das geht. Ihre Lider flattern, und sie wechselt das Thema: »Hier, nehmen Sie meine Karte. Sie können sie wegwerfen oder behalten. Und jetzt sollte ich besser gehen. Danke für Ihre Zeit.«

»Ich danke Ihnen, Tanya. Sie haben mir echt geholfen.«

Sie umarmt mich. Spontan und herzlich beugt sie sich zu mir runter und küsst mich zum Abschied. Das macht mich total fertig. Ich schnuffle sie wie verrückt. Der Gedanke, dass eine Prinzessin eine Robbe mit so viel Freundlichkeit küssen könnte, berührt mich. Ich werde gleich vor Freude mit meinen Flossen klatschen.

Wir gingen wieder unserer Wege, einfach so. Während ich ihre elegante Gestalt in ein Auto steigen sehe, überschlagen sich meine Gedanken. Ich habe die Katze von jemandem gestohlen, den ich jetzt respektiere. Diese Person verwechselt die himmlische Gerechtigkeit mit Abführmitteln. Sie gibt Visitenkarten an Robben aus. Nach dieser Begegnung wird es mir schwerfallen, endgültige Urteile über Menschen zu fällen. Wie auch immer, es passt mir jetzt zwar nicht, aber ich muss zurück in den Zirkus.

40

An manchen Tagen ist alles um einen herum in Bewegung, so als würde die Erde beben. Und wie heißt es immer: Wenn es kommt, dann meistens knüppeldick. Ich habe es bei anderen schon oft erlebt, aber diesmal bin ich an der Reihe, das Auge des Tornados ist direkt über mir. Etwas in mir sagt, dass mich das Schicksal noch gut durchschütteln wird. Mein kleines Boot im Nebel wird gleich wieder ins Trudeln kommen.

Immer noch aufgewühlt von der Begegnung mit Tanya, bin ich zu den Jungs ins Lager gegangen, um mit ihnen über die blaue Akte in der Höhle der Hyäne zu sprechen. Der Verdacht, Deblais könnte etwas Krummes vorhaben, fand bei den dreien auf Anhieb Zustimmung. Alexandre sah mich mit geschürzten Lippen an, wie um mir zu sagen: »Hatte ich dir nicht gesagt, dass er irgendwas ausheckt, um uns loszuwerden?« Kevin war bei der Idee, dem nichtswürdigen Chef einen Streich zu spielen, sofort Feuer und Flamme, und Sandro blieb hinter den Erwartungen auch nicht zurück. Es schien ihm nicht gereicht zu haben, Deblais eine Kartoffel in sein Auspuffrohr zu schieben und sein Auto zu ruinieren. Mit seiner sanften Stimme raunte er mir zu: »Du kannst dich auf mich verlassen. Ich werde alles in meiner Macht Stehende tun, um dir zu helfen. Das wird das zweite Geheimnis sein, das wir miteinander teilen.«

Wie viele Geheimnisse muss man mit jemandem teilen, bis er dein Mann fürs Leben wird? Gibt es eine Gratisrunde, wenn man dreißig zusammen hat? Ich denke daran, was Florence und Valerie mir verraten haben. Wenn ich ihn so betrachte, finde ich ihn ganz schön süß.

Als Emilie in mein Büro kam, um mich zur Mittagspause abzuholen, habe ich ihr von Tanyas Besuch erzählt. Sie konnte es kaum glauben. Aber zum Essen habe ich sie und die Mädels allein gehen lassen.

»Bist du sicher, dass du nicht mitkommen willst?«

»Ganz sicher.«

»Alles in Ordnung mit dir? Nicht zu sehr durchgerüttelt?«

»Mach dir keine Gedanken um mich, ich komme klar. Bei den vielen Ablenkungen heute Morgen bin ich noch nicht so richtig zum Arbeiten gekommen.«

»Heute Nachmittag bin ich bei der Handwerkskammer zum branchenübergreifenden Austausch, weißt du noch?«

»Das ist eine schöne Sache. Geh in die Welt hinaus, und sammle ein paar neue Eindrücke, schnapp ein bisschen frische Luft. Das wird dir guttun. Telefonieren wir heute Abend?«

»Klar, auf jeden Fall!«

Ich sehe ihr nach. Dann greife ich nach der Visitenkarte von Tanya und sehe sie mir von allen Seiten an. Tanya Malone. Was für ein Name! Und ihre Handynummer endet mit 90 60 90, was vermutlich ihren Körpermaßen entspricht. Das beflügelt die Fantasie. Stellt euch vor, jede Frau würde das machen. Meine Handynummer verrate ich jetzt mal nicht … Ich bin von ihrem Namen fasziniert und sage ihn halblaut vor mich hin: Tanya Malone, dann noch einmal mit englischem Akzent, dann russisch.

»Mein Name ist Malone, Tanya Malone.«

Mein dämlicher chinesischer Akzent kommt weniger gut. Mit ihrer Ausstrahlung und diesem Namen könnte sie Model sein oder eine Show im amerikanischen Fernsehen moderieren. Die Karte wegwerfen oder behalten? Auf jeden Fall behalten, sei es auch nur, um mir zu beweisen, dass ich unsere Begegnung nicht geträumt habe. Ich werde ihr eine Mail schicken, um ihr für ihren mutigen Schritt zu danken. Von nun an werde ich mir an den schönen Zügen der Ex-Geliebten meines Ex-Freundes ein Beispiel nehmen – außer natürlich bei der Größe meiner Jeans. Wow, was bin ich doch aufgeschlossen!

Um mich nicht sofort mit der blöden Tabelle beschäftigen zu müssen, ziehe ich den Stapel mit der Post zu mir heran, den Petula mir auf den Schreibtisch gelegt hatte. Ich finde die üblichen offiziellen Mitteilungen zum geltenden Tarifvertrag, jede Menge zum Teil verrückte Fortbildungsangebote, Motivationsseminare und einen schlichten Brief ohne Absender. Ich mache ihn zuerst auf. Mein Herz setzt zwei Schläge lang aus. Ich erkenne die charakteristische Faltung der Seite sowie die Schrifttype, die benutzt wurde. Immer noch keine Unterschrift. Ich bin überrascht. Damit hatte ich nicht gerechnet, nicht hier. Ich lehne mich in meinem Stuhl zurück und atme tief ein. Der Brief ist diesmal mit der Post gekommen und wurde an meine Firmenadresse geschickt. Bei der codierten Frankierung gibt es keine Möglichkeit zu erfahren, wo er eingeworfen wurde. Ist mein mysteriöser Schreiber weit entfernt? Oder will er seine Spuren verwischen, weil er auf meiner Etage wohnt oder in meiner Firma arbeitet? Diesmal ist der Brief länger. Zum ersten Mal habe ich keine Angst vor dem Brief selbst, sondern davor, was drinsteht.

Liebe Marie,
ich möchte mich bei Dir entschuldigen und Dir mein Verhalten erklären. Ich bin wirklich untröstlich, dass ich Dich nicht, wie verabredet, am Bahnhof treffen konnte. Ich war

da, nicht weit weg von Dir. Ich kam einige Minuten vor der vereinbarten Zeit und habe Dich gesehen. Allerdings habe ich mich nicht getraut, zu Dir hinzugehen. Du schienst so gespannt zu warten, dass ich befürchtete, Deinen Erwartungen nicht zu genügen. Ich glaube, es war falsch von mir, die Dinge so zu überstürzen, ohne genügend Rücksicht darauf zu nehmen, was Du nach Deiner Trennung durchgemacht hast. An jenem Samstag habe ich Deine Tränen gesehen, ich habe auch Deinen Zorn gespürt. Ich hätte mich selbst auf den Mond schießen können, weil ich nicht genug Mut hatte, zu Dir zu gehen und Dich in meine Arme zu schließen, als Du so unglücklich warst. Ich weiß, dass Du auf die Männer im Allgemeinen wütend bist, und niemand kann es Dir verdenken. Aber, auch wenn Hugues ein herzloser Mistkerl ist – wir sind nicht alle so. In den Tagen darauf habe ich Dich weiter beobachtet, manchmal aus nächster Nähe, und ich hatte das Gefühl, dass Du noch sehr aufgebracht warst, zum Angriff bereit, mit ausgefahrenen Krallen wie ein in die Enge getriebenes Tier. Wenn ich jetzt meine Identität lüften würde, würdest Du mir vielleicht keine Chance mehr geben. Dann müsste ich für den Mann büßen, der Dich vorher so verletzt hat. Verzeih mir also, dass ich noch einige Zeit versteckt bleiben muss, aber ich flehe Dich an, mir zu vertrauen. Ich weiß, dass diese Unsicherheit nicht besonders angenehm für Dich ist, aber es ist die einzige Möglichkeit, uns zu schützen. Ich bin in Deiner Nähe, immer, mit ganzem Herzen. Genau in zwölf Tagen, am 13. März, wirst Du einen weiteren Brief von mir erhalten. Dieses Datum ist nicht zufällig gewählt. Es wird mir sehr lang vorkommen, Dir auch, hoffe ich. Und Du wirst wieder die Wahl haben. Was Du auch über diesen Brief denkst, vergiss bitte eins nicht: Es ist die einzige Möglichkeit, die ich sehe, um mein Glück bei der Frau zu versuchen, deren ich mich hoffentlich würdig erweisen werde.

Alles Liebe.

Der Mann, mit dem Du machen kannst, was Du willst.

Es ist grauenvoll. Alles ist grauenvoll. Als ich diese Zeilen überfliege, habe ich den Eindruck, wieder den Brief zu lesen, den ich für Emilie geschrieben habe. Ich weiß nicht mehr, wer ich bin. Ich weiß nicht mehr, was ich tue. Bin ich schon so verrückt, dass ich diese Briefe an mich selbst geschrieben habe? Reiß dich zusammen, Marie, das ist nicht möglich! Zwölf Tage, das halte ich nicht aus. Dieser Zeitraum scheint mir unendlich. Ich will nichts mehr mit diesem Mann zu tun haben, aber ich möchte trotzdem jeden Tag einen Brief von ihm bekommen. Dieser Fremde ist der einzige Hoffnungsschimmer in meinem Leben. Ich versuche, seinen Brief noch einmal ganz genau zu lesen. Analysiere jedes Wort, bis am Ende der Gesamtzusammenhang verloren geht. Es fällt mir schwer, mich zu konzentrieren. Die Buchstaben verschwimmen. Ich lese weiter, auch wenn mich die Kräfte verlassen. Mein Blickfeld verengt sich auf dieses eine Blatt, auf dem jedes Wort in einem tiefen Schwarz auf blendend weißem Hintergrund erscheint. Mein Kopf dreht sich. Ich fühle, wie ich vom Stuhl gleite, mein Rücken trifft auf ein Hindernis, es tut weh. Mein Blick kann nichts mehr festhalten, nur noch die Lichter der Strahler unter meiner Bürodecke. Und dann nichts mehr. Dunkel.

41

Die Stimmen sind das Erste, was mich aus dem Nichts reißt, in dem ich schwebe. Ich fühle mich wie eine Taucherin in Atemnot, gefangen in einem Algenfeld. Gedanken und Bilder fesseln meine Arme, meine Beine, und hindern mich am Aufsteigen. Die Luft wird knapp, ich ringe nach Atem. Eine Flut von Gefühlen, denen ich zu entkommen versuche, behindert mich und zieht mich wieder nach unten. Wieder Stimmen. Diesmal halte ich mich an ihnen fest und tauche endlich auf. Ich kann wieder frei atmen.

Ich öffne die Augen und sehe nur verschwommene Gestalten. Ich liege. Jemand hält meine Hand. Ich drehe den Kopf zu der Person neben mir. Sandro?

Zwei Leute sind bei mir, aber, sosehr ich mich bemühe, ich kann sie nicht erkennen. Alles ist unscharf. Eine Gestalt trägt einen weißen Kittel, die andere ist dunkel gekleidet.

»Marie? Hörst du mich?«

»Sie kommt zu sich.«

Männerstimmen. Ich konzentriere mich mit aller Kraft. Ich will wissen, wer diese Männer sind und wessen Haut so weich ist.

Es sind ein Arzt und Vincent, der Vertriebsleiter, der meine Hand hält. Er beugt sich über mich und streicht über meine Stirn. Auch wenn ich noch nicht ganz bei mir bin, empfinde ich seine Berührung als zärtlich.

»Marie«, murmelt er, »da bist du ja wieder. Du hast uns einen ganz schönen Schrecken eingejagt.«

»Wo bin ich?«

»Im Krankenhaus, aber es ist alles in Ordnung. Der Doktor sagt, dass dein Blutdruck im Keller war.«

Der Mann im weißen Kittel kommt zu mir.

»Sind Sie vielleicht schwanger, Madame?«

Vincent lässt meine Hand nicht los. Trotz der indiskreten Frage entfernt er sich nicht von mir. Ich lächle schwach und antworte: »Natürlich, das wird's sein. Ich heiße Marie. Und wie mein Name schon verrät, gehören Schwangerschaften ohne Vater zu meiner Spezialität. Es wäre lieb, wenn Sie dem Erzengel Bescheid sagen würden, ich hab nämlich seine Handynummer verlegt.«

Vincent lächelt, der Arzt entfernt sich.

»Malika hat dich gefunden, als sie aus der Mittagspause kam. Du lagst auf dem Boden in deinem Büro und hast dich nicht bewegt. Da hat sie die Panik gekriegt und Petula verständigt, die auch die Panik gekriegt hat. Dann kam Valerie und versuchte eine Mund-zu-Mund-Beatmung, bevor sie allen mitteilte, dass du tot seist. Weißt du noch, was passiert ist?«

»Ich habe die Post gelesen.«

Der Brief steht mir wieder deutlich vor Augen. Ich verschließe mich wie eine Auster. Ich will nichts sagen, was mich vor einem meiner Verdächtigen verraten könnte.

»Du hast die Post durchgesehen, und dann bist du umgefallen, ja? War da sonst noch etwas? Hast du dich über einen Brief vielleicht aufgeregt?«

»Nein, das heißt, ich weiß nicht, vielleicht. Sag mal, Vincent, war das deine Idee, mich ins Krankenhaus zu bringen?«

»Deblais hat angeordnet, dass wir einen Rettungswagen rufen, und dann wollte er dich ohne Begleitung mitnehmen lassen. Da bin ich dazwischengegangen. Ich wollte dich nicht im Stich lassen.«

Wie schön von ihm. Er hat diesen Satz mit einer natürlichen Autorität ausgesprochen, mit einer Überzeugung, die mir gefällt. Der Mann, der mir die Briefe schreibt, hätte so was auch sagen können. Vincent ist nahe bei mir, er riecht gut. Ich hatte noch nie zuvor bemerkt, dass seine Kinnpartie so schön geformt ist. Er lächelt mich an. Mit einer sanften Geste schiebt er meine Haare aus dem Gesicht. Ein Mann würde bei einer Frau, die er liebt, wahrscheinlich das Gleiche tun. Hat Vincent mir diese zwölf Tage Wartezeit verordnet? Ich darf jetzt nicht daran denken, sonst wird mein Gehirn sofort wieder abschalten. Ich sehe mich, wie ich den Brief entdecke. Ich erinnere mich an ein schreckliches Gefühl: Als ich gelesen habe, dass er mich mit voller Absicht noch so lange im Dunkeln herumtappen lassen würde, war mir, als würde es mir den Boden unter den Füßen wegziehen.

»Sie werden dich heute noch nach Hause gehen lassen. Ich kann dich bei dir absetzen, wenn du willst. Aber es wäre besser, du würdest diese Nacht nicht alleine bleiben.«

Vincent lässt meine Hand los, um sich einen Stuhl heranzuziehen. Jetzt, wo die Wärme seiner Hand weg ist, kommt es mir vor, als würde mein ganzer Körper plötzlich kalt werden. Er setzt sich hin und betrachtet mich mit Zärtlichkeit. Jedenfalls halte ich es dafür.

»Ich bin so froh, dass du wieder wach bist«, sagt er leise. »Ich habe mir echt Sorgen gemacht. Es ist schon komisch: Man arbeitet Tag für Tag nebeneinander her, man verbringt mehr Zeit miteinander als mit der eigenen Familie, aber man kennt sich kaum. Ich weiß, dass du mich erst vor Kurzem so richtig zur Kenntnis genommen hast, während ich dich immer schon bemerkenswert fand. Deine Rebellion gegen Deblais kam für mich nicht überraschend. Du bist ein guter Mensch, das fühlt man.«

Meine Gedanken treiben im dichten Nebel aus Wünschen und Zweifeln, aus gesichertem Wissen und aus Prinzipien, die sich beim kleinsten Hoffnungsschimmer bereitwillig in nichts auflösen würden. Er glaubt, ich habe ihn nie richtig zur Kenntnis genommen – stand das nicht auch in seinem zweiten Brief? Aber ich habe mir am Samstag sehr wohl vorgestellt, wie er vom Bahnsteig auf mich zugeht. Ich gebe sogar ohne Scheu zu, dass er beim Casting sogar einer meiner Favoriten war. Ein Blumenstrauß würde sich sehr gut in seinen großen schlanken Händen machen. Wie würde ich mich in seinen Armen machen? Ich muss mit diesen Gedankenspielen aufhören. Wenn es so weitergeht, werde ich mich noch in ein künstliches Koma versetzen lassen müssen, damit sich mein Herz und mein Geist erholen können. Andererseits kann ich nichts dafür. Ich laufe doch diesen Geschichten nicht hinterher. Ich habe keine Briefe gewollt und nicht darum gebeten, dass mich Vincent ins Krankenhaus begleitet. Und doch, jetzt, in diesem Moment, wünsche ich mir nur, dass er meine Hand wieder in die seine nimmt und sie nicht mehr loslässt – egal ob er nun der Mann fürs Leben ist oder nur ein aufmerksamer Kollege.

Der Arzt kommt wieder und wendet sich an Vincent:

»Sie sind der Ehemann?«

»Ein Kollege.«

Der Doktor gluckst und sagt zu mir: »Dann haben Sie aber ein großes Glück, so einen Kollegen zu haben! Er saß den ganzen Nachmittag an Ihrem Bett. Ich sehe jeden Tag Ehemänner, die nicht halb so viel für ihre eigene Frau tun.«

Ich glaube, Vincent errötet. Hat der Doktor wirklich »den ganzen Nachmittag« gesagt?

»Wie spät ist es?«

»Gleich acht Uhr.«

»Und ich war die ganze Zeit bewusstlos?«

»Nein, Sie haben hauptsächlich geschlafen«, präzisiert er, »Sie sind vermutlich nervlich erschöpft. Die Bewusstlosigkeit hat dem Rettungsdienst zufolge nicht sehr lange gedauert. Sind Sie im Moment überbelastet? Haben Sie Angstzustände?«

Vincent antwortet vor mir: »Sie hat sich vor Kurzem von jemandem getrennt, und außerdem ist das Klima in der Firma im Moment sehr angespannt.«

»Ich verstehe. Eine äußerst schwierige Phase also. Ich verschreibe Ihnen leichte Beruhigungsmittel, die Ihnen helfen werden.«

Hat Vincent für mich geantwortet, um es mir abzunehmen oder um mir zu verstehen zu geben, dass er alles über meine persönliche Situation weiß? Ist es ein Hinweis, ein Ausrutscher oder nur Zufall? Mein vernebelter Geist ist nicht fähig, sich dieser Frage anzunehmen.

Als ich eine Stunde später das Krankenhaus verlasse, fühle ich mich schon viel besser. Vincent fährt mich nach Hause. Er hat ein sehr schönes Auto, und sein Fahrstil ist ruhig. Er fährt zügig, aber ohne Geruckel. Es ist mir aufgefallen, als er durch Straßen fuhr, in denen ich zuvor schon oft unterwegs war. Von seinem Auto aus habe ich den Eindruck, sie neu zu entdecken. Die Auslagen der Geschäfte fliegen schneller vorbei, die Kurven scheinen weiter zu sein, alles ist viel harmonischer. Wenn Autos im Leben der Männer so wichtig sind, wie man behauptet, muss die Art, wie sie damit umgehen, ziemlich aufschlussreich sein. Hugues, der Angeber, fuhr wie ein solcher: Er trat ständig aufs Gas, mit einem Motor, der das nicht hergab, und bremste immer erst im letzten Moment ab, wenn er keine andere Wahl hatte. Seine Devise am Steuer war: »Platz da. Ich bin zuerst dran.« Bei Vincent verhält es sich genau umgekehrt. Er fährt vorausschauend, er hat einen starken Motor, muss aber nichts beweisen. Er ist Herr der Lage. Mit Hugues hatte ich Angst um die Fußgänger, um mich, um das Auto. Ich muss sagen, ich bin in meinem Leben noch nicht mit vielen Männern gefahren, aber bei Vincent fühle ich mich geborgen.

Mehrmals schon hat er mich gefragt, ob ich mich auch fit genug fühle, um allein in der Wohnung zu bleiben. Ich habe überzeugend mit »Ja« geantwortet – nicht weil ich mir dessen sicher war, sondern weil ich es nicht riskieren wollte, diesen Verdächtigen in mein Leben hineinzulassen, an einem Abend, an dem ich nicht im Vollbesitz meiner Kräfte bin.

Er hält den Wagen vor der Toreinfahrt an und steigt aus, um mir die Tür aufzumachen. Er streift meinen Arm, ohne ihn zu ergreifen. »Sei vorsichtig, Marie. Streng dich heute Abend nicht mehr an.«

Genau deshalb lade ich ihn nicht zu mir ein. Ich wäre noch imstande, ihn nicht mehr gehen zu lassen! Ich würde den Rest meines Lebens mit einer gestohlenen Katze und einem unter Verschluss gehaltenen Mann verbringen. Beim Gedanken daran muss ich lächeln.

»Danke, dass du dich um mich gekümmert hast. Vielen Dank, Vincent.«

»Ich bin für dich da, wenn du mich brauchst. Ich habe dir meine private Telefonnummer auf den Umschlag deiner Krankenakte geschrieben.«

»Für heute habe ich dich schon genug in Anspruch genommen.«

Ich würde ihm gerne einen Kuss auf die Wange drücken, aber ich weiß nicht, wen ich da küssen würde, also halte ich mich zurück. Der liebenswürdige Kollege wie auch der diskrete Verehrer verdienen es gleichermaßen.

Ich gebe den Türcode vor seinen Augen ein. Und wenn schon? Ich vertraue ihm, und er kennt ihn wahrscheinlich ohnehin schon. Nach einem letzten Gruß betrete ich den Hof. Ich habe die Zeit mit ihm wirklich genossen. Paradoxerweise wird mir mein Schwächeanfall in guter Erinnerung bleiben. Wer wie ich ein Leben ohne Vater und ohne einen echten Lebensgefährten geführt hat, für den sind gute Momente mit Männern, die dafür keine Gegenleistung verlangen, nicht zahlreich gewesen. Vincent wird mir fehlen, und zugleich bin ich glücklich, endlich wieder zu Hause zu sein, wo keiner was von mir will und ich mich ausruhen kann.

Auf meine Ruhe werde ich jedoch noch ein wenig warten müssen, weil plötzlich ein gellender Schrei ertönt.

42

Emilie springt mir aus dem Eingangsbereich meines Hauses entgegen wie ein Schachtelteufel. Sie rennt die Stufen schreiend hinunter, läuft auf mich zu und fällt mir um den Hals. Sie drückt mich so fest, dass ich fast ersticke und mein Gleichgewicht verliere. Beinahe legen wir uns beide im Hof hin.

»Als man mir gesagt hat, dass sie dich aus dem Krankenhaus entlassen, konnte ich keine Sekunde länger still sitzen. Ich musste hier auf dich warten! Du hast mir einen Riesenschrecken eingejagt!«

Sie macht einen Schritt zurück, ohne meine Hände loszulassen, und betrachtet mich von Kopf bis Fuß, als sei ich die einzige Überlebende eines Flugzeugabsturzes. Monsieur Alfredo kommt auch heraus und empfängt uns auf der Treppe: »Wir haben uns große Sorgen um Sie gemacht, Marie!«

»Es war nur ein Schwächeanfall, es geht mir gut.«

»Mademoiselle Emilie hat mir von Ihren Schwierigkeiten auf der Arbeit erzählt. Sie müssen ein bisschen besser auf sich aufpassen. Nehmen Sie doch den Aufzug. Und wenn Sie mich brauchen, zögern Sie nicht, mich zu rufen.«

Emilie eskortiert mich. Ich flüstere ihr zu: »Er nennt dich Mademoiselle Emilie?«

»Ich warte schon über eine Stunde auf dich, da hatten wir genug Zeit zum Plaudern. Er ist supernett. Warst du schon in seiner Loge?«

»Wieso, weil du schon drin warst?«

»Er hat mir sogar ein Gläschen angeboten. Ein toller Typ. Hast du schon seine Frau getroffen? Überall hängen Fotos von ihr, eine sehr schöne Frau.«

»Ich wusste nicht einmal, dass er verheiratet ist.«

»Sag mal, du hast mir nicht verraten, dass es hier einen Aufzug gibt! Wieso mussten wir uns bis jetzt immer die Treppe antun?«

»Für deinen Hintern.«

»Ist nicht der Mühe wert, wenn man bedenkt, dass sich keiner dafür interessiert. Hier, ich hab dir deine Tasche, dein Handy und deine Schlüssel aus der Firma mitgebracht. Auf deinem Anrufbeantworter wirst du mindestens zehn Nachrichten von mir finden.«

Ein bisschen schuldbewusst fügt sie hinzu: »In deinem Büro habe ich auch den letzten Brief von deinem Unbekannten gefunden. Sind bei dir deswegen die Sicherungen durchgebrannt?«

»Lass uns in meiner Wohnung weiterreden. Ich möchte nicht, dass mein Nachbar mithört.«

Als ich den Flur betrete, läuft mir der Kater zur Begrüßung direkt in die Füße. Ich streichle ihn.

»Guten Abend, Süßer, du musst wohl einen Mordshunger haben.«

Emilie und das Katzenvieh folgen mir in die Küche.

»Ich dachte schon, du wärst tot. Valerie hat mich heute Nachmittag angerufen, um mir zu sagen, dass Malika deine Leiche gefunden hat und dass der Rettungswagen dich mitgenommen hat. Ich bin deswegen in der Handelskammer zusammengeklappt. Der Wachmann, der mir zur Hilfe kam, war wirklich niedlich. Kannst du dir die Überschrift vorstellen: ›Als sie vom Tod ihrer besten Freundin erfährt, trifft sie die Liebe ihres Lebens.‹ Aber mir war gerade nicht nach Herumturteln. Dann hatte ich Petula am Apparat, die mir erklärte, dass Valerie dir eine Mund-zu-Mund-Beatmung und eine Herzmassage verabreicht hat, aber die Sanitäter waren schnell genug da, um dich vor ihr zu retten. Ich war wahnsinnig glücklich. Ich glaube sogar, dass ich den Wachmann geküsst habe!«

»Du warst wahnsinnig glücklich, dass mir Valerie den Brustkorb zerquetscht hat? Jetzt verstehe ich auch, warum mir die Rippen immer noch wehtun.«

»Nein, ich war glücklich, weil du noch lebst. Ich sah mich schon auf deiner Beerdigung – die Vorstellung war entsetzlich! –, und auf einmal warst du wiederauferstanden.«

»Aha, ich wurde vom Guru zu einer Gottheit befördert.«

Ich bereite das Futter für die Katze vor. Emilie ist ebenso aufgekratzt, wie ich ruhig bin. Sie kann nicht stillstehen.

»Weißt du, Marie, es ist idiotisch, aber als ich dachte, du wärst tot, ist mir plötzlich klar geworden, was du mir bedeutest. Ohne dich wäre mein Leben trostlos und leer.«

»Danke Emilie, das ist wirklich sehr lieb von dir. Du weißt, dass ich das Gleiche für dich empfinde.«

Auf keinen Fall darf ich ihr sagen, dass ich sie liebe, weil sie diese Worte nicht von mir hören möchte.

Trotz des gefüllten Napfs hört Paracetamol nicht auf, sich an meinen Beinen zu reiben und zu schnurren. Er hat mich also nicht deshalb so enthusiastisch empfangen, weil er Hunger hatte, sondern weil er glücklich war, mich zu sehen. Diese Woge der Zuneigung – von meiner besten Freundin wie von meinem Kater – rührt mich.

»Marie, als ich deinen Brief fand, konnte ich mich nicht zurückhalten. Ich musste ihn einfach lesen. Bist du deswegen sauer auf mich?«

»Warum sollte ich sauer sein? Ich hätte ihn dir sowieso gezeigt, genau wie die anderen.«

»Aber dieser war irgendwie viel persönlicher. Ich fand's selbst nicht so gut, dass ich ihn einfach so gelesen habe. Und ich kann nachvollziehen, warum bei dir die Sicherungen durchgebrannt sind.«

»Der ganze Tag war irgendwie emotional aufgeladen. Erst taucht Tanya überraschend auf und erzählt mir all diese Dinge über Hugues, und vorher die arme Petula mit ihrer Geschichte. Der Brief war nur das Sahnehäubchen.«

»Er schreibt, dass er Angst hatte, dich am Bahnhof anzusprechen.«

»Ich weiß. Das finde ich schade, aber ich kann nichts daran ändern. Was mich jedoch am meisten traurig macht, ist, dass ich fast zwei Wochen lang nichts mehr von ihm hören werde. Ohne dass ich danach gesucht hätte, ist dieser Mann in mein Leben getreten, und ich muss zugeben, der Gedanke, er könnte es wieder verlassen, gefällt mir nicht. Ich wollte dieses Spiel nicht spielen, doch jetzt, wo es angefangen hat, will ich nicht mehr, dass es aufhört. Es ist komisch, aber heute Mittag noch war ich mir fast sicher, dass Sandro der Briefeschreiber ist. Er war wirklich außergewöhnlich nett, als ich bei ihm und den anderen Jungs im Lager war, um über die blaue Akte zu reden. Außerdem hat mir das, was Valerie und Florence gesagt haben, auch zu denken gegeben. Und dann heute Nachmittag, eine neue Wendung: Es ist Vincent, der mich ins Krankenhaus begleitet, nicht Sandro.«

»Es tut mir leid, dass ich nicht da war, als du mich gebraucht hast.«

»Du musst dir keine Vorwürfe machen. Erst recht nicht, weil Vincent wirklich süß zu mir war. Er war so beschützend und aufmerksam, dass ich jetzt sogar denke, er könnte die Briefe geschrieben haben. Er kennt meine Adresse und weiß viele Dinge, die ich ihm nicht erzählt habe. Dann kommt noch hinzu, dass er wahnsinnig geduldig ist und dass das, was er für mich getan hat, für einen Kollegen ein bisschen zu herzlich ist. Die paar Zweifel, die noch übrig sind, wiegen nicht allzu schwer. Alles andere passt.«

»Weißt du was? Deine Geschichte wird langsam ein bisschen kompliziert.«

Sie sieht mich prüfend an und fügt hinzu: »Ich weiß nicht, ob es die Nachwirkungen deines Schwächeanfalls sind oder etwas anderes, aber ich finde dich fast schon abgeklärt, viel gelassener als sonst. Du bist die Königin der Selbstbeherrschung. Wenn ich mir ansehe, was du heute alles durchgemacht hast und wie ruhig du immer noch bist – das finde ich echt beeindruckend. Du gehst damit wirklich super um. Alle Achtung.«

Als ich auf dem Weg ins Wohnzimmer bin, überlege ich mir, heute noch eine Ladung Wäsche aufzusetzen. Emilie hat recht. Normalerweise würde ich wie besessen an diesen Brief denken, ihn analysieren, würde versuchen, irgendwelche versteckten Hinweise zu entdecken. Und hier stehe ich und sortiere meine Wäsche, dosiere das Waschmittel, wähle das Waschprogramm und betrachte die Trommel, die sich in Bewegung setzt. Bedeutet das vielleicht, dass dieses Bombardement mit den unterschiedlichsten Gefühlen mich irgendwie abhärtet? Nehme ich innerlich Abstand, oder wird mir alles plötzlich egal? Rührt mein Zustand von Erschöpfung und Frust, oder zeugt er von Reife?

Emilie und Paracetamol beobachten mich.

»Alles in Ordnung, Marie?«

»Ja, ich fühle mich irgendwie gut.«

Wir gehen ins Wohnzimmer hinüber. Emilie nimmt sich den Brief noch einmal vor.

»Als du gelesen hast, dass er am Samstag tatsächlich am Bahnhof war, ist dir da nicht nachträglich noch etwas eingefallen?«

»Dafür müsste ich meine Erinnerungen genau unter die Lupe nehmen, und dazu habe ich keine Lust. Das Ganze war ziemlich schrecklich für mich, und ich möchte lieber nicht mehr dran denken.«

»Und was ist mit dem 13. März? Er hat dieses Datum nicht zufällig ausgewählt, wie er selbst sagt. Ein Geburtstag vielleicht? Ich hab im Kalender nachgeschlagen: Es ist der Heilige Rodrigo. Sagt dir das was? Ist es vielleicht eine Anspielung auf den Satz aus dem *Cid*: ›Der Liebe Tyrannei verschont kein Herz‹? Oder ist die Zahl dreizehn ein Glücksbringer, ein kabbalistisches Symbol? Und der Monat März? Eine Anspielung auf den Kriegsgott Mars? Vollmond ist da auch noch. Wenn du eine Liebesaffäre mit einem Werwolf hättest, würdest du es mir sagen?«

Ich lächle. Emilie fährt fort: »Er schreibt auch, dass er dich aus der Nähe beobachtet hat. Das passt absolut auf Vincent und sogar auf Sandro, aber nicht mehr auf deinen Nachbarn. Es sei denn, er spioniert dich aus, ohne dass du es merkst!«

Emilie springt auf und unterzieht die Zimmerdecke einer genauen Prüfung. Auf Zehenspitzen schleicht sie zu den Vorhängen und betastet alle Nähte. Wieder zurück, hebt sie zwei Lampen an, um nachzusehen, ob darunter keine Mikrofone versteckt sind.

»Keine Kameras«, flüstert sie, »keine Mikros. Wenn er dich ausspioniert, ist er darin wirklich gut.«

Plötzlich runzelt sie nachdenklich die Stirn und wirft einen Blick auf die Fenster.

»Er könnte dich auch von außen beobachten, wenn er auf dem Mauersims steht. Stell dir das mal vor! Der Typ schleicht über die Fassade der Nachbarwohnung hier rüber, und dann sieht er alles. Er hört alles. Ach du Schreck, in deinem Bad sind keine Vorhänge!«

Ich höre sie ihre Hirngespinste entwickeln, aber ich folge ihr nicht. Als Emilie jede Reaktion von mir vermisst, schreit sie plötzlich frustriert auf: »Wie kannst du nur so ruhig bleiben, bei allem, was hier abgeht?«

Sie hat richtig gebrüllt. Die Katze ist davongejagt, und wenn Monsieur Dussart meine verwanzte Wohnung mit Kopfhörern abhört, ist ihm jetzt das Trommelfell geplatzt.

»Ich weiß nicht, Emilie. Ich finde das nicht so aufregend.«

Sie nähert sich mir mit einem misstrauischen Blick, beugt sich tief zu mir runter und betrachtet mich prüfend. Ihre Augen sind nur wenige Zentimeter von meinen entfernt.

»Sie haben dir doch was gegeben, oder? Im Krankenhaus. Das ist es. Sie haben dich mit Beruhigungsmitteln und Antidepressiva vollgepumpt, ja?«

Ich zucke mit den Schultern.

»Ja, kann sein.«

Sie lacht schallend.

»Jetzt verstehe ich alles. Du bist nicht gelassen – du stehst unter Drogen! Dann ist ja alles klar! Ich kannte dich gar nicht mehr wieder. Wenn ich daran denke, dass ich deine Abgeklärtheit bewundert habe, dabei bist du nur high. Du nimmst jetzt eine schöne heiße Dusche, und dann ab ins Bett. Wir sprechen morgen weiter.«

»Bleibst du über Nacht hier?«

»Ja, wenn du möchtest.«

»Bleib hier. Bitte.«

Nach einer kleinen Pause bemerke ich: »Findest du nicht, dass die Waschmaschine ein komisches Geräusch macht?«

»Ich weiß nicht. Das ist deine Wohnung. Klingt es nicht immer so, als würde ein Hubschrauber gerade abheben?«

»Nein.«

Wir gingen hinüber, um es uns anzusehen. Das Kratzen, das aus der Maschine kam, klang wirklich beunruhigend, also haben wir das Programm gestoppt und die nasse Wäsche herausgeholt, wobei wir alles unter Wasser setzten. Wisst ihr, was ich gefunden habe, ganz hinten in der Trommel eingeklemmt und völlig verdreht? Die Feenflügel. Diese verrückte Katze muss sie nach ihrem Angriff dort deponiert haben. Wie schräg ist das denn? Und wo ist sie überhaupt? Möglicherweise ist sie es, die mich ausspioniert und dem Nachbarn alles berichtet. Ich glaube, die Wirkung der Beruhigungsmittel lässt nach. Es muss mir wohl besser gehen, wenn ich mir so einen Blödsinn ausdenken kann.

43

Mir wird gerade klar, was Männer und Frauen wirklich voneinander unterscheidet. Alexandre, Sandro und Kevin haben im Handumdrehen einen Plan entwickelt, mit dessen Hilfe wir an den Inhalt der verdächtigen Akte kommen wollen. Ihre Idee ist genauso verrückt wie die von Valerie, aber anders als wir schreiten die Jungs zur Tat. Liegt das daran, weil sie mutiger sind oder weil sie total naiv sind? Wir werden schon sehen.

Das Ganze soll heute Mittag stattfinden. Als sie uns den idealen Ablauf ihres Plans vorgestellt haben, musste ich an Olivier und meine Neffen denken. Bei ihnen verwandelt sich alles in einen militärischen Feldzug. Das gleiche Vokabular, der gleiche Ernst, die gleiche Übertreibung bei den eingesetzten Mitteln. Alexandre und Kevin werden »an vorderster Front« dabei sein, Sandro und ich werden den »Aktionsradius sichern«. Wie zufällig hat sich Sandro mit mir als Teammitglied für die Überwachung des Korridors einteilen lassen, während Valerie im Großraumbüro und Malika in der Empfangshalle Posten beziehen werden. Florence und Emilie werden in »strategisch relevanten Bereichen« warten. Sollte es uns gelingen, die besagte Akte an uns zu nehmen, wird Emilies Aufgabe sein, sie in aller Eile zu fotokopieren, bevor sie wieder an ihren Platz zurückgelegt wird. Alle werden wir über kleine Walkie-Talkies miteinander verbunden sein.

Das Beste an dem Plan ist, dass, selbst wenn Notelho in seinem Büro bleibt, uns das nicht zu kümmern braucht. Die Jungs haben das benötigte Werkzeug selbst gebastelt und damit sogar bei sich im Lagerhaus geübt. Aber jeder weiß, dass es bei solch einem Einsatz auch unschuldige Opfer geben kann. Auf wen tippt ihr? Wer von uns wird wohl im Knast landen? Ich höre schon das Heulen der Sirenen und sehe das Licht der Suchscheinwerfer über den Himmel jagen.

Wenn Sandro und ich das Auto von Deblais den Parkplatz verlassen sehen, werden wir das Zeichen geben, das die Aktion ins Rollen bringt. Braucht es wirklich zwei von uns, um Bescheid zu sagen, dass ein Auto wegfährt? Oder hat er es so hingebogen, um mit mir allein zu sein? Ich weiß schon, was ich für wahrscheinlicher halte.

Der Vormittag fliegt nur so dahin. Die Jungs haben ihre Stellung im Technikgebäude bezogen. Wir, die Mädchen, warten schon ganz aufgeregt, dass es losgeht. Jedes Mal, wenn zwei Frauen aus der Verschwörergruppe einander über den Weg laufen, lächeln sie sich wissend zu und zwinkern im Vorbeigehen. Ich glaube, keine von ihnen ist so aufgeregt wie ich. In der Hoffnung auf ein paar beruhigende Worte gehe ich zu Emilie hinüber.

»Glaubst du wirklich, dass dies eine gute Idee ist?«

»Wenn Madame ihre Drogendosis ausgeht, ist sie sehr viel weniger entspannt! Was ist aus deiner wundervollen Gelassenheit geworden?«

»Sprich leiser, man könnte uns hören.«

»Wovor genau hast du Angst?«

»Soll ich dir eine Liste von den Dingen aufstellen, die bei diesem Plan schiefgehen können?«

»Nicht nötig, das weiß ich auch selbst.«

»Wenn es dir lieber ist, könnten wir über die möglichen Folgen reden.«

»Stress dich nicht so, Marie. Für den Fall, dass es schiefgeht, hab ich einen Plan. Ich werde alles auf meine Kappe nehmen. Ich werde ihnen sagen, dass ich euch erpresst und damit gefügig gemacht habe.«

»Du bist verrückt, und ich hatte genau die gleiche Idee.«

»Niemand wird dir glauben.«

»Meinst du etwa, du wärst als das Hirn der Unternehmung glaubwürdiger?«

»Auf meinem Handy hab ich ein Foto von dir als Hase, der neongrüne Berliner in seinen Pfoten hält. Versuch danach, als das Verbrechergenie dazustehen.«

»Pass bloß auf! Ich hab auch Fotos von dir: als Fee mit verrutschter Perücke.«

»Wenn du sie auch nur einer Menschenseele zeigst, werde ich dich töten. Und danach foltern.«

»Normalerweise foltert man die Leute, bevor man sie tötet, du arme Irre.«

»Und du wirst als Ragout enden, du gammeliger Hase, und deine Pfoten werde ich als Glücksbringer verkaufen!« Sie legt eine Pause ein und fügt hinzu, in einem sehr viel ruhigeren Ton: »Wir stehen ganz schön unter Dampf, findest du nicht?«

»Genau deshalb hab ich Muffensausen.«

»Auf mein Mitleid kannst du lange warten. Du brauchst nur daran zu denken, wozu du mich bei der Dünnschiss-Aktion genötigt hast. Wenigstens zwingen uns die Jungs nicht, lächerliche Kostüme und Leichenbemalung zu tragen. Und jetzt, ab auf deinen Posten! Geh zu deinem süßen Sandro! Küsschen, Küsschen!«

»Hör auf damit, Emilie.«

Wie ein Kind auf dem Pausenhof krakeelt sie mit lautem Singsang: »Sie ist verlie-iebt! Sie hat kein Höschen an!«

»Emilie, Schluss damit. Wie alt bist du eigentlich?«

»Sie ist verlie-iebt! Sie hat kein …«

Ich werfe ihr ihren Becher mit Stiften an den Kopf und flüchte. Im Korridor sehe ich mich plötzlich Deblais gegenüber, der gerade in seine Mittagspause geht. Das kleine Liedchen von Emilie ist ihm sicher nicht entgangen. Das finde ich komisch, auch wenn es mir eher peinlich sein sollte.

»Ich stelle fest, dass Stimmung in der Bude ist!«, erklärt er. »Das gefällt mir!«

Ich finde keine bessere Antwort als ein einfältiges Lächeln. Erschütternderweise habe ich gerade zur Zementierung des überkommenen Frauenbilds beigetragen. Ich hoffe, wenn er so schneidig »Das gefällt mir« sagt, dann spricht er von der Stimmung und nicht von meiner angeblich fehlenden Unterwäsche.

Wir sind klar zum Gefecht. Deblais verlässt die Firma. Sandro erscheint am anderen Ende des Korridors, und wir gehen in mein Büro. Er stattet mich mit einem Walkie-Talkie aus, wobei er den Empfänger höchstpersönlich an meinem Gürtel festmacht. Hat es dir gefallen, an meinem Hosengürtel rumzufummeln, Sandro? Den Knopf tue ich mir selbst ins Ohr, auch wenn ich das Gefühl habe, dass er mir nur allzu gern dabei helfen würde, die Drähte unter meiner Kleidung durchzuziehen. Ein wirklich zuvorkommender junger Mann, dieser Sandro.

»Alex, Kevin, seid ihr auf Empfang?«, spricht er in sein Gerät. »Marie schaltet sich auf der Frequenz dazu.«

Die beiden bestätigen. Sandro setzt seinen Check fort.

»Malika, bist du schon in der Empfangshalle?«

»Bin in zehn Sekunden da.«

»Valerie, hast du deine Position eingenommen?«

»Ja, ich sitze. Ich sehe Notelho. Seine Nase steckt in Papieren. Er scheint heute Mittag nicht rausgehen zu wollen.«

»Kein Problem, Valerie. Los geht's, Leute!«

Valeries Stimme ertönt wieder: »*Wäre es nicht besser, wir würden uns Codenamen geben? Für mich habe ich schon einen: Zauberschnecke.*«

»*Lasst uns die Dinge nicht zu kompliziert machen, Valerie.*«

Ich glaube, das ist die Stimme von Alexandre, die Valerie in einem keinen Widerspruch duldenden Ton antwortet. Sandro und ich beobachten aus meinem Fenster, wie Deblais wegfährt. Sandro steht dicht hinter mir, sein Kinn ist direkt über meiner Schulter. Ich fühle seinen Atem auf meiner Wange und seine Nähe im Rücken. Es fällt mir nicht leicht, mich auf Deblais zu konzentrieren.

Die Stimme von Kevin knistert: »*Florence, bist du immer noch in deinem Büro?*«

»*Ja, bin ich.*«

»*Geh zu Sandro, der in Maries Büro ist, bleib bei ihm, und sag Marie, dass wir auf sie im Heizungsraum warten.*«

»*O.K.*«

Wieso ich? Warum muss ausgerechnet ich in die Kammer des Schreckens gehen? Ich bin noch nicht einmal die Beweglichste von allen.

»Wieso fragt ihr nicht Emilie?«, zische ich in mein Walkie-Talkie.

Ihre Stimme antwortet auf dem Kanal: »*Wir wissen alle, warum du nicht hingehen willst, du Angsthase! Sie ist verlie-iebt! Sie hat kein Höschen an*!«

Alle haben sie gehört. Das wird sie mir büßen.

»*Emilie, bleib bitte bei der Sache. Marie, komm jetzt schnell zu uns.*«

Es war wieder Alexandres Stimme, die den Disput beendet. Florence kommt, und ich eile davon.

In dem Großraumbüro hocken noch ein paar Kollegen, die nicht an der Operation teilnehmen. Wir dürfen nicht auffallen. Der Praktikant wird gleich in die Mittagspause gehen, um sich ein Sandwich zu holen. Lionel beobachtet unser Hin und Her mit einem fragenden Blick. Ich schreite durch den riesigen Raum und tue so, als wollte ich in den Hof hinausgehen. Im letzten Moment biege ich ab und schlüpfe in den Heizungsraum, der an Deblais' Büro grenzt.

Ich sehe Kevin, der auf Alexandres Schulter steht und die in der Decke endenden Warmluftrohre abmontiert.

»Marie, nimm mir bitte mal die Teile ab.«

Alexandre steht da wie ein Baum. Das Gewicht seines Freundes scheint ihn nicht zu stören. Mit geübten Gesten löst Kevin die Schrauben und nimmt die Rohre ab, dann sagt er: »Nur noch eins, und dann ist der Schacht frei, der in Deblais' Büro führt.«

So geräuschlos wie möglich lege ich die abmontierten Teile eins nach dem anderen auf dem Boden ab. Es ist unglaublich heiß hier drinnen. Wir werden diesen Raum mit Schweißflecken unter den Achselhöhlen von einem Meter Durchmesser verlassen – mindestens! Fahles Licht leuchtet auf uns nieder. Im Grunde ist hier nur für eine Person Platz. Also muss ich mich an Alexandre pressen. Kevins Fuß ist knapp über meinem Gesicht, und wenn ich den Kopf hebe, sehe ich nur seinen Hintern. Er reicht mir das letzte Rohr hinunter und fragt Alexandre: »Ich montiere also die dritte Platte von Deblais' Decke ab, ja?«

»So haben wir es berechnet. Versuch es einfach, und dann sehen wir, ob es passt.«

Kevin zieht sich in den Schacht hoch, erst verschwindet der Oberkörper, dann sind die Beine weg.

Alexandre sieht mich an und lächelt. Er ist schweißgebadet.

Er spricht in sein Walkie-Talkie und fragt: »Alles O.K da draußen?«

Unsere Komplizen antworten nacheinander, nur Valerie plappert zwischendurch hinein. Sie klingt beunruhigt: *»Notelho guckt zur Decke hoch. Vielleicht hat er was gehört.«*

»Mach dich bereit, ihn abzulenken, sollte er zu neugierig werden.«

»Wie denn zum Beispiel?«

»Keine Ahnung, du musst halt improvisieren.«

Das hätte er nicht sagen sollen.

Kevin ist am Ziel, wir hören ihn eine Platte anheben.

»Ich sehe die Akte«, sagt er, »der Kerl hat eine andere drübergelegt. Jetzt kommt ein bisschen Feinarbeit. Gib mir mal die Klammer.«

Alexandre greift nach dem Werkzeug, das sie sich gebastelt haben: eine Art Angelrute mit einer gezahnten Zangenbacke als Haken. Er streckt sich so hoch wie möglich, es reicht aber nicht. Kevin bekommt sie nicht zu fassen.

»Tut mir leid, Marie, aber du wirst wohl auf mich steigen müssen, um ihm das Teil zu geben«, sagt er.

Als ich ihn verblüfft ansehe, fügt er eilig als Erklärung hinzu: »Kevin schwitzt da drinnen wie ein Tier, und ich hätte nichts dagegen, ihm dabei Gesellschaft zu leisten, aber ich glaube nicht, dass du mich tragen kannst.«

Ich nehme die Stange entgegen, die er mir reicht. Er faltet seine Hände für die erste Stufe der Räuberleiter. Und da bin ich und klettere auf einem Kollegen herum. Er dreht sein Gesicht weg, damit es für mich nicht noch unangenehmer wird. Wenn ich dran denke, dass ich heute Morgen fast einen Rock angezogen hätte! Mit dem kleinen Liedchen von Emilie wäre es ein perfekt peinliches Szenario.

Während ich mich hochziehe, versuche ich, das Gleichgewicht zu halten. Um mich zu stabilisieren, drückt Alexandre einen meiner Oberschenkel gegen seine Schulter.

Ich reiche die Stange an Kevin. »Marie«, meint er, »ich weiß, dass es für dich nicht ganz leicht ist, aber könntest du zu mir kriechen und mir helfen? Allein wird es für mich schwierig werden. Alexandre ist dafür zu schwer, aber mit dir wird es wunderbar funktionieren.«

Auch wenn seine Bemerkung zu meinem Gewicht mir schmeichelt, frage ich mich, wie lange ich hier wohl noch herumrobben muss. Letztendlich war Valeries Plan gar nicht so hirnrissig. Vielleicht wäre es besser gewesen, wenn sie sich als Besessene zum Affen gemacht hätte. Alexandre hebt mich noch ein Stück weiter hoch, um mich in die Nähe seines Kumpels zu bringen. Ja, jetzt bin ich ganz in dem Hohlraum drin. Ich krieche auf meinen Ellbogen vorwärts. Je länger es dauert, desto heißer wird es. Eine richtige Sauna ist das.

Der Schacht ist gerade einmal breit genug für zwei, also finde ich mich an Kevin gepresst wieder, über dem Büro von Deblais. Ich darf vor allem nicht zu viel nachdenken. Ich muss mich auf die Aktion konzentrieren. Ich sehe die Akte. Kevin flüstert mir zu: »Ich schiebe jetzt die Stange runter, und du führst die Leine, okay?«

»Okay.«

In Filmen scheint so was immer sehr einfach zu sein. Nun kann ich aus eigener Erfahrung sagen: Es ist alles andere als einfach! Ich hätte auf der Kirmes nicht den Typen aus der Geisterbahn verhauen, sondern mich an der Angel versuchen sollen.

Nach einigen vergeblichen Versuchen gelingt es Kevin, die Klammer an einer Ecke der Akte zu positionieren. Er drückt sie vorsichtig zu.

»Zieh ganz langsam daran, damit die Akte drüber nicht runtergeworfen wird.«

Florences Stimme erklingt im Walkie-Talkie: »*Alles in Ordnung? Wie weit seid ihr?*«

»Es geht voran«, antwortet Alexandre, »wir machen, so schnell wir können.«

Plötzlich ist Valerie zu hören. »*Ich sehe die Zange! Notelho sitzt vor seinem Bildschirm, er kriegt nichts davon mit. Weiter so, es sieht gut aus!*«

Kevin versucht, die Akte freizubekommen.

»Marie, wir sind zu langsam. Halt die Stange stabil, ich werde jetzt fester ziehen.«

Dicht nebeneinander gequetscht vereinen wir unsere Anstrengungen. Plötzlich verrutscht die obere Akte und fällt runter, glücklicherweise ohne die Klammer abzureißen, die immer noch an der blauen Akte ist.

Valerie warnt uns: »*Notelho hat mitgekriegt, dass was zu Boden gefallen ist. Er versucht herauszufinden, wo das Geräusch hergekommen ist.*«

Kevin sieht mich an.

»Wenn ich den Fang jetzt hochziehe, wird ihn Notelho in die Luft abheben sehen. Es ist vorbei. Wir müssen die Operation abblasen. Wir lassen die Akte vom Haken, und dann verschwinden wir. Blöd gelaufen.«

Die Backen der Zange geben die Akte frei, und der Inhalt verteilt sich auf dem Boden in Deblais' Büro. So ein Mist! Die Dokumente, die wir so dringend in unseren Besitz bringen wollten, liegen da, direkt vor unseren Augen, aber zu weit weg, um etwas entziffern zu können.

»Zieh dich zurück, Marie, und komm runter, ich mache alles wieder zu. Wir haben getan, was wir konnten.«

»Beeilt euch, Notelho steht auf, er geht aus seinem Büro mit einem Schlüsselbund in der Hand!«

Jetzt steht es fest: Das Ganze ist ein kolossaler Reinfall.

44

Danach ging alles sehr schnell. Zwar waren keine Todesopfer zu beklagen, aber es gab immerhin zwei Verletzte. Als Valerie Notelho ins Büro von Deblais gehen sah, ist sie von ihrem Beobachtungsposten aufgesprungen und hat improvisiert: »Monsieur Notelho, Monsieur Notelho! Ich muss mit Ihnen reden, bitte!«

»Ich bin beschäftigt.«

Valerie ließ nicht locker: »Da wir gerade unter uns sind, möchte ich die Gelegenheit beim Schopfe packen. Ich muss Ihnen etwas beichten, was ich schon lange mit mir herumtrage.«

Sie hat es geschafft, seine Neugierde zu wecken, und nun legt sie los: »Ich liebe Sie. Insgeheim. Ich bin verrückt nach Ihnen.«

»Wie bitte?«

»Ja, seit dem ersten Tag, an dem ich Sie sah, liebe ich Sie mit einer reinen und ehrlichen Liebe. Ich liebe Ihre schönen Rehaugen und Ihre langen Kuhwimpern, Ihren niedlichen Akzent. Ich möchte alles über Sie wissen. Ihre Socken liebe ich auch.«

Notelho starrt sie ungläubig an. Er schafft es trotz allem, sich zu erinnern, warum er sein Büro verlassen hatte, und widmet sich nun aufs Neue der Tür seines Chefs, in deren Schloss er den Schlüssel steckt. Aus den Augenwinkeln sieht Valerie die auf dem Boden ausgebreitete Akte. Sie bemerkt auch die Deckenplatte, die Kevin gerade wieder an ihren Platz rückt. Jetzt muss sie aufs Ganze gehen, um Notelho abzulenken.

»Ich wollte auch von Ihnen wissen, ob Ihnen mein neuer Büstenhalter gefällt.«

Sie hebt ihren dünnen Pullover an. Notelho erstarrt zur Salzsäule.

»Als ich ihn gekauft habe, hab ich an Sie gedacht. Was meinen Sie, bringt er meine Möpse gut zur Geltung?«

Das war der Moment, in dem sich Florence verletzt hat. Von einem unkontrollierbaren Lachanfall gepackt, tauchte sie unter ihren Schreibtisch und hat sich dabei das Handgelenk verstaucht. Erstes Opfer, gefallen auf dem Feld der Ehre. Hin- und hergerissen zwischen Tränen vor Lachen und vor Schmerz lauschte sie, wie sich Valerie immer mehr in ihren Wahn hineinritt.

»Ich kann meine Gefühle für Sie nicht mehr verbergen, Pepito. Ich darf Sie doch Pepito nennen?«

Er heißt mit Vornamen wirklich Pepito. Für einen Vierjährigen ist das total süß, aber bei einem bissigen stellvertretenden Geschäftsführer hört sich das irgendwie unseriös an. Eltern sollten wirklich ein bisschen mehr nachdenken. Ich kann gut nachvollziehen, dass er alles tut, um ihn zu verheimlichen.

Valerie ging auf Notelho mit hochgelupftem Pullover zu. Pepito drückte sich an die Glaswand und wusste nicht, wie er aus dieser Nummer herauskommen konnte. Er traute sich kaum, seine Angestellte oder das, was sie ihm entgegenstreckte, anzuschauen. Als Valerie sah, dass die Platte wieder an ihrem Platz war, senkte sie ihren Pulli und erklärte: »Da die Ware Ihnen nicht zu gefallen scheint, packe ich sie wieder ein.«

»Doch, doch, sie sind wirklich wunderbar! Es ist nur gerade kein guter Zeitpunkt.«

Als Florence, die immer noch unter ihrem Schreibtisch kauerte, das hörte, ihre unverletzte Hand vor den Mund gepresst, hat sie sich vor Lachen beinahe in die Hose gemacht.

Ich war bei dieser Szene persönlich nicht dabei. Wir waren immer noch im Heizungsraum und verwischten alle Spuren unserer Aktion. Alexandre und ich gaben Kevin die abmontierten Teile in umgekehrter Reihenfolge an, der sie eilig wieder festschraubte. Wir hatten zwar einige Fetzen der Konversation aus den Walkie-Talkies gehört, aber wir hatten keine Ahnung, was Valerie da gerade anstellte.

Als Kevin die letzte Platte des Schachts wieder an ihren Platz legte, schnitt er sich zu allem Übel auch noch in die Hand. Ein zweiter Verletzter.

»Komm runter«, rief Alexandre ihm zu.

»So ein Mist! Das blutet wie verrückt.«

Ich helfe ihm. Er stützt sich auf uns. Alexandre sagt mit Bestimmtheit: »Wir brauchen jetzt den Erste-Hilfe-Kasten aus unserer Umkleide. Das muss verbunden werden. Schaffst du das alleine?«

»Kein Problem. Es ist nicht sehr tief.«

»Dann los und warte dort auf uns.«

Kevin zieht möglichst leise ab. Alexandre klettert an den Leitungen hoch, um die letzte Platte anzubringen. Ich sehe, dass es ihm schwerfällt, das Gleichgewicht zu halten, also lehne ich mich mit meiner Schulter gegen seine Schenkel, so wie er es bei mir getan hat. Ihr braucht euch gar nichts dabei zu denken: Es geht nur darum, einem Verbündeten in der Not zu helfen. Das macht man so bei Kameraden aus derselben Einheit. Man hilft einander. Trotzdem – ein bisschen komisch ist das schon. Ich hatte noch nie die Schenkel eines Mannes mit beiden Händen gehalten, schon gar nicht so muskulöse. Ich sollte das bei Gelegenheit mal wiederholen, weil es sich gut anfühlt.

Sobald alles wieder an seinem Platz ist, steigt er hinunter.

»Super, jetzt können wir gehen. Danke für deine …«

Er beendet seinen Satz nicht, sondern starrt mich an.

»Marie, so kannst du auf keinen Fall in dein Büro zurück.«

»Wieso?«

Ich werfe einen Blick auf meine Kleidung. Sie ist voller Schachtstaub. Meine Hände sind schwarz, und meine Bluse hat es wohl auch hinter sich. Gestorben für die gute Sache.

»Und im Gesicht hast du auch noch Blut. Du siehst aus wie ein Bergarbeiter, der sich gerade noch aus einer Grubenexplosion retten konnte.«

»Was soll ich jetzt machen?«

Alexandre überlegt kurz. »Drüben bei uns gibt's eine Dusche, und ein paar Sachen zum Wechseln haben wir auch. Nicht gerade dein Stil, aber es wird schon gehen. Sandros Klamotten werden dir noch am ehesten passen.«

Und da bin ich nun, unter der Dusche im Waschraum der Jungs, zitternd. Während das Wasser lief und ich mich mit ihrer Kernseife säuberte, hörte ich Alexandre und Sandro Kevins Verletzung diskutieren. Zum Glück war es nichts Ernstes, aber der dünne Duschvorhang machte mich etwas unruhig. Das hat man als keusche Frau nicht alle Tage: nackt unter der Dusche, nur ein paar Meter von drei Männern entfernt, von denen einer mir wahrscheinlich Avancen macht.

Sandros Sachen waren eine Herausforderung für sich: eine Jogginghose, ein T-Shirt und ein Sweatshirt. Er entschuldigte sich, nur diese Sachen zum Wechseln dazuhaben. Sie riechen nach ihm, sind viel zu groß für mich, dafür sind sie aber sehr bequem. Ich glaube, wenn ich mit ihm zusammen wäre, würde ich seine Sachen total gerne anziehen. Wenn Emilie ihr Liedchen noch einmal singen würde, dann hätte sie mit allem recht und könnte sogar noch einen weiteren Vers hinzufügen: »Und sie trägt keinen BH!«

Zum Schluss habe ich einen Blick in den kleinen Spiegel der Männerumkleide geworfen und den Schock fürs Leben bekommen. Ich erkannte mich nicht wieder: nasses Haar, nur notdürftig gekämmt, dazu diese Klamotten. Die Spuren unseres Abenteuers waren mir förmlich ins Gesicht geschrieben. Was soll man bloß mit so einem winzigen Spiegel anfangen? Ist dies das Geheimnis eines glücklichen Lebens? Die völlige Gleichgültigkeit gegenüber seinem Äußeren?

Ich brauche euch nicht zu sagen, welchen Eindruck ich in diesem Aufzug auf die Mädels im Verwaltungstrakt gemacht habe. Sie haben sich kaputtgelacht, und Petula hat mich gar nicht erkannt. Emilie war gerade dabei, Florences Hand zu verbinden, und kommentierte währenddessen Valeries Körpereinsatz. Aber Florence hatte auch etwas zu berichten: Als Notelho in Deblais' Büro ging, entdeckte er die auf dem Boden verstreuten Papiere. Offensichtlich fand er deren Inhalt sehr interessant. Er blieb dort eine ganze Weile, dann hat er sie, in dem Glauben, von niemandem gesehen worden zu sein, wieder an ihren Platz gelegt, bevor er das Büro verließ. Nichts davon ist Deblais zu Ohren gekommen. Ohne es zu wollen, hat dieser Speichellecker Notelho unsere Spuren gründlich verwischt.

45

Mama, du solltest diesen alten Schaumlöffel wirklich wegwerfen. Ich kaufe dir einen neuen.«

Ich lasse die grünen Bohnen über der Spüle abtropfen. Wenn ich zu meiner Mutter gehe, ist es Tradition, dass ich das Essen zubereite. Wir haben eine Art Ritual entwickelt. Sie setzt sich an den Küchentisch und sieht mir zu, während wir uns unterhalten. Bei der Gelegenheit kontrolliere ich auch den Kühlschrank, um zu sehen, ob sie sich vernünftig ernährt, und nehme ihren Vorrat an Medikamenten unauffällig unter die Lupe.

»Der Schaumlöffel ist noch völlig in Ordnung, ich brauche keinen neuen.«

Typisch Mama. Bloß nichts verändern, nichts ausgeben. Ihre Wohnung ist nicht sehr groß. Als ich zu Hause auszog, hat sie sich eine kleinere Wohnung genommen. Bei ihrer bescheidenen Rente kann sie sich nicht mehr leisten. Zu Ehren meines Besuchs hat sie versucht, ihre Haare hübsch zu frisieren, aber das Ergebnis zeigt deutlich, dass sie darin keine Übung mehr hat. Ich vermeide es, sie allzu lange zu betrachten, sonst werde ich nur traurig. Dazu werde ich noch genug Zeit haben, wenn ich wieder weg bin, aber solange ich hier bin, muss ich fröhlich sein und vor Energie sprühen. Ich muss ihr Kraft und Lust vermitteln, bis zu meinem nächsten Besuch durchzuhalten, oder dem von Caro. Sie hat nur noch uns.

Wenn ich es recht überlege, dann hat meine Mutter ihr Leben damit verbracht hat, immer auf etwas zu warten. Ich erinnere mich nicht, sie jemals dabei gesehen zu haben, etwas zu entscheiden oder von sich aus aktiv zu werden. Sie hat nur darauf reagiert, was das Leben ihr gerade aufbürdete. Und man muss leider sagen, dass sie nicht gerade verwöhnt wurde. Die Ärmste hat alles über sich ergehen lassen.

»Mama, willst du dein Steak durch oder blutig?«

»Das fragst du mich jedes Mal. Wie immer, durch, bitte.«

»Man weiß ja nie, du könntest ja auch mal etwas anderes ausprobieren wollen.«

Sie lacht. Ich weiß, dass sie mich beobachtet. Ich bin zwar ein großes Mädchen, doch für sie bin ich immer noch ihre Kleine. Wenn ich die Pfanne nicht richtig abstelle oder zu viel Butter hineingebe, fange ich mir prompt eine Bemerkung ein. Es ist schön, wenn man von jemandem für eine Zwölfjährige gehalten wird – das macht einen jünger –, vorausgesetzt, es passiert nicht öfter als zweimal im Monat!

Ich halte die Unterhaltung am Laufen: »Wie geht es deiner Nachbarin, Madame Guédié?«

»Sie wurde wieder aus dem Krankenhaus entlassen. Ich war danach bei ihr, ich weiß aber nicht mehr, wann genau. Was haben wir heute für einen Tag?«

»Donnerstag.«

Sie zählt an den Fingern ab.

»Also war es wahrscheinlich letzten Montag. Sie sieht wirklich nicht gut aus. Ringe unter den Augen, ganz blass. Ich frage mich, ob sie den Sommer noch erleben wird.«

»Sei doch nicht so pessimistisch!«

Die Steaks sind in der Pfanne. Ich werde mein Steak auch ganz durchbraten, sonst darf ich mir wieder die alte Leier über die Keime anhören, die noch nicht abgetötet wurden. Ich mache das Fenster einen Spaltbreit auf, um zu lüften, fühle die kühle Luft im Gesicht.

»Siehst du immer noch diese Serie mit den zwei zerstrittenen Familien?«

»Sie sind nicht nur zerstritten, sie bekriegen sich förmlich. Die Grandvilliers verhalten sich in der Geschichte übrigens immer weniger korrekt.«

Und los geht's mit der Zusammenfassung der letzten hundertdreißig Folgen. Sie beklagt sich immer, es gäbe nichts Gescheites im Fernsehen, dennoch verbringt sie ihre ganze Zeit davor. Caro und ich haben ihr einen DVD-Rekorder geschenkt, den wir ständig mit Filmen füttern – ohne Erfolg. Sie guckt immer nur die alten Wiederholungssendungen. Es ist einfach, sie zu kritisieren, aber wer weiß, wie ich in ihrem Alter sein werde.

Von Zeit zu Zeit, nur um interessiert zu erscheinen, frage ich sie nach Einzelheiten zu der einen oder anderen Person. Ich bemühe mich, unsere Unterhaltung am Laufen zu halten, aber ich weiß nicht, ob ihr meine Fragen gefallen. Ich habe sogar den Eindruck, dass sie sie eher als störend empfindet. Im Grunde möchte sie nur ihre Geschichte erzählen, auf ihre Art, in ihrem Tempo, vor jemandem, der ihr zuhört. Gilt das nicht für jeden von uns? Dass wir nicht allein sein wollen? Bei diesem Gedanken komme ich ins Grübeln. So wie die Dinge stehen, werde ich nicht einmal Kinder haben, die zu mir kommen würden, um meine grünen Bohnen und meine Steaks zu verbrennen, und ich werde dazu verdammt sein, dieselbe Serie wie Mama zu sehen, die dann zum zweitausendsten Mal wiederholt wird. Es wird nicht einmal mehr eine Überraschung sein, was die fiesen Grandvilliers so aushecken, weil meine Mutter mir vorher schon alles erzählt haben wird. Ein lausiges Leben.

Ich liebe meine Mutter, sehr sogar. Ich liebe sie dafür, was sie für uns getan hat. Ich liebe sie für die Hartnäckigkeit, mit der sie am Leben festhielt, obwohl ich oft gefühlt habe, dass sie lieber tot wäre. Ich liebe sie für ihre kleinen Schrullen, die für mich Bezugspunkte waren. Ich liebe sie für ihre Prinzipien, die mir, je älter ich werde, immer weniger spießig erscheinen. Ich liebe sie dafür, was sie mir geschenkt hat und immer noch schenkt: das Gefühl, zu einer Familie zu gehören.

Ich verteile die Speisen auf die Teller und setze mich ihr gegenüber. Sie erzählt weiter: »Ich weiß nicht, ob Angèle Rémy heiraten wird, aber das würde Édouard, dem dreckigen Dieb, nur recht geschehen. Den mag ich überhaupt nicht. Ein übler Kerl ist das.«

Sollte ihr eines Tages der Schauspieler begegnen, der Édouard spielt, wäre sie imstande, ihm eine riesige Ohrfeige zu verpassen, weil sie sich diese Geschichte doch sehr zu Herzen nimmt.

Ich beobachte, wie sie Messer und Gabel in die Hand nimmt, und sage mir, in einigen Jahren werde ich ihr das Fleisch kleinschneiden müssen, so wie sie es für mich als Kind getan hatte. Der Kreis würde sich schließen. Aber zu welchem Zweck hätten wir die große Runde denn hinter uns gebracht? Wozu hätten wir alles das erlebt? Was wäre mit unseren unerfüllten Hoffnungen? Würden die paar Glücksmomente all das Leiden aufwiegen?

Ich fange an zu essen. Mama kaut ihr Fleisch. Es scheint ihr zu schmecken. Ich betrachte die Kulisse, die sich mir eröffnet: Mama im Vordergrund, dahinter die Anrichte, die ich von klein auf kenne. Die linke Tür hat keinen Schlüssel mehr, weil ich ihn im Sandkasten verloren habe, als ich acht war. Zum Glück öffnet der Schlüssel der rechten Tür auch die linke, sonst kämen wir nicht an die Suppenschüssel, die großen Teller und die Dessertschälchen heran.

An der Wand hängen gerahmte Zeichnungen von Caro und

mir. Meine Schwester liebte es, Vögel und Bäume zu malen, ich stand eher auf Bauernhoftiere. Im Kindergarten machte ich einen Ausflug aufs Land, und danach war ich verrückt nach Kaninchen und Hühnern. Es könnte auch gut sein, dass diese Schrulle die Wahl meines Kostüms beeinflusst hat. Ich hoffe mal nicht, weil ich einige Jahre später ständig Gehängte und Enthauptete zeichnete! Eine ziemlich beängstigende Vorstellung ist das.

Mama bewahrt diese Zeichnungen wie Reliquien auf. Die Farben sind verblasst, manchmal wissen wir selbst nicht mehr, ob dieses oder jenes Bild von Caro oder von mir ist, aber ich weiß, dass meine Mutter sie jeden Tag betrachtet. Auf den Rahmen findet sich kein Staubkorn. Die Bilder erinnern sie an eine Zeit, als wir ihr ganz nahestanden, für ihre Liebe offen waren. Und sie erinnern sie vielleicht auch daran, woher sie die Kraft genommen hatte, in den vielen langen Jahren durchzuhalten. Es gibt nur wenige Fotos. Wir hatten weder die Zeit noch das Geld, sie zu machen. Wir waren deshalb nicht weniger glücklich!

»Caroline hat mir von den Briefen erzählt, die du bekommst.«

Es trifft mich wie ein Hammerschlag. Sie sagt es, als würde sie über eine Fernsehserie reden. Sie ist einfach so damit herausgeplatzt, ohne Vorwarnung. Ich weiß nicht, wie ich darauf reagieren soll.

»Alles halb so wild. Kein Grund zur Sorge.«

»Ich mache mir keine Sorgen wegen der Briefe, ich sorge mich um dich.«

»Das ist lieb von dir, Mama, aber es ist wirklich alles in Ordnung.«

»Jetzt kann ich es dir ja sagen: Ich habe Hugues noch nie wirklich gemocht.«

»Das hab ich mir schon gedacht. Ich frage mich übrigens, ob ihn überhaupt jemand gemocht hat, außer mir, meine ich.«

»Am Anfang sagte ich mir, meine Reserviertheit sei ein schäbiger Schwiegermutter-Reflex. Dass ich sauer auf ihn wäre, weil er mir meine Kleine weggenommen hatte. Aber mit der Zeit wusste ich, dass das nicht der Grund war. Dieser Junge sorgt schon von ganz alleine dafür, sich bei allen unbeliebt zu machen.«

Hatte Hugues sie an ihren Mann erinnert, der uns so schändlich verlassen hat? Ich würde es nie wagen, ihr diese Frage zu stellen.

»Weißt du, Marie, ich glaube wirklich, eure Trennung war eine gute Sache.«

»Umso besser, denn jetzt ist es vorbei. Und das mit Pauken und Trompeten.«

»Ich weiß, was du denkst. Ich kenne dich. Du hast dich nie getraut, mit mir über deine Beziehungsprobleme zu reden, weil du meinst, dass meine eigenen eine offene Wunde sind.«

»Und ist das nicht so?«

»Nicht so, wie du denkst.«

»Hat dir dein Mann nicht wehgetan?«

»Doch, natürlich, aber nicht mehr als Hugues dir wehgetan hat. Glaub mir.«

»Genau deshalb sage ich mir, dass ich nach dieser katastrophalen Erfahrung von nun an getrost auf einen Mann verzichten kann. Wozu sind sie überhaupt gut? Wenn man Bilanz zieht, auf der einen Seite das, was sie uns geben, und auf der anderen, was sie uns nehmen, ist die Frage durchaus berechtigt. Man kann sehr gut ohne sie auskommen. Ich habe einen Job, ich habe Freunde, ich habe …«

»Nein, Marie, hör mir mal zu. Ich spreche jetzt nicht als deine Mutter, sondern als eine Frau, die schon sehr viel länger auf dieser Welt ist als du. Dein Vater hat uns verlassen, das ist wahr.

Aber ich habe ihn geliebt wie keinen anderen Mann. Ich glaube, er war dafür gemacht, ein Liebhaber zu sein, als Vater taugte er nicht viel. Das sind zwei verschiedene Paar Schuhe. Ich wiederum bin sehr gerne Mutter, auch das ist nicht allen Frauen gegeben, egal was man auch sagen mag. Man kann ihm also alles Mögliche vorwerfen, man kann ihm unser Unglück anlasten, doch ohne ihn hätte ich nie die beiden wunderbaren Kinder bekommen, die mein Leben lebenswert gemacht haben.«

Ich höre auf, mein Fleisch zu kauen.

»Weißt du, Marie, wir Frauen neigen dazu, von Männern zu viel zu erwarten. Wir erhoffen uns so vieles, und wenn es nicht eintrifft, machen wir sie dafür verantwortlich. Sie müssen uns glücklich machen, uns respektieren, uns mit Rosen überschütten, uns auf Reisen mitnehmen, uns trösten, uns lieben. Aber oft sind Kinder das größte Geschenk, das sie uns machen können. Natürlich ist es besser, wenn sie bei uns bleiben, um sie mit uns zusammen großzuziehen, aber nicht alle sind dazu fähig.«

»Wie kannst du die Männer bloß noch in Schutz nehmen?«

»Das tue ich nicht, nicht alle jedenfalls. Es ist immer ein Fehler, sie alle in einen Sack zu stecken.«

»Also trägst du unserem Erzeuger nichts nach?«

»Ich mag dieses Wort nicht, Marie. Ich kann gut verstehen, dass du ihn in deiner Wut auf seine biologische Funktion reduzieren möchtest, aber er bleibt trotzdem euer Vater. Ich war auch sehr wütend auf ihn, glaub mir, trotzdem darf das den Blick auf das Wesentliche nicht trüben, auf das, was wertvoll ist. Nichts war einfach, und ich hätte mir manches anders gewünscht, aber ich bereue nichts, weil ich euch Mädchen habe. Das ist ein großes Glück. Ich sah euch groß werden, ich habe eure ersten Schritte erlebt, eure ersten Worte, euer Lächeln. Ich sah euch die Welt entdecken, Dinge lernen und anzweifeln. Auch wenn du heute glaubst, erwachsen zu sein, tust du das alles immer noch. Man wird erst dann alt, wenn man nichts mehr dazulernt. Das bedeutet wohl, dass du immer noch jung bist, nicht wahr?«

»Manche Lektionen sind sehr schmerzhaft.«

»Ich weiß, mein Schatz, ich weiß. Aber statt mein Steak zu braten, solltest du dich einfach in meinen Armen ausweinen, wenn das Leben mal zu schwer wird.«

Ich lege meine Gabel ab.

»Marie, die Briefe, die du bekommst, wie seltsam sie auch sind – gib dem Mann eine Chance. Es gibt keine verkehrte Art, den Mann fürs Leben kennenzulernen. Die Männer sind seltsam, sie sind anstrengend, sie verstehen uns nicht besser, als wir uns selbst verstehen, aber das Leben ist um einiges wärmer, wenn man jemanden hat, der einen im Arm hält.«

Sie reicht mir ihre Hand über den Tisch, und ich ergreife sie.

»Warum hast du denn nicht noch einmal neu angefangen?«

»Ihr wart da, zu meinem größten Glück. Ich brauchte nicht neu anzufangen. Ich habe mein Leben mit meinen beiden Töchtern gelebt, und ihr habt mich gebraucht.«

Ich dachte immer, ich hätte alles gewusst, alles verstanden. Jetzt weiß ich gar nichts mehr.

»Meine liebe Kleine, dein Leben liegt noch vor dir, und nur weil dieser ungehobelte Kerl dafür gesorgt hat, dass du viel Zeit und einige Träume verloren hast, bedeutet das nicht, dass alle Männer gleich sind. Und meine Geschichte ist nicht deine. Du musst nicht einsam und allein enden. Schlage die Hand nicht aus, die dir gereicht wird. Ich wünsche dir, dass du noch mehr Briefe bekommst und entdeckst, wer sie geschrieben hat. Die Männer sind, wie sie sind, aber wenn sie sich für uns interessieren, ist das nicht immer verkehrt. Gib ihnen eine Chance. Man weiß nie, wohin dieser Weg führen wird, doch solange man gehen kann, sollte man ihn mutig beschreiten. Genieß das Leben, geh weg, triff Menschen, sag, was du denkst, hör zu, denk nach, und entscheide dann, was richtig für dich ist. Es ist immer besser, zu zweit zu sein. Man macht etwas *für* jemanden oder *wegen* jemandem. Hab keine Angst. Ich bin von ganzem Herzen auf deiner Seite.«

Zum ersten Mal seit vielen, vielen Jahren ist es nicht Traurigkeit, die ich in den Augen meiner Mutter lese, sondern Liebe.

46

HEUTE ABEND, UM 18.30 UHR, LADE ICH EUCH
ZU EINEM ABSCHIEDSUMTRUNK IM
VERSAMMLUNGSRAUM EIN, BEVOR ICH MICH IN EIN
NEUES LEBEN UND ANDERE ABENTEUER STÜRZE!
EUER BENJAMIN

Ein neues Leben, ein neuer Anfang – der Glückliche! Ich stehe nachdenklich vor der großformatigen Einladung, die auf dem schwarzen Brett in der Empfangshalle angebracht ist.

»Das macht mich echt wütend«, sagt Petula. »Deblais hat ihm keine Wahl gelassen: Entweder er macht es heute Abend oder gar nicht. Aber weil es so kurzfristig ist, werden wir ihm nichts anderes schenken können als ein bisschen Geld.«

Sie hat recht.

»Wir können ihm immer noch etwas Persönlicheres zu seiner Hochzeit schicken. Wie geht's dir denn so, Petula? Kommst du klar?«

»Ich versuche, nicht mehr darüber nachzudenken. *The show must go on!* Ich hab wieder angefangen zu lesen und zu essen und dafür mit dem Training aufgehört. In einem Monat werde ich doppelt so viel wiegen wie jetzt, und dann hat sich die Sache von selbst erledigt!«

Sie hat ein abgewetztes Buch aufgeschlagen vor sich liegen.

»Was liest du denn da?«

»Ich hab es im Keller meines Hauses gefunden. Jemand hat wohl vergessen, es wegzuwerfen – zum Glück für mich, weil es wirklich toll ist.«

Sie zeigt mir den vergilbten Einband: *Tausendundeine Wahrheit – Entdecken Sie die Welt neu!* Ganz schön viel, was da versprochen wird. Das Cover sieht aus wie die Titelseite jener Zeitschriften, die sich auf Schulhofgerüchte und Schmalspurenthüllungen spezialisieren: Außerirdische, Geheimgesellschaften, Verschwörungen und die verborgenen Kräfte des menschlichen Gehirns.

»Steht da was Interessantes drin?«

»Absolut. Gerade hab ich zum Beispiel gelesen, dass Noah unmöglich alle Tiere in seiner Arche aufnehmen konnte. Den Autoren zufolge musste er eine ganze Menge zurücklassen, darunter die Benwendos, eine Kreuzung zwischen einer Zwergkuh und einem prähistorischen Vogel. Stell dir vor, dieses Tier konnte Milch geben und zugleich Eier legen! Aber sie haben die Sintflut nicht überlebt. Ich finde das traurig und wirklich schade.«

»Wieso ist es schade?«

»Überleg doch mal: Ein einziges Viech, das auf einmal Eier und Milch produziert? Das wäre superpraktisch fürs Kuchenbacken!«

Dieser alte Schinken hört sich für mich nach einem Volltreffer an: Fakten, nichts als Fakten, beinhart recherchiert.

»Wenn du willst, bringe ich dir ein paar Romane mit.«

»Danke Marie, aber mit diesem hab ich erst einmal genug zu tun.«

Emilie kommt wie ein Wirbelwind in die Empfangshalle gestürmt.

»Hallo, Petula!«

Sie umfasst mich in der Taille und flüstert mir ins Ohr: »Du folgst mir auf der Stelle. Ich muss dir unbedingt etwas erzählen.«

Im Laufschritt zieht sie mich in den Kopierraum und schließt die Tür hinter uns.

»Rate mal, wer gestern Abend an meine Tür geklopft hat?«

Ich habe da so eine Ahnung, aber ich darf mir nichts anmerken lassen.

»Der Leiter deiner Theatergruppe mit der Bitte um weitere Schläge? Die Polizei wegen versuchter Massenvergiftung? Meine Bodyguards, weil du versucht hast, mich mit meinem Foto in Sandros Jogginganzug zu erpressen?«

»Ach Quatsch! Es war mein Nachbar von gegenüber! Der, von dem ich dir so viel erzählt habe!«

Sie hüpft auf der Stelle und klatscht in die Hände. Ich bin also nicht die einzige Robbe auf dieser gottverlassenen Eisscholle? Mir wird ganz warm ums Herz. Das könnte allerdings zu einem Problem werden, weil sie dann umso schneller schmilzt.

Ich täusche höchstes Erstaunen vor. Das ist etwas, was ich unheimlich gut draufhabe. Ich habe es geübt, als ich noch ein Teenager war: die Lippen halb offen und gerundet, die Augen aufgerissen, die Augenbrauen bis zum Anschlag nach oben hochgezogen und das Gesicht ausdruckslos.

»Das ist ja Wahnsinn! Und warum ist er gekommen?«

»Ich hab eigentlich überhaupt keine Ahnung. Als ich ihn fragte, was ihn zu mir führte, murmelte er irgendwas von einer Umfrage in der Nachbarschaft zum Thema Parken. Wenn du meine Meinung wissen willst, dann riecht das nach Vorwand hundert Meilen gegen den Wind. Aus Freundlichkeit tat ich so, als würde ich ihm glauben.«

Nein, also wirklich! In welcher Welt leben wir denn eigentlich? Jeder lügt jeden an! Das ist empörend! Allein mit dem aktuellen Fall könnte man zwanzig Enzyklopädie-Bände über die menschliche Psyche füllen. Fassen wir mal kurz zusammen: Ich schreibe dem Typen und gebe mich als meine Freundin aus, der ich nichts davon gesagt habe, damit er in dem Glauben zu ihr geht, sie hätte ihm geschrieben, wobei er ihr nicht verrät, dass er wegen eines Briefs bei ihr auf der Matte steht, den sie nicht geschrieben hat. Könnt ihr mir so weit folgen? Und jetzt geht's weiter: Als er bei ihr auftaucht, schustert er sich irgendeine Erklärung zusammen, in dem Glauben, sie wüsste sowieso, warum er da ist, aber er respektiert ihren Wunsch, nicht darüber zu sprechen, obwohl sie es weiß. Seid ihr immer noch da? Aber in Wirklichkeit weiß sie nichts, weil sie den Brief, der ihre Unterschrift trägt, nicht selbst geschrieben hat.

Ich habe Kopfweh. Paracetamol würde mir jetzt guttun. Die Fragen überschlagen sich in meinem Hirn. Ist es möglich, eine ehrliche und dauerhafte Beziehung auf solch einem Chaos zu gründen? Kann mein schändlicher Betrug für immer geheim bleiben?

»Hat er sonst noch was gesagt?«

»Ja, ganz viel! Er hat mich eine Stunde lang vollgequatscht! So von Nahem sieht er sogar noch viel süßer aus. Er ist nett und lustig. Ich meine, dass er mich vollgelabert hat, finde ich nicht negativ. Ich hätte mir sogar gewünscht, dass er sich nicht nur aufs Reden beschränkt hätte …«

»Emilie, bitte! Diese Zweideutigkeiten sind mir unangenehm.«

»Ich bin es nicht, die sich wie ein verliebtes Schulmädchen in Sandros Klamotten herumwälzt und dabei von Vincent träumt.«

»Ich träume nicht, ich mache mir nur so meine Gedanken. Erzähl mir mal lieber, wie es mit Julien weiterging.«

Zum Glück springt Emilie nicht darauf an. Sie hätte sich zu

Recht wundern können, dass ich mich an den Vornamen ihres Nachbarn erinnerte, aber sie ist viel zu aufgekratzt, um meinen Schnitzer zu bemerken.

»Wie es weiterging? Also, ich hab da irgendwie auf der Leitung gestanden. Er hat mit mir die ganze Zeit geredet, und ich hab ihn nicht einmal in die Wohnung gebeten. Wir hätten zusammen einen Wein trinken können, uns näher kennenlernen und so.«

»Sah er aus, als wäre er deswegen sauer?«

»Nicht wirklich, weil er mir vorgeschlagen hat, dass wir uns wiedersehen sollten. Kommenden Freitag. Ich kann's immer noch nicht glauben!«

»Das ist ja toll, dann könnt ihr ja die Parkplatzproblematik weiterdiskutieren. War nur ein Witz. Du hast ganz klar Eindruck auf ihn gemacht.«

»Glaubst du wirklich?«

Am Ton ihrer Frage höre ich Hoffnung, verbunden mit dem typisch weiblichen Mangel an Selbstvertrauen, das wir empfinden, wenn uns etwas unerwartet Gutes begegnet. Man möchte es unbedingt glauben, man sagt sich jedoch, dass es zu gut ist, um wahr zu sein, und dass es bestimmt bald in die Binsen geht. Emilie braucht meine Unterstützung. Jetzt, wo sie – wieder einmal – einen neuen Beziehungsversuch wagt, muss sie sich sicher sein, dass sie der Sache gewachsen ist.

»Meiner Meinung nach hat er dich von seinem Fenster aus gesehen, so wie du ihn gesehen hast, und er hat sich irgendwas zusammengestoppelt, um dich anzusprechen. Es ist mehr als verständlich, dass er dich bemerkt hat. Du hast eine starke Persönlichkeit, das merkt man, auch wenn man dich nur flüchtig kennt.«

»Das ist lieb, dass du das sagst. Meinst du das auch wirklich?«

»Nein, nicht wirklich. Er arbeitet für ein Labor und sucht nach vereinsamten Versuchskaninchen. Sie werden an dir Medikamente testen, die richtig wehtun.«

»Du bist gemein.«

»Natürlich meine ich das! Du bist eine tolle Frau! Es wurde Zeit, dass das mal endlich einer gemerkt hat. Das, was dir gerade passiert, ist wunderbar! Und außerdem ist es besser, dem neuen Typen ins Auge zu fallen, als dem davor auf den Kopf zu hauen.«

»Meinst du echt, er hat mich einfach so bemerkt?«

»Wieso nicht? Vielleicht hat er dich auf der Straße gesehen.«

»Aber ich rede nicht mit Kindern und spiele nicht mit Hunden.«

»Emilie, bitte, jetzt zerrede nicht alles. Genieß die Show, und hör auf, Fragen zu stellen.«

Ich nehme ihre Hände in meine und drücke sie fest.

»Ich freue mich sehr für dich.«

»Lasst uns nicht voreilig Hurra schreien, aber es ist der schönste Anfang, den ich je erlebt habe. Und er ist zu mir gekommen! Siehst du, wie gut, dass ich nicht den ersten Schritt gemacht habe. Wenn ich auf dich gehört hätte, dann würde er mich für ein Weib halten, das sich auf alles stürzt, was nicht bei Drei auf den Bäumen ist. Das macht keinen guten Eindruck. Ich bin doch nicht Jordana! In diesem Szenario bin ich eine kleine Blumenknospe, die nur auf die Liebe gewartet hat, um sich zu entfalten!«

Mhm, genau, eine kleine Blumenknospe! Ich hoffe, der Typ ist kein Pflanzenfresser. Was habe ich bloß getan? Wenn sie eines Tages über den Brief reden, wird es böse ausgehen. Sie werden sich zerfleischen wie in Mamas Fernsehserie. Sie werden sich gegenseitig vorwerfen, gelogen zu haben, und es wird meine Schuld sein. Oh Verdammnis! Wie heißt es so schön? Der Weg zur Hölle ist mit guten Vorsätzen gepflastert – was ich heute mal wieder feststellen kann. Aber ich erlaube mir anzumerken: Wenn der Teufel für das Heizöl, mit dem er sein Reich kuschelig warm hält, zahlen müsste, dann wäre er schon lange brav geworden, und wir säßen jetzt nicht in diesem Schlamassel.

47

Es herrscht eine seltsame Stimmung beim Abschiedsumtrunk von Benjamin. Hinzu kommt, dass wir heute Nachmittag erfahren haben, dass Magali aus der Buchhaltung wegen groben Fehlverhaltens eine fristlose Kündigung mit sofortiger Freistellung bekommen hat. Ich glaube nicht eine Sekunde an irgendein Fehlverhalten. Das riecht verdächtig nach abgekartetem Spiel. Sie ist erst letztes Jahr zu uns gestoßen. Ich kannte sie nicht sehr gut, aber ich habe gesehen, dass sie gewissenhaft gearbeitet hat und angenehm im Umgang mit den Kollegen war. Sie war weinend aus der Firma gestürmt. Ihr Freund hat sie abgeholt, bevor ich mit ihr sprechen konnte. Jetzt ist es ganz klar: Deblais hat seine Offensive gestartet und greift als Erstes die Kollegen an, die zuletzt gekommen sind, sicher um bei den Abfindungszahlungen zu sparen. Das Schachspiel hat begonnen. Er wird die Bauern verheizen, um die Türme und die Springer zu schwächen. Der Blödmann hält sich für einen König, unterschätzt aber die Macht der Königinnen.

Während wir also unsere Gläser heben, um Benjamin viel Glück zu wünschen, ist niemand wirklich in Feierlaune. Jeder fragt sich, ob er oder sie nicht das nächste Opfer sein wird.

Benjamin tut mir ein bisschen leid. Nur knapp die Hälfte der Kollegen hat sich zu seinem Umtrunk eingefunden. Deblais ist natürlich nicht da, aber Notelho ist erschienen, zu meinem größten Erstaunen. Ich habe ihn in die Geschenkeschachtel für Benjamin keinen Umschlag hineinlegen sehen. Das wiederum wundert mich gar nicht. Der Vizechef achtet darauf, in dem nur halb gefüllten Versammlungsraum zu Valerie so viel Abstand wie möglich zu halten. Damit haben wir wenigstens einen Grund zum Lachen. Er befürchtet wahrscheinlich, dass sie sich wieder ihre Kleider vom Leib reißt und ihn fragt, ob er ihre Dessous mag.

Benjamin hat einige Flaschen, Becher und diverse Knabbereien auf den Tisch gestellt. In seiner kleinen Ansprache entschuldigt er sich, uns seine Verlobte nicht vorstellen zu können, aber da sie erst am Vorabend davon erfuhr, habe sie sich nicht freinehmen können. Er wirkt äußerst gelöst und zufrieden.

»Ich werde euch alle in bester Erinnerung behalten. In diesen drei Jahren, in denen ich eng mit euch zusammengearbeitet habe, habe ich sehr viel gelernt und bin dankbar, Teil dieses hervorragenden Teams gewesen zu sein.«

Ich betrachte ihn. Er steht aufrecht, bewegt sich ungezwungen, spricht, ohne sich zu verhaspeln. Ein richtiger Mann. Dabei habe ich ihn immer als einen unerfahrenen Neuling wahrgenommen, in der Firma wie im Leben. Aber da steht er und wird bald heiraten. Er hat sein Leben im Griff. Er hat nichts von einem Kind an sich. Das macht mich nicht gerade jünger.

Wenn man entdeckt, dass die Leute, die man für Kinder hielt, etwas tun, was man als Privileg von Erwachsenen erachtet, macht es einen mit einem Schlag älter. Ich erlebte es das erste Mal in einem Restaurant. Die Kellnerin war sehr jung. Ich habe mir damals gesagt, sie sei vermutlich die Tochter der Restaurantbesitzer, die ein bisschen die Bedienung spielte. Aber als wir ein wenig ins Gespräch kamen, erfuhr ich, dass sie einundzwanzig war und bereits in mehreren Ländern studiert hatte. Im direkten Vergleich zu ihr hat mich mein Alter wie ein Schock getroffen. Auch wenn ich nicht alt genug war, um ihre Mutter zu sein, war ich doch definitiv die Ältere. Seitdem hatte ich diese Erfahrung immer wieder gemacht, von Jahr zu Jahr immer öfter. Und dasselbe fühle ich nun erneut, als ich Benjamin ansehe. Es kommt mir vor, als würden die Kindergartenabgänger die Weltherrschaft an sich reißen.

Man nimmt sein Alter wahr als irgendwo angesiedelt zwischen den Eltern – naturgemäß erwachsenen Menschen –, den Großeltern – noch älteren Menschen – und den ganz Kleinen, die kaum schreiben und selbst denken können. Man betrachtet die Älteren als Dinosaurier und die Jüngeren als Kleinkinder. Und man selbst thront irgendwo in der Mitte, oben auf dem Podium, allmächtig, weil man ja zugleich jung und ungemein fähig ist. Dann kommt die Zeit, dass einen das Leben jeden Tag ein bisschen mehr unmerklich an den Rand drängt. Die Großeltern verlassen nacheinander diese Welt, und auf einmal hat man einen neuen Platz im Ranking eingenommen. Die eigenen Eltern werden auch älter, während die Nachfolger schon weiterschieben. Jeden Tag macht man einen Schritt mehr auf ein Lebensalter zu, in dem die Zukunft diesen Namen nicht mehr verdient. Benjamin ist für mich dafür ein weiteres schmerzliches Beispiel. Wenn ich daran denke, dass ich mir vorgestellt habe, dieser Junge wollte was von mir … Wie dumm kann man bloß sein, um auf solch einen Gedanken zu kommen?

Benjamin beendet seine Rede, und unsere kleine Versammlung applaudiert. Florence hat sich heute Mittag mit einer Kollegin aufgemacht und für ihn ein Frühstücksservice für zwei Personen gefunden. Sie schenken es ihm. Er ist gerührt und umarmt alle und bedankt sich. Die Jungs klopfen ihm kumpelhaft auf den Rücken, machen Witzchen über die »Logistik« seiner Hochzeitsnacht. Ein einziger Mann nimmt an diesem ebenso rührend unbeholfenen wie virilen Glückwunschritual nicht teil: Notelho. Ich vermute, dass es zu seinen Prinzipien gehört, sich nicht mit den Untergebenen zu verbünden. Der alte Direktor und Firmengründer, Monsieur Memnec, war sich nicht zu schade, mit allen zu tanzen und zu lachen, und trotzdem hat niemand jemals vergessen, dass er der Chef war. Jetzt sehe ich aber auch einen anderen möglichen Grund, warum sich Notelho abseitshält: Dafür müsste er in Valeries Nähe gehen, die neben Benjamin steht und wie eine Verrückte mit Florence und Malika gackert.

Notelho nutzt die Gelegenheit, dass Valerie gerade abgelenkt ist, um sich unauffällig neben mich zu stellen und mir zuzuflüstern: »Mademoiselle Lavigne, ich muss mit Ihnen reden. Unverzüglich. Es ist im höchsten Maße essentialistisch.«

Der Begriff passt hier zwar nicht, aber ich habe verstanden, was Notelho meint. Mehr noch, ich habe verstanden, dass dieser sprachliche Missgriff etwas über die nervliche Beanspruchung des Mannes verrät. Wenn er anfängt Wörter zu erfinden oder falsch zu benutzen, bedeutet es, dass er unter Druck steht. Ich habe ihn diese Art von Fehlern nur selten machen sehen, aber jedes Mal, wenn es passierte, stand er unter enormem Stress. Obwohl er perfekt Französisch spricht, rutschen ihm, wenn er sich in die Enge getrieben sieht, seltsame Wortkreationen heraus. Worüber möchte er mit mir reden? Über die Büstenhalter von Valerie, die ihm Angst einjagen? Ich hätte nicht übel Lust, ihm meinen zu zeigen.

»Also gut, ich höre.«

»Nicht hier, das ist unmöglich. Wir müssen einen diskreteren Ort aufsuchen.«

»Monsieur Notelho, meine Kollegen und ich sind wegen Benjamin hier. Schauen Sie auf Ihre Uhr, dann werden Sie feststellen, dass der Arbeitstag beendet ist. Wenn Sie mir also etwas mitzuteilen haben, müssen wir es auf morgen verschieben.«

»Das geht nicht, ich muss noch heute Abend mit Ihnen sprechen. Es ist schreckhaft eilig.«

Ich werde ihn wohl nicht abspeisen können.

»Ich bleibe noch einige Minuten mit Benjamin und meinen Freunden hier. Sagen wir, in zwanzig Minuten in Ihrem Büro?«

»Zu riskant. Das Lagergebäude wird menschenleer sein. Treffen wir uns dort.«

48

Ich traue diesem dreckigen Schnüffler nicht über den Weg, und dieses kleine Rendezvous hinter der Scheune gefällt mir ganz und gar nicht. Ich schätze es auch nicht, dass er in das Gebäude der Jungs eindringt, wenn sie nicht da sind. Ich frage mich, ob er dort nicht regelmäßig in ihren Sachen herumwühlt. Gleich morgen werde ich sie vor ihm warnen.

Meine Jacke lose über die Schultern gehängt, überquere ich den Hof. Es ist stockfinster. Von draußen sehe ich Valerie und Malika, die Benjamin beim Aufräumen helfen. Notelho taucht wie ein Geist aus einer Ecke auf.

»Danke, dass Sie gekommen sind.«

»Sie haben mich erschreckt. Ich hoffe, es ist wichtig.«

Er öffnet die Tür zur Lagerhalle und bittet mich mit einer Geste einzutreten. Ich taste nach dem Lichtschalter.

»Nein, lassen Sie bitte das Licht aus. Man könnte uns sehen.«

»Ich habe nichts zu verbergen, Monsieur Notelho. Was gibt es denn so Dringendes und Geheimes zu besprechen? Sind Sie etwa mit der brutalen Entlassung von Magali nicht einverstanden?«

Wir stehen einander im Halbschatten gegenüber, nur durch den Schein der Hoflaterne beleuchtet, der durch eine Lüftungsöffnung in die Halle dringt. »Die Lage ist kritisch, Mademoiselle Lavigne. Es muss etwas geschehen.«

»Was meinen Sie damit? Die Finanzen der Firma sind stabil, ich weiß es aus sicherer Quelle.«

»Darum geht es nicht. Ich habe Dokumente gesehen, die mir bewusst vorenthalten wurden. Sie verheißen nichts Gutes.«

»Das heißt?«

»Monsieur Deblais und der Aufsichtsrat bereiten sich darauf vor, sehr viele Mitarbeiter zu entlassen.«

»Woher wissen Sie das?«

»Ich habe zufällig entsprechende Notizen in seinem Büro gesehen. Er trifft Vorkehrungen, seit Monaten schon. Alles das ist in einer Akte schriftlich festgehalten. Er hat einen gnadenlosen Plan erarbeitet.«

»Überrascht Sie das wirklich? Sie waren doch an seiner Seite, als er uns diese skandalösen Vertragsergänzungen unterzeichnen lassen wollte. Vielleicht halluziniere ich ja bloß, aber sind es nicht Sie, der jeden Tag bei mir vorbeikommt, um mir Druck zu machen, diese Tabelle fertigzustellen, damit Sie eine bessere Handhabe haben, die Schwachpunkte unserer Verträge anzugehen?«

Sogar bei dem spärlichen Licht kann ich gut erkennen, dass er sich unbehaglich fühlt. Er versucht, sich zu rechtfertigen: »Wir sind einem enormen Druck ausgesetzt, die Kosten zu senken.«

»Dormex ist ein Unternehmen, keine Milchkuh. Die Arbeit, die wir tun, generiert naturgemäß Kosten. Solange die Einnahmen höher sind als die Ausgaben, ist alles im Lot.«

»Ersparen Sie mir Ihre Wirtschaftslektionen aus dem 19. Jahrhundert. Sie wissen genau, dass das so nicht mehr funktioniert. Die Investoren legen ihre Pranken auf einen Betrieb, der Gewinn abwirft, und pressen ihn so gründlich aus, wie sie können, bevor sie sich ein anderes Ziel suchen.«

»Sie töten die Kuh, weil sie sich nicht für die Milch interessieren, verkaufen den Kadaver und suchen sich eine neue Beute. Ist es das, ja?«

»So läuft das eben. Die Regeln habe ich nicht erfunden.«

»Aber Sie sind Deblais' Komplize.«

»Wir setzen nur bestimmte Vorgaben um, es ist nichts Persönliches. Aber jetzt ist genug. Wir müssen reagieren und zurückschlagen.«

»Wir?«

»Ja, ich will auf Ihrer Seite kämpfen. Lassen Sie uns eine Gewerkschaft gründen, eine Abordnung der Belegschaft. Sie können die Führung übernehmen. Die Menschen hier haben Vertrauen zu Ihnen. Und unter der Hand werde ich Ihnen Informationen zukommen lassen, um die Pläne der Investoren zu vereiteln.«

»Woher kommt diese plötzliche Solidarität? Was bringt Sie dazu, Ihre Meinung zu ändern?«

Er zögert. Plötzlich fällt es mir wie Schuppen von den Augen: »Ich weiß, warum Sie es tun! Sie stehen auch auf der Abschussliste! Sie sind eines der Opfer des Großreinemachens!«

»Hören Sie, wir können es schaffen. Es gibt durchaus Schwachstellen.«

»Das wissen wir bereits, stellen Sie sich das mal vor. Aber antworten Sie mir: Ist es deshalb, weil Sie selbst dran glauben müssen, dass Sie sich jetzt gegen Deblais und die Investoren stellen wollen?«

»Nicht nur. Das, was sie vorhaben, ist ungerecht und unfair. Ich finde es empörend.«

Wie kann er bloß dieses Argument benutzen, er, der ihre Drecksarbeit erledigt? Ich sehe rot. Wenn ich ein Mann wäre, hätte er jetzt meine Faust im Gesicht. Dieser abscheuliche Parasit! Die Wut steigt in mir hoch wie brodelndes Magma kurz vor dem Ausbruch. Mein Blick fällt auf die Holzlatte, die benutzt wird, um Karren über die Türschwelle zu schieben. Ohne zu überlegen, ergreife ich sie.

»Wissen Sie, was das ist, Monsieur Notelho?«

Ein wenig überrascht antwortet er: »Ein kleines Brett.«

»Wozu dient es, Ihrer Meinung nach?«

»Zur Konstruktion von Möbeln oder Schiffen. Vor langer Zeit hat man damit sogar kleine Flugzeuge gebaut. Warum fragen Sie das?«

»Dies ist nicht nur ein kleines Stück Holz, Monsieur Notelho.«

»Nicht?«

»Nein, es ist auch ein gutes Management-Tool.«

»Wie das?«

Rasend vor Wut verpasse ich ihm einen kräftigen Schlag auf seine Hände. Er schreit vor Schmerz auf und weicht zurück.

»Sie sind ja wahnsinnig! Das tut ausnehmend weh!«

Ich hole noch kräftiger aus und erwische diesmal die Schulter. Er stolpert und findet sich mit dem Rücken zur Wand wieder. Ich raste komplett aus. »Du widerlicher Wurm!«, schreie ich ihn an.

»Was erlauben Sie sich!«

Ich haue schwungvoll noch einmal drauf.

»Seit fünf Jahren schon machst du uns das Leben ›ausnehmend‹ schwer, du kleiner Wadenbeißer mit deiner schrägen Visage, deinen heimtückischen Sticheleien und deinen heuchlerischen Blicken.«

»Ich verbitte mir diesen Ton!«

»Ich frage mich, warum ich noch zögere, dir deine Rehaugen unter deinen Kuhwimpern auszukratzen! Du widerst mich an. Uns zu opfern war kein Problem für dich, solange du nicht selbst betroffen warst. Aber jetzt, wo du auf der gleichen Galeere ruderst wie wir, entdeckst du in dir plötzlich ein Gewissen!«

»Jeder will doch nur überleben!«

»Ja, aber man kann es auch auf die ehrliche Art versuchen. Und jetzt gerade frage ich mich ernsthaft, ob es gut für die Welt wäre, wenn du überlebst!«

Diese Einstellung ist so was von widerlich, also verpasse ich ihm schnell noch einen Schlag. Er zieht den Kopf ein und schützt sein Gesicht. Er jammert erbärmlich, während ich ihn weiter mit der Planke bedrohe.

»Hör mir gut zu, Pepito, ich werde dir jetzt erklären, wie die Sache laufen wird, wenn du nicht der Gelackmeierte sein willst: Du machst uns hübsche Kopien von allen diesen Unterlagen, und du wirst uns auf alle ihre Schwachpunkte hinweisen.«

»Und was bekomme ich dafür?«

Ich hebe die Hände theatralisch zum Himmel.

»Er liegt da im Staube und verhandelt immer noch! Du bist ein ziemlich harter Brocken, weißt du das? Hast du das lange studiert, oder ist es eine gottgegebene Gabe, sich wie ein Mistkerl zu benehmen? Ich werde dir sagen, was du dafür kriegst: Du kommst jetzt mit dem Leben davon, und dann sehen wir mal, ob du mit uns zusammen von den Kündigungen verschont bleibst.«

»Das ist ein ziemliches Risiko für mich. Ich brauche Garantien.«

»Du riskierst noch mehr, wenn du uns nicht hilfst. Jetzt, wo ich alles weiß, würde ich nicht zögern, dich bei Deblais zu verpfeifen. Was meinst du, was er mit dir machen würde?«

»Das ist nicht fair!«

»Du hast es selbst gesagt, jeder will nur überleben! Elender Verräter!«

Zum Abschied habe ich ihm noch einen Schlag verpasst. In den Zeiten, in denen wir leben, ist es höchste Zeit, Dummköpfe wie ihn das Fürchten zu lehren.

49

Es ist unglaublich, wie gut man schlafen kann, wenn man etwas ohne jede Rücksicht auf sein Gewissen tut. Ich weiß nicht, ob es daran lag, dass ich Pepito verprügelt oder gegenüber Deblais an Terrain gewonnen habe, jedenfalls habe ich geschlafen wie ein Murmeltier. Paracetamol hat es nicht einmal geschafft, mich aufzuwecken, wie sonst jeden Morgen. Munter und fidel mache ich mich auf, um zur Arbeit zu gehen.

»Bis bald, mein Großer, deine Schüssel ist gefüllt. Sei schön brav!«

Ich streichle ihn ein letztes Mal. Er miaut freundlich.

Ja, wir unterhalten uns, meine Katze und ich. Wir führen sogar tiefschürfende Gespräche. Natürlich beherrscht er noch nicht das Akkusativobjekt und den Konjunktiv Imperfekt, aber wir verstehen uns trotzdem. Ich freue mich schon darauf, ihn heute Abend zu sehen und ihm von meinem Tag zu berichten. Wir werden schmusen und dann miteinander spielen. Ich werde mich zwar wieder lächerlich machen, wenn die NSA mich überwacht und sieht, wie ich mich unter die Möbel werfe, um den Korken vor meiner Katze zu erwischen, aber was soll's? Ich schicke ihm ein letztes Küsschen und gehe hinaus.

Die Kinder aus der vierten Etage rennen lauthals lachend die Treppe hinunter. Sie machen ein Wettrennen und überholen mich. Ihr Geschrei hallt im Treppenhaus wider. Die Stimme von Monsieur Alfredo auch: »Habt einen schönen Tag, Kinder!

Seid fleißig in der Schule! Und sagt eurer Mutter, dass ich seit zwei Tagen ein Paket für sie habe!«

»Wird gemacht, Monsieur Alfredo!«

Als ich das Erdgeschoss erreiche, begrüßt mich der Hausmeister mit den Worten: »Die kleinen Satansbraten sprühen nur so vor Energie. So muss es sein! Sie fühlen sicher, dass der Frühling bald da ist. Und *Sie* sehen auch schon viel besser aus, Mademoiselle Marie.«

»Vielen Dank, lieb von Ihnen. Dabei sind Sie in puncto Energie nicht zu schlagen, Monsieur Alfredo. Was wäre dieses Haus ohne Sie?«

Er kommt auf mich zu und sagt: »Es ist mir peinlich, das zu sagen, aber gestern Abend ist mir eingefallen, dass ich Sie noch nicht eingeladen habe. Ich habe das Datum noch vor Ihrem Einzug bekannt gegeben und dann vergessen, Sie darüber zu informieren.«

»Was für eine Einladung denn?«

»Am 10. März, zum Mittagessen. Ich hoffe, Sie haben sich an dem Tag noch nichts vorgenommen.«

»Spontan würde ich sagen, nein, noch nicht.«

»Also erweisen Sie mir bitte die Ehre, und seien Sie beim jährlichen Essen dabei, zu dem alle Bewohner des Hauses eingeladen sind.«

»Sie laden uns alle zum Mittagessen ein?«

»Es ist Tradition, immer an dem Sonntag, der dem 8. März am nächsten ist. Sie werden sehen, es ist sehr gesellig. Es ist eine Gelegenheit, uns einmal unter anderen Umständen zu unterhalten, und Sie werden Nachbarn kennenlernen, die Sie bisher noch nie gesehen haben. Wir leben schließlich alle unter einem Dach, ohne allzu viel über einander zu wissen. Das ist schade. Ich glaube, Monsieur Dussart wird auch da sein.«

Ich gehe nicht darauf ein.

»Ich nehme Ihre Einladung sehr gerne an. Das ist sehr freundlich von Ihnen. Darf ich wenigstens einen Nachtisch mitbringen?«

»Wenn es Ihnen Freude macht, sehr gerne, danke. Ich setze Sie also auf die Gästeliste. Bitte sagen Sie mir noch bei Gelegenheit, ob Sie allein kommen oder in Begleitung. Ich wünsche Ihnen einen schönen Tag!«

Allein oder in Begleitung? Das hier ist immer die große Frage in meinem Leben. Immer wieder werde ich mit der Nase darauf gestoßen. Will ich denn allein sein? Nein, ganz sicher nicht. Wird es mir gelingen, eine Begleitung zu finden? Für das Mittagessen des Hausmeisters müsste dies machbar sein, für den Rest meines Lebens ist das ein anderes Paar Schuhe.

Wie dem auch sei, was das Dessert betrifft, verspreche ich, keine Abführmittel beizumischen.

Ich gehe über den Hof. Das Wetter ist herrlich, die Sonne strahlt blendend weiß, wie sie es manchmal an schönen Wintertagen tut. Wenn ich von meinen existentiellen Fragen absehe, fängt der Tag gut an. Ich schätze Monsieur Alfredo und die Gespräche mit ihm wirklich sehr. Wenn ich wieder ausziehen muss, wird er mir ebenso fehlen wie die Wohnung selbst. Ich finde es angenehm, mit solchen Menschen zusammen zu sein.

An der Bushaltestelle treffe ich erneut auf die alte Dame, die auf dem Rand der Bank sitzt, auf ihrem üblichen Platz.

»Schön, Sie wiederzusehen«, begrüße ich Sie. »Ich hab Sie ein paar Tage nicht mehr hier gesehen.«

»Ich war krank, aber jetzt geht es wieder.«

»Warten Sie auf Henri?«

Sie schaut auf ihre Uhr.

»Er ist wieder spät dran, lange kann es nicht mehr dauern.«

»Mein Bus kommt. Auf Wiedersehen und bis morgen!«

»Ihnen einen guten Tag, junge Frau.«

Sie hat mich »junge Frau« genannt. Ja, auf jeden Fall, der Tag fängt wunderbar an. Ich würde zu gerne wissen, wie dieser Henri aussieht. Es kommt mir vor, als würde er öfter zu spät kommen. Es stimmt schon: Männer und Pünktlichkeit, das ist oft zweierlei.

Als ich in der Firma eintreffe, sehe ich Petula, die in ihr Buch vertieft ist und einen Schokoriegel mampft.

»Guten Morgen, Petula.«

»Hi Marie!«

»Immer noch an deinem Schinken dran?«

»Mehr denn je. Ich lese gerade, dass man herausgefunden hat, dass Hunde Radiowellen auffangen können und dass die amerikanische Armee sie für die Spionage abrichtet. Ich kann dir noch mehr dazu erzählen, aber du musst dich jetzt beeilen, weil die Fortbildung schon vor zehn Minuten angefangen hat. Deine Gruppe ist im Versammlungsraum, und du bist die Einzige, die noch fehlt. Gib Gas!«

50

Die Fortbildung. Hatte ich komplett vergessen. Na ja, im Moment schwirren mir auch genug andere Dinge im Kopf herum. Es sieht aber trotzdem nicht besonders gut aus, wenn ich zu spät komme, vor allem weil ich es war, die die Schulung organisiert hatte. Zugegebenermaßen habe ich sie nicht deshalb organisiert, weil ich sie für sinnvoll hielt, sondern weil das Budget irgendwie verbraten werden musste, sonst gibt es das nächste Mal weniger. Also habe ich mir die Liste genau angesehen und die Veranstaltung gewählt, die mir am wenigsten unsinnig erschien. Ich erinnere mich allerdings nicht mehr, worum es darin ging.

Ich gehe hinein, rot vor Scham. Alle sitzen schon da, und der Kursleiter hat schon mit seinen Ausführungen begonnen. Zum Glück ist neben Kevin noch ein Platz frei.

»Willkommen unserer Nachzüglerin, die noch nichts verpasst hat, da ich bislang bloß die groben Zusammenhänge meines Vortrags dargelegt habe. Heute Morgen werden wir uns also mit den unterschiedlichen Möglichkeiten beschäftigen, wie man Informationen innerhalb eines Teams effizient austauschen kann. Wie der berühmte Biologe und Erfinder der Tollwut, Louis Pasteur, schon sagte, muss das ganze Orchester im selben Tempo spielen. Und will man harmonieren, muss die Stimmgabel funktionieren!«

Er lacht allein über seinen Witz. Ich fasse es nicht. Denkt er wirklich, Pasteur habe die Tollwut »erfunden«? Er hat es sicher aus dem Buch von Petula. Jetzt mal ganz im Ernst: Die meisten Menschen wissen es nicht, aber Pasteur war ein amerikanischer Geheimagent, der, nachdem er streunenden Hunden beigebracht hatte, Radiowellen aufzuschnappen, ihnen Viren eingeimpft hat, die er aus einem Alien-Brutkasten in der Area 51 heimlich entnommen hatte. Unter dem Einfluss von Reggae-Musik mutierte das Virus zur Tollwut! Ja, meine Damen und Herren, das ist die furchtbare Wahrheit, die man uns vorenthält. Das wiegt umso schwerer, als der besagte Pasteur zehn Jahre zuvor, als er ein Ninja in den weiten Ebenen Patagoniens war, auch noch Montezumas Rache erfunden hat. Die Füchse sind stinksauer auf ihn, nicht wegen dem Dünnpfiff, sondern wegen der Tollwut – also bitte, denken Sie doch ein bisschen mit! Ich stelle mir gerade den großen Pasteur vor, wie er mit einer Spritze in der einen und einer Stimmgabel in der anderen Hand definitive Weisheiten zum Thema Management von sich gibt, wie: »Hört mal, ihr Füchse, das reicht jetzt aber! Hört auf, euch zu beißen!« Tja, er hätte sie nur zu einer Fortbildung schicken sollen.

Einstweilen hat unser Moderator des Tages, der zwar keine Bildung, aber sehr wohl eine perfekte technische Ausrüstung zu besitzen scheint, damit begonnen, mit Hilfe des Tageslichtprojektors sinnschwangere Sätze an die verputzte Wand zu werfen: »Exzellenz kultivieren«, »Ein Team ist so stark wie die Bindung zwischen den Teammitgliedern«, »Sich selbst akzeptieren, um mehr zu produzieren«, »Als Team sind wir unschlagbar«, »Dem anderen zuhören heißt, ihn in mein Leben zu lassen« oder auch »Richtig sitzen, um besser zu tippen« … Das Letzte finde ich ganz okay.

Unser »Ausbilder« besitzt auch ein Mikro, das direkt unter seinem Mund wie bei den Stars aus amerikanischen Shows angebracht ist, aber unglücklicherweise ist dieses High-Tech-Spielzeug an dieselbe Art von Lautsprecheranlage gekoppelt wie bei den singenden Schnorrern. Er hat die Lautstärke bis zum Anschlag aufgedreht, obwohl wir nur zwei Meter von ihm entfernt sitzen. Wir werden hier alle taub rauskommen, aber das ist wohl der Preis der neu gewonnenen Erkenntnis. An seinem Gürtel steckt die ultimative Waffe: ein Laserpointer, mit dessen Hilfe er die Schlagwörter jeder seiner umwerfenden Offenbarungen anstrahlen kann. Würde Paracetamol den zitternden roten Punkt auf der Wand sehen, würde er hier durchdrehen. Und am Ende würde er diesem einschläfernden Moderator ins Gesicht springen und ihn zerfleischen. Wie es der große Louis Pasteur sicher so treffend gesagt hätte: »Das geschieht dir recht, du hättest ihn eben nicht ärgern sollen.« Und um dieses würdig zu feiern, würde er daraufhin die Krämpfe und die Übelkeit erfinden. Ein toller Typ, dieser Pasteur.

Alle starren den armen Tropf an, der seinen Text herunterleiert. Er muss sein Gewäsch wohl an die fünfhundert Mal abgespult haben und glaubt selbst nicht mehr daran. Um seinen Mangel an Überzeugung wettzumachen, begleitet er seine Phrasen mit gelegentlichem mechanischem Lächeln, das jedoch derart künstlich erscheint, dass es schon ein wenig beunruhigend wirkt. Außerdem hat er auch noch schiefe Schneidezähne. Gerade wegen solcher Typen haben Kinder Angst vor Clowns.

Da es niemandem gelingt, sich für seine Ausführungen zu interessieren, beschäftigt man sich, so gut man kann. Die junge Clara hat ihren Blick auf ihr Handy geheftet. Bei mir fangen die an die Wand geworfenen Kernsätze an, sich im Kopf zu neuen Phrasen zu vermischen: »Als Team besser tippen«, »Sich zu produzieren macht unschlagbar«, »Exzellent sitzen« … Funktioniert auch irgendwie, woraus folgt, dass die Originalaussagen wohl nicht gerade viel zu bedeuten haben.

Viele Zuhörer starren den Moderator an und sezieren ihn mit der gleichen Schärfe wie damals in der Schule, als die Lehrer auf ihre Schwächen abgeklopft wurden. Man sucht nach einem tödlichen Detail, nach einem Hemdzipfel, der aus der Hose hängt, einer störrischen Haarsträhne, die einen lächerlich aussehen lässt. Es ist klar, dass wir uns weniger langweilen würden, wenn unser Typ den Hosenschlitz offen oder einen riesigen Flecken auf seinem Poloshirt hätte, aber den Gefallen tut er uns nicht, und so langweilen wir uns zu Tode.

Er erzählt von Teamgeist, vom Stolz, den man empfindet, wenn man im Dienst seiner Firma etwas vollbringt, von Werten, die auf Verlässlichkeit gründen, von Gemeinnützigkeit und Allgemeinwohl. Theoretisches Gefasel also, das selbst der blutigste Anfänger als bedeutungslos entlarvt. Denn der Kerl erzählt uns weder etwas vom Kriechen in engen Heizungsschächten, noch wie man den Wagen des Chefs sabotiert und erst recht nicht vom Duschen in Hörweite von Kollegen … Ich sehe wieder einmal eine Diskrepanz zwischen dem, was man uns sagt, und dem, was man erlebt. Nehmen wir mal mein abendliches Rendezvous mit Notelho als Beispiel: Hier sieht man deutlich, dass die schönsten Reden einem Treffer mit dem Holzbrett nicht das Wasser reichen können, was mich übrigens auf eine Idee bringt. Sollte ich gefeuert werden, mache ich mich als Dozentin selbstständig. Auf meinem Tageslichtprojektor wird stehen: »Vertraue niemandem«, »Suche dir eine finstere Ecke« und der unverzichtbare Ratschlag: »Sei effizient – ziele auf den Kopf«.

Wahrscheinlich in der Hoffnung, uns aus unserer Lethargie zu reißen, geht der Mann zu der »interaktiven« Phase seiner Schulung über. Er will mit uns typische Szenen aus dem Firmenleben nachspielen. Klingt vielversprechend … Er beginnt: »Schicksalsschläge oder auch alltägliche Zwischenfälle sind hervorragende Gelegenheiten, um die Bande innerhalb der Belegschaft zu stärken. Wenn ein Kollege zum Beispiel plötzlich einen Schwächeanfall erleidet – was können Sie tun, um ihm beizustehen? Und, sollte sein Zustand mehr erforderlich machen als nur Worte, sagen wir mal, wenn er eine Spritze braucht, wie gehen Sie dann vor?«

In welcher Firma hat er denn so ein lustiges Schauspiel schon mal erlebt? Bei Drogenhändlern auf Entzug? Wer war denn schon mal in der Situation, bei der Arbeit eine Spritze verabreichen zu müssen, außer vielleicht Pasteur?

»Dies sind wesentliche Fragen«, fährt er fort und wendet sich plötzlich an mich: »Sie, zum Beispiel, ja, Sie, Madame Nachzüglerin, kommen Sie bitte mit Ihrem Sitznachbarn nach vorne, und stellen Sie bitte diese Szene nach.«

Es ist, als wäre ich wieder in der Schule. Und wieso nennt er mich »Madame«, wo ich doch seit heute Morgen offiziell unter der Bezeichnung »junge Frau« bekannt bin? Ich kann ihm nicht sagen, Emilie zu nehmen, weil sie nicht da ist. Ich stehe wie eine angenervte Göre auf, die man an die Tafel zitiert hat, Kevin folgt mir. Sandro und Alexandre prusten los, ohne einen Versuch, ihre Heiterkeit für sich zu behalten. Der Moderator gibt Anweisungen: »Der Herr wird sich jetzt bitte auf dem Boden ausstrecken, und die Dame tut so, als hätte sie ihren Kollegen eben erst in einem beklagenswerten Zustand vorgefunden. Er wird eine Spritze benötigen, weil er gerade einen Anfall oder einen Allergieschock hat. Eine Spritze ist eine beängstigende Sache, sowohl für den, der sie verabreicht, als auch für den, der sie benötigt. Es ist also wichtig, den Kranken zu trösten, aber behalten Sie im Hinterkopf, dass Sie, indem Sie ihm helfen, eine starke Bindung zu ihm aufbauen, eine Bindung, die Ihnen erlauben wird, in Zukunft Informationen effizienter zu übermitteln. Fangen Sie an.«

Unglaublich, dass die Firma für so einen Humbug auch noch Geld ausgibt. Im Kindergarten durften wir wenigstens noch mit Puppen spielen. Da konnte man noch fürs Leben lernen … Ich knie mich neben Kevin hin, der gegen einen Lachanfall ankämpft. Ich versuche, meine Rolle zu spielen: »Ach, du meine Güte! Mein Kollege ist krank! Er braucht eine Spritze!«

Ich glaube, nicht einmal der Leiter aus Emilies Theatertruppe würde mich zu meiner schauspielerischen Leistung beglückwünschen. Er wäre aber sicher begierig darauf, mir zu helfen, meinen Körper richtig zu positionieren.

Der Kursleiter legt seine Hand auf meine Schulter, um mich zu unterbrechen: »Das ist schon sehr schön, aber Sie werden nicht weit kommen, wenn Sie nicht erst versuchen, sein Vertrauen zu gewinnen.«

Kevin kann sich nur noch mit äußerster Mühe beherrschen. Ich glaube, die Situation wird gleich außer Kontrolle geraten. Während der Kursleiter der faszinierten Zuhörerschar erklärt, was man sagen sollte, um diese besondere Bindung herzustellen, flüstert mir Kevin zu: »Weißt du denn, wie man eine Spritze setzt?«

»Ich hab schon viel geübt. An Berlinern.«

»An was?«

»An Berlinern. Diese Dinger mit Himbeer-, Apfelmus-, Erdbeer- und Blaubeerfüllungen. Ich bin echt gut darin, die Vene unter dem Zuckerguss zu finden.«

Wir kichern, während der Moderator seine Ausführungen an Leute richtet, die ihm nicht zuhören, weil sie ihren Spaß daran haben, zuzusehen, wie sich zwei ihrer Kollegen zum Affen machen.

Kevin gibt mir zu verstehen, mich zu ihm hinunterzubeugen, und sagt leise: »Da wir hier gerade an einer Bindung arbeiten, um den Informationsfluss zu optimieren: Was machst du am kommenden Samstag?«

»Ich hab nichts geplant.«

»Dann komm doch zu mir nach Hause, meine Frau und ich feiern unser Zehnjähriges. Sandro, Alexandre und meine Schwester werden auch da sein.«

»Glückwunsch zu eurem Jubiläum, aber eigentlich bin ich jetzt mit einer Einladung an der Reihe.«

»Kein Problem. Du machst es halt ein andermal, aber komm doch am Samstag, es wird bestimmt sehr nett werden.«

»Einverstanden. Vielen Dank für die Einladung.«

»Cool.«

Der Kursleiter kommt wieder zu uns.

»Was haben Sie denn gerade zu Ihrem hilfsbedürftigen Kollegen gesagt?«

»Ich habe mir seinen letzten Willen notiert, weil ich von Spritzen einfach keine Ahnung habe. Wenn sein Leben von mir abhängt, dann ist er geliefert. Im Normalfall werde ich von ihm und seinen Kumpels gerettet!«

Alle lachen.

Der arme Mann hatte es wirklich nicht leicht, seinen Vortrag zu beenden.

51

Virginie hält mir den Brief entgegen, der ihr persönlich von Deblais in Anwesenheit eines Zeugen überreicht worden war. Da ihre Hand zittert, habe ich Schwierigkeiten, ihn zu lesen.

»Eine befristete Suspendierung und eine Abmahnung?«

»Er besaß die Frechheit, mir ins Gesicht zu sagen, wenigstens hätte ich an diesen unbezahlten freien Tagen genug Zeit, um meine Kinder von der Schule abzuholen. Was soll ich nur machen? Eins ist mir klar: Er will mich hier weghaben. Ich bin die Nächste auf seiner Abschussliste.«

»Wir werden das schon irgendwie hinkriegen. Wie hat Notelho reagiert?«

»Er hat kein Wort gesagt. Mutig wie er ist, wich er meinen Blicken immer wieder aus.«

»Ich darf doch eine Kopie von dem Schreiben machen? Ich werde die Arbeitsaufsichtsbehörde einschalten. Ich kenne da jemanden, der uns sicher einen guten Rat geben kann.«

»Marie, sag mir die Wahrheit. Glaubst du wirklich, ich komme aus der Nummer noch mal raus?«

»Es wäre auf jeden Fall falsch, nichts zu unternehmen. Deblais will dich kleinkriegen. Er glaubt, dass er mit einer Frau, die allein zwei Kinder großzieht, ein leichtes Spiel hat. Aber er unterschätzt unsere Möglichkeiten. Und du tust mir bitte den Gefallen, und lässt dich nicht von ihm niedermachen. Er wartet nur darauf, dass du einknickst. Ich sehe das Ganze so: Er will dir ans Leder, aber da bist du wahrlich nicht die Einzige. Er will uns alle entlassen. Magali musste schon dran glauben, und du bist sein neues Opfer. Wir werden es nicht kampflos hinnehmen, aber solange wir uns noch auf die Schlacht vorbereiten, darfst du ihm keinen Anlass zur Klage geben. Er soll dir nichts vorwerfen können. Du musst fröhlich sein und motiviert, als wäre alles in bester Ordnung. Ich weiß, das wird nicht leicht. Versuch, dich zu Hause zu entspannen. Genieß die Zeit mit deinen Kindern. Ich kümmere mich um alles andere.«

»Ich vertraue dir, Marie, du weißt das. Wenn du mich aufgibst, kann mir keiner mehr helfen.«

Ich suche ihren Blick: »Virginie, ich behaupte nicht, eine wundersame Lösung parat zu haben, aber ich habe zwei oder drei Asse im Ärmel. Wenn wir es nicht schaffen, dich zu retten, dann schaffen wir es bei keinem hier.«

Ich glaube, ich habe sie etwas beruhigen können, sicher auch deshalb, weil das, was ich gesagt habe, wahr ist. Eine Idee kommt mir. Die Liste, die ich für Deblais erstellen sollte, war dazu gedacht, den Finger auf die Schwachstellen der Verträge legen zu können, aber offensichtlich stürzt er sich noch viel lieber auf die persönlichen Schwächen der Mitarbeiter. Ich könnte es ihm gleichtun und herausfinden, bei wem er als Nächstes zuschlagen wird. Ich weiß, warum er Magali entlassen hat und warum er Virginie in die Enge treibt. Wenn ich an seiner Stelle wäre, wer wäre dann mein nächstes Opfer, und wie würde ich mein Ziel erreichen?

Emilie kommt herein. Sie strahlt, platzt vor Energie und ist angezogen wie im Hochsommer, obwohl es draußen immer noch kalt ist.

»Du hast also Julien wiedergesehen.«

»Noch nicht, aber wir telefonieren stundenlang miteinander.«

»Geht's voran mit der Umfrage zur Parkplatzsituation?«

»Ja, schon, aber ich hoffe, dass wir bald das Thema ›Rückbank seines Autos‹ behandeln werden.«

»Emilie, ein bisschen Romantik bitte.«

Sie wechselt das Thema: »Hast du heute Morgen Notelho gesehen?«

»Nein, noch nicht.«

»Stell dir vor, er hat einen dicken Verband um die Stirn – hat mich an meinen alten Theaterleiter erinnert, aber ich schwöre, diesmal hab ich nichts damit zu tun. Und ich hab ein Alibi!«

»Das wirst du nicht brauchen. Ich war's.«

»Was?«

»Ich hab ihm gestern Abend eins mit einem Brett übergezogen.«

»Du hast was gemacht?!«

Pantomimisch stelle ich Kasperle dar, wie er Seppl verhaut. Diesmal ist sie es, die platt wie eine Flunder ist.

»Ich hatte schon gemerkt, dass er während des Abschiedsumtrunks für Benjamin immer um dich herumgeschlichen ist. Jetzt sag bitte nicht, dass er diese Briefe geschrieben hat!«

»Nein, keine Angst. Aber neulich, als bei unserer Aktion in Deblais' Büro die blaue Akte auf den Boden fiel, hat er den Inhalt gelesen und weiß seitdem, dass auch für ihn ein Plätzchen auf dem Karren zum Schafott direkt neben uns reserviert ist.«

»Hast du ihn deshalb verprügelt?«

»Nein, das ist ein bisschen komplizierter, aber, was wichtiger ist: Er frisst mir jetzt aus der Hand und ist bereit, uns zu helfen.«

»So tickst du also? Du verhaust einen Kerl, um ihn gefügig zu machen? Was kommt als Nächstes? Fesselst du ihn und bestreichst ihn dann mit Marmelade?«

Genau in dem Moment geht Notelho den Gang hinunter in

Richtung Kopierraum. Ich greife eilig zum Hörer: »Valerie, hättest du Lust, in den Kopierraum zu kommen, um Notelho ein bisschen mit deinem BH zu terrorisieren? Ich halte ihn mit einem Brett in Schach.«

»Ich bin mir nicht sicher, ob ich alles verstanden habe, aber bin schon unterwegs!«

52

Notelho steht vor dem Fotokopierer und versucht, seine Funktion zu ergründen. Als er uns drei in den Kopierraum drängen sieht, erbleicht er. Ich gebe cool einen Befehl: »Emilie, du blockierst die Tür.«

Der stellvertretende Geschäftsführer versucht, mit uns zu verhandeln, aber nur ganz leise: »Was wollen Sie denn noch von mir? Ich bin auf Ihrer Seite, das wissen Sie.«

»Bravo, Pepito«, sage ich, während ich mich langsam auf ihn zubewege, »jetzt lernst du ja schon, wie man Kopien macht. Das ist sehr schön. In einigen Monaten wirst du dir vielleicht sogar deinen Kaffee wie ein großer Junge selber machen können, mit deinem dämlichen halben Würfel Zucker, den man nie vernünftig kleinkriegt.«

Valerie kommt ebenfalls näher und hebt ihre Bluse an: »Wie findest du den hier?«

Notelho weicht zurück. Ich habe noch nie einen Mann gesehen, der beim Anblick von Brüsten so erstarrt – gefällt mir. Kaum zu glauben, aber es gab tatsächlich mal eine Zeit, wo ich diesen Kerl beeindruckend fand. Emilie beobachtet die Szene mit einem seligen Lächeln. Ich gehe zum Angriff über: »Erinnerst du dich noch an unsere kleine Abmachung?«

»Natürlich. Und ich werde sie auch nicht so leicht vergessen können. Ich habe überall blaue Flecken, an allen Teilen meines physischen Körpers.«

Er redet wieder wirres Zeug, das ist ein gutes Zeichen. Das bedeutet, dass er Angst hat. Notelho zieht den Ärmel hoch und hält ihn uns hin. Valerie sieht mich ungläubig an: »Warst du das?«

»Nein, ein Brett war's. Ich erklär es dir ein anderes Mal.«

Ich frage Notelho: »Und, wie sieht's aus? Wir warten auf die Dokumente.«

»Ich bin an der Sache dran, heute Mittag vielleicht, aber es ist nicht ganz einfach. Er ist immer da.«

Valerie ist fasziniert, wie viel Angst ich ihm einjage. Darüber hat sie völlig vergessen, ihre Bluse wieder runterzulassen. Ich flüstere ihr zu: »Du kannst dich wieder anziehen.«

Notelho gibt eilig seine Meinung ab: »Er ist sehr hübsch, Ihr Brüste-Halter, besonders der elegante Spitzenbesatz.«

Emilie kichert leise in sich hinein. Ich halte den Druck aufrecht: »Hör mir gut zu, Pepito: Ich will diese Dokumente spätestens morgen sehen, sonst …«

Patrice aus der Buchhaltung hat gerade die Tür des Kopierraums geöffnet. Emilie stellt sich ihm in den Weg und sagt: »Das ist jetzt kein guter Moment.«

Der Buchhalter, der die Situation sofort erfasst, weicht zurück und sagt: »Okay, kein Problem. Dann mache ich meine Kopien halt auf der Toilette.«

Notelho sieht, wie sich seine letzte Chance auf Hilfe von außen entfernt. Ich flüstere ihm zu: »Und jetzt, Pepito, haben wir auch noch einen Zeugen, der dich mit uns zusammen gesehen hat, und zwar, wie wir ein Komplott schmieden.«

53

Etwas kitzelt mich an der Wange. Die Barthaare von Paracetamol haben mich geweckt. Er schnurrt mir ins Ohr. Dieses Geräusch hat etwas sehr Entspannendes. Wenn eine Katze schnurrt, dann ist alles in Ordnung. Ich war auf dem Sofa eingeschlafen. Ich hebe meine Hand, um sie zu streicheln. Sie entzieht sich mir nicht, welch ein Wunder! Sie spielt vielmehr mit meinen Fingern und rollt sich dann auf den Rücken, direkt neben meinen Kopf. Wir sind zwei Lebewesen aus verschiedenen Gattungen, die diesen Moment gemeinsam genießen. Ich strecke mich ein bisschen, um meine Nasenspitze an ihrem Bauch zu reiben, denn dort ist es noch weicher. Ich fühle mich gut.

Wie spät ist es wohl? Ich erinnere mich, dass ich dabei war, die Personalakten meiner Kollegen durchzugehen, und muss wohl dabei eingenickt sein. Ich zögere den Moment hinaus, in dem ich die Augen öffne, um einen Blick auf die Uhr zu werfen. Zwei Extraminuten Pause in Gesellschaft meiner Katze sollten eigentlich niemanden seinen Job kosten.

Aus persönlichen Gründen habe ich mich besonders für die Akten von Sandro und Vincent interessiert. Ich habe darin nichts Außergewöhnliches gefunden. Sandro hat recht bescheiden angefangen, verbesserte sich jedoch mit jeder neuen Stelle. Er steigt die Karriereleiter langsam und stetig nach oben. Vincent war vorher bei diversen, allesamt sehr namhaften Firmen beschäftigt gewesen. Beide haben keine Ehefrauen und keine Kinder. Sandro ist seit vier Jahren in der Firma, Vincent etwas kürzer. Da ihre persönlichen Angaben seit ihrer Einstellung nicht aktualisiert wurden, hätten sie durchaus Zeit genug gehabt, sich eine Familie zuzulegen, ohne dass dazu ein Vermerk existieren müsste.

Es ist fast zwei Uhr in der Nacht.

»Mein Schläfchen hat dich um dein Essen gebracht, mein Großer. Du musst Hunger haben.«

Meine Katze antwortet nicht und genießt weiter schweigend die verabreichten Streicheleinheiten.

»Komm, es gibt jetzt was zu fressen für dich, und mir mache ich auch eine Kleinigkeit. Dann können wir zusammen futtern.

Bin ich eine alte, wunderliche Schrulle, wenn ich mit meiner Katze rede? Nein, ich glaube nicht. Sogar wenn ich verheiratet wäre und sechs Kinder hätte, würde ich mit ihr reden, wie mit allen, die mir wichtig sind. Ich mache mir nichts vor und gebe gern zu, dass Paracetamol sich in meinem Leben ganz schön breitgemacht hat. Wahrscheinlich, weil ich mich so leicht binde, aber vor allem, weil er eine echte Marke ist. Ich passe auf ihn auf, und er passt auf mich auf. Ich nehme ihn, so wie er ist, ich weiß, was er mag und was ihm nicht gefällt. Für ihn gilt das Gleiche. Wir haben gelernt, uns umeinander zu kümmern. Hier zu Hause habe ich nur ihn, und er hat nur mich.

Seit einigen Tagen telefonieren Emilie und ich sehr viel seltener als früher. Seltsamerweise bin ich darüber glücklich und traurig zugleich. Obwohl ich in der Firma meine Tage in der Nähe meiner Freundin verbringe, fehlt sie mir schrecklich. Unsere allabendlichen Telefonate wurden durch eine gähnende Leere ersetzt. Wir besprachen zwar nichts Weltbewegendes, aber wir tauschten uns aus, plauderten aus der Lust heraus, Unsinn zu erzählen und auch, um sich weniger einsam zu fühlen.

Und am Ende wünschten wir uns immer gegenseitig eine gute Nacht.

Einerseits bin ich froh, dass sie jetzt weniger Zeit für mich hat, weil es gleichzeitig bedeutet, dass die Geschichte mit Julien Fortschritte macht. Ich habe es so gewollt, ich habe es für sie gehofft. Das macht jedoch ihr Schweigen nicht weniger schmerzhaft.

Jetzt kann ich nur noch meiner Katze eine gute Nacht wünschen. Sie antwortet mir nie – wahrscheinlich, weil sie später zu Bett geht als ich. Möglicherweise wünscht sie mir auch »Gute Nacht«, nur sehr viel später, und ich höre es nicht mehr, weil ich schon eingeschlafen bin. Ich weiß, wie verrückt sich das anhört, aber ich mag es einfach, jemandem gute Nacht zu sagen. Ich hänge geradezu an diesem Ritual.

Ich liebe diese Wohnung wirklich: Sie ist schön, und sie ist groß, aber ich war viel glücklicher, als meine Mutter, meine Schwester und ich noch sehr beengt in unserer Zweizimmerwohnung zusammenlebten. Wir waren wie Murmeltiere tief in ihrem Bau. Caro und ich fühlten uns wie Welpen in ihrem Körbchen, sicher zwischen den Pfoten ihrer Mutter. Heute habe ich einen viel geräumigeren Bau, mein Körbchen war nie zuvor so riesig, aber ich bin darin allein.

Wie wird ein Haus zu einem Heim? Wie wandeln sich vier Wände zu einem mit Leben erfüllten Ort? Sicher dann, wenn sich dort Menschen zusammenfinden, aufeinander warten und ihren Alltag miteinander teilen. Ein Heim ist ein Ort, wo Menschen, die sich mögen, Zeit miteinander verbringen. Schon als kleines Mädchen war mir das bewusst, ohne dass ich es hätte formulieren können. Ich liebte es, zu Hause auf meine Mutter und meine Schwester zu warten. Ich wusste, sie würden kommen. Ich hielt es kaum aus, bis wir wieder alle zusammen waren. Und während ich wartete, deckte ich mit Freude den Tisch. Ich stellte die Teller hin, ich faltete die Servietten zu Tierfiguren und achtete darauf, die Gläser und das Besteck ordentlich danebenzulegen. Sogar bei ganz normalen Mahlzeiten war mir dies wahnsinnig wichtig. Für mich war es eine Möglichkeit, meine Zuneigung sichtbar zum Ausdruck zu bringen. Als ich mit Hugues zusammenzog, änderte sich das. Anfangs hatte ich noch Spaß daran, aber ihm war das völlig egal. Ich deckte hübsch den Tisch, während er im Stehen aß, auf die Schnelle. Manchmal telefonierte er sogar dabei oder surfte im Internet. Was ich ihm mit Liebe zubereitet hatte, schlang er hinunter, ohne es eines Blickes zu würdigen. Er wusste nichts zu schätzen. Nach und nach tötete er so meinen Elan. Ich sehe das jetzt erst, mit einigem Abstand. Es ist furchtbar. Unmerklich hat er mir beigebracht, dass nette kleine Gesten reine Verschwendung sind.

Jetzt, wo ich wieder allein bin, frei von ihm, fühle ich diese alten Instinkte wieder in mir neu zum Leben erwachen. Ich habe wieder Lust, für jemanden den Tisch zu decken, meine Zeit den Menschen zu opfern, die sich darüber freuen würden.

Paracetamol hat sofort verstanden, dass sein Futter im Anmarsch war. Ohne abzuwarten, bis ich fertig war, schob er sein Mäulchen zwischen meine Finger und fing an zu fressen. Gieriger kleiner Feinschmecker! Während er einen Bissen nach dem anderen verputzte, streichelte ich seinen Kopf, oben zwischen den kleinen Spitzohren. Es ist erstaunlich: Er frisst zwar schnell, schlingt aber nicht, sondern nimmt jeden Bissen mit der gleichen zarten Bewegung.

Ich öffne den Kühlschrank, finde aber nichts Verlockendes. Auch mit der Ernährung ist es schwieriger, wenn man allein ist. Für sich selbst kocht man doch nie richtig. Man isst entweder das, was überlebenswichtig ist oder das, was einen spontan anspricht. Tatsache ist jedoch, dass man sich nicht so gesund ernährt, wie man sollte. Man überlebt irgendwie, wartet aber, bis Gesellschaft kommt. Also esse ich eine Kleinigkeit und verfalle augenblicklich dem Fluch des weiblichen Geschlechts: Alles was schmeckt, macht dick! Ich kann die neue Obstsaison kaum abwarten. Jetzt würde ich zum Beispiel liebend gern einen sonnengewärmten Pfirsich essen. Bis dahin begnüge ich mich heute Nacht mit geraspelten, etwas altersschwachen Karotten.

Meine Katze ist mit ihrem Napf schon fertig und putzt sich. Ich habe keine Lust, allein am Tisch zu sitzen, also laufe ich ziellos durch die Wohnung mit meinem Teller in der Hand. Alles ist ruhig. Zu dieser Stunde schlafen die meisten Hausbewohner. Früh einzuschlafen hat mir gutgetan, aber nun, um zwei Uhr in der Frühe, gehe ich in einem fast schlafwandlerischen Zustand herum. Ich bin nicht müde, aber richtig wach bin ich auch nicht. Meine Gedanken steigen auf wie Seifenblasen, verweilen in der Luft und stoßen sanft aneinander. Manche platzen, andere drehen sich um die eigene Achse im Kreis.

Wozu hätte ich Lust? Was würde mir jetzt am meisten Spaß machen? Was ist mein größter Traum? Da mein Denkvermögen vernebelt ist, muss ich einen anderen Weg einschlagen. Ich werde mich also treiben lassen. Es ist an der Zeit, Herz und Instinkt zu Wort kommen zu lassen.

Ist ein unabhängiges Leben wirklich das, was ich will? Diese Frage stellt sich für mich nicht. Von anderen abhängig zu sein war für mich nie ein Problem. Nur törichte und hochmütige Menschen halten sich für clever genug, ohne jede Hilfe zurechtzukommen.

Will ich den Rest meines Lebens allein verbringen? Nein. Das bedeutet aber nicht, dass ich bereit bin, noch einmal das zu ertragen, was ich mit Hugues erlebt habe. Die vielen Jahre, in denen ich geglaubt habe, mit jemandem zusammen zu sein, der mich liebte … Ich projizierte meine Gefühle auf einen anderen, obwohl ich die Einzige war, die sie empfand. Ich weiß inzwischen, dass das zu nichts führt. In Menschen zu investieren, die kein Herz haben, hat keine Zukunft.

Würde eine gute Fee erscheinen und mir drei freie Wünsche gewähren, wüsste ich schon, was ich mir wünschen würde. Natürlich würde ich mich zuvor davon überzeugen, dass die Fee nicht Emilie ist, die mir in ihrem Kostüm einen gemeinen Streich spielt: Ich ziehe also nach Leibeskräften an ihren Flügeln und an ihren Haaren, um sie auf ihre Echtheit zu prüfen. Wenn sie den Test überstehen, wünsche ich mir, damit die Fee nicht wieder abhaut und mir dieses ungehörige Verhalten einer Verrückten verzeiht, weder Reichtum noch ewiges Leben noch die Fähigkeit, alle Sprachen dieser Welt zu sprechen.

Ich erbitte mir nur drei kleine Dinge: Ich möchte Schritte hören, die sich im Treppenhaus nähern, ich möchte, dass jemand meine Tür öffnet, und ich möchte, dass dieser Jemand mich in seine Arme nimmt, weil er mich liebt. Ich verlange nichts Spektakuläres, und doch weiß ich, dass diese drei kleinen Dinge von dem einzigen Wunder zeugen, das dem Leben einen Sinn verleiht.

Eine kleine innere Stimme flüstert mir zu, dass mein Herz etwas dagegen hat, für den Rest meines Lebens allen Männern zu misstrauen. Es besteht also noch Hoffnung. Mein Geist und meine Gefühle müssen sich nur verbünden, damit ich dieselben Fehler nicht noch einmal mache. Leichter gesagt als getan.

Ich muss etwas gestehen: An der Wand im Wohnzimmer, neben dem Regal, habe ich zwischen die Fotos einen Kalender geheftet, auf dem ich die Tage abzählen kann, die mich noch vom nächsten Brief trennen. Wie lange muss ich noch bis zum 13. März warten? Um ganz ehrlich zu sein, sehe ich jeden Tag mehrfach nach. Zigfach eigentlich. Jeden Morgen, als wäre ein kleiner Sieg errungen, streiche ich den vergangenen Tag aus dem Kalender. Du armes Ding, glaubst du wirklich, dieser 13. würde alles ändern? Wieder eine Illusion. Ich weiß es, aber trotzdem verhalte ich mich wie eine Gefangene, die die restlichen Tage bis zu ihrer Freilassung zählt. Mir ist bewusst, dass mein Verhalten völlig überzogen ist. Tatsache ist jedoch, dass dieser Brief das Einzige ist, worauf ich wirklich warte. Wahrscheinlich ist dies das traurige Zeichen einer existentiellen Leere, aber so ist das nun mal. Mein inneres Ruinenfeld muss erst in seinen ursprünglichen Zustand zurückversetzt werden. Alles muss neu aufgebaut werden. Man hat begonnen, den Schutt abzutransportieren, und die Ingenieure fragen sich, ob der Untergrund auch solide genug ist, um darauf zu bauen. Der Boden muss auch dekontaminiert werden, denn überall sind Spuren von Furcht und Hoffnungslosigkeit. Darauf wächst nichts.

Während ich also auf den Plan des Architekten warte, hänge ich völlig in der Luft. Und doch ist mein Terminkalender voll: Zahnarzt, Einladung bei Monsieur Alfredo, Enthaarung. Eine gute Gelegenheit, um festzustellen, dass das, was unsere Zeit füllt, nicht unbedingt für Erfüllung im Leben sorgt. Wie vor meinem leeren Kühlschrank stehe ich da und nasche ein bisschen, während ich auf etwas warte, was mich wirklich satt machen wird. Ich habe Hunger.

Was wird in dem nächsten Brief stehen? Was wird er mir schreiben? Wird er mir einen neuen Treffpunkt vorschlagen? Wird er mir sagen, was er bei seiner Observierung über mich herausgefunden hat? Wird er meine neu erwachte Hoffnung bemerkt haben? Oder wird er mir verkünden, dass er inzwischen etwas Besseres gefunden hat? Ich habe Angst davor, aber ich muss es trotzdem wissen.

In meinen seltenen hellsichtigen Momenten sage ich mir selbst, dass es unvernünftig ist, diesem Typen hinterherzuhecheln. Ich weiß nichts über ihn außer dem, was er mir gnädigerweise selbst in seinen Briefen verrät. Ich hefte ihm alle nur erdenklichen Körper, Stimmen, Gesichter und Altersgruppen an. Er ist mein potentieller »Mann fürs Leben«, aber je länger ich mich mit ihm beschäftige, desto mehr frage ich mich, welche konkreten Eigenschaften ihm diesen Platz in meinem Leben geben würden. Welche Züge machen einen Mann zu dem »einzig Richtigen«? Was an ihm bringt uns dazu, ihm so viel zu schenken? Die Hormone können nicht die einzige Erklärung sein. Die Chemie rechtfertigt weder die Träume noch die Hoffnungen. Ich kann über diese Dinge kühl nachdenken, solange dieser Mann nicht vor mir steht. Sobald er erscheint – so weit kenne ich mich schon –, werden meine Gefühle über meinen Verstand die Oberhand gewinnen, mein Herz wird wieder einmal mein Gehirn in Verwirrung stürzen. In manchen Momenten, wenn ich mich allzu sehr hineinsteigere, sage ich mir, dass er am Ende vielleicht gar nicht zu mir passen wird. Vielleicht werden wir einfach nicht füreinander geschaffen sein.

Ich weiß nicht wieso, aber das Gesicht von Alexandre taucht plötzlich vor meinem geistigen Auge auf. Es ist doch eigentlich egal, dass er nicht der Briefeschreiber sein kann. Niemand verbietet mir, auch andere Männer in Betracht zu ziehen. Aber dem einen, der sich für mich in einem Moment interessiert hat, in dem ich dachte, niemandem etwas zu bedeuten, diesem einen muss ich trotz allem seine Chance geben.

54

Emilie hat mir netterweise ihr Auto geliehen. Außerdem braucht sie es an diesem Wochenende nicht, weil Julien sie in seinem mitnimmt, wohin weiß ich nicht. Ich hoffe, sie werden ein besseres Plätzchen finden als die Rückbank seines Wagens.

Ich fahre zu Kevins Adresse und verlasse mich völlig auf das Navi. Dass Emilie die Navi-Stimme heimtückisch auf Finnisch eingestellt hat, war überhaupt nicht nett von ihr. An jeder Kreuzung lache ich lauthals los und gerate kurz darauf in Panik, weil ich kein Finnisch verstehe, aber doch irgendwie den Weg finden muss: alle fünfzig Meter vergnügt, dann panisch. Die Leute auf der Straße denken wahrscheinlich: »Die Ärmste hat wohl einen an der Waffel.«

Nach einer halben Stunde Fahrt habe ich wenigstens herausbekommen, dass »oikealle« »nach rechts« und »vasemmalle« »nach links« heißt. Wird nicht einfach sein, meine neuen Finnischkenntnisse in einer Unterhaltung unterzubringen. Bald habe ich eine Siedlung erreicht, die neueren Datums zu sein scheint als die von Caro und Olivier. Die Zufahrtstraßen sind breit, die Kreisverkehre zahlreich. Die Bäume hatten noch nicht genug Zeit zum Wachsen, und die Sträucher sind frisch gepflanzt. Die Straßennamen lassen einen unweigerlich an frische Landluft denken: Kirschbaumallee, Mühlenstraße … Die schmucken Einfamilienhäuser ähneln sich alle, ohne gleichförmig zu sein. Wegen der vielen Spielgeräte, die ich auf den

Rasenflächen entdecke, bin ich sicher, im Land der jungen Familien zu sein: unzählige kleine Plastikrutschen in knalligen Farben, Spielhäuschen und Wippen. Wenn demnächst das angekündigte mildere Wetter kommt, wette ich, dass die nächsten Samstage in der Siedlung sehr viel weniger friedlich sein dürften als der heutige.

Ich brauche nicht nach der Hausnummer Ausschau zu halten, weil ich gerade Kevin entdecke, der mit seinen beiden Kindern spielt. Sie klammern sich an seine Beine. Kevin stapft mit Riesenschritten vorwärts und hebt mit jedem dieser Schritte seine Kinder in die Höhe, was sie vor Freude jauchzen lässt. Sandro folgt ihnen dicht auf den Fersen, auf allen vieren, und fletscht seine Zähne. Er springt wie ein Löwe, während Alexandre den Kindern mit Gesten zu verstehen gibt, bei ihm Schutz zu suchen. Es ist ein anrührendes Bild. Ich habe das Glück, sie eine Weile unbemerkt zu beobachten. Fünf freilaufende Männchen in ihrem natürlichen Lebensraum. Drei Ausgewachsene, zwei Junge. Aber ist das Alter denn von Bedeutung, wenn es ums Spielen geht? Ihr Spielinstinkt ist oft viel ausgeprägter als der von Weibchen.

Als ich das Auto abstelle, bemerken sie mich. Ihr Verhalten – zumindest das der Erwachsenen – ändert sich augenblicklich. Auf einmal sind sie viel ernster. Caro würde sagen, sie haben ihr Superheldenkostüm wieder übergezogen. Die beiden Kleinen hingegen lassen nicht locker und schreien munter weiter, damit alles noch viel schneller und viel doller weitergeht.

Ich steige aus, greife nach meinem Blumenstrauß und der Flasche für meine Gastgeber. Für die Kinder, deren Alter ich in der Personalakte von Kevin nachgesehen hatte, habe ich auch eine Kleinigkeit mitgebracht. Während sie mich begrüßen, kommt eine junge Frau aus dem Haus und schimpft mit den Männern:

»Nein, also ehrlich! Seid ihr denn total übergeschnappt, mit den Kindern bei diesem Wetter draußen zu toben? Ich hatte sie doch gerade erst geduscht! Ihre Haare sind noch nass, und die Schlafanzüge waren sauber! Rein mit euch, Kinder!«

Alexandre und Sandro geben sich kleinlaut, aber Kevin antwortet: »Das ist doch nicht schlimm. Wenn man glücklich ist, wird man nicht krank! Sie werden sich ihr ganzes Leben lang an dieses lustige Spiel erinnern, bestimmt aber nicht an ihre Pyjamas.«

»Vor allem, wenn sie sowieso halbnackt schlafen wie ihr Vater.«

Die beiden Kleinen gehorchen widerwillig. Kevin begrüßt mich freudestrahlend: »Guten Abend, Marie, und herzlich willkommen! Ich darf dir die Xanthippe meines Herzens vorstellen: Clara. Zehn Jahre Glückseligkeit, vorausgesetzt, man ist taub.«

Seine Ehefrau mimt gutmütig einen Schlag und umarmt mich, bevor ich mir noch die Frage stellen kann, wie ich mich bei diesem Erstkontakt verhalten soll.

»Guten Abend, Marie. Schön, dass du kommen konntest. Wir sagen am besten gleich ›du‹ zueinander. Die Männer haben mir schon viel über dich erzählt. Es sieht so aus, als wärst du Weltklasse beim Kriechen durch Heizungsschächte. Das ist ein riesiges Kompliment, wenn so was von ihnen kommt.«

Sandro und Alexandre küssen mich wie selbstverständlich auf die Wange. Wir sind ja schließlich nicht bei der Arbeit. Sandro hat mich bestimmt deshalb so dicht an sich herangezogen.

Clara führt mich nach drinnen.

»Marie, darf ich dir Melanie vorstellen, die Schwester von Kevin? Der Geburtsurkunde nach zwei Jahre jünger, aber in Wirklichkeit zehn Jahre reifer.«

Auch wir umarmen uns. In die häusliche Atmosphäre der Familie einzudringen fühlt sich für mich seltsam an. Schuhe im Flur, Fotos von Kindern an den Wänden, herumfliegendes Spielzeug. Dieses Haus könnte in einer Parallelrealität das von Caroline sein. Melanie nimmt mir meine Jacke ab. Ich überreiche den Wein und die Blumen. Clara freut sich offensichtlich über die Geschenke.

»Das war nicht nötig, aber ich freue mich, vielen Dank!«

Sie reicht die Flasche an Kevin weiter. »Ich denke mal, dass du die den Blumen vorziehst, oder?«

Sie haben als Paar eine positive Ausstrahlung. Es knallt bestimmt gewaltig, wenn sie mal streiten, aber wenigstens ist hier Leben in der Bude. Die Kinder bleiben in einem Sicherheitsabstand zu mir stehen und beäugen mich prüfend. Ich winke sie zu mir und gehe in die Knie, um auf Augenhöhe mit ihnen zu sein.

»Wer von euch ist Quentin und wer Matheo?«

Die beiden heben ihre Hände wie in der Schule, exakt zur gleichen Zeit. Jetzt bin ich genauso schlau wie zuvor.

»Ich hab etwas für euch! Das ist für dich, Matheo.«

Er tritt vor, und damit habe ich ihn identifiziert: etwa sieben Jahre alt, er ist der Ältere, aber nur knapp.

»Und das ist für dich, Quentin.«

Ganz aufgeregt nehmen die beiden ihre Päckchen und rennen ins Wohnzimmer, wo für sie eine kleine Spielecke eingerichtet wurde.

»Vielen Dank für die Geschenke«, flüstert mir Clara zu.

»Gern geschehen. Kann ich irgendwie helfen?«

»Das wird nicht nötig sein. Heute Abend kümmern sich die Männer um das Festmahl. Wir haben nichts weiter zu tun, als die Beine unter dem Tisch auszustrecken. Komm, wir gönnen uns einen kleinen Aperitif unter Mädels.«

Sie senkt ihre Stimme um eine Oktave und ruft in Richtung Küche: »Was gibt's denn? Wir haben Kohldampf! Ist das Essen denn immer noch nicht fertig?«

Wir gehen ins Wohnzimmer in die Nähe der Kinder, die ihre neuen Spielsachen ausprobieren, und lernen uns ein bisschen kennen. Matheo gibt Brumm-brumm-Geräusche von sich, als er sein Auto auf dem Arm seiner Mutter spazieren fährt, und Quentin imitiert das Brausen einer abhebenden Rakete und führt sie in Schleifen durch die Luft. Unser erstes Gespräch kreist um Männer: ein universelles Thema, bei dem man oft viele Gemeinsamkeiten entdeckt. Wir fragen uns scherzhaft, in welchem Zustand wohl die Küche nach der Zubereitung dieser Mahlzeit sein wird.

Melanie ruft hinüber: »Mit den Tipps, die sie in ihren Zeitschriften finden, werden sie wohl kaum lernen, wie man kocht … Motorräder, Uhren, große Schlitten und Mädchen: brumm brumm, tick tack, tüt tüt und mööp mööp!«

Kevin lacht: »Ja, genau, haltet uns ruhig für zurückgeblieben! Man braucht nur mal durch eure Magazine zu blättern, um zu merken, um wie viel schlauer ihr seid als wir Männer!«

Zustimmendes Gelächter in der Männerfraktion. Einer von ihnen ahmt eine hohe Frauenstimme nach: »Oh mein Gott! Mein Horoskop sagt, dass ich mir einen Nagel abbrechen werde, dass meine Haut trocken ist und dass meine Handtasche nicht mehr modern ist. Ich werde sterben!«

Sie brüllen vor Lachen, und wir lachen mit. Der zweite fügt mit der gleichen Fistelstimme hinzu: »Wird man dünner, wenn man stirbt? Weil, das fände ich interessant, vorausgesetzt, das macht die Haare nicht brüchig. Erfahren Sie die ganze Wahrheit in unserem exklusiven Experteninterview, und machen Sie den Psychotest auf Seite 32!«

Wer von ihnen hat denn die Stimme einer übergeschnappten Zicke nachgeahmt? Ist es Sandro, der seine übliche Reserviertheit aufgibt? Oder der sonst so ernsthafte Alexandre? Einer der beiden ist jedenfalls sehr geschickt bei diesem Versteckspiel.

Die Jungs reißen weiter ihre Witze über uns. Wir stehen ihnen in nichts nach und amüsieren uns auf ihre Kosten. Tatsache ist, dass, auch wenn Männer und Frauen nicht zusammen sind, sie immer ihre Fühler zueinander ausstrecken.

Wir hören, wie sie sich über Garzeiten streiten. Eine Schranktür knarzt, und Küchengerätschaften fallen auf den Boden. Verdächtiges Gelächter. Ich schlage vor: »Sollten wir ihnen nicht vielleicht doch helfen?«

»Zwecklos. Das Essen ist so oder so schon ruiniert. Wir werden schlecht essen, aber bestimmt gut zu lachen haben.«

»Bleib da draußen«, warnt mich Melanie, »da kann einem echt der Appetit vergehen. Als ich vorhin kurz in der Küche war, um die Oliven zu holen, haben sie darüber diskutiert, was schlimmer riecht, der Mundgeruch, den man von einem Eukalyptuszäpfchen bekommt, oder Spargelpipi …«

Wir lachen prustend.

»Bei dem, was sie uns vorsetzen werden, wäre es vielleicht nicht schlecht, auf Diät zu gehen.«

Der kleine Matheo bemerkt ernsthaft: »Ich mag keine Zäpfchen, aber Pipimachen mag ich.«

Bevor wir uns an den Tisch setzen, ergreift Kevin das Wort und steuert – plump, wie Männer nun mal sind – noch ein paar Informationen zu den Anwesenden bei: »Damit alle auf demselben Wissensstand sind: Melanie hat ihren Trottel von einem Freund vor zwei Monaten verlassen. Das Gleiche gilt für Marie, glaube ich. Alexandre steckt in einer komplizierten Geschichte, und Sandro ist in Bezug auf sein Liebesleben so diskret wie ein Schweizer Nummernkonto. Voilà, das war's.«

Clara fügt erklärend hinzu: »Ich bitte um Entschuldigung für meinen Mann. Er ist und bleibt ein Rüpel, aber er hat uns mit seiner kurzen Ansprache gerade zwei Stunden Zeit gespart!«

Das Essen ist tatsächlich eine Katastrophe. Die Vorspeisen sehen aus, als wären sie mit einer Steinschleuder angerichtet worden, und niemand weiß, was sich hinter der Hauptspeise verbirgt. Es sieht vage nach Kalb aus, die Männer behaupten jedoch steif und fest, es sei Fisch. Die Tatsache, dass wir darin Gräten finden, viele Gräten, spricht für ihre Version. Als Kevin unsere zweifelnden Mienen sieht, geht er so weit, uns mit dem Kassenbon vom Fischhändler vor der Nase herumzufuchteln. Spielt sowieso keine Rolle, weil es nach gekochter Ratte schmeckt.

Die Kinder sind nach oben gegangen, um einen Film zu gucken, seit einer Woche immer denselben in einer Endlosschleife. Meine Neffen haben es in ihrem Alter genauso gemacht. Den Eltern zufolge ist das völlig normal. Ich finde es immer noch reichlich komisch.

Es kommt mir irreal vor, an diesem Tisch zu sitzen. Ich feiere mit ihnen den zehnten Hochzeitstag, als gehöre ich zur Familie. Manche hätten sicher eine angeberische Feier veranstaltet, aber Clara und Kevin haben es vorgezogen, die Menschen einzuladen, die ihnen nahestehen. Ich frage mich deshalb, was ich in diesem kleinen Kreis zu suchen habe. Kevin wollte vielleicht einfach nur nett sein, weil ich allein bin. Ich könnte mir denken, dass Clara und Kevin mich zu diesem Abend aus Mitleid eingeladen haben wie eine arme Verwandte. Ich esse den Almosenteller, beziehungsweise ich versuche es, wobei ich sehr viel Wasser trinken muss, um den Fraß hinunterzuspülen. Vielleicht hat aber auch Sandro ein gutes Wort für mich eingelegt. Wie dem auch sei, die Stimmung ist gelöst. Clara und Kevin sorgen dafür, dass die Unterhaltung nicht erlahmt. Man merkt, dass sie sich wirklich gut verstehen. Jeder hat eine eigene Meinung, aber sie harmonieren sehr miteinander. Sandro ist offensichtlich ein Stammgast in diesem Haus, denn er weiß, wo das Besteck und alles andere ist, was man auf dem Tisch braucht. Melanie ist bester Stimmung und versäumt keine Gelegenheit, ihren Bruder aufzuziehen. Alexandre und ich halten uns ein wenig im Hintergrund.

Clara und Kevin feiern ihr Zehnjähriges. Ich frage mich, was ich an dem Tag gemacht habe, als sie sich das Jawort gegeben haben. Die Zeit vergeht so schnell. Wie soll man zehn vergangene Jahre zusammenfassen? Hugues und ich hätten jetzt auch den zehnten Hochzeitstag feiern können, wenn wir geheiratet hätten. Das macht mich nachdenklich. Zwei Paare, die gleichen zehn Jahre. Hier ein schmerzhaftes Scheitern, zu dem ich sicher beigetragen habe, dort der offensichtliche Wunsch, zusammen weiterzumachen, sowie zwei Kinder. In dieser Vergleichsprüfung bekommt mein Team eine unterirdische Bewertung. Clara und Kevin haben zusammen etwas aufgebaut. Ich hingegen warte auf eine Baugenehmigung, nachdem die ausgiebigen Abriss- und Sanierungsarbeiten abgeschlossen sind. Melanie fragt mich diskret: »Also hast auch du eine schmerzhafte Trennung hinter dir?«

»Es war ein Albtraum. Und du?«

»Dito. Aber es geht mir besser. Etwas Neues bahnt sich an.«

»Das hört sich gut an. Du bist noch jung, leg los.«

»Und du, gibt's bei dir auch einen Mann am Horizont?«

Was soll ich darauf sagen? Dass ich niemanden habe, dass sich jedoch ein mir völlig unbekannter Mann für mich interessiert? Da denken alle sofort an eine Internetbekanntschaft. Ich beschließe ausweichend zu antworten, vor allem, da Sandros Lauscher aufgestellt sind.

»Ich lasse mir Zeit.«

Die Zeit, die ich mir lasse, ist natürlich relativ! Bis zum 13. März, um genau zu sein. Wow! Jetzt erfinde ich auch noch die Relativitätstheorie für amouröse Hoffnungen. $W = A^2 + tE$ x eGH, alles geteilt durch S/T. (Wartezeit = Alleinsein im Quadrat + Erfahrungswert, gemessen in Tonnen, x Anzahl eventueller grauer Haare, alles geteilt durch die Anzahl von Seufzern pro Tag). Ich kann mir vorstellen, was Einstein dazu sagen würde, der, wie jeder weiß, zusammen mit seinem Kumpel Pasteur den elektrischen Funken erfunden hat, der einem einen Schlag verpasst, wenn man sich einen Pulli aus Polyacryl über den Kopf zieht.

Fürs Erste wüsste ich zu gerne, was Kevin mit dem diskreten Liebensleben von Sandro gemeint hat.

Clara ist nach oben gegangen, um die Kinder ins Bett zu bringen, später kommt Kevin nach, um ihnen einen Gutenachtkuss zu geben. Der Nachtisch ist natürlich ebenfalls misslungen: eine zu heiß gewordene Eiercreme. Wir zwängen uns gelbe Stückchen hinein, die in einer klumpigen Sauce schwimmen.

Da vier von den sechs Anwesenden in derselben Firma arbeiten, kommt das Gespräch unausweichlich irgendwann auf Deblais. Clara und ihre Schwägerin sind empört, dass man diesem Kerl derart viel durchgehen lässt. Auch hier ist es faszinierend zu beobachten, wie unterschiedlich Männer und Frauen reagieren. Melanie sieht alles sofort unter dem Gesichtspunkt von Moral und Gerechtigkeit. Kevin erklärt seinen Standpunkt: »Man könnte natürlich ewig darüber diskutieren, wie die Dinge laufen müssten, ich halte mehr davon, einzuschreiten, wenn etwas aus dem Ruder läuft. Erinnerst du dich an den Hund, den wir als Kinder hatten?«

»Diesen bekloppten Bertrand? Natürlich erinnere ich mich. Wo ist der Zusammenhang?«

»Auch wenn man es nicht glauben mag, dieser Hund hat mir tatsächlich einiges beigebracht. Wenn irgendwas passierte, was er nicht verstand oder was ihm nicht passte, dann hat er erst einmal beobachtet. Wenn er dann immer noch nicht wusste, wie er damit umgehen sollte, dann sprang er es an oder fraß es auf. Es ist ein exzellentes Lebensprinzip.«

»Und wie ist es mit deinem Chef: Wirst du ihn anspringen oder auffressen?«, fragt Melanie lachend.

»Hab ich noch nicht entschieden.«

Seit Monaten habe ich nicht mehr so einen netten Abend gehabt. Dabei kenne ich sie alle kaum. Niemand spielt sich auf. Es kommt mir vor, als wäre es meine eigene Familie.

Lasst mich das Bild einmal unter ganz anderen Gegebenheiten betrachten: Ich bin mit Sandro zusammen, Alexandre steckt in einer komplizierten Beziehung mit einer verheirateten Frau, und Melanie erholt sich gerade von einer gescheiterten Beziehung. Um ehrlich zu sein, würde das überhaupt nichts ändern. Die Gespräche und das Miteinander wären nicht anders als jetzt. Vielleicht ist es so, weil um diesen Tisch Menschen versammelt sind, die mit sich selbst im Reinen sind, außer mir, die aufgrund von Umbauarbeiten ein »Geschlossen«-Schild angebracht hat und niemanden an sich ranlässt. Sie haben ihre Überzeugungen – und stehen dazu. Ich könnte genauso gut mit Kevin zusammen sein, und es würde weder den Inhalt unserer Gespräche ändern noch unsere jeweiligen Ansichten. Das tut ungemein gut. Was allerdings nicht für das Essen gilt, was wir gerade zu uns genommen haben.

55

Als Clara und Melanie die heimlich gekaufte Torte hervorholten, die sie in Vorahnung der desaströsen Kochkünste besorgt hatten, schreien die Jungs Verrat.

»Ihr traut uns wohl überhaupt nichts zu!«, protestierte Kevin.

»Wir kennen euch einfach zu gut«, erwiderte Clara.

Sandro beäugt die festliche Torte mit Verachtung.

»Seht euch das mal an: Das Ding ist einfach viel zu perfekt. Diese niedlichen, kleinen Blümchen – alle gleich groß – und dann noch eure beiden Namen und Herzchen!«

»Du brauchst nichts davon zu essen«, gibt Melanie zurück.

»Natürlich werde ich ein Stück Torte essen! Ich sterbe vor Hunger! Unser Fraß war einfach widerlich. Aber es ist nicht meine Schuld, wenn alles verkokelt war. Das haben Kevin und Alexandre zu verantworten!«

Kevin schießt zurück: »Du mieser Verräter! Du beschuldigst uns? Dabei bist du doch der Spezialist für Brandstiftung!«

Genauso könnte sich ein Wortwechsel zwischen Emilie und mir anhören, wenn wir unsere Spaßkämpfe ausfechten. Wir haben noch viel gelacht und dann auf das Glück von Clara und ihrem Mann angestoßen. Es hört sich seltsam an, aber es kommt mir so vor, als würden wir uns schon ewig kennen. In den beiden sehe ich Caro und Olivier und alle anderen Paare, die das Glück haben, an einem Strang zu ziehen. Allein das Wissen, dass es möglich ist, ist beruhigend.

Melanie klopft mit der Messerklinge an ihr Glas und ergreift das Wort: »Da wir die Liebe feiern, die meinen Superbruder mit der Frau, die ich als meine Schwester betrachte, verbindet, möchte ich euch allen eine Frage stellen. Achtung, Achtung, alle mal zugehört: Was ist der größte Liebesbeweis, den ihr jemals erhalten, gegeben oder gesehen habt?«

Schweigen. Alle sind überrascht, überlegen aber ernsthaft. Kevin fängt an: »Mir fällt da spontan etwas ein. Ich habe noch nie von einer schöneren Geste gehört, als davon, was der Vater meines Schulfreundes für die Frau getan hat, die seine Zukünftige werden sollte. Sie waren sich nie zuvor begegnet, waren aber beide zu einem Vorstellungsgespräch bei einer Firma eingeladen, die sich auf Hochseetransporte spezialisiert hatte. Er bewarb sich auf den Posten eines Antriebsingenieurs, sie auf eine Assistentinnenstelle. Es schüttete wie aus Kübeln, und die künftige Mutter meines Freundes war vom Bahnhof aus den ganzen Weg zu Fuß gelaufen, weil sie zu spät zu ihrem Vorstellungsgespräch gekommen wäre, wenn sie den Regenguss abgewartet hätte. Sie hatte sich schick zurechtgemacht, Make-up, Frisur, Kleidung, alles, aber als sie bei der Firma ankam, sah sie wie ein ausgewrungener Wischmopp aus. Das Vorstellungsgespräch war von vornherein zum Scheitern verurteilt. Niemand würde so ein nasses Huhn einstellen, so aufgelöst wie sie war, mit ihrem verschmierten Make-up. Doch der Vater meines Freundes hatte eine Idee. Er rannte nach draußen und warf sich ohne zu zögern ins Hafenbecken. Als er wieder herauskam, sah er noch erbärmlicher aus als die Frau, deren Namen er noch nicht einmal kannte. Er erzählte, dass er gestolpert sei und die Frau ihn aus dem Wasser gezogen und ihm das Leben gerettet habe, weil er angeblich nicht schwimmen konnte – damit war das Aussehen der beiden hinreichend erklärt. Man fand, dass die Frau unglaublich mutig und der Mann ein unglaublicher Idiot war, der großes Glück gehabt hatte. Sie wurde eingestellt, er nicht.«

»Das ist wundervoll, aber auch furchtbar ungerecht!«, regt sich Melanie auf. »Und außerdem ist es kein Liebesbeweis, weil er sie da noch gar nicht richtig kannte.«

»Schön ist es aber trotzdem«, schaltet sich Sandro ein. »Solche Taten geben der Menschheit Hoffnung, vor allem dem, der leidet.«

Dieser Satz scheint aus der Feder irgendeines humanistischen Philosophen zu stammen, doch man spürt, dass Sandro in seinem tiefsten Inneren tatsächlich so denkt und fühlt.

»Ich finde das gar nicht so ungerecht«, widerspricht Kevin seiner Schwester. »Dieser Mann hat schließlich woanders einen Job bekommen, und obendrein hat er dabei die Liebe seines Lebens kennengelernt.«

»Es ist wirklich eine sehr schöne Geschichte«, stellt Alexandre fest und fragt Melanie: »Was ist denn für dich der schönste Liebesbeweis?«

Sie zögert, bevor sie antwortet: »Menschen anzulügen, die ich liebe, um den zu beschützen, den ich liebe.«

Um den aufkeimenden Fragen zuvorzukommen, fügt sie eilig hinzu: »Denkt nicht mal dran! Ich sag dazu kein weiteres Wort mehr!«

Sie scheint sehr aufgewühlt zu sein. Das Beste, was ich zu ihrer Unterstützung finde, ist ein Lächeln, das ich an sie richte.

»Und wie sieht es bei dir aus, Marie?«, fragt Clara.

Ich weiß nicht, was ich sagen soll. War es ein Liebesbeweis, jeden Tag an Hugues geglaubt zu haben, während jeder Außenstehende sehen konnte, dass die Sache im Eimer war? Nein, das war kein Liebesbeweis, das war Dummheit. Dann vielleicht, in einer Bahnhofshalle wie eine Märtyrerin zu warten?

»Die Liebesbeweise, die ich bisher erbracht habe, waren bislang zu nichts nutze. Vielleicht waren sie nicht gut genug. Aber ich habe selbst viele erhalten: von meiner Mutter, meiner Schwester, meinen Freunden. Ich sage mir, wenn ich eines Tages das Glück haben sollte, jemanden kennenzulernen, den ich wirklich liebe, werde ich das hoffentlich nachholen können.«

Als Sandro an der Reihe war, erzählte er von seinem Großvater, der Feuerwehrmann war und sein Leben geopfert hatte, um drei Kinder aus einem brennenden Haus zu retten. Er hatte geglaubt, die Mutter der Kinder wäre noch drinnen und war noch einmal zurückgerannt. Aber sie war schon gerettet worden, und das brennende Haus stürzte über ihm zusammen. Sandros Geschichte berührt uns alle zutiefst. Jetzt erst verstehen wir seine Bemerkung über Liebesbeweise, die für Fremde erbracht werden.

»Ihm zu Ehren sind mein Vater und ich zur freiwilligen Feuerwehr gegangen. Ich hoffe, eines Tages werden meine Kinder, falls ich mal welche haben sollte, auch Feuerwehrleute werden. Unsere Welt würde nicht funktionieren, wenn niemand bereit wäre, sich für andere zu opfern.«

Mein Hals ist vor Rührung wie zugeschnürt, aber ich weiß nicht, ob ich mir wünsche, dass meine Kinder zur Feuerwehr gehen. Ich hätte wohl immer eine Wahnsinnsangst, dass ihnen dabei etwas zustößt. Außerdem macht mich der Gedanke ganz wild, dass unsere Sprösslinge ihre eigene Haut riskieren müssten, um einen verantwortungslosen Kerl wie Hugues oder einen seiner Kumpel zu retten, die sich für unbesiegbar halten.

Alexandre meinte nur ganz nüchtern, er habe von seiner Familie viele Liebesbeweise erhalten, mehr wolle er jetzt nicht dazu sagen: »Wenn ihr eines Tages die Frau kennenlernt, mit der ich für immer zusammen sein möchte, könnt ihr sie selbst dazu befragen.«

Und um die Runde abzuschließen, fragte er die einzige Person am Tisch, die noch nichts dazu gesagt hatte: »Und du, Clara?«

Sie senkt ihren Blick und nimmt die Hand ihres Mannes.

»Auch wenn ich Kevin sehr liebe, finde ich den schönsten Liebesbeweis nicht in unserer eigenen Liebesgeschichte. Vielleicht ist das so, weil ich jeden Tag so viele kleine Liebesbeweise bekomme und weil unser gemeinsames Leben noch lange nicht zu Ende ist – so hoffe ich wenigstens! Ich habe ihn von jemand anderem erhalten. Als ich noch klein war, hatten meine Brüder und ich ein kleines Kätzchen geschenkt bekommen. Es hieß Dragibus. Ich hing ganz schrecklich an dem Tier, mehr noch als meine Brüder. Ich streichelte Dragibus stundenlang, und es schlief in meinem Bett. Eines Tages, als ich von der Schule nach Hause kam, fand ich es nicht mehr. Es war verschwunden, und ich habe es nie wiedergesehen. Meine Eltern haben mir erklärt, dass es uns vielleicht verlassen hatte, um seine Familie zu suchen, das tun Katzen nämlich manchmal. Dreißig Jahre später, als meine Mutter im Krankenhaus lag und der Krebs sie fast besiegt hatte, hat sie mir gebeichtet, dass Dragibus nicht zu seiner Familie weggelaufen war. Es war ihm offenbar gelungen, den Drahtzaun zur Straße zu überwinden. Er wurde ganz banal von einem Auto überfahren. Sie hat ihn gefunden, als sie die Post reinholen wollte. Die Ärmste hat alle Spuren beseitigt und das Kätzchen begraben, bevor wir Kinder aus der Schule kamen. Sie hat gelogen, damit ich nicht leiden musste. Alle diese Jahre hindurch hat sie dieses Geheimnis für sich behalten, nur sie und Papa wussten es, obwohl sie jeden Tag an der Stelle vorbeiging, an dem sie meine Katze begraben hatte. Es ist wahrscheinlich der allerschönste Liebesbeweis, den ich je erhalten habe. Das hat mich auch etwas gelehrt, das ich seitdem nie vergessen habe:

Eine Lüge kann manchmal ein viel größerer Liebesbeweis sein als die Wahrheit.«

Kevin zieht seine Frau zärtlich an seine Schulter.

»Du hast mir noch nie davon erzählt. Willst du deshalb keine Tiere für die Kinder?«

»Ja. Aber ich glaube auch, dass man ihnen damit etwas sehr Wichtiges vorenthält. Schließlich werden nicht alle Katzen überfahren … Ich muss diese Geschichte endlich hinter mir lassen, und jetzt will ich es auch. Wärst du denn so lieb, den Zaun zur Straße hin zu verstärken?«

56

Ich habe den Abend bei Clara und Kevin sehr genossen. Bei ihnen zu Hause habe ich mich wohlgefühlt, mehr noch, ich konnte dort ich selbst sein. Die Zeit war wie im Flug vergangen. Alexandre hat mich zum Schluss gefragt, ob ich Sandro nach Hause fahren könnte – »es liegt ja auf deinem Weg«. Von wegen! Wahrscheinlich ist es wieder so ein Versuch, mir einen Schubs in die richtige Richtung zu geben. Aber was soll's.

Es ist mitten in der Nacht, und wir sehen auf den Straßen nur hin und wieder heimfahrendes Partyvolk, das aus den Bars und Discotheken geströmt war und nun einen entsprechenden Fahrstil an den Tag legt. Sandro starrt vor sich hin. Ist es der Feuerwehrmann in ihm, der sich um das Verhalten der Autofahrer sorgt, oder ein Mann, der sich nicht traut, ein Gespräch anzufangen?

Ich mache einen vorsichtigen Schritt auf ihn zu: »Das, was du uns über deinen Großvater erzählt hast, hat mich wirklich gerührt. Und wie ihr, dein Vater und du, ihn würdigt, finde ich sehr beeindruckend.«

»Danke. Manchmal wünschte ich, ich könnte diese Geschichte vergessen, um dieses Erbe nicht mit mir herumschleppen zu müssen. Mein Großvater war sehr mutig. Ich glaube nicht, dass ich ebenso mutig bin wie er. Es ist nicht immer einfach, so eine Last zu tragen …«

»Hast du Angst?«

»Es sind nicht so sehr die Einsätze, die mich belasten, sondern die Weltsicht, die ich daraus zwangsläufig bekomme. Wir verbringen unser Leben damit, Zeugen von Katastrophen zu sein. Wir sind in der ersten Reihe, wenn das Schlimmste passiert. Ein Leben kann so schnell ins Chaos stürzen … Den Menschen ist das gar nicht bewusst, und das ist auch besser so. Bestenfalls sind sie sorglos, schlimmstenfalls sträflich dumm. Ich hab den Eindruck, am Rande eines Abgrunds zu stehen und dafür zu sorgen, dass niemand hineinfällt. Das ist ganz schön anstrengend.«

»Du musst lernen, an etwas anderes zu denken, dich ein wenig abzulenken.«

»Ich kann mich nicht mehr entspannen. Überall sehe ich potentielle Risiken und Gefahren. Jede weggeworfene Kippe ist der Beginn eines Waldbrands, jeder Hobbyheimwerker auf der Leiter ist ein zukünftiger Schwerverletzter, jedes Kind, das in der Nähe von Reinigungsmitteln spielt, ein mögliches Vergiftungsopfer. Jedes klingelnde Telefon ist ein Alarmruf. Vielleicht bin ich nicht stark genug, um das alles auszuhalten.«

Er offenbart einen tiefen Ernst, den ich bei ihm nicht vermutet hätte. Das überrascht mich wirklich. So wie er mich damals schon erstaunt hatte, als er zu mir kam, um mich wegen seines geplanten Kartoffelattentats ins Vertrauen zu ziehen. Aber das hier ist eine neue Facette, die ich an ihm entdecke.

»Sagst du mir, wann ich abbiegen muss, ja?«

»Am Ortseingang. Schmeiß mich einfach am Kreisverkehr raus.«

»Ich kann dich gerne bei dir zu Hause absetzen. Ich bin überhaupt nicht müde.«

»Du glaubst nur, du seist nicht müde, aber die Müdigkeit kommt manchmal ganz schlagartig. Für Leute, die es nicht gewohnt sind, sind das die gefährlichsten Stunden des Tages. Dein Gehirn ist nur mit den vitalen Aufgaben beschäftigt. Sobald es sich in Sicherheit glaubt, macht es alle Lichter aus und geht schlafen.«

Ich versuche, das Gespräch in weniger düstere Bahnen zu lenken.

»Der Abend war wirklich wunderschön«, bemerke ich.

»So ist das immer bei den beiden.«

Da er sich nicht entschließen kann, über uns zu reden, spreche ich ihn auf etwas anderes an: »Wie findest du Melanie?«

Nach einer Pause antwortet er mit einer Gegenfrage: »Und du?«

»Ich? Ich finde sie witzig und sehr nett. Ich verstehe überhaupt nicht, wie man so einem Mädchen überhaupt wehtun kann.«

»Das sehe ich genauso.«

»Ich hoffe, dass der Typ, mit dem sie seit Kurzem zusammen ist, anständig ist.«

»Am nächsten Kreisverkehr sind wir da.«

»Bist du sicher, dass ich dich nicht noch ein Stück weiter mitnehmen soll?«

»Nein, vielen Dank, Marie. Der Feuerwehrmann in mir möchte, dass du schlafen gehst, und bittet dich auch, ihm eine kleine SMS zu schreiben, dass du gut angekommen bist.«

»Ich habe deine Nummer nicht.«

»Ich gebe sie dir, sobald wir anhalten.«

Ich bleibe an einer Bushaltestelle stehen. Als er mir seine Handynummer gibt, wirft mir Sandro einen komischen Seitenblick zu. Wird er mir endlich etwas gestehen?

»Marie, ich mag dich wirklich sehr …«

»Ich weiß, Sandro, und ich bin dir sehr dankbar dafür.«

»Darf ich dir eine persönliche Frage stellen?«

»Klar.«

»Hast du heute Abend etwas Besonderes bemerkt?«

Was meint er wohl damit? Worüber will er mit mir reden? Von seinen versteckten Blicken in meine Richtung? Von der Sorgfalt, mit der er seine Worte wählt, wenn er auf etwas antwortet? Versuchen wir einfach mal weiterzukommen, ohne zu viel preiszugeben.

»In Bezug auf was, Sandro?«

»In Bezug auf mich und eine Bindung, die ich zu einer Person aufbauen möchte, die mit am Tisch saß.«

Mein Herz schlägt wie verrückt. Zum Glück steht der Wagen still, sonst hätte ich wohl gerade zu fest aufs Gaspedal gedrückt. Mein Gehirn macht alle Lichter wieder an, zieht alle Neuronen an ihren Pyjamas aus dem Bett. Ich versuche, mit meiner sanftesten Stimme zu antworten. Ich spreche schließlich mit einem Feuerwehrmann, der gerade einen Brand gelegt hat.

»Erzähl mir alles, Sandro, ich höre dir zu.«

»Du musst mir schwören, dass das unter uns bleibt.«

»Du hast darauf mein Wort.«

»Ich liebe Melanie. Ich treffe mich heimlich mit ihr. Ich bin der Mann, von dem sie sprach, als sie andeutete, sie hätte da jemanden im Auge.«

Mein innerer Heizkessel ist explodiert, und die automatische Sprinkleranlage verpasst mir eine eiskalte Dusche.

»Das ist ja wundervoll.«

Meiner Stimme fehlt es ganz sicher an der nötigen Begeisterung.

»Das Ganze kam einfach so über uns, ganz ohne Vorwarnung. Du hast vorhin gemeint, dass ich mich ablenken sollte, und sie schafft es tatsächlich, mich alles vergessen zu lassen.

Wir haben Kevin noch nichts davon erzählt, weil wir Angst vor seiner Reaktion haben. Vor allem ich … Er ist mein bester Freund, und ich will nicht, dass er deswegen sauer auf mich ist. Es wäre furchtbar, wenn ich unsere Freundschaft dafür opfern müsste.«

Ich verstehe sein Dilemma voll und ganz. Er schnuffelt Kevin und will nicht das Risiko eingehen, ihn zu verlieren. Ich weiß, wovon er spricht. Indem ich mich auf Sandros Problem konzentriere, dränge ich mein eigenes aus dem Bewusstsein, das trotzdem in mir in einer Geschwindigkeit wächst wie ein Kinderballon, den man mit einem Zeppelin-Kompressor aufbläst. Ich werde es nicht mehr lange ignorieren können. Es vollzieht sich innerhalb von Nanosekunden. Es ist so weit, jetzt ist er geplatzt. Ich bin zerschmettert. Die Auswirkung ist katastrophal. Sandro war es also nicht, der mir die Briefe geschrieben hat. Er ist nicht mein geheimnisvoller Verehrer. Und doch hatte ich gerade begonnen, ihn um seiner selbst willen zu lieben. Wenn ich überlege, dass ich so dicht davor war, ihm meine geheimsten Gedanken anzuvertrauen. Ich wollte ihm gerade vorschlagen, sein Versteckspiel aufzugeben. Wie peinlich es für ihn wie für mich geworden wäre, kann ich mir mühelos vorstellen.

»Du sagst nichts, Marie. Glaubst du auch, Kevin wäre wütend auf mich?«

»Nein, natürlich nicht! Warum sollte er? Du bist ein toller Typ. Seine Schwester und du seid ein wunderbares Paar.«

»Glaubst du wirklich?«

In Sandros Blick entdecke ich die gleiche Hoffnung und das fehlende Selbstvertrauen, das ich ausschließlich bei Frauen vermutet hätte. Er möchte es unbedingt glauben, aber er sagt sich, dass es zu schön ist, um wahr zu sein, und dass es bestimmt bald in die Binsen geht. Sandro braucht ein bisschen Ermunterung. Er muss das Gefühl haben, dass er der neuen Beziehung gewachsen ist und dass sein Freund ihn unterstützen wird.

»Du solltest unbedingt mit Kevin reden, und Angst brauchst du davor wirklich keine zu haben. Schließlich ist er dein Freund. Er wird genau wissen, dass Melanie bei dir in guten Händen ist. Er schnuffelt dich einfach zu sehr.«

»Er macht was?«

»Das sagt man so in der Gegend, aus der ich komme.«

»Ich habe mir gedacht, dass Melanie vielleicht zuerst mit Clara darüber sprechen könnte, um das Terrain zu sondieren.«

»Sandro, du hast immer Angst, etwas Schlimmes könnte passieren. Es könnte aber genauso etwas ganz Wunderbares sein. Hab Vertrauen in dich selbst. Wenn du an Kevins Stelle wärst, würdest du doch auch nicht wollen, dass er das von jemand anderem erfährt – wenn ich euch Männer richtig verstehe.«

»Du hast recht. Ich werde gleich Montag mit ihm darüber reden.«

Auf einmal scheint eine Last von ihm abgefallen zu sein. Er beugt sich zu mir rüber und umarmt mich ganz fest.

»Danke, Marie, du bist wirklich eine tolle Frau.«

Diese Szene habe ich schon in meiner Fantasie gesehen. Ich habe mir vorgestellt, wie er mich in den Arm nimmt. Die Situation war exakt die gleiche, nur der Text war anders.

Er steigt aus, er ist glücklich. Ich glaube, gleich tanzt er an der Bushaltestelle.

Ich für meinen Teil werde stur geradeaus fahren, das Gaspedal bis zum Anschlag durchdrücken und irgendwo hineinkrachen. Es ist die einzige Möglichkeit, die mir zur Verfügung steht, damit mich ein Mann heute Nacht in seine Arme nimmt, wenn auch nur, um mir das Leben zu retten. Schade, dass Sandro heute keinen Bereitschaftsdienst hat.

57

Ich brauche sie jetzt, die Worte meiner Oma Valentine. Ich werde mir ihre Stimme vorstellen, während ich ihren Brief lese. Vorsichtig ziehe ich ihn aus dem Umschlag. Plötzlich gebe ich einem starken Impuls nach. Ich stecke meine Nase in den Umschlag und atme tief ein.

Als ich ein kleines Mädchen war, wurde mir jedes Mal übel, wenn meine Großmutter mich in den Arm nahm. Ihr Parfum war zu berauschend für meine kleine Kindernase. Es durchdrang meine Kleidung und legte sich auf mein Kuscheltier. Es kam mir vor, als würde ich es danach noch tagelang bei uns zu Hause riechen. Obwohl ich meine Oma sehr liebte, fand ich diesen Geruch unerträglich. Mit zunehmendem Alter gefiel er mir auch nicht besser, aber ich nahm ihn hin, weil er mit meiner Oma untrennbar verbunden war. Es war ihr olfaktorisches Markenzeichen, die unsichtbare Spur, die sie hinterließ, wie eine Fee, deren Lichtstaub noch lange, nachdem sie verschwunden war, glitzerte.

Ich bin sicher, dass sie auch ihre Briefe parfümierte. Ich erinnere mich noch sehr gut, dass ich, als ich ihren wunderbaren Brief erhielt, anhand des Geruchs sofort wusste, von wem er stammte – noch bevor ich ihre Schrift erkannt hatte. Einige Jahre später – damals war sie schon zu gebrechlich, um aus dem Haus zu gehen – habe ich ihr dann sogar eine Flasche von diesem unverschämt teuren Zeugs gekauft, von dem ich Kopfschmerzen bekam. Daran kann man sehen, wie Zuneigung die eigene Wahrnehmung verändern kann.

Nach ihrem Tod tauchte ich meine Nase hin und wieder in den Brief, um dort ihren unverwechselbaren Geruch wiederzufinden. Dann wurden für mich wieder jene glücklichen Stunden lebendig, die ich bei ihr war, während das Ticken der großen Standuhr aus der Franche-Comté den Takt vorgab und sie mir aus ihrem Leben erzählte, um mich besser auf das meine vorzubereiten.

Heute Nacht bin ich wie eine Drogensüchtige auf Entzug. Ich muss dieses Parfum, von dem mir früher schlecht wurde, wieder riechen. Mein Geruchssinn sucht nach den winzigen, noch verbleibenden Duftmolekülen auf dem Papier, nach dem Bekannten, nach ihrer Gegenwart. Aber ich rieche nichts als den Geruch alter muffiger Dokumente. Es ist nichts mehr da, nicht einmal mehr die kleinste Spur des Umschlagklebers, den ich bereits vor Jahren abgeleckt hatte, als ich sehr unglücklich war. Ich werde meine Dosis heute nicht mehr bekommen. Nie mehr. Ich werde ohne chemische Produkte durchhalten müssen. Ich werde damit leben müssen. Sollte es ihr Parfum immer noch geben, könnte ich es kaufen, aber das wäre nicht dasselbe. Es wäre manipuliert, falsch, kurzum alles, was Oma und ich verabscheuen. Glücklicherweise habe ich noch ihre Worte im Original.

Wie eine Verirrte werde ich mich also darin auf die Suche nach Antworten begeben. Wie jedes Mal, wenn ich es bitter nötig habe, werde ich ihren Brief aufs Neue lesen und darauf hoffen, eine noch nicht entdeckte Wahrheit herauszuschälen.

Meine kleine Marie,
Du bist jetzt achtzehn geworden und erwachsen. Ich kenne Dich seit Deiner Geburt und sah Dich groß werden. Ich bin so stolz auf Dich.

Wäre sie es heute immer noch?

Ich lese weiter. Jeder Satz zwingt mich dazu, mir Fragen zu meiner Existenz zu stellen, heute Abend mehr denn je. Welche Richtung soll ich einschlagen? Um wohin zu gelangen? Ich muss Entscheidungen treffen, ohne Zeit zu verlieren. Manche Wege sind nicht mehr begehbar – Überschwemmungen durch Tränen, eingestürzte Hoffnungen oder emotionales Glatteis hindern mich daran. Die Pfade, die ich nehmen kann, sind nicht mehr viele, die Mitfahrgelegenheiten auch.

Ich lese Seite um Seite. Es gab eine Zeit, wo ich diese Worte wie ein Versprechen las, wie eine Ankündigung all dessen, was die Welt mir bieten würde. Zwischen wohlmeinenden und prophetisch anmutenden Ratschlägen leuchtete die Botschaft meiner Oma in die Zukunft hinein und flößte mir Vertrauen ein in das, was kommen würde. Heute jedoch, nach allem, was ich erlebt habe, was ich gelernt und was ich verloren habe, sehe ich darin vor allem eine Gelegenheit, Bilanz zu ziehen. Sie lässt mich ermessen, wie groß die Kluft zwischen meinen einstigen Hoffnungen und meinem Leben heute geworden ist.

Ich bin inzwischen auf der letzten Seite angekommen, und da ist nichts, was auf eine Lösung hinweisen würde. Eine dumpfe Angst steigt in mir auf. Ich habe Angst, dieser Brief könnte mir nichts mehr offenbaren. Im unteren Blickfeld sehe ich schon ihre Unterschrift. Nur noch einige Zeilen, und dann werde ich zum allerersten Mal den Brief weglegen, ohne eine Antwort erhalten zu haben. Da springt mir diese Passage ins Auge:

Frage Dich ernsthaft, was Du willst, damit Du den richtigen Weg für Dich findest. Manchmal geht es nicht ohne Leiden ab, das sollte Dir klar sein. Aber es lohnt sich. Wenn das, was Du entdeckst, Dir nicht zusagt, setze Deine Reise fort.

Wenn es Dir jedoch gefällt, bleib und habe keine Angst, alles zu geben.

Heute Nacht verstehe ich diesen Satz wie nie zuvor. Er erleuchtet mich, er wärmt mich. Ich habe noch einen Weg vor mir, den ich einschlagen möchte.

58

Ich habe ein unglaubliches Risiko auf mich genommen, um an diese Dokumente zu kommen. Ich hoffe, Sie werden sich zu gegebener Zeit daran erinnern.«

»Kommt es eigentlich vor, dass Sie einen Satz sagen, ohne Ihre eigenen schäbigen Interessen ins Spiel zu bringen? Sie sollten es mal versuchen. Es kann durchaus befriedigend sein, sich um das Wohl anderer Menschen zu kümmern. Wäre mal eine Abwechslung.«

Über den Tisch des Cafés, in dem wir uns morgens vor der Arbeit heimlich verabredet haben, schiebt Notelho einen dicken Umschlag zu mir herüber. Ich öffne ihn und blättere ein wenig.

»Ist das die vollständige Kopie der blauen Akte?«

»Ja, es ist alles da drin. Ich glaube nicht, dass er noch woanders Notizen hat, aber ich bin auch nicht so weit gegangen, seine Taschen zu durchsuchen. Ich habe die Kopien übrigens aus eigener Tasche bezahlt.«

Ich sehe ihn streng an.

»Schon wieder dieses kleinliche Getue. Sie brauchen nichts weiter, als einen Beleg abzuzeichnen. Das wird sicher kein Problem sein, da Sie es sind, der seine Unterschrift daruntersetzt.«

»Sie haben recht.«

»Nur damit das klar ist: Bei Malika hatten Sie sich geweigert, die Kosten für eine Taxifahrt zu erstatten, als sie um zwei Uhr morgens von einer Messe in Asien zurückgekommen ist. Aber umgekehrt lassen Sie sich einen Satz Kopien bezahlen, den Sie gemacht haben, um Ihren alten Verbündeten zu verraten.«

»Ich bitte Sie, Madame Lavigne!«

»Mademoiselle.«

Schon beim flüchtigen Durchblättern sehe ich, dass die Idee, das Unternehmen ins Ausland zu verlagern, nicht erst gestern entstanden ist. Die ersten Memos dazu sind mehr als zwei Jahre alt. Es gibt einen regen Informationsaustausch über die Aktiva der Firma, über die Auftragslage, das Immobilienvermögen und über alles, was zu Geld gemacht werden kann, sollte es zum Verkauf kommen.

Auf der Personalliste wurden die Namen von Benjamin und von Magali durchgestrichen. Der Schwung, mit dem dies geschah, spricht Bände über die grimmige Befriedigung, die Deblais dabei empfunden haben musste. Virginie, die alleinerziehende Mutter, eine junge Kollegin aus der Buchhaltung, eine Assistentin aus der Bestellaufnahme sowie Malika sind unterstrichen. Emilie auch. Mein Name und der von Vincent sind rot umrandet. Na, wenn das kein strategischer Vorsprung ist. Ich sehe auch Bemerkungen neben vielen anderen Namen wie: »psychisch labil«, »schwer verschuldet«, »kurz vor der Scheidung«, »behinderte Tochter«. Welch ein widerlicher Kerl!

Ich murmle: »Ziemlich dumm von ihm, so was einfach herumfliegen zu lassen.«

»Er hat es keineswegs herumfliegen lassen. Ich kenne seine Ordner, und da ich diese Dokumente hier noch nie zuvor bemerkt habe, gehe ich davon aus, dass er sie bislang im Tresor verwahrt hatte. Da sich jedoch die Gespräche mit dem Aufsichtsrat in letzter Zeit häufen und der Verkauf immer konkreter wird, hat er die Mappe jetzt stets griffbereit und vertraut auf die geschlossene Tür. Ich habe auch seinen Maileingang überprüft, aber er vergisst nie, die kompromittierenden Nachrichten sofort zu löschen. Er druckt sie aus und löscht sie dann. In einer seiner letzten Mails stand, dass er sich in vier Wochen mit dem Aufsichtsrat trifft, um dem Gremium einen Auflösungsplan vorzustellen. Die Kopie der Mail werden Sie etwas weiter hinten finden.«

»Er will die Plünderungsaktion in einem Monat abgeschlossen haben? Das schafft er nie.«

»Er braucht sie gar nicht abzuschließen. Es reicht völlig, das Verfahren einzuleiten. Wenn die Eigentümer danach der Liquidierung oder einem Verkauf zustimmen, gibt es so gut wie keinen Weg zurück.«

»Und zu welchem Zeitpunkt wollte er darüber mit Ihnen sprechen?«

»Ich vermute mal, dass er mich vor vollendete Tatsachen stellen wollte, so wie alle anderen auch.«

»Er hätte Sie wahrscheinlich mit einer angenehmen Abfindung für die von Ihnen geleisteten Dienste entlassen.«

»Nicht wirklich. Ich habe meine Personalakte gesehen. Ich frage mich, ob er nicht sogar vorhatte, mir den schwarzen Peter zuzuschieben.«

»Eine Seele von Mensch! Wenn Sie brav sind, werde ich Ihnen mein Brett leihen, damit Sie mit ihm persönlich abrechnen können.«

Notelho antwortet nicht. Er scheint es nicht gehört zu haben. Plötzlich kneift er die Augen nachdenklich zusammen und sagt: »Mir ist gerade eine Idee gekommen. So wie er sich zu den persönlichen Schwachstellen der Mitarbeiter Notizen macht, fällt mir, glaube ich, auch etwas zu ihm ein. Etwas, das sich gewaschen hat. Ich muss nur noch eine Kleinigkeit überprüfen.«

Jetzt besteht kein Zweifel mehr: Diese kleine Ratte namens Notelho hat endgültig die Seiten gewechselt.

59

Als Vorsichtsmaßnahme habe ich Notelho genötigt, erst zehn Minuten nach mir in der Firma aufzukreuzen. Er wird halt so lange in seinem hübschen kleinen Sportwagen schmoren müssen.

Hinter dem Empfangsschalter hat ein junger Mann den Platz von Petula eingenommen. Ich hoffe, dass sie nicht krank ist oder dass Deblais sie nicht vor die Tür gesetzt hat.

Ich nähere mich dem Tresen.

»Guten Tag, sind Sie neu hier? Herzlich willkommen, mein Name ist …«

»Hallo, Marie!«

Ich glaub, ich spinne! Petula wurde nicht ersetzt, sie wurde verwandelt.

»Was hast du mit deinen Haaren gemacht?«

»Abgeschnitten. Aus zwei Gründen: Ich hatte Lust auf was Neues, und ich hatte eine geniale Idee.«

»Du siehst wie ein Kerl aus.«

»Das ist die Idee. Wie du weißt, Marie, leben wir in einer Männerwelt. Alles ist auf sie zugeschnitten. Ich habe darüber nachgedacht, was du mir über das Tanzen gesagt hast. Dass ich nicht aufgeben soll. Es gibt zwar keine Frauenrollen mehr, aber sie haben Mühe, gute Tänzer zu finden. Also werde ich es so machen wie in dem Film, in dem die Frau nicht machen kann, was sie will, weil sie eine Frau ist, und deshalb beschließt, sich für einen Mann auszugeben. Ich habe mir genau angesehen, wie sie das macht: Sie schminkt sich nicht mehr, sie bindet sich Bandagen um die Brust, spricht tiefer und läuft, als hätte sie einen Stock verschluckt.«

»Und du denkst, das funktioniert?«

»Hast du gemerkt, wie du reagiert hast? Und du bist nicht die Einzige. Heute Morgen hat mich noch keiner erkannt, und alle sagen ›guten Morgen, junger Mann‹ … Jedenfalls werde ich es bald wissen, weil ich übermorgen vortanzen werde.«

»Dann viel Glück, und sag Bescheid, wie es gelaufen ist.«

Als ich an Emilies Tür gelange, nutze ich die Gelegenheit, dass sie mal nicht telefoniert, und gehe hinein, um sie zu drücken.

»Und? Wie war dein erstes Wochenende mit Julien?«

»Der Wahnsinn! Ich hab versucht, dich Samstagabend zu erreichen, um dir alles live und in Farbe zu erzählen, aber ich habe nur die Mailbox erwischt.«

»Ich war bei Kevin zum Essen eingeladen. Es war supernett. Aber du zuerst.«

Sie streckt sich genüsslich wie Paracetamol in der Sonne.

»Julien hatte sich eine Überraschung für mich ausgedacht, und wir sind ans Meer gefahren. Es war eine lange Fahrt, aber es hat sich gelohnt. Ehrlich, er ist so perfekt, dass ich mich frage, womit ich das noch büßen werde. Es ist einfach zu schön, um wahr zu sein.«

Sie gibt mir ein Zeichen, die Tür zu schließen, und sagt: »Wir haben's getan.«

»Du brauchst mir nicht alles im Detail zu erzählen.«

»Es war echt der Wahnsinn. Es kam mir vor, als wären es gleich mehrere auf einmal gewesen.«

»Emilie …«

»Als hätte er fünfzehn Jahre im Knast gesessen und dürfte zum ersten Mal wieder …«

»Emilie, bitte.«

»Sei doch nicht so prüde! Das ist unsere animalische Natur. Deswegen muss man sich doch nicht schämen.«

»Ich flehe dich an, lass mir noch ein paar Illusionen. Ich will kein Tier sein.«

»Ich schon. Wenigstens einmal am Tag.«

»Ich frage mich gerade, ob du mir depressiv nicht besser gefallen hast.«

Sie tut so, als würde sie mir ihre Tastatur an den Kopf werfen, und lacht. Ich füge hinzu: »Spaß beiseite: Ich freue mich total für dich.«

»Ich sag dir mal was, Marie: Es ist, als würde ich all das erleben, was ich mir schon immer erträumt habe. Er ist wirklich ideal, und Pläne schmiedet er auch schon für uns. Alles geht so schnell, und es reißt mich mit!«

Hoffentlich geht das gut. Bei der Geschwindigkeit, mit der ihr Herz abhebt, hoffe ich, dass es am Ende keinen Absturz gibt. Aber sie ist ja ein großes Mädchen und alles andere als dumm, und sie hat aus ihren früheren Geschichten sicher gelernt. Stopp mal! Bin ich jetzt völlig übergeschnappt? Wie kann ich nur so etwas denken? Ich würde mir gerne etwas vormachen, aber es geht nicht. Ich weiß, wie schwer es ist, einen kühlen Kopf zu bewahren, sobald man verliebt ist.

Ihr Telefon vibriert. Sie stürzt sich drauf und ruft aus: »Eine SMS von Julien!«

Ihr Gesichtsausdruck wird weich, und sie reicht mir ihr Handy zum Lesen: »Er ist so süß! Guck mal, was er mir geschrieben hat.«

Ich zögere einen Moment lang, bevor ich die Nachricht lese.

»Wärst du ein Schokomuffin, würde ich die Schokostückchen aus dir picken.«

Wie soll ich es ausdrücken? Wenn die Typen, die unsere SMS abfangen, das sehen, werden sie versuchen, den Geheimcode zu knacken, so esoterisch klingt das. Ehrlich, man muss wirklich total verknallt sein, um so einen Unsinn zu schreiben.

»Es ist knuffig, findest du nicht?«

»Ja, das ist genau das Wort, nach dem ich gesucht habe: ›knuffig‹. Und wenn er damit fertig ist, deine Schokostückchen herauszupicken, macht er aus dir einen Muffin mit Speckstückchen!«

Emilie lacht laut auf. Sie ist völlig überdreht. Ich wette, so wie sie jetzt drauf ist, wird sie bis halb sieben am Abend ununterbrochen kichern. Vor der Kaffeemaschine, auf der Toilette, beim Feueralarm, immer und überall. Ich brauche nur hin und wieder bei ihr hineinzuschneien und »Schokostückchen!« zu rufen, und schon geht es gut zwei Stunden so weiter.

Ich dagegen lache schon lange nicht mehr.

»Da du auf ›knuffige‹ Sachen stehst, hab ich noch etwas für dich.« Vorsichtig ziehe ich eine Kopie aus Deblais' Akte heraus und zeige ihr ihren unterstrichenen Namen. Ihr Gelächter erstirbt augenblicklich.

»Wieso ist mein Name hervorgehoben?«

»Er will dich wahrscheinlich als eine der Ersten feuern, so wie die anderen, die er herausgepickt hat.«

»Was?«

»Sieh mal hier.«

»Wow! Virginie! Und für dich scheint er sich etwas Besonderes ausgedacht zu haben: Du bist rot eingekringelt!«

»Das kriegen nur die ganz Großen. Ich bin das Biest, das beseitigt werden soll, weil ich zu viel weiß.«

»Vincent ist auch rot umrandet.«

»Wir sind das legendäre Rebellenpärchen, Bonnie und Clyde der Federkernmatratzen …«

»Sandro wird eifersüchtig sein.«

Mein Gesicht verdüstert sich.

»Da steht nichts zu befürchten. Letzten Samstag hab ich erfahren, dass die Briefe nicht von ihm sein können.«

»Wieso bist du dir da so sicher?«

»Ich hab die Frau kennengelernt, in die er verliebt ist.«

Emilie ist genauso enttäuscht wie ich, als ich es erfuhr.

»Und? Wie hast du das verdaut? Geht es dir jetzt wieder halbwegs gut?«

»Erst wollte ich sterben, also hab ich zu Hause ein Eis gegessen, und es ging vorüber.«

»Du Arme! Wieso ist er denn hier herumgeschlichen, um dich zu beobachten, wie Flo und Valerie behauptet haben?«

»Keine Ahnung. Wahrscheinlich haben sie es sich nur eingebildet.«

»Bei Valerie würde ich das sofort glauben, aber bei Florence wäre es schon erstaulich. Apropos Valerie, weißt du, was sie letzten Freitag gemacht hat?«

»Nein.«

»In der Mittagspause war sie in einem Supermarkt einkaufen. Als die Kassiererin von ihr 66 Euro und 6 Cents verlangte, hat Valerie mir nichts, dir nichts die Flucht ergriffen ohne zu bezahlen, weil es angeblich die Zahl des Teufels ist – 666. Sie hat alles stehen und liegen lassen. Die tickt echt nicht richtig!«

Wir lachen wieder. »Zu ihrem Geburtstag könnten wir ihr ja mal eine Exorzismus-Sitzung schenken«, schlage ich vor.

»Oder einen neuen BH mit satanistischen Motiven, um Notelho eine Heidenangst einzujagen!«

Wieder ernst geworden, fügt sie hinzu: »Es tut mir leid wegen Sandro.«

»Und ich freue mich für dich wegen Julien.«

Einen Augenblick lang sehen wir uns an, und in unseren Blicken liegt etwas schwer Greifbares und zugleich tief Berührendes. Wahrscheinlich steckt in jedem Menschen tatsächlich etwas Animalisches, aber sicher auch anderes.

60

Notelho hat nur zwei Tage gebraucht, um die brandheißen Infos auszugraben. Nicht wirklich überraschend bei einem Schnüffler wie ihm. Früher hätte ich mein Urteil über ihn revidiert, denn er erweist sich in dem zu erwartenden Krieg durchaus als sehr nützlich. Aber nach dem, was ich in den vergangenen Monaten privat und im Job durchgemacht habe, kenne ich keine Gnade: Ich kann nicht vergessen, was für ein Mensch er ist und warum er sich uns angeschlossen hat. Ich wäre bereit, einem Idealisten zu verzeihen, der im guten Glauben einen falschen Weg eingeschlagen hat, nicht jedoch einem Opportunisten, der seiner Natur treu bleibt.

Am Telefon hat er nur gesagt: »Kommen Sie in fünf Minuten zum Kopierraum. Ich habe Neuigkeiten, die noch besser sind, als ich gehofft hatte. Sorgen Sie dafür, dass eine Ihrer Freundinnen aufpasst, damit wir ungestört sind.«

Ich sehe auf den Sekundenzeiger meiner Uhr. Nur noch vier Umdrehungen.

»Florence? Hier ist Marie. Störe ich?«

»Nein, worum geht's? Alles in Ordnung bei dir? Du klingst ein bisschen gestresst.«

»Hör zu, ich brauche deine Hilfe. Jeden Augenblick wird sich Notelho auf den Weg zum Kopierraum machen. Sobald er drin ist, musst du dafür sorgen, dass niemand außer mir hineinkann. Er hat neue Informationen für uns.«

»Alles klar. Du kannst dich auf mich verlassen.«

Nur noch zwei Runden des Sekundenzeigers. Ich bin neugierig, was Notelho ausgegraben hat. Ich stehe auf und gehe zum Treffpunkt.

Er ist ebenso eifrig, mir seine Enthüllungen mitzuteilen, wie besorgt, jemand könne ihn dabei beobachten. Ich habe noch nie einen annähernd so ängstlichen wie enthusiastischen Schnüffler gesehen. Er zieht mich in den Raum hinein und gibt mir zu verstehen, mich zu ihm vorzubeugen. Glaubt er vielleicht, die Kopierer würden uns belauschen? Mit leiser Stimme beginnt er seine Ausführungen: »Dieses Mal habe ich seine Taschen durchsucht … Sie wissen es vielleicht nicht, aber Monsieur Deblais hat seine Karriere seiner Frau Amandine zu verdanken. Sie ist die Tochter eines großen Getreidebarons, und sie ist es auch, die den gehobenen Lebensstandard der Familie finanziert. Erst dank ihrer Beziehungen hat er in der Firma Fuß fassen können. Einer der Hauptaktionäre von Dormex ist ein Freund aus Kindertagen von Madame Deblais. Seine und ihre Eltern standen sich sehr nahe.«

»Und warum soll uns das von Nutzen sein? Glauben Sie, sie würde uns helfen?«

»Nein, aber ich wette, es würde ihr nicht gefallen, wenn sie wüsste, was ihr Mann zwischen acht und elf Uhr jeden Donnerstagabend macht, wenn sie ihn im Schützenverein wähnt.«

»Und was macht er, wenn er vorgeblich in den Schützenverein geht?«

»Muss ich Ihnen dazu wirklich eine Zeichnung machen?«

»Nein, ich glaube nicht. Ich hatte vor kurzem erst den Hinweis bekommen, dass wir alle Tiere sind. Manche mehr als andere. Wissen Sie, mit wem er seine Frau betrügt?«

»Meine ersten Ermittlungen lassen den Schluss zu, dass es sich um mehrere Damen handeln muss. Ich weiß also nicht wer, aber ich weiß wo.«

»Was schlagen Sie vor?«

»Wir müssen Beweise sammeln und ihn dann zwingen, die Firmenauflösung zu verhindern.«

»Sie wollen ihn erpressen.«

»Ich bin sicher, wenn seine Gattin erfährt, dass er hinter ihrem Rücken Frauengeschichten hat, wird sie ihn hochkant rausschmeißen. Die Familie von Madame mag zwar keine Skandale, aber sie mag es noch weniger, gedemütigt zu werden, vor allem von jemandem, der ihnen seinen Erfolg zu verdanken hat.«

Man könnte meinen, wir schauten Mamas tägliche Seifenoper. Ich frage ihn: »Wer soll die Beweise zusammentragen? Sie?«

»Ich habe schon genug getan. Ich werde noch versuchen, möglichst viele Details zu seinem Liebesnest aufzutreiben, aber ich kann dort unmöglich hingehen oder ihn beschatten. Er würde mich sofort erkennen.«

»Na gut. Finden Sie alles, was Sie können, und wir sehen dann, ob es reichen wird.«

Als ich den Kopierraum verlasse, sehen mich Florence und Valerie prüfend an, ob alles gut verlaufen ist. Ich zwinkere ihnen zu und mache Daumen-hoch.

»Sandro hat dich gesucht«, flüstert mir Valerie zu, »schien wichtig zu sein. Ich hab ihm gesagt, er soll auf dich in deinem Büro warten.«

»Danke, Valerie.«

In meinem Raum sehe ich niemanden. Ich gehe bis zum Empfang weiter und entdecke Sandro, der sich mit Petula angeregt unterhält.

»Steht dir super, diese Männeroptik.«

»Jetzt muss ich mir nur noch einen schönen männlichen Vornamen suchen.«

»Ich finde, Theo würde gut zu dir passen.«

»Du hast recht, Theo gefällt mir. Nehme ich.«

Als Sandro mich entdeckt, stürzt er auf mich zu.

»Marie! Ich wollte es dir als Erste sagen. Ich hab deinen Rat befolgt und mit Kevin geredet.«

»Und?«

»Wir sind uns in die Arme gefallen. Es war einfach wunderbar.«

Er lacht und nimmt meine Hand, der er einen Kuss aufdrückt, als sei ich eine Heilige.

»Ohne dich hätte ich nie den Mut dazu gefunden.«

»Siehst du? Letztendlich war es gar nicht so schlimm.«

»So etwas kann man erst im Nachhinein sagen, Marie. Erst, wenn alles vorbei ist.«

»Wie wahr.«

»Ich muss jetzt los, Melanie anrufen und ihr sagen, dass wir uns nicht mehr verstecken müssen.«

Als ich ihn so strahlend und glücklich sehe, sage ich mir, dass Glück niemals versteckt werden sollte. Es ist eine Blume, die am besten bei vollem Tageslicht gedeiht. Und jetzt habe ich schon wieder ein neues Geheimnis der Spezies Mensch entdeckt: Wir sind nicht nur Tiere, wir sind auch Pflanzen. Kommt man nicht so leicht drauf … Obwohl, wenn ich darüber nachdenke: Es kam durchaus schon mal vor, dass ich jemanden angeknurrt habe, weil ich beim Warten Wurzeln geschlagen habe.

»Dann mal los. Und grüß sie lieb von mir.«

»Marie, wie heißt es bei dir so schön: Ich schnuffle dich wirklich sehr.«

61

Ich verbringe meine ganze Arbeitszeit mit der Durchforstung von Deblais' Notizen. Ich habe es so eingerichtet, dass Kollegen, die im Flur an meinem Aquarium vorbeigehen, mich in Fortbildungskatalogen blättern sehen. Wenn einer den Eindruck macht, als wolle er eintreten, brauche ich nur eine Seite umzublättern, und schon ist verdeckt, was ich gerade lese, und keiner merkt, was ich tue.

Als ich die Dokumente genauer unter die Lupe nehme, stoße ich auf einen neuen Grund, um auf die Barrikaden zu gehen: Der Aufsichtsrat hat pragmatisch, zynisch und kaltherzig bereits ein Budget für die Abfindungszahlungen bewilligt. Das ist jedoch noch nicht das Schlimmste. Das eigentlich Niederträchtige ist etwas ganz anderes: Deblais wird 15 Prozent von dem kassieren, was er von diesem Budget einsparen kann. Je weniger er uns zahlt, desto mehr streicht er selbst ein. Meine Hand juckt nach dem Brett.

Vincent klopft an meiner Tür. Vor ihm brauche ich nicht zu verstecken, was ich gerade tue. Seltsamerweise hatte ich es überhaupt nicht eilig, ihn wiederzusehen, obwohl er mir inzwischen viel bedeutet. Genau aus diesem Grund wollte ich ihm auch nicht zu schnell wieder in die Arme laufen. Er ist schließlich mein letzter ernsthafter Kandidat für den Posten des mysteriösen Verehrers. Ich habe meinen Radar in Bezug auf alles, was ich in letzter Zeit über ihn in Erfahrung bringen konnte, ausgefahren, insbesondere seitdem er mich zum Krankenhaus begleitet hat. Alle meine Hoffnungen hängen an ihm und nicht erst, seitdem mir die anderen Verdächtigen wegbrechen. Von Anfang an hatte ich für ihn eine Schwäche. Es macht mir Spaß, mir ihn und mich zusammen vorzustellen. Ihr werdet wahrscheinlich denken, ich sei ein wenig flatterhaft, aber mehrere Männer in Betracht zu ziehen bedeutet noch lange nicht, dass man sie alle auf dieselbe Stufe stellt. Meine Gefühle für jeden von ihnen sind echt, gehören werde ich jedoch nur einem. Und bis jetzt wurde ich noch vor keine Wahl gestellt.

Ein Gutes hatte es, dass ich Vincent aus dem Weg gegangen bin. So konnte er mir nicht gestehen, dass er womöglich eine Freundin oder jemand anderen im Visier hat. Schon der bloße Gedanke, es sei etwas zwischen uns möglich, tut mir gut.

»Hättest du eine Minute Zeit für mich, Marie?«

»Komm rein und setz dich.«

»Ich möchte dir eine Idee unterbreiten. Etwas, was mir am Herzen liegt.«

Wenn er um meine Hand anhält, erlaube ich mir, kurz in Ohnmacht zu fallen, um ein wenig Druck abzulassen.

Er sieht mich amüsiert an.

»Was ist? Hab ich was Falsches gesagt?«, frage ich. »Warum grinst du so?«

»Deinetwegen, Marie. Ich finde, du siehst viel besser aus. Wir sind in einer schwierigen Zeit, aber sie wird wenigstens etwas Positives gehabt haben.«

»Sag mir bitte, was, denn ich kann etwas Positives gut gebrauchen.«

»Du bist das Positive, Marie. Wenn ich daran zurückdenke, wie du noch vor einigen Monaten warst, dann sieht man, dass du dich unheimlich entwickelt hast. Wo ist bloß die verschlossene, zurückhaltende Frau geblieben? Die, die heute in diesem Büro sitzt, strahlt, ist präsent, voller Energie.«

Frecher Schmeichler. Aber, bitte hör um Himmels willen jetzt nicht damit auf …

»Danke schön, Vincent. Lieb von dir, das zu sagen.«

»Die Vorkommnisse hier haben deine wahre Natur zum Vorschein gebracht. Du füllst deinen Platz aus. Die Leute hören dir zu, vertrauen sich dir an, kommen zu dir. Du scharst sie um dich zusammen. Du bringst uns alle dazu, für die gerechte Sache allen möglichen Blödsinn zu machen!«

»Gleich werde ich rot.«

»Ich meine es ganz ehrlich. Deshalb komme ich übrigens auch zu dir, und zu keinem anderen. Ich habe da so eine Idee.«

»Schieß los. Bring *du* mich mal dazu, allen möglichen Blödsinn zu machen.«

Wieso habe ich das gesagt? Den Kommentar von Emilie kann ich mir schon lebhaft vorstellen. Zum Glück geht Vincent nicht darauf ein oder tut so, als hätte er es nicht gehört. Er nimmt diesen typischen gelehrten Ausdruck an, seinen Blick aufmerksam und konzentriert auf mich gerichtet. »Wenn ich es richtig verstanden habe, will Deblais unsere Firma schließen, entweder durch Auflösung oder Verkauf, stimmt das?«

»Genau so ist es.«

»Dabei laufen die Geschäfte prächtig. Damit würde er ein wunderbares Schiff versenken, das sogar noch Segel in Reserve hat, nicht wahr?«

»Absolut.«

»Wieso übernehmen wir also nicht das Kommando über das Schiff?«

»Eine Meuterei?«

»Vielmehr ein Freikauf durch die Mannschaft. Wir könnten es schaffen, wenn wir alle zusammenschmeißen, du, ich, die ganze Belegschaft.«

»Mit welchem Geld denn?«

»Ich habe ein wenig auf der hohen Kante. Und ich bin da sicher nicht der Einzige. Und für den Rest können wir zu den Banken gehen.«

Ich bleibe abwartend, während er seine Ausführungen fortsetzt: »Da sich niemand um unser Schiff kümmern will, müssen wir es halt selbst tun. Monsieur Memnec wäre vielleicht damit einverstanden, als Berater zu fungieren und uns auf unserem neuen Kurs zu helfen. Warum sollten wir uns mit kleinen Fahrten vor der Küste begnügen, wenn wir für die hohe See gebaut sind?«

Ich lehne mich in meinem Stuhl zurück.

»Der Gedanke ist verlockend, ich gebe es zu, aber ich wüsste nicht, warum der Aufsichtsrat einwilligen sollte, wo es, wie in Deblais' Notizen zu lesen, bereits Kaufangebote gibt. Es dürfte schwierig werden, ihn von uns zu überzeugen, weil wir sicher nicht mit dem lukrativsten Angebot aufwarten können.«

»Diese Etappe wird sicher nicht unproblematisch sein, aber wir müssen uns die Fragen in der richtigen Reihenfolge stellen. Also: Was hältst du erst einmal von der Idee, den Laden hier aufzukaufen? Wir sind ein gutes Team. Die Mehrheit der Mitarbeiter ist äußerst kompetent. Das alles wegzuwerfen wäre die reinste Verschwendung.«

»Ich stimme dir da hundertprozentig zu.«

Er beugt sich zu mir vor.

»Diese Idee ist mir überhaupt erst gekommen, als ich an dich dachte. Ich bin überzeugt, dass wir noch einen langen gemeinsamen Weg vor uns haben.«

»Das fände ich schön, Vincent, mehr, als du dir wahrscheinlich vorstellen kannst.«

»Was hindert uns also noch? Warum sollten wir dieses Abenteuer nicht zusammen angehen? Wir haben nichts zu verlieren, und wenn wir erst arbeitslos sind, ist es zu spät. Lass es uns versuchen!«

Die Idee, die Firma zu übernehmen, überfordert mich, aber die, mich Vincent zu nähern, ist für mich vorstellbar. Es wäre vielleicht an der Zeit, die Ratschläge anzuwenden, die ich anderen gebe. Es ist höchste Zeit, etwas zu wagen. Er glaubt bestimmt, dass ich ihn so anstarre, weil ich über seinen Vorschlag nachdenke. Tue ich aber nicht. Völlig schamlos, unter der Ausnutzung meines Alibis, nehme ich meinen Mut zusammen, um ihm zu sagen, dass ich hoffe, er sei der Schreiber der Briefe. Ich tauche in seinen Blick hinein, betrachte den Schwung seiner Lippen, seine Augenbrauen, verweile in seinen Haaren. Ich mag seine Hände, die elegant gefaltet sind. Ich mag die Kontur seiner Schultern. Wie gerne würde ich mich an sie lehnen und dort verharren. Ich vertraue ihm. Wenn ich ein Mädchen namens Marie treffen würde, die genau meine Geschichte erlebt hätte, würde ich ihr sagen, sie solle aufs Ganze gehen. Ich würde ihr raten, ihre Karten offen auf den Tisch zu legen. Ich würde ihr auch nahelegen, mit dem Anglotzen ihres Gegenübers aufzuhören, weil dies langsam peinlich wird.

Und wenn ich mit ihm jetzt darüber reden würde? Was riskiere ich denn schon? Eine weitere Enttäuschung? Ein Reiseabschnitt, der nicht meinen Erwartungen entspricht? Ein verborgenes Tal, das bereits bewohnt ist? Und auf der anderen Seite der Waagschale? Was könnte ich dabei gewinnen? Eine ganze Welt, endlich ein Leben.

»Vincent, ich finde deine Idee hervorragend.«

»Das freut mich sehr.«

»Aber Verhandlungen mit Banken und mit der Geschäftsführung liegen mir überhaupt nicht. Was ich kann, ist mit Menschen umgehen.«

»Mach dir keine Sorgen, ich kenne mich ganz gut in dieser Materie aus, und Florence ist auf dem Gebiet der Zahlen auch hervorragend. Das sollten wir hinkriegen. Aber ein Unternehmen kann nur dann funktionieren, wenn die Verantwortlichen die Maschinerie als Ganzes am Laufen halten. Ich weiß, dass du darin eine wahre Expertin bist.«

»Danke.«

Ich habe nicht die geringste Ahnung, was dieses Projekt mit sich bringt oder was es von uns fordern wird, dennoch habe ich keine Angst, überhaupt keine. Ist das Mut oder Leichtsinn? Die Zukunft wird es zeigen.

Ich habe nicht gelogen, als ich sagte, das einzige Gebiet, das mich interessiere, seien die Menschen. In diesem Augenblick könnte man sogar sagen, dass sich dieses Gebiet auf einen einzigen Menschen reduziert, auf Vincent. Der Moment könnte nicht geeigneter sein. Wir sind uns nahe und auf neutralem Territorium. Ich habe keine Kraft mehr, bis zum 13. zu warten. Sollen sich doch meine Schüchternheit, meine Ängste und meine Zweifel alle zum Teufel scheren. Ich bin die kleine Maus, die ihre Nase aus ihrem Loch steckt. Ich bin ein Schneeglöckchen, das sich endlich ins Licht durchgekämpft hat. Ich hoffe, mein Fell ist glänzend, und meine Blätter verknoten sich nicht.

62

Vincent, darf ich dich was Persönliches fragen? Zwei Dinge?«

»Ja, natürlich.«

»Gibt es eine Frau in deinem Leben?«

Er ist überrascht. Kein Zweifel. Ich meine sogar eine winzige Rückzugsbewegung wahrzunehmen. Mein Vorpreschen tut mir jetzt schon leid. Die Maus verkriecht sich wieder in ihr Loch. Ich hätte diese Frage nicht stellen sollen. Das war ein Schritt zu weit am Rand des Abgrunds. Gleich sagt er mir, er sei verheiratet, und wird damit auf Distanz zu mir gehen. Wie dumm von mir! Ich hätte mir diese Frage niemals herausnehmen dürfen.

»Verzeih mir bitte, Vincent«, schiebe ich eilig hinterher. »Vergiss, was ich gerade gesagt habe.«

»Nein, Marie, es gibt keine Frau in meinem Leben.«

Seine Antwort lässt mich meine Reaktion überdenken und eröffnet mir neue Horizonte.

»Was war deine zweite Frage?«

»Ich habe Angst, Vincent. Ich weiß nicht, ob ich sie stellen sollte.«

»Marie, was auch immer du mich fragen möchtest, ich weiß, dass du es niemals aus Bosheit tun würdest. Also schieß los.«

»Hast du mir diese Briefe geschrieben?«

Er senkt seinen Blick. Ich sehe, dass ein innerer Konflikt ihn fast zerreißt. Entweder hat er sie geschrieben, jedoch vorgehabt, bis zum 13. zu warten, dem Datum, für das er alles in die Wege geleitet hat, um seine Leidenschaft für mich auf seine Weise zu offenbaren. In dem Fall habe ich seine Pläne wie ein Trampel in den Boden gestampft. Oder er ist nicht der Briefschreiber, weiß nicht einmal, wovon ich rede, und fragt sich, wie er es mir schonend beibringen kann, ohne mir das Herz zu brechen.

Er hebt seinen Blick.

»Marie, es gibt keine Frau in meinem Leben, weil es darin einen Mann gibt.«

Das haut mich um. Das Abholzunternehmen hat seine Arbeit mit voller Kraft aufgenommen. Sie müssen sogar neues Personal einstellen. Das macht nicht nur Kleinholz aus mir, sondern Streichhölzer.

»Niemand weiß es, Marie, weil die Menschen zu schnell mit ihren Urteilen bei der Hand sind und ich nicht die Kraft habe, gegen die ganze Welt anzukämpfen. Nur meine Nächsten wissen es und akzeptieren es glücklicherweise, zum größten Teil. Aber sonst niemand … Und ich bitte dich, es für dich zu behalten.«

Mit allem habe ich gerechnet, nur nicht damit.

»Mach dir keine Sorgen.«

»Weißt du, Marie, wir richten uns alle in unserem Leben ein und versuchen, in einem Wust von Konzepten, die uns auferlegt werden, zurechtzukommen. Frauen müssen so sein, Männer müssen anders sein. Zwei Lager, zwei Stereotypen. Wir verbringen einen Gutteil unserer Existenz damit, zu verstehen, wer man inmitten dieser Klischees ist. Es braucht Mut, um sich von einer vorgefassten Meinung zu befreien, und häufig ist es die Liebe, mit der es uns gelingt. Man sucht sich nicht aus, was man ist. Das bedeutet aber nicht, dass ich mich deswegen als ein Opfer betrachte. Diejenigen, die man liebt, sucht man sich auch nicht aus. Aber, wenn man das Glück hat, ihnen zu begegnen, hofft man, ihnen näherzukommen und bei ihnen zu bleiben.

Man leidet unter denen, die uns ablehnen, und ist denen unendlich dankbar, die uns akzeptieren. Das gilt für alle, die sich verlieben, für Männer wie für Frauen. Ich glaube, du kannst mich verstehen.«

»Von ganzem Herzen.«

»Ich bin froh, dass du nun über mich Bescheid weißt. Ich habe vollstes Vertrauen zu dir.«

Ich denke an alles, was ich mir über ihn zurechtgereimt habe, aber vor allem an all die Heimlichtuerei, die Vincent auf sich nehmen musste, um seine Liebe zu schützen. Wieder einmal sage ich mir, dass wahre Liebe nicht versteckt werden darf.

»Du bekommst also Briefe von einem Unbekannten?«, fragt Vincent nach.

»Ja, drei Stück bis jetzt.«

»Liebesbriefe?«

»Es sind eher Einladungen, Aufforderungen zum Hoffen. Sie zwingen mich zum Nachdenken.«

»Die Tatsache, dass du mich für den Briefschreiber gehalten hast, ehrt mich in höchstem Maße. Ich beneide den Mann, der das Glück haben wird, dein Leben mit dir zu teilen. Er wird mit dir der glücklichste Mensch der Welt werden, vorausgesetzt er ist weder mittelmäßig noch egoistisch.«

Diesmal werde ich wirklich rot.

»Kann ich dir noch eine dritte indiskrete Frage stellen?«

»Ich glaube, wir haben nicht mehr viel, was wir einander verheimlichen könnten.«

»Wie hast du es gewusst, dass du den richtigen Partner gefunden hast?«

»Er versteht mich, nimmt mich, wie ich bin. Er schätzt meine Qualitäten und kann mit meinen Fehlern leben. Er lässt mich ich selbst sein.«

»Ich hoffe, eines Tages wird das jemand über mich sagen können.«

»Und ich hoffe, du triffst bald denjenigen, auf den du wartest.«

»Ist das so offensichtlich, dass ich warte?«

»Nicht unbedingt, du kannst dich ganz gut verstellen, aber neulich im Krankenhaus, als du geschlafen hast, habe ich zwei geheime Dinge über dich erfahren.«

»Ich glaube, ich will es gar nicht wissen. Ich glaube, peinlicher kann es gar nicht werden.«

»Du schnarchst, und du sprichst im Schlaf.«

»Mist, jetzt ist alles aus. Was hab ich denn gesagt?«

»Zuerst hast du über Medikamente geredet.«

»Medikamente?«

»Ja.«

»Paracetamol vielleicht?«

»Ja, genau. Ich hab nicht alles verstanden, aber anscheinend lief dein Medikament überall mit Feenflügeln herum.«

»Ich kann das alles erklären!«

»Das war aber nicht das Wichtigste.«

»Für die bunten Berliner gibt es auch eine Erklärung.«

»Davon war keine Rede, aber zwischendurch wolltest du, dass eine ganz bestimmte Person dich in den Arm nimmt.«

»Ich weiß nicht, ob ich mir eine einzige Aktie der Firma kaufen kann, aber ich gebe sie dir, wenn du mir versprichst, darüber mit keiner Menschenseele zu reden.«

»Das müssen wir noch verhandeln, Marie«, meint er nur und zwinkert mir zu.

63

Der ganze private Stress hat mich dermaßen geschlaucht, dass ich mich nicht dazu aufraffen konnte, das Dessert für Monsieur Alfredos Essen vorzubereiten. Ich mache mich also früh am Morgen auf den Weg und hoffe, ungesehen in einer benachbarten Konditorei Ersatz zu beschaffen. Im Haus scheint noch niemand wach zu sein, aber natürlich treffe ich auf unseren Concierge, der bereits Vorbereitungen für das große Ereignis trifft.

»Guten Morgen, Marie, Sie sind ja ein früher Vogel.«

»Guten Morgen, Monsieur Alfredo. Ich hatte leider keine Zeit, das Dessert zu machen, also werde ich wenigstens etwas Gekauftes beitragen.«

»Machen Sie sich doch keine Mühe. Es wird auf jeden Fall genug zu essen geben.«

»Nein, nein, versprochen ist versprochen. Und danach helfe ich Ihnen bei den Vorbereitungen, wenn Sie einverstanden sind.«

»Das ist sehr freundlich von Ihnen.«

Ich verlasse den Innenhof. Die Straße ist menschenleer, und ich mache mich auf zum Ladenviertel. Kurz bevor ich die Konditorei am Ende der Straße betrete, bemerke ich die ältere Dame, die an der Bushaltestelle auf ihrem üblichen Platz wartet. Was macht sie da bloß? Ich gehe zu ihr hin.

»Guten Morgen, Madame.«

»Guten Morgen, junge Frau.«

»Wie geht es Ihnen heute?«

»Das Wetter lässt sich gut an, also geht es mir gut.«

Ich setze mich neben sie auf die Bank.

»Müssen Sie auch heute arbeiten?«

»Nein, ich warte auf Henri.«

Sie sieht auf ihre Armbanduhr.

»Er müsste bald kommen.«

Das Uhrenglas ist gesprungen, und die angezeigte Zeit stimmt nicht.

»Warten Sie jeden Tag auf Henri?«

»So haben wir es abgemacht. Ich hoffe, er wird das halbe Baguette nicht vergessen haben.«

Irgendetwas stimmt hier nicht.

»Wann kommt er denn normalerweise?«

»Nach der Arbeit, gegen sechs Uhr abends.«

Es ist noch nicht mal neun Uhr in der Früh.

»Henri, das ist Ihr Mann?«

»Aber natürlich, junge Frau«, antwortet sie amüsiert, »es ist nicht meine Art, auf andere Männer zu warten!«

Von der Straßenecke nähert sich eine Frau, die uns nicht aus den Augen lässt. Sie schreitet schnell aus und hat sich offensichtlich nur in aller Eile anziehen können. Sie lächelt mich peinlich berührt an und geht vor der alten Dame in die Hocke. Sanft nimmt sie ihre Hand.

»Mama, wir müssen jetzt nach Hause.«

»Dein Vater wird jeden Augenblick kommen.«

»Du weißt genau, dass er heute nicht kommen wird. Er ist auf Montage.«

Die alte Dame wirft einen verzweifelten Blick in meine Richtung.

»Ach, du meine Güte, das hatte ich ja ganz vergessen! Wann kommt er denn wieder?«

»In ein paar Tagen …«

»Hast du denn wenigstens deine Hausaufgaben gemacht?«

Die Frau steht folgsam auf, um ihrer Tochter zu folgen. Ich sehe ihnen nach, wie sie sich entfernen, plötzlich laufe ich hinter ihnen her und rufe: »Sie haben Ihre Handtasche vergessen!«

Die Tochter dreht sich um und kommt mir ein Stück entgegen.

»Danke schön«, sagt sie, während sie die Tasche entgegennimmt.

»Ich sehe Ihre Mutter jeden Tag, und wir wechseln immer ein paar Worte miteinander.«

»Das tut ihr sicher sehr gut. Sie spricht fast gar nicht mehr. Mein Vater ist vor siebzehn Jahren verstorben, aber sie kommt jeden Tag hierher und wartet auf ihn, wie damals, als sie noch jung verheiratet waren. Sie lebt nur noch dafür. Für uns ist es die Hölle. Für sie wahrscheinlich auch.«

Ich weiß nicht, was ich sagen soll. Sollten sich unsere Blicke noch einmal kreuzen, würden wir wohl beide in Tränen ausbrechen – sie, weil sie weiß, wie es ist, ich, weil ich es mir vorstellen kann.

64

Als ich zum Konditor ging, um eine simple Apfeltarte zu besorgen, hatte ich nicht damit gerechnet, dass mich die Begegnung so mitnehmen würde. Ich muss immer wieder an die alte Dame denken, die jeden Tag auf ihren Mann wartet, weil ihr Verstand sich weigert, die Wahrheit zu akzeptieren. Wie tief muss eine Bindung zwischen zwei Menschen sein, dass das Gehirn jenseits aller Vernunft die Wahl trifft, die Realität auszublenden, auch wenn man dabei täglich neu enttäuscht wird?

Ich möchte jetzt nicht allein sein. Ich renne die Treppe hinunter, um Monsieur Alfredo zu helfen. Hugo und Antoine begegnen mir, die zwischen den Etagen hin und her laufen, um von den Bewohnern genügend Stühle für alle herbeizuschaffen. Ein kleines Mädchen, ein wenig jünger als die beiden, will sich auch nützlich machen.

»Wartet auf mich!«, ruft sie hinter ihnen her. Ihre kleinen Ärmchen umklammern einen Klappstuhl, und sie geht jede Stufe vorsichtig hinunter. Die beiden Jungs sind schon fast unten. Willkommen in der Männerwelt, kleine Schwester. Ich helfe ihr.

Aufgrund des milden Wetters hat Monsieur Alfredo beschlossen, das Essen draußen im Hof auszurichten. Auf Böcken aufgelegte Bretter bilden eine lange Festtafel. Während ich die Papiertischdecke darüber ausrolle, lobe ich ihn: »Sie haben ein glückliches Händchen mit dem Wetter. Das ist der erste schöne Sonntag in diesem Jahr.«

»Bis jetzt hatten wir immer Glück mit dem Wetter. Das liegt an Manuela.«

»Manuela? Ist das die Heilige der Festivitäten?«

»Nein, Manuela war meine Frau. Ihr zu Ehren mache ich dieses Essen – zu ihrem Geburtstag.«

»Das wusste ich nicht, es tut mir leid.«

»Braucht es nicht. Es ist ein schöner Tag, und sie ist so wie immer bei mir.«

Heute Morgen kommt es Schlag auf Schlag: Zuerst habe ich das von der alten Dame erfahren, die jeden Tag vergeblich auf ihren Mann wartet, und nun von Alfredos verstorbener Frau, deren Geburtstag hier gefeiert wird. Das Leben scheint mir schon wieder eine Lektion erteilen zu wollen, aber ich weiß nicht welche. Ich habe irgendwie auch ein bisschen Angst vor der neuen Botschaft. Was ist es denn diesmal? Binde dich nicht emotional, denn am Ende verlierst du immer den Menschen, den du liebst? Der Tod wird dir deinen Ehepartner rauben, wenn er sich nicht vorher mit einer anderen davonmacht? Ich sollte trotzdem versuchen, positiv zu denken.

Nach und nach finden sich die Hausbewohner im Hof ein. Endlich einmal treffen die Wege derer zusammen, die sich normalerweise nur flüchtig begegnen. An diesem Vormittag decken sich unsere Termine, unabhängig von dem, was wir ansonsten tun. Es war mir nicht bewusst, wie viele Menschen unter dieser Adresse leben. Wenn man ihnen nur einzeln begegnet, kommt man nie darauf. Die Zusammensetzung der Gruppe ist erstaunlich: Familien, Paare, Ältere, Singles … Wir bilden die Welt im Kleinen ab. Ausnahmsweise dürfen die Kinder in der parkähnlichen Anlage spielen. Sie haben sogar die Erlaubnis, auf Bäume zu klettern. Lula, das kleine Mädchen mit dem Klappstuhl, steht vor einem Baumstamm und bittet die bereits im Baum hockenden Jungen, ihr hinaufzuhelfen. Sie reichen ihr die Hand und ziehen sie zu sich hoch. Andere, noch kleinere Kinder laufen überall herum, dass es eine wahre Freude ist. Ich erinnere mich noch, als ich in diesem Alter war, wie viel Spaß es gemacht hat, etwas Ungewöhnliches in gewohnter Umgebung zu erleben. Der Basar an der Schule, das Straßenfest, die Matratzenhütten, die meine Schwester und ich gebaut haben … Ich finde diese Freude, die ich verloren glaubte, heute auf einmal wieder.

Nachdem alles so weit aufgebaut war, bin ich wieder in meine Wohnung gegangen, um zu duschen und mich umzuziehen.

Als ich mir meine Haare föhne, werfe ich einen Blick aus dem Wohnzimmerfenster. Auch Paracetamol betrachtet den Aufruhr zwischen zwei seiner Putzeinheiten.

»Du bleibst hier, mein Großer, und ich komme ab und zu rauf, um nach dir zu sehen.«

Ich bin nicht die Einzige, die sich umgezogen hat. Als ich unten bin, entdecke ich Monsieur Alfredo in einem sehr schicken Anzug. Er trägt nicht mehr seinen üblichen blauen Handwerkerkittel, sondern ein strahlend weißes Hemd zu einem grauen eleganten Anzug.

»Sie sehen toll aus«, sage ich zu ihm.

»Danke sehr. Dieser Tag ist sehr wichtig für mich.«

Ich rieche sein Rasierwasser: dezente männliche Holznoten.

Die letzten Vorbereitungen sind abgeschlossen. Auf dem Buffettisch, hinter einem großen Strauß roter Rosen, thront das Porträt einer sehr schönen Frau. Manuela. Emilie hatte mit ihrem Kommentar über die Fotos in der Hausmeisterloge nicht übertrieben. Sie war wirklich außergewöhnlich schön.

Man kommt sich vor wie auf einer Hochzeitsfeier. Alle haben sich schick angezogen und sind ausgelassener Stimmung.

Manche gehen wie selbstverständlich aufeinander zu, andere haben sich offenbar letztes Jahr zu demselben Anlass zuletzt gesehen, kommen aber gerne miteinander ins Gespräch. Die Kinder flitzen herum. Es sieht aus, als hätte keiner abgesagt. Monsieur Alfredo steigt auf die Außentreppe und klatscht einmal in die Hände.

»Meine Damen, meine Herren, liebe Freunde! Wenn es Ihnen recht ist, würde ich Ihnen nun gerne ein Gläschen vorweg anbieten. Ich schlage einen Portwein vor und wäre neugierig zu erfahren, wie er Ihnen mundet!«

Ohne dass jemand explizit für die Bedienung zuständig wäre, füllen sich die Gläser und werden freundlich weitergereicht. Man prostet sich zu. Die Gäste unterhalten sich. Ich höre zu. Die Männer eröffnen die Konversation gerne mit dem Thema Arbeit. Die Frauen reden über Kinder. Ich bleibe für mich.

Die Sonne scheint bereits in den Hof hinein, und eine junge Frau in hohen Absätzen versucht, ihren Sohn einzufangen, um ihm eine Schirmmütze aufzusetzen, aber er entkommt ihr immer wieder. Monsieur Alfred ruft dem Kleinen zu: »Mikael! Tu mir bitte den Gefallen, und setz diese Mütze auf. Du siehst damit nämlich wie ein Rennfahrer aus.«

Der Kleine fügt sich. Monsieur Alfredo ist wirklich ein beeindruckender Mensch. Wären wir auf einer Hochzeitsfeier, wäre er ganz ohne Zweifel der allseits respektierte Patriarch. Er ist zu jedem freundlich, ohne sich jedoch zurückzuhalten, wenn er etwas ansprechen möchte, was nicht so rund läuft. Er wäre ein ausgezeichneter Familienvater. Und doch sind wir trotz des Sonnenscheins und der schönen Stimmung nicht auf einer Hochzeit, und wir sind keine Familie. Wir sind die Bewohner eines Hauses, in dem er der Concierge ist. Ich hatte mich schon gefragt, wie die Leute hier wohl auf seine direkte Art reagieren würden, und stelle mit Überraschung fest, dass ihn jedermann respektiert, und nicht nur das: Jeder scheint ihn auch wertzuschätzen.

Der Mann, dessen dickes Auto die Steinplatten befleckt hatte, gibt das Zeichen, und alle erheben ihre Gläser zu Ehren von Manuela und Monsieur Alfredo. Der Trinkspruch auf seine verstorbene Frau scheint ihn nicht traurig zu machen, nicht einmal nostalgisch. Fast kommt es einem so vor, als sei sie an seiner Seite. Zuvor habe ich mitgekriegt, wie er einen zärtlichen Blick zu dem Foto seiner Frau geworfen hatte. Ich hatte geglaubt, so viel Schwärmerei sei nur für jemanden möglich, der noch lebt. Ich finde es jedenfalls sehr rührend.

Als die Gesellschaft zu Tisch gebeten wird, kommt Monsieur Alfredo auf mich zu.

»Marie, es tut mir leid, es Ihnen sagen zu müssen, aber Monsieur Dussart ist immer noch geschäftlich unterwegs. Er kommt am 13. wieder. Ich habe Sie neben Madame Shenzhen, zweite Etage links, gesetzt.«

So, so, Monsieur Dussart kommt am 13. zurück. Auch wenn er auf meiner Verdächtigenliste immer noch einen der vorderen Plätze einnimmt, fällt es mir immer schwerer, daran zu glauben, dass er mein mysteriöser Verehrer ist. Oder aber er ist superbegabt, was Beschattung und Ausspionieren angeht.

Monsieur Alfredo zieht mich hinter sich ans Ende der Tafel und flüstert mir zu: »Und auf der anderen Seite von Ihnen sitze ich.«

Er stellt mich sehr vielen Menschen vor. Vermutlich liegt es an seinem Job, dass er mir außer ihren Namen auch noch die Lage ihrer Wohnungen mitteilt. Familie Bertrand, vierte Etage Mitte. Eheleute Benzema, erste Etage rechts. Ich finde es amüsant. Nach einigen Minuten ertappe ich mich selbst dabei, wie ich jemandem die Hand reiche und mich als »Marie Lavigne, dritte Etage Mitte« vorstelle.

Madame Shenzhen kennt alle hier. Sie ist die älteste Bewohnerin des Hauses und eine interessante Person: Ihr asiatischer Name passt auf den ersten Blick so gar nicht zu ihrem mediterranen Aussehen und dem südfranzösischen Akzent. Madame Shenzhen sprengt alle Klischees.

»Ich habe Manuela gut gekannt«, erzählt sie mir. »Sie ist nur zwei Monate nach meinem Ehemann von uns gegangen. Wir standen uns sehr nahe. Wir waren alle in etwa gleich alt, hatten keine Kinder. Alberto und seine Frau waren Portugiesen, mein Mann kam aus China. Ich bin am Mittelmeer aufgewachsen. Mein Akzent fiel überall auf. Alle vier waren wir entwurzelt. Naturgemäß verbindet einen so etwas. Ich kann Ihnen sagen: Wenn mein chinesischer Mann mit dem Portugiesen Alfredo nicht einer Meinung war, verstand man bei dem Gebrüll keinen Ton mehr! Zum Glück konnten Manuela und ich die beiden Streithähne immer zur Vernunft bringen, und alles war wieder gut.«

Diskret zeigt sie mit dem Kopf auf unsere Nachbarn und erzählt zu jedem eine Geschichte. Auch das finde ich erstaunlich: Man sieht sie nie, aber sie weiß alles.

»Wie kommt es denn, dass Sie alleine sind?«, fragt sie mich. »So ein hübsches Ding wie Sie?«

»Ich erhole mich gerade von einer komplizierten Beziehung.«

»Verlieren Sie damit bloß nicht zu viel Zeit. Man weiß nie, was die Zukunft für uns bereithält.«

Das Buffet ist eröffnet, und alle stehen auf, um sich zu bedienen. Monsieur Alfredo hat große Platten mit portugiesischen Spezialitäten vorbereitet. Er steht daneben und erklärt, um welches Gericht es sich jeweils handelt. Alles schmeckt ganz wundervoll. Ich kann allerdings nicht umhin zu bemerken, dass die Männer meist mit Wurst und Fleisch zum Tisch zurückkehren und die Frauen mit Salat und Gemüse.

Ich bediene Madame Shenzhen, der das Gehen schwerfällt.

»Haben Monsieur Alfredo und seine Frau beide hier als Concierge gearbeitet?«

»Nein, damals hatte sie sich alleine um das Gebäude gekümmert, er arbeitete beim Gartenbauamt. Damals hieß das irgendwie anders. Erst als sie das große Los gezogen hatten, haben sie sich die Stelle hier geteilt.«

»Das große Los gezogen?«

»Sie kennen die Geschichte noch nicht?«

»Nein.«

»Die Gärtner in Alfredos Truppe spielten jede zweite Woche Lotto. Mit dem bisschen, was sie gewannen, machten sie ab und zu einen drauf. Wie überall schlief auch diese Tradition allmählich ein, die Jüngeren hatten kein Interesse mehr an diesem Ritual. In der Woche, in der sie zum ersten Mal nicht mehr spielen wollten, hat Alfredo einfach den Lottoschein für sich alleine ausgefüllt. Und den Jackpot geknackt!«

»Er ist also reich?«

»Das kann man wohl sagen. Sehr reich sogar!«

»Und trotzdem arbeitet er noch als Hausmeister?«

»Sie haben niemandem von ihrem plötzlichen Geldsegen erzählt, außer uns, weil wir befreundet waren. Ich erinnere mich daran, als sei es gestern gewesen. Sie haben uns die Neuigkeit an einem Samstag erzählt, auf die Schnelle, weil Manuela noch die Fenster ihrer Conciergeloge putzen wollte. Er hat sie gefragt, was sie sich wünsche. Er sagte, sie könnten bis ans Ende ihres Lebens reisen und Ferien machen. Sie hat gemeint, dass sie ihre Arbeit liebe und in ihrem Leben nichts verändern wolle. Sie konnte sich nicht vorstellen, nichts zu tun. Das stimmt auch, faul herumzusitzen war wirklich nicht ihr Ding.«

»Sie haben also so weitergelebt, als hätten sie nichts gewonnen?«

»Nein, nicht ganz.«

Sie dreht sich im Stuhl um und zeigt mit einer weiten Armbewegung auf das Gebäude: »Sie haben das hier gekauft. Eine Wohnung nach der anderen. Wir sind alle ihre Mieter geworden. Alfredo hat von da an mit seiner Frau hier gearbeitet. Sie haben sich um alles und um alle gekümmert, von morgens bis abends. Ich habe kein glücklicheres Paar als die beiden getroffen. Als Manuela starb, hat Alfredo alles beim Alten gelassen. Die Trauerfeier war an einem Montag, und wie jeden Montag wienerte er in aller Herrgottsfrühe das Treppenhaus. Er ist hier geblieben, wo er sich ihr am nächsten fühlte, wo sie ihre schönsten Jahre zusammen verbracht hatten. Ich habe es übrigens genauso gemacht. Alfredo und ich haben uns gegenseitig sehr unterstützt. Wir treffen uns immer noch jeden Donnerstagabend zum Essen, mal bei ihm, mal bei mir. Ich bin die Einzige hier, die ihn beim Vornamen nennt.«

Sie nickt zu der großen Tafel, die sich vor uns erstreckt.

»Inzwischen gibt es hier keinen mehr, der seine Frau oder meinen Mann gekannt hat. Das Leben geht weiter, so ist das eben.«

Sie bemerkt meinen verblüfften Gesichtsausdruck.

»Wussten Sie denn nicht, dass er der Eigentümer ist?«

»Nein, ganz und gar nicht.«

»Aber, als Sie den Mietvertrag unterzeichnet haben …«

»Ich habe nichts unterzeichnet, weil es eine Freundin meiner Schwester war, die mir diese Wohnung vorübergehend zur Verfügung gestellt hat.«

»Das erklärt natürlich alles. Er muss Sie aber wirklich mögen, weil er Sie sonst nicht in die Wohnung gelassen hätte.«

»Gleich am ersten Tag, als ich hier eingezogen bin, hat er etwas zu mir gesagt, was ich jetzt erst verstehe. Er meinte: ›Das hier ist mein Terrain‹, aber ich hielt es für einen Scherz.«

»Nun, das ist sicher kein Scherz.«

Ich beobachte Monsieur Alfredo, wie er am anderen Ende des Tisches Wein serviert. Er hat sich nicht eine Minute lang hingesetzt. Ihm gehört das alles hier, aber er verbringt seine Zeit damit, andere zu bedienen. Er hätte seinen Reichtum genießen können, doch stattdessen tut er das, woran er glaubt, und bleibt sich treu. Monsieur Memnec hat es ganz genauso gehalten. Ich bewundere dies, es zeugt von menschlicher Größe.

Ich hebe meinen Kopf, um die milde Luft einzusaugen. Es hätte regnen können, und trotzdem wäre es ein schöner Moment gewesen. Ich sehe Paracetamol hinter meinem Fenster, er beobachtet mich. Ich winke ihm unauffällig zu und hoffe, dass mich niemand dabei gesehen hat.

Nach dem Essen hat Monsieur Alfredo Musik aufgelegt. Zur Eröffnung dieses improvisierten Balls hat er Madame Shenzhen zum Tanz aufgefordert. Ich habe sie lange beobachtet: Sie mühte sich beim Tanzen ab, er unterstützte sie mit viel Güte. Ich finde die beiden rührend. Obwohl sie sich so eng halten, ist das kein Verrat an ihren verstorbenen Ehepartnern. Sie helfen einander, sich daran zu erinnern, was das Wertvollste für sie ist. Das Leben ist wie ein Tanz, es währt nicht ewig. Ich glaube, man muss zu zweit sein, um den Rhythmus aufzunehmen und an der Melodie Gefallen zu finden. Man kann nur das wirklich genießen, was man teilen kann, alles andere ist wertlos. An diesem Nachmittag hat mich allerdings nur der kleine Antoine zum Walzer aufgefordert und mir dabei die Füße massakriert.

65

Heute Morgen bin ich meiner Katze zuvorgekommen: Ich habe sie geweckt. Ich muss zugeben, dass ich noch vor dem Weckerklingeln wach war und sogar noch vor der Sonne. Mit schlaftrunkenen Augen, barfuß und im Nachthemd führte mich mein Weg als Erstes zum Kalender, um den letzten Tag durchzustreichen. Heute ist der 13. März. Viel Glück, Marie!

Als ich die Wohnung verließ, um zur Arbeit zu gehen, schaute ich zuallererst auf die Fußmatte: kein Brief. Diesmal habe ich ungeniert an der Tür von Romain Dussart gelauscht. Falls er von seiner Geschäftsreise schon zurückgekehrt ist, schläft er vermutlich friedlich, bis er mir seine neue Botschaft vor die Füße wirft, es sei denn, er hatte sie wieder postalisch aufgegeben.

In der Firma flehe ich Petula an, mir Bescheid zu sagen, sobald der Briefträger da war. Mit ihrem falschen Bass antwortet sie mir lakonisch: »Mach ich, Schätzchen.« Das ist gruselig. Sie verwandelt sich immer mehr in einen Kerl. Seitdem sie ihr Vortanzen als junger Mann so brillant gemeistert hat, identifiziert sie sich komplett mit ihrer Rolle und lässt sich Theo rufen. Langsam komme ich mit ihren Vornamen durcheinander. Am Ende nenne ich sie noch Thea oder Petulo.

Emilie hat Juliens Eltern kennengelernt. Sie hat recht: Das geht wirklich alles rasend schnell. Ich habe ihr von dem verrückten Plan von Vincent erzählt, und sie ist bereit, ihre ganzen Bausparkasseneinlagen zu investieren. Ich sehe darin ein schönes ermutigendes Zeichen, aber ich glaube, wir werden mehr brauchen, wenn wir Deblais beeindrucken wollen. Vincent und Florence arbeiten dran. Heute Mittag haben sie wieder so etwas wie ein Geschäftsessen.

Ich kann mich auf nichts konzentrieren. Ich muss immerzu an diesen Brief denken, stelle ihn mir vor, habe ihn beinahe vor Augen, und ich warte auf ihn, jede einzige Sekunde. Ich habe mir so viele schräge Szenarios einfallen lassen, eines verrückter als das andere, dass ich mir schon einrede, mein mysteriöser Liebhaber zeige sich nur deshalb nicht, weil er furchterregend hässlich ist. Er geht von Stadt zu Stadt, von Jahrmarkt zu Jahrmarkt. Schaulustige zahlen Eintritt, um sein quietschbuntes Zelt zu betreten, und gehen verblüfft wieder von dannen. Er erschreckt kleine Kinder und lässt Frauen in Ohnmacht fallen. Die Männer haben Angst vor ihm, und Wissenschaftler jagen ihn. Pasteur hat sich an seine Fersen geheftet, weil ihm die Versuchstiere ausgegangen sind – der letzte Gefangene aus der Area 51 war abgehauen, nachdem er die Wachleute und ein Auto aufgefressen hat –, und der gute Mann hat seit der Tollwut nichts mehr erfunden. Er hofft, sich auf Kosten des Mannes, der mich liebt, zu sanieren. Mein Liebesmonster hatte mich wahrscheinlich in unserer Lokalzeitung entdeckt, wo ich auf einem unscharfen Foto in der achtzehnten Reihe zu sehen war, anlässlich einer ebenso avantgardistischen wie bekloppten Theateraufführung, zu der mich Emilie mitgeschleift hatte. Wieso ich? Warum hat er mich ausgewählt? Es erscheint mir logisch, dass sich ein Jahrmarktsmonster in eine Zirkus-Robbe verliebt. Es ist sogar ziemlich herzbewegend. Es könnte sogar klappen mit uns beiden. »Guten Abend, Madame, darf ich Ihnen meinen Mann vorstellen, das Monster mit den drei Nasen: Trompete, Triangel und große Trommel? Wenn er sich schnäuzt, erklingt Beethovens Pastorale. Hätten Sie vielleicht auch ein Schwimmbecken und einen großen Ball? Ich bin nämlich völlig dehydriert, und außerdem hätte ich Lust auf eine kleine Zirkusnummer.«

Je später es wird, desto mehr stehe ich unter Strom. Als ich aufstand, war ich eine 9-Volt-Batterie. Im Büro war ich schon eine 12-Volt-Autobatterie, gegen zehn Uhr eine Flutlicht-Lithium-Batterie, danach eine Windturbine im auffrischenden Wind. Ich denke, am Ende werde ich geladen sein wie das Wasserkraftwerk der Niagarafälle. Der Erste, der an meine Drähte kommt, fängt sich den Schlag seines Lebens.

Da in der Firma kein ernsthafter Anwärter mehr übrig ist, brauche ich an meine Arbeitskollegen keinen weiteren Gedanken mehr zu verschwenden. Zwischendurch ging ich hinüber zu den Jungs von der Qualitätssicherung, um Hallo zu sagen. Seit Sandro und Kevin sozusagen verschwägert sind, ist die Stimmung dort sogar noch besser geworden.

Von der Geschäftsführung kann man das nicht behaupten. Jedes Mal, wenn ich an Deblais' Büro vorbeigehe, wirft er mir einen seiner düsteren Blicke zu, was mir aber absolut egal ist.

Notelho vermeidet jeden Blickkontakt, spioniert jedoch weiter seinen Chef aus und durchsucht dessen Taschen. Er hat noch mehr über Deblais' Liebesnest herausbekommen. Ich habe den Eindruck, dass der Ex-Adjutant aus dieser Sache seinen persönlichen Rachefeldzug gemacht hat.

Die Post kam spät, und Petulo hat sicher noch nie zuvor jemanden so gierig den Poststapel an sich reißen sehen. Man muss schon eine Termite sein, um sich so eifrig auf Papier zu werfen. Ich muss mich dringend beruhigen. Sogar der Praktikant sieht mich schon schief an.

Der ganze Tag ist eine Odyssee durch verschiedene Gefühlslandschaften. Im Kopierraum habe ich alleine vor mich hin geweint, weil ich mir sagte, dass kein Brief mehr kommen würde. Zehn Minuten später habe ich an der Kaffeemaschine hysterisch gelacht, weil ich auf einmal eine Ahnung hatte, der Umschlag würde einen Heiratsantrag enthalten und zwei Flugtickets in die Karibik. Beim Mittagessen habe ich den Löffel am Mund vorbeigeführt, weil ich die Ahnung hatte, mein Verehrer würde am Nebentisch sitzen, und weil ich – ohne dass mein Gehirn meiner Hand Bescheid gesagt hätte – daraufhin den Kopf gedreht habe, um in seine schönen Augen zu blicken, woraufhin ich mich komplett bekleckert habe. Alles in allem kein leichter Tag.

Bevor Emilie das Büro verließ, bat sie mich, mich bei ihr zu melden, falls der besagte Brief heute noch eintrudeln sollte. Sie hat mich fest an sich gedrückt und mir alles Glück dieser Welt gewünscht.

Ich bin im gestreckten Galopp nach Hause geeilt. Wenn, dann muss der Brief entweder in der Conciergeloge von Monsieur Alfredo liegen oder auf meiner Fußmatte.

»Nein, Marie, für Sie war heute Morgen keine Post dabei. Warten Sie auf etwas Bestimmtes?«

»Nichts Wichtiges.«

Ich bin die Treppe hochgestiegen und empfand jede Stufe wie die letzten Akkorde eines Requiems. Meine Schritte gaben den Takt zu den letzten Tönen eines Countdowns, der zum totalen Zusammenbruch führt.

In einer perfekten aufsteigenden Kamerafahrt kommt meine Türmatte allmählich ins Bild. Wie in den großen Hollywood-Thrillern wird die visuelle Bewegung bis vor meine Tür geführt, wo – nichts auf mich wartet. Das Bild wird ins Schwarze ausgeblendet, dann der Nachspann.

Ich weiß jetzt, was passiert sein muss: Der kleine Antoine –

zehn Jahre alt, aber sehr große Füße – hat den Brief geklaut, weil er seit unserem Tanz heimlich in mich verliebt ist. Er ist bereit, alles zu tun, damit ich keinen Ehemann finde, bis er groß genug ist, um mich selbst zu heiraten. Ich muss nur noch fünfzehn Jahre warten.

Deprimiert und erschöpft betrete ich die Wohnung und lasse Handtasche und Mantel fallen. Zum Glück ist meine Katze da, um mir ein wenig Trost zu spenden. Aber ich schaffe es nicht, zur Ruhe zu kommen. Ich warte immer noch. Ich habe die Lautstärke meines Handys auf Maximum gestellt, für den Fall, dass er mich anrufen sollte. Auch wenn er drei Nasen hat, wird er ja wohl sprechen können. Ich dusche mit dem Kopf außerhalb der Kabine, nur für alle Fälle, sollte er an die Tür oder ans Fenster klopfen. Als Ergebnis bin ich überall sauber, nur nicht am Kopf.

Den ganzen Abend lang habe ich auf jedes Geräusch gelauscht und mir gesagt, dass mein Leben in einer Sekunde schon ganz anders aussehen könnte. Ich kenne diesen Film, das letzte Mal spielte er in einer Bahnhofshalle. Darauf habe ich keine Lust mehr, aber ich kann mich dem einfach nicht entziehen. Wie lange setze ich mir diesmal mein Wartelimit? Unmöglich zu sagen. Ich werde schon wieder dieses Martyrium erleben, hin- und hergerissen zwischen Hoffnung, die jede Umdrehung des Sekundenzeigers so langsam wie ein Mühlstein abträgt, und Enttäuschung, die mit jeder verflossenen Minute zunimmt. Wie bei einem Fluch werden mich nur die zwölf Schläge um Mitternacht erlösen können. Dann ist es nicht mehr der 13., sondern der 14.März, und der Mann, auf dessen Lebenszeichen ich hoffte, wird wieder einmal sein Versprechen gebrochen haben.

Paracetamol kommt, um mich mit seinem Korken aus der Lethargie zu reißen, aber ich reagiere nicht. Also beschäftigt er sich mit meinen Füßen, die er mit seinen Pfoten traktiert. Mama hat angerufen, aber es fällt mir schwer, mich für den Krankenbericht ihrer Nachbarin zu interessieren.

Ich kann mich nicht aufraffen, etwas zu essen. Umso besser. Denn dem, was mich erwartet, will ich lieber mit einem leeren Magen begegnen. Es ist genau 21 Uhr 34, als es schließlich passiert.

66

Ich habe mich aufs Sofa gefläzt und streichle Paracetamol, der genüsslich schnurrt. Dieses eine Mal wäre mir lieber, er würde es lassen, damit ich die Geräusche aus dem Treppenhaus besser hören kann.

Plötzlich höre ich etwas. Das Geräusch ist abgedämpft, aber es gibt keinen Zweifel. Jemand geht auf Zehenspitzen zu meiner Tür. Würde ich meine Katze nicht so lieben, hätte ich sie wie einen Sack von mir geschoben, aber ich finde die Kraft und die Liebe, sie sanft auf dem Boden abzusetzen.

Ich schleiche zu meiner Eingangstür. Gerade will ich mein Auge an den Türspion kleben, als ein leises Reibegeräusch vom Boden meine Aufmerksamkeit auf sich zieht. Ein weißer Umschlag erscheint. Jemand schiebt gerade einen Brief unter meiner Tür durch!

Los, Marie, bring deine Neuronen auf Trab! Was tu ich jetzt? Warte ich brav ab, bis ich den Brief gelesen und reiflich darüber nachgedacht habe, oder entscheide ich mich, diese Etappe zu überspringen und die Tür gleich zu öffnen?

Ich bin es leid zu warten. Ich habe drei Viertel meines Lebens damit verbracht. Damit ist jetzt Schluss. Ich werde mir das Tempo, das mir jemand vorgibt, nicht mehr vorschreiben lassen. Ich mache auf.

Romain Dussart zuckt erschrocken zusammen. Ich erwische ihn noch in gebeugter Haltung, wie er den Brief unter meiner

Tür durchschiebt. Er ist es also! Der letzte Verdächtige erweist sich als der Schuldige, wie in den alten Kriminalromanen! Er wird mir erklären müssen, wie er so viel über mich herausgefunden hat. Ich bin bereit, ihm zu verzeihen, dass er auf der Fassade herumgeklettert ist, um mich unter der Dusche zu beobachten.

Er richtet sich schnell auf. Ganz offensichtlich hat er nicht damit gerechnet, dass ich ihn erwische. Es scheint ihm unangenehm zu sein. Geschieht ihm recht. Unbeholfen erklärt er: »Guten Abend, dieser Brief ist für Sie.«

»Das hab ich mir schon gedacht.«

Er stammelt: »Wir haben uns schon eine ganze Weile nicht mehr gesehen. Wie geht es Ihnen, Mademoiselle Lavigne?«

»Romain, wir sind doch schon längst weiter. Nennen Sie mich Marie.«

Ich mache einen Schritt auf ihn zu.

»Seien Sie nicht schüchtern. Ich hatte Sie schon lange in Verdacht.«

Er weicht zurück. »Wovon sprechen Sie?«

»Sagen Sie nichts, Worte sind hier nicht nötig.«

»Aber, aber …«

Ich strecke ihm meine Hand entgegen. Er zieht sich noch mehr zurück.

»Romain, ich warte schon sehr lange auf diesen Augenblick.«

Er legt seine Arme schützend vor seinen Brustkorb, als hätte er Angst, ein Krokodil würde sie ihm abbeißen.

»Verzeih mir, Romain, dass ich die Tür geöffnet habe, aber ich konnte es nicht erwarten, mit dir zu reden. Auch wenn du es nicht glaubst: Du bist mir schon bei unserer ersten Begegnung aufgefallen.«

»Ich weiß nicht, wovon Sie reden, aber …«

»Du brauchst dich nicht mehr zu verstellen. Dieses Katz-und-Maus-Spiel hat schon lange genug gedauert. Du hast mich eingefangen.«

Er macht in etwa das gleiche Gesicht wie Notelho angesichts des gelupften Pullis von Valerie. Plötzlich dreht er sich um und flieht zu seiner Tür, die er fieberhaft mit seinem verhedderten Schlüsselbund zu öffnen versucht. Er sieht aus wie die Leute in den Filmen, die ihre Autos nicht gestartet bekommen, während eine riesige Lavawelle bereits ihre Stoßdämpfer zum Schmelzen bringt.

Ich fange ihn und ziehe ihn in meine Arme.

»Romain, um Himmels willen! Du kannst mir ruhig sagen, dass du mich liebst!«

»Sie sind ja völlig durchgeknallt! Lassen Sie mich los.«

Ich halte ihn fest, ich klammere mich an ihn, so fest ich kann. Er versucht, mich abzuschütteln.

Plötzlich ertönt eine Stimme aus dem Treppenhaus.

»Marie! Marie! Lassen Sie Monsieur Dussart in Ruhe!«

Monsieur Alfredo erreicht atemlos den Treppenabsatz.

»Beruhigen Sie sich, Marie! Ich habe ihn nur gebeten, diesen Brief vor Ihrer Tür abzulegen, um mir den Aufstieg zu ersparen.«

Ich lockere meine Umklammerung. Monsieur Dussart verschwindet hinter seiner Tür und schlägt sie mir vor der Nase zu. Ich höre, wie er sich verbarrikadiert, indem er einen Riegel nach dem anderen einrasten lässt. Durch seine Panzertür wirft er mir noch zu: »Neurotisches Weibsbild!«

Wieder einer, der mir entwischt ist. Wieder einer, über den ich mir einen falschen Film gemacht habe. Ich stehe da wie angewurzelt, unter dem Schock meines eigenen Verhaltens. Die kleine Maus würde jetzt gerne tief in ihrem Mauseloch ihr Leben aushauchen. Was habe ich bloß getan? An einem einzigen Abend habe ich es geschafft, meine letzte Hoffnung und meine Wohnung zu verlieren.

Klack! Um allem die Krone aufzusetzen, ist gerade auch noch meine Eingangstür zugefallen. Ich bin draußen, ohne Schlüssel. Und breche in Tränen aus.

Monsieur Alfredo versucht, mich zu beruhigen: »Halb so schlimm, ich hab einen Ersatzschlüssel.«

Er setzt sich, immer noch schwer atmend, auf die Treppenstufen und bedeutet mir mit einem Kopfnicken, mich neben ihn zu setzen. Ich weiß nicht, wohin mit meiner Scham.

»Ich möchte mich bei Ihnen entschuldigen. Ich mache mir furchtbare Vorwürfe. Ich würde zehn Jahre meines Lebens geben, um die Zeit um zehn Minuten zurückdrehen zu können.«

»Tun Sie es nicht, Sie armes Ding! Sie haben schon zehn Jahre Ihres Lebens mit Ihrem ersten Lebensgefährten verschenkt.«

Er tätschelt unbeholfen meine Hand, um mich zu trösten.

»Haben Sie wirklich geglaubt, Monsieur Dussart würde anonyme Briefe schreiben?«

»Sonst kommt niemand mehr infrage.«

»So etwas ist überhaupt nicht seine Art. Das ein oder andere sollten Sie über Männer wirklich wissen.«

»Ich habe nichts zu meiner Verteidigung zu sagen, Euer Ehren.«

»Er war nur der Bote. Ich weiß nicht, wer diese Briefe bringt, ich habe noch niemanden gesehen. Ist es sehr taktlos von mir zu fragen, warum das Ganze Sie so schrecklich mitnimmt?«

»Sie wurden von einem Mann geschrieben, der mich zu lieben vorgibt. Aber er hält mich wohl zum Narren. Diesmal steht mein Entschluss fest: Er kann mich mal, und alle anderen Männer auch. Schluss, aus und vorbei.«

Monsieur Alfredo lacht gutmütig: »Seit Anbeginn der Welt wären Sie die erste Frau, der das gelingt.«

»Ich hab bis jetzt alles nur falsch gemacht. Alle meine Beziehungen haben ein schlimmes Ende genommen, sogar die, die noch gar nicht richtig angefangen hatte!«

»Marie, hören Sie mir zu: Einmal zu scheitern ist noch lange kein Grund aufzugeben. Man muss seine Lehren daraus ziehen und weitermachen im Leben. Ich kann Ihnen nur mit meinem eigenen Beispiel dienen: Sie müssen wissen, Manuela war meine dritte Frau. Ich habe zwei Fehlanläufe gebraucht, für die ich übrigens zum Großteil selbst verantwortlich war, um endlich mein Glück schätzen zu lernen.«

Meine Überraschung amüsiert ihn.

»Haben Sie etwa gedacht, meine schöne Liebesgeschichte konnte nur das Ergebnis eines Wunders sein? Wie im Märchen? Aber so sind die Frauen nun mal, sie suchen nach Perfektion, glauben an die Liebe auf den ersten Blick und sind notgedrungen enttäuscht, wenn es anders kommt. Sie hoffen auf den Märchenprinzen, den es nicht gibt, und wenn er nicht auftaucht, glauben sie an gar nichts mehr. Man braucht schon eine große Portion Glück, um den Menschen zu finden, mit dem man durchs Leben gehen kann. Das Leben ist ein Puzzle, dessen Teile man Tag für Tag ergänzt. Haben Sie schon mal jemanden gesehen, der die Puzzlestücke gleich beim ersten Versuch an den richtigen Platz legt? Man muss ausprobieren, ob es passt, und darf dabei das große Ganze nicht aus den Augen verlieren. Ständig heißt es, wie schön es ist, wenn es sofort zwischen zwei Menschen funkt. Ich für meinen Teil halte es für wichtiger, dass man sich auch wirklich versteht. Jeder Tag bringt dann etwas Neues. Man kann gleich einpacken, wenn man glaubt, alles schon erlebt zu haben. Solange man noch Dinge entdecken und verstehen will, steht man im Leben. Wenn das Puzzle erst einmal fertig ist, ist es vorbei.«

»Ich bin unter lauter Frauen groß geworden, ohne einen Vater …«

»Meine arme Kleine, das tut mir leid für Sie, aber das hätte auch nicht viel geändert. Uns bringt man auch nicht bei, die Frauen zu verstehen. Wir alle, Männer und Frauen, treffen aufeinander, und jeder schlägt sich, so gut er kann. Ihr Fehler liegt darin, dass Sie versuchen, die Männer per se verstehen zu wollen. Es reicht, wenn Sie herausfinden, wie der eine tickt, den Sie mögen, wie Sie mit ihm klarkommen können. Ich habe es schon lange aufgegeben, die Frauen verstehen zu wollen! Wir suchen uns eine aus und tun unser Bestes. Das ist eine Entdeckungsreise in ein Neuland, lohnt sich aber. Statt sich zu fragen, von welchen Planeten die Jungs und die Mädchen kommen, wäre es sinnvoller, wenn wir lernen würden, wie man auf unserem hier besser miteinander auskommen kann.«

»Warum muss es bloß so schwierig sein?«

»Für Ihre Generation ist es schwieriger als zu meiner Zeit. Früher hat man seinem Instinkt vertraut, jetzt hört man auf alles Mögliche und muss Standards genügen, die von Gott weiß wem geschaffen wurden. Das führt dazu, dass wir Komplexe bekommen, und verunsichert die Menschen. Und was bringt das alles? Am Ende hat jeder Angst vor dem anderen, niemand kann mehr vertrauen. Nur die Arroganten kennen keine Scheu. Eine traurige Zeit. Die Menschen waren noch nie so einsam, trotz der ihnen zur Verfügung stehenden Kommunikationsmittel. Ich habe im Übrigen eine eigene Theorie zu dem Thema.«

»Und die wäre?«

»Alles dreht sich im Leben nur noch ums Geld, und das tut uns nicht gut. Gefühle, Zuneigung, Sex – alles ist heutzutage ein

Geschäft. Das setzt euch Frauen unter Druck. Man redet euch nämlich ein, ihr braucht modischen Fummel sowie Farbe im Gesicht und auf den Nägeln, um die Männer zu verführen. Für die Männer sind es Muskeln, die die Frauen anlocken, alles Äußerlichkeiten, ohne die man angeblich nicht glücklich wird. Man zwängt uns in Korsetts, die uns nichts bringen, denjenigen, die sie propagieren aber mehr als nützlich sind. Die Verkäufer dieser Dinge sind Dealer mit Illusionen, sie ersticken das wahre Leben. Nichts ist mit dem vergleichbar, was man selbst erlebt: ein Blickkontakt, eine besondere Geste, glückliche Zufälle. Es ist wie bei einer Frucht aus dem Supermarkt, die wer weiß woher kommt und mit Pestiziden vollgestopft ist, und einer Frucht, die man in seinem Obstgarten pflückt, wenn die Zeit reif ist. Geben Sie also nicht auf, Marie. Sie sind nicht dafür geschaffen, allein zu bleiben. Niemand ist es.«

Wir schweigen miteinander. Seine Worte finden ihren Weg zu mir. Ich wage es, ihm eine heikle Frage zu stellen: »Fehlt Ihnen Ihre verstorbene Frau?«

»Die Antwort ist nicht einfach. Man muss es selbst erlebt haben, um es zu verstehen. Ich kann Ihnen nur raten: Lieben Sie, so fest Sie können, leben Sie, und teilen Sie alles mit dem, den Sie lieben. Dann werden Sie einen großen Gefühlsschatz angesammelt haben, damit Sie eines Tages, falls das Schicksal Sie beide trennt, das Gute und Schöne im Leben der anderen Menschen wiedererkennen. Sie werden sich dann nicht nur an ihr eigenes Glück erinnern, sondern Sie werden sogar noch Lebensfreude daraus ziehen. Manuela fehlt mir nicht, weil sie in allem, was ich sehe, bei mir ist.«

»Ihre Worte klingen wie die Lebensweisheiten meiner Großmutter, die sie mir als Geschenk hinterlassen hat.«

»Vielleicht werden Sie dieses Geschenk eines Tages auch jemandem hinterlassen können, vielleicht Ihren Kindern, vielleicht anderer Menschen Kinder. Wir sind alle Kinder von jemandem, nicht wahr? Haben Sie denn keine Lust, Ihr Leben mit jemandem zu teilen?«

»Doch, habe ich, aber ich habe auch Angst davor zu leiden.«

»Marie, ich verrate Ihnen ein Geheimnis. Ich hab es von meinem Vater, der es von seinem Vater hat. Das Scheitern einer Beziehung beruht oft auf einem Missverständnis. Die Frau denkt, der Mann würde sich mit der Zeit ändern, und der Mann glaubt, die Frau würde sich nie ändern. Aber wir Männer bleiben immer die gleichen Idioten, während ihr Frauen nicht ewig die jungen Mädchen bleiben könnt, die wir so anziehend finden. Man muss weiterdenken, jenseits der eigenen Illusionen. Hier liegt das Glück verborgen.«

Diesmal bin ich es, die seine Hand nimmt.

»Vielen Dank, Monsieur Alfredo.«

»Für Sie nur Alfredo. Und nun kommen Sie mit mir und holen sich den Zweitschlüssel in der Loge ab. Für heute bin ich genug gelaufen. Haben Sie eigentlich keine Lust, Ihren Brief zu öffnen?«

67

Der Tag hatte es wirklich in sich. Wenn der Spruch »Was uns nicht umbringt, macht uns nur härter« stimmt, dann bin ich im Moment unbesiegbar. Außerdem bin ich der lebende Beweis, dass Blamage und Scham nicht tödlich sind.

Das Gespräch mit Alfredo hat mir erlaubt, ein wenig Abstand zum Geschehen zu gewinnen, aber nicht genügend, um den Tag für beendet zu erklären, mich schlafen zu legen und neue Kräfte für die Lektüre des Briefs am folgenden Tag zu sammeln. Also reiße ich den Umschlag auf. Besser ich bringe es jetzt gleich hinter mich, denn wer weiß, was von meiner stolzen Haltung noch übrig bleibt, wenn ich den Brief erst mal gelesen habe.

Nur ein einziges Blatt, kein Flugticket in die Karibik.

Liebe Marie,
ich weiß, wie sehr Du diesen Brief erwartet hast, und ich bitte Dich, mir zu glauben, dass ich ebenso ungeduldig war, ihn Dir zu schicken. Bis zu diesem für mich so wichtigen Datum habe ich die Tage gezählt. Dieser Brief ist der letzte, den Du von mir bekommen wirst. Ich habe mich entschlossen, mich Dir zu stellen, ohne Maske, ohne List, einfach so wie ich bin. Es ist ein Sprung ins Ungewisse, aber jetzt gibt es kein Zurück mehr. Wir werden uns also schon sehr bald sehen, und dieses Mal – ich verspreche es Dir – wird mich nichts mehr abhalten. Ich möchte Dich also am kommenden Freitag um

acht Uhr zum Essen ins Lion d'Or einladen. Ich hoffe, dass Du kommst. Solltest Du Dich verspäten, mach Dir nichts draus: Ich werde warten, bis mich das Personal hinausträgt. Das bin ich Dir schuldig. Bis zu diesem besonderen Treffen zähle ich die Stunden: nur noch drei Tage warten.

Alles Liebe,

unterzeichnet: Der Mann, mit dem Du machen kannst, was Du willst.

Wer versteckt sich hinter diesen Worten? Ich müsste mir die Verdächtigen aus der zweiten Reihe anschauen, aber ich habe keine Lust mehr zu solchen Spielchen. Der Einzige, der mir in letzter Zeit ein wenig Interesse entgegengebracht hat, war der Praktikant, aber er ist ziemlich jung, und ich will nicht, dass er für diese Einladung so viel ausgibt. Jedenfalls werde ich mir wegen diesem Unbekannten keine grauen Haare mehr wachsen lassen.

Die Wahl des Treffpunkts, den er ausgesucht hat, ist dagegen sehr viel ergiebiger. In unserer Stadt ist das Lion d'Or eine richtige Institution. Unter der Woche ist es die Hochburg für Geschäftsessen und am Wochenende für familiäre Festivitäten. Ich war erst ein einziges Mal dort, als Caro, Olivier und ich unsere Mutter zu ihrem Siebzigsten eingeladen hatten. Diese Wahl zeugt von einem ziemlich formellen Ansatz, außerdem, dass er Wert auf Qualität legt, und sie lässt ernste Absichten erkennen. Will ich einen qualitätsbewussten Mann mit ernsten Absichten, der mich in ein elegantes Ambiente ausführt?

Ich bin nicht mehr müde. Ich muss ein bisschen frische Luft schnappen. Ein kleiner Spaziergang wird mir sicher guttun. Aber wohin? Der Kanal hat mir kein Glück gebracht, und selbst wenn das Wasser mittlerweile weniger kalt sein dürfte, habe ich keine Lust, mein Schicksal herauszufordern. Er ist mittlerweile zu einem Ort geworden, mit dem ich meine dunkelsten Stunden in Verbindung bringe, genau wie der Bahnhof. Ich werde Emilies Auto nehmen und sehen, wohin mich der Weg führt.

Ich verlasse das Haus still und leise. Die Straßen sind leergefegt. Die Häuser fliegen an mir vorbei. Ich bleibe in Abständen vor roten Ampeln stehen, aber es kreuzen keine Autos. Surreal. Ich würde gerne zu Clara und Kevin fahren. Mit ihrem Heim verbinde ich ein Glücksgefühl. Bei ihnen habe ich mich so wohlgefühlt wie seit Jahren nicht mehr. Aber ich kenne sie nicht gut genug, um dort unangemeldet aufzutauchen. Sie haben ihr eigenes Leben. Ebenso wie Emilie, die sicher mit Julien zusammen ist, oder wie Caro und Olivier. Alle haben ihr eigenes Leben, nur ich nicht. Ich bin immer noch auf der Suche.

Und wenn ich ins Lion d'Or fahre? Es ist nicht weit bis dorthin, und ich hätte zumindest ein Ziel. Wie bei meiner Katze, wenn sie sich ihre Pfoten leckt, ist es für mich gerade das Einzige, was für mich zählt.

Als ich die Avenue du Parc hinunterfahre, sehe ich schon die hohe beleuchtete Fassade. Die verschiedenen Flaggen europäischer Staaten, die den Giebel zieren, flattern im Wind. Ich parke auf dem Parkplatz gegenüber dem Hotel. Drei Viertel der Plätze sind unbesetzt, aber das ordentliche Mädchen, das ich bin, parkt dennoch tadellos mittig zwischen den Markierungen. Sich immer brav an die Regeln halten, nicht aus der Reihe tanzen, nie eine Grenze überschreiten. Und doch hätte ich, so wenig, wie hier los ist, kreuz und quer fahren und das Auto schräg über drei Plätze abstellen können, ohne dass es jemanden gestört hätte. Wäre mein Leben besser gewesen, wenn ich von Zeit zu Zeit die Grenzen überschritten hätte? Wahrscheinlich, zumindest wenn ich den Mut gehabt hätte, mich von den

Grenzen zu befreien, die ein anderer mir zu seinem eigenen Vorteil aufgezeigt hatte.

Ich betrachte das Hotel. Durch die unterteilten Scheiben im Erdgeschoss sehe ich die letzten Gäste. An der Bar sind es vor allem Männer, im Restaurant Paare.

Plötzlich habe ich eine Idee. Wenn mich mein schreibfreudiger Verehrer in drei Tagen zu einem Essen hier einlädt, wird er mit Sicherheit einen Tisch reserviert haben … auf seinen Namen. Ich steige aus. Entschlossen überquere ich den Parkplatz und die Straße und atme tief durch. Ich betrete das Gebäude und gehe direkt zum Empfang. Ein Mann im dunklen Anzug begrüßt mich: »Guten Abend, Madame.«

»Guten Abend. Bitte entschuldigen Sie, aber ein Freund von mir sollte hier einen Tisch für zwei reservieren, für kommenden Freitag um zwanzig Uhr, und ich möchte nur sichergehen, dass er es getan hat.«

Er greift nach dem Reservierungsbuch des Restaurants und blättert einige Male um.

»Wir suchen also Freitag, zwanzig Uhr, Tisch für zwei Personen. Auf welchen Namen?«

Ich Holzkopf. Mit dieser Frage hätte ich rechnen müssen. In der äußersten Ecke der Bar erblicke ich eine dicke Champagnerflasche, deren Marke mir die Lösung bringt.

»Ronsard.«

»Wie der Dichter?«

»Ja, genau.«

»Nein, tut mir leid, ich finde nichts unter diesem Namen. Möchten Sie vielleicht reservieren?«

»Sind Sie sicher, dass nichts eingetragen ist?«

»Nicht unter dem Namen Ronsard.«

Ich versuche, seine Notizen verkehrt herum zu entziffern,

und was ich entdecke, überrascht mich. Ich wäre nie darauf gekommen, wenn ich es nicht selbst gesehen hätte. Zur Sicherheit frage ich nach: »Es könnte auch sein, dass er unter meinem Namen reserviert hat: Lavigne.«

Der Mann nickt: »Ja, in der Tat, wir haben tatsächlich eine Reservierung für Freitag, zwanzig Uhr, auf den Namen Marie Lavigne.«

»Ich danke Ihnen vielmals. Dann bis Freitag also.«

Ich gehe hinaus, aufgewühlt von dem, was ich erfahren habe. Der Typ ist ganz schön gewitzt. Dachte er sich, dass ich hierherkommen würde, um seinen Namen herauszufinden?

Ich gehe zurück zum Auto. Als ich die Tür zuziehe, werden die Geräusche der Nacht ausgeblendet. Ich brauche diesen stillen Kokon, um nachzudenken. Ich sehe auf die beleuchtete Fassade, und unzählige Fragen strömen auf mich ein. Ich habe alles versucht, um den Mann zu identifizieren, der sich für mich interessiert. Ich habe mich seinen Wünschen gefügt, ich habe nach ihm Ausschau gehalten und mich in unmögliche Situationen begeben. Ich habe ihn mir in jeder nur erdenklichen Form vorgestellt. Wegen ihm habe ich mir Hunderte von Fragen gestellt. Dank ihm, sollte ich vielleicht sagen.

Wer ist dieser Mann? Mit Benjamin in der Rolle wäre er jung, gutaussehend und ungestüm gewesen, mit Sandro warmherzig, beschützend und treu, mit Vincent herzerwärmend, extrem feinsinnig und aufmerksam, Monsieur Dussart wiederum wäre eine gute Partie gewesen.

Alle zusammen bilden sie den perfekten Mann ab, den idealen Lebensgefährten. Ihre Qualitäten entsprechen in der Summe allen Erwartungen, die eine Frau haben kann.

Aber ist es wirklich das, was ich anstrebe? Laufe ich gerade einem glückverheißenden Mann aus dem Katalog hinterher, oder will ich eine echte Begegnung? Ich habe alles abgeklopft, alles kartografiert, aber beraube ich mich damit nicht jener spannenden Entdeckungsreise in ein Neuland, von der Alfredo sprach? Warum sollte ich mich in die Rolle drängen lassen, auf einen Mann zu warten, der mich für sich ausgeguckt hat? Ich kann mir mein Reiseziel auch selbst aussuchen.

Wieder sehe ich Alexandre vor meinem geistigen Auge. Das passiert mir letztens öfter. Jetzt, wo ich darüber nachdenke, wäre es vermutlich noch öfter passiert, wenn ich nicht so von dem Briefeschreiber besessen gewesen wäre. Wenn ich den Mut hätte zu wählen, würde ich für ihn votieren. Ich kenne ihn nicht sehr gut, aber alles an ihm hat mir bis jetzt gefallen. Ich mag seinen offenen Blick, seine Entschlossenheit, sich für etwas einzusetzen, woran er glaubt, seine Integrität, seine Fähigkeit, einen anderen als den ihm vorgegebenen Weg zu beschreiten. Und ich mag seine Schenkel!

Ich weiß nicht, mit wem ich Freitagabend dinieren werde, aber ich weiß, wen ich gleich morgen zum Essen einladen werde.

Ich starte den Motor. Diesmal weiß ich, wohin es geht. Ich werde zu mir fahren und mit meiner Katze schmusen. Ich genieße die Fahrt. Wenn man seinen Weg kennt, bringt es sogar Spaß herumzutrödeln. Ich schalte das Radio ein, suche mir einen Sender, drehe lauter. Die Lieder haben eine seltsame Wirkung auf mich. Die Melodien und die Texte klingen in mir nach. Ich erkenne viele wieder, die ich schon ewig nicht mehr gehört hatte. Wehre mich nicht gegen die Gefühle, die sie in mir auslösen. Als ich vor meinem Haus ankomme, läuft ein Lied über den Beginn einer Liebe. Jemand traut sich nicht, den ersten Schritt zu tun. Das Lied war in den Charts, als ich noch auf der Uni war. Ich habe noch nie so aufmerksam zugehört wie heute. Ich stelle den Motor ab. Fast zwanghaft singe ich den Text mit, den ich vergessen glaubte. Es ist sehr lange her, dass ich irgendwo sitzen blieb, um das Ende eines Lieds abzuwarten. Neue Energie beflügelt mich, ein ganz neues Gefühl brennt mit einem Mal in mir.

68

Als ich die Lagerhalle betrete, bemerke ich, dass die Planke, mit deren Hilfe die Karren einst die Türschwelle meisterten, verschwunden ist. Hat sie etwa Notelho konfisziert, um sie zu verbrennen und damit seine Ängste zu exorzieren? Ich habe keine Zeit, darüber nachzudenken.

»Guten Morgen, Sandro.«

»Hallo, Marie.«

»Bist du allein?«

»Alexandre und Kevin sind draußen bei einem Spediteur, dürften aber gleich wieder zurück sein. Wenn du willst, kannst du hier auf sie warten.«

»Nein, eigentlich wollte ich mit dir sprechen. Ich brauche deine Hilfe.«

»Ist alles in Ordnung?«

»Das sagst du mir dann. Na ja, es ist mir ein bisschen unangenehm. Ich möchte nämlich Alexandre fragen, ob er mit mir essen gehen will.«

»Wo ist das Problem?«

»Nun ja, ich dachte, er steckt gerade in einer komplizierten Beziehung …«

Sandro zögert kurz, dann, als er das Unausgesprochene meiner Bemerkung begreift, ruft er aus: »Ah! Jetzt verstehe ich! Du willst ihn nicht als Kollegen fragen, sondern weil er dich interessiert.«

»Du brauchst nur noch ein bisschen lauter zu schreien, dann kriegt es bestimmt jeder hier mit.«

»Entschuldigung.«

»Weißt du etwas über seine Beziehung?«

»Er ist da sehr verschlossen. Und eigentlich plaudere ich nicht über das Liebesleben meiner Freunde, aber nach dem, was du für mich getan hast, ist es das Mindeste, was ich tun kann. Ich weiß nicht viel, aber ich hab öfter mal mitbekommen, dass die Sache nicht von Dauer sein wird.«

Er sieht mich amüsiert an und fragt: »Du hast also ein Auge auf meinen Chef geworfen, ja? Liebst du ihn?«

Seine direkte Frage trifft mich unvorbereitet: »Sagen wir, ich denke oft an ihn. Ich möchte ihn näher kennenlernen.«

»Versuch dein Glück. Immer mutig vorwärts!«

»Ich habe Angst.«

Er kommt näher und fasst mich an den Schultern.

»Eine sehr gute Freundin meinte einmal: Hab keine Angst, was riskierst du denn schon. Schlimmer als das, was du durchgemacht hast, kann es nicht mehr werden. Hab Vertrauen in dich selbst.«

Das Geräusch einer sich schließenden Metalltür erklingt in der Halle. Sandro flüstert mir zu: »Da kommt er. Ich schnappe mir Kevin, damit ihr ungestört seid.«

Ich bleibe allein in dem Gang zurück. Ich zittere vor Angst und vor Erwartung. Um mir Mut zuzusprechen, sage ich mir, dass ich schlimmstenfalls immer noch mein Rendezvous am Freitag habe. Das ist schon mal nicht schlecht, aber wiederum nicht das, was ich will.

»Hallo, Marie.«

Alexandro kommt auf mich zu. Wir sind nicht in einem privaten Umfeld, doch nach kurzem beiderseitigem Zögern begrüßen wir uns dennoch mit Wangenküsschen. Ich glaube, ich bin rot geworden. Ich habe ihn bisher noch nie anders als einen Freund betrachtet, jetzt habe ich allerdings eine unsichtbare Grenze überschritten.

»Marie, ich weiß, dass ich dir für heute eine Antwort versprochen habe zu dem Geld, das ich in die Firma stecken kann, aber ich habe bis jetzt noch keine Zeit gehabt, mir meine Finanzen anzugucken.«

»Das macht nichts. Deswegen bin ich auch nicht hier.«

»Nicht? Was kann ich denn sonst für dich tun?«

»Könntest du zu mir …«

Es fällt mir schwer, meinen Satz zu beenden. Er sieht mein Zögern und vollendet die Frage, so sinnvoll er kann: »… kommen? Hast du immer noch Möbel, die verschoben werden müssen? Ich sehe mal gleich, wann die Jungs können. Das haben wir gleich.«

»Nein, ich brauche nur dich.«

»Für ein Bücherregal oder so was?«

»Ja genau. Wann könntest du denn vorbeischauen?«

»Ist es dringend?«

»Wenn möglich, noch vor Freitag. Meine Mutter kommt zum Essen, und ich möchte, dass bis dahin alles fertig ist.«

In zwei Sätzen habe ich es geschafft, meinen Elan zu verlieren und zu lügen. Bravo! Aber der Satz »ich brauche nur dich« entspricht ziemlich genau dem, was ich eigentlich sagen wollte, wie mir immer bewusster wird. Er überlegt und macht einen Vorschlag: »Morgen Abend müsste es gehen. Ist das okay?«

»Es ist perfekt. Danke schön. Bleibst du zum Essen?«

»Warum nicht?«

Dieses »bleibst du« gefällt mir auch sehr gut. Eine Tür fällt ins Schloss. Alexandre horcht auf. Eine Stimme ruft aus der Ferne:

»Mademoiselle Lavigne, Mademoiselle Lavigne! Sind Sie hier drin?«

»Ja, hier hinten!«

Notelho kommt angelaufen wie ein Irrer, völlig außer Atem, panisch. Er grüßt Alexandre und sagt zu mir: »Ich muss mit Ihnen reden, es ist dringend. Allein bitte.«

»Ich habe keine Geheimnisse vor meinen Kollegen.«

»Wie Sie wünschen. Ich habe gerade erfahren, dass die Versammlung von Monsieur Deblais mit dem Aufsichtsrat auf heute Abend vorverlegt wurde.«

69

Mittags haben wir in aller Eile eine Krisensitzung einberufen. Wir haben nur die Kollegen eingeladen, zu denen wir absolutes Vertrauen haben. Vincent ergreift das Wort: »Wir müssen mit ihm reden, sobald er aus der Mittagspause kommt. Wir haben keine andere Wahl. Wenn er sich heute Abend mit dem Aufsichtsrat trifft, muss er ihm unsere Lösung auf Anhieb schmackhaft machen können. Das ist unsere einzige Chance. Sollten sich die Mitglieder auf eine andere Verkaufsoption einigen, werden wir sie nicht mehr umstimmen können.«

»Aber unser Finanzierungsangebot ist noch nicht fertig!«, wendet Florence ein. »Er wird es uns um die Ohren hauen.«

»Egal, wir werden halt bluffen müssen.«

»Wer wird mit ihm reden?«, fragt Emilie.

Florence schüttelt den Kopf und macht damit klar, dass sie sich dazu nicht imstande sieht. Vincent schlägt vor: »Ich würde es übernehmen. Vielleicht zusammen mit Marie?«

Bevor ich reagieren kann, steigt aus der Gruppe ein zustimmendes Murmeln auf. Alle sind sich einig, dass ich es machen soll. Da wird einem warm ums Herz! Valerie, Sandro, Malika und Kevin sind begeistert. Alexandre lächelt mir offen zu. Sein Blick signalisiert: »Mach es, du kannst das.« Vincent zwinkert mir zufrieden zu und sagt: »Alle scheinen einverstanden zu sein. Das heißt, wir gehen beide zusammen zu Deblais.«

Da habe ich mir ja wieder was eingebrockt! Nachdem ich

durch die Schächte geklettert bin, schicken sie mich zu Dracula, dem Herrscher über die Firmensklaven. Ich hoffe, es geht nicht schon wieder eine Bluse dabei drauf.

Wir machen uns wieder an die Arbeit. Jeder wünscht uns Glück. »Wir drücken euch die Daumen!« »Unsere Zukunft liegt in euren Händen!« »Seid überzeugend, denn wenn das schiefgeht, sind wir alle geliefert!« Schönen Dank auch für den Druck. Kevin bietet mir eine kleine Schultermassage an, um mich vor dem Kampf zu entspannen. Ich lehne dankend ab. Alexandre richtet es so ein, dass er als Letzter hinausgeht. »Ich bin sicher, dass du das hervorragend machen wirst«, muntert er mich auf. »Und ich sage das nicht aus Höflichkeit, sondern weil du immer dein Bestes gibst, vor allem, wenn die Lage aussichtslos ist.«

»Danke dir, das ist wirklich lieb. Aber ich habe einen riesengroßen Bammel davor. Könntest du mir einen Gefallen tun?«

»Natürlich.«

»Wenn ich mit Vincent in Deblais' Büro bin, bleib bitte in der Nähe, und lass mich nicht aus den Augen.«

»Hast du Angst, dass er auf dich losgehen könnte? Das brauchst du nicht. Sollte er auch nur einen Finger heben …«

»Nein, Alexandre, das ist es nicht. Ich will dich nur um etwas bitten, aber stell jetzt bloß keine Fragen. Wenn du mich meine Finger hinter dem Rücken kreuzen siehst, machst du bitte Folgendes …«

70

Kaum hat Deblais seine Anzugjacke abgelegt, betritt Vincent auch schon sein Büro. Ich folge ihm dicht auf den Fersen.

»Monsieur Deblais, wir möchten mit Ihnen reden. Es ist sehr wichtig.«

»Welch eine Überraschung! Mein Vertriebsleiter und die Muse der Rebellion als Delegation. Es tut mir leid, aber ich habe zu tun, und Sie beide übrigens auch. Lassen Sie sich einen Termin geben.«

Vincent lässt sich nicht einschüchtern.

»Ich bestehe darauf, wir müssen uns jetzt unterhalten.«

Ich begnüge mich damit, bekräftigend mit dem Kopf zu nicken, um meinen Kollegen zu unterstützen. Deblais starrt uns an.

»Was ist denn so dringend?«

»Wir möchten Ihnen ein Projekt für die Firma vorstellen ...«

»Ich habe schon ein Projekt für die Firma, mehrere übrigens. Und ich werde sie nicht mit Ihnen diskutieren.«

»Sie wollen die Firma verkaufen, wir wollen sie kaufen.«

»Wie bitte?«

»Das Personal in seiner Gesamtheit möchte Ihnen für die Übernahme der Firma ein Angebot unterbreiten.«

»Dormex ist nicht zu verkaufen und ganz sicher nicht an Sie. Für wen halten Sie sich eigentlich?«

Vincent sichert sich bei mir mit einem Seitenblick ab und beschließt, seine erste Karte auszuspielen: »Wir wissen, dass der Aufsichtsrat die Firma auflösen will. Da wir sie nicht zerschlagen sehen wollen, fordern wir Sie auf, unseren Übernahmeplan zu unterstützen.«

Deblais ist zwar ein ausgekochter Gauner, aber das hat ihn doch ziemlich überrascht. Er lässt sich in seinen Bürosessel fallen und tut so, als würde er seine Marktforschungsberichte ordnen, um sich ein wenig Überlegungszeit zu verschaffen.

»Wie sind Sie an diese Informationen gekommen?«

»Das spielt keine Rolle.«

Deblais platzt die Hutschnur, und er haut mit der Faust auf seinen Schreibtisch.

»Ich entscheide hier, was eine Rolle spielt oder nicht! Ich bin schließlich der Chef!«

Vincent antwortet ruhig: »In Geschäftsdingen ist es ratsam, wenn man gelassen bleibt. Ob Sie es wollen oder nicht, wir lassen uns nicht von Ihnen abspeisen. Entweder ziehen Sie unser Angebot in Betracht, oder wir werden Ihnen das Leben schwer machen. Es könnte sogar so weit kommen, dass diese Firma nicht einmal mehr den Torpedo wert ist, der sie versenken soll.«

»Sie wagen es, mir zu drohen?!«

Ich sehe es kommen, dass die Diskussion in einen Hahnenkampf ausartet. Deblais will nichts von alledem hören, und Vincent hat nur vernünftige Argumente auf Lager, die auf den Chef keine Wirkung haben werden. Ich muss eingreifen. Ich habe keine Wahl, dies ist unsere einzige Chance. Man muss das Böse mit dem Bösen bekämpfen. Ich atme tief ein und schieße los: »Monsieur Deblais, sagt Ihnen die Adresse Rue du Docteur Benoît Nr. 133 etwas?«

Deblais starrt mich entgeistert an. Vincent weiß nicht, wovon ich rede.

»Was soll das, Marie?«

»Vertrau mir. Denk dran: Mit Menschen umgehen, das ist mein Ding.«

Ich nehme den Faden wieder auf: »Monsieur Deblais, hören Sie mir gut zu. Wir wissen alles. Deshalb werden Sie dem Aufsichtsrat heute Abend erklären, dass unser Übernahmeprojekt das beste weit und breit ist. Erzählen Sie ihnen, was Sie wollen, wickeln Sie die Leute ein, darauf verstehen Sie sich ja besonders gut. Sorgen Sie dafür, dass sie sich für uns entscheiden. Als Dank werden wir Sie nicht wegen Unterlagenfälschung, widerrechtlichen Entlassungen, geheimen Absprachen, Fälschung von Geschäftsergebnissen und persönlicher Bereicherung auf Kosten von Angestellten verklagen. Der Deal ist für beide Seiten vorteilhaft. Sie räumen außerdem Ihren Posten, und wir übernehmen das Geschäft.«

Wenn ich mir so das Gesicht von Deblais ansehe und auch das von Vincent, habe ich den Eindruck, dass meine kleine Ansprache wie ein Bombe eingeschlagen hat. Ich setze meine Ausführungen fort: »Sollte es Ihnen durch den Kopf schießen, uns heute Abend zu hintergehen oder mit uns eines Ihrer miesen Spielchen zu spielen, was Ihre Spezialität ist, wie ich weiß, dann werden wir Ihrer Gattin mit Bedauern mitteilen müssen, dass es nicht in Ihrem Schützenverein ist, wo Sie jeden Donnerstag Ihre Schießübungen abhalten.«

Deblais ist fix und fertig. Zum ersten Mal seit ich ihn kenne, kann er meinem Blick nicht standhalten. Aber noch will er sich seine Niederlage nicht eingestehen.

»Sie haben keine Beweise«, murmelt er.

»Wie Sie wollen. Lassen Sie uns also über das Geld reden, das Ihnen Ihr Alibi-Schützenvereinskamerad schuldet. Wir könnten auch eine Fotoausstellung auf die Beine stellen, in der Aufnahmen des von Ihnen frequentierten Gebäudes zu besichtigen sein werden und auf denen die Personen, die Sie in der zweiten Etage, Apartment Nummer 234, besuchen, erstaunlich gut zu erkennen sind.«

Deblais zuckt zusammen.

»Wie können Sie es wagen?«

»Und Sie?«, presse ich mit geballten Fäusten hervor. »Wie konnten Sie es wagen, Virginie vorläufig freizustellen und Magali hinauszuwerfen? Woher nehmen Sie bloß die Frechheit, die ganze Belegschaft so hinters Licht zu führen? Wir lassen nicht zu, dass Sie unsere Lebensgrundlage zerstören. Wenn Sie uns nicht helfen, werden wir Ihrem kleinen schäbigen und verlogenen Karrieristenleben ein Ende machen!«

Er sieht ein bisschen angeschlagen aus, aber Mistkerle wie er denken schnell, wenn sie sich in die Enge getrieben sehen. Mit einer müden Geste fragt er: »Wie lautet denn Ihr Angebot?«

Bevor Vincent überhaupt antworten kann, sage ich: »Das ist unwichtig, Monsieur Deblais. Wir sind nicht mehr in der Verhandlungsphase. Sie werden unser Angebot annehmen. Basta.«

»Damit werden Sie nicht durchkommen.«

»Drohen Sie uns ja nicht! Ich brauche nur eine einzige Telefonnummer zu wählen, und dann dürfen Sie Ihrer Frau, Ihren Freunden und Ihrer Familie alles selbst erklären. Hat sich das Schätzchen klar genug ausgedrückt?«

»Ich warne Sie: Sie spielen da ein gefährliches Spiel.«

»Sie haben die Partie begonnen, aber wir haben jetzt das bessere Blatt auf der Hand. Vergessen Sie nicht: Heute Abend wird unser Angebot akzeptiert, und morgen gibt die neue Geschäftsführung Champagner für die Belegschaft aus.«

»Sie werden sich nicht lange halten können. Niemand wird Ihnen folgen. Das können Sie vergessen.«

Das ist das richtige Stichwort: Ich kreuze meine Finger hinter dem Rücken. Im Nu hat sich fast das gesamte Personal vor den Glasscheiben von Deblais' Büro versammelt. Sie stehen alle da und starren ihn an. Von innen gesehen sieht es aus wie ein Zombieangriff in einem schlechten Videospiel. Sollte sich Petula den Kopf abreißen, falle ich in Ohnmacht. Plötzlich, ich weiß nicht wieso, zieht Valerie ihren Pulli hoch und zeigt ihren Büstenhalter. Sie sollte es sich wirklich nicht zur Gewohnheit machen.

71

Das Schwierigste war nicht, das Essen vorzubereiten, sondern ein Regal zu finden, das zusammengebaut werden sollte. Ich habe Alfredo um Hilfe gebeten, der sofort wusste, worum es ging. Aber wir hatten keine Zeit, durch die Geschäfte zu laufen, also hat er eins seiner eigenen Bücherregale ausgeräumt und selbst auseinandergebaut.

Er war auch so lieb, alle Einkäufe beim Feinkosthändler für mich zu übernehmen. Mein Kühlschrank platzt aus allen Nähten. Ich bin bereit. Zumindest was das Essen betrifft.

»Laden Sie den Mann ein, der Ihnen die Briefe geschrieben hat?«

»Nein, es ist jemand anders. Den habe ich mir selbst ausgesucht.«

»Gut so! Sie haben beschlossen, Ihr Leben selbst in die Hand zu nehmen. Ich wünsche Ihnen, dass er das richtige Puzzlestück für Sie ist. Aber denken Sie bitte trotzdem dran, mir mein Bücherregal irgendwann zurückzugeben.«

»Versprochen. Ich baue es in einigen Tagen selbst wieder auseinander und bringe es Ihnen.«

»Ganz schön kompliziert das Ganze … Ich hoffe, es zahlt sich am Ende aus.«

»Das hoffe ich auch. Würde es Ihnen etwas ausmachen, wenn ich mir auch Ihre Bücher ausleihe, um das Regal zu füllen?«

Paracetamol fühlt bestimmt, dass ich nicht in meinem Normalzustand bin, denn als ich die Wohnung putze, folgt er mir überall neugierig hin. Wenn ich in ein Zimmer gehe, postiert er sich im Eingang und macht seinen kleinen Hals so lang wie möglich, um mich nicht aus den Augen zu verlieren.

Emilie, Caro und Mama wissen, dass ich heute Abend einen Mann zu Besuch habe. Jede von ihnen hat mir Ratschläge gegeben, aber wenn ich sie alle zusammenfasse, läuft es darauf hinaus, nichts zu sagen, sich nichts anmerken zu lassen, nichts zu tun, außer ihm um den Hals zu fallen, sobald er genug getrunken hat. Ehrlich gesagt, stammt dieser letzte Rat weder von meiner Mutter noch von meiner Schwester. Ich bin also gut vorbereitet. Ich werde meinem Gefühl vertrauen, ohne Netz und doppelten Boden. Sandro hat mir viel Glück gewünscht, und ich wette, er hat darüber auch mit Kevin gesprochen, denn bei der Verabschiedung heute im Büro war er besonders herzlich. So viel zum Thema, er würde nicht über das Liebesleben seiner Freunde plaudern.

Kurz vor der vereinbarten Uhrzeit habe ich das Licht in meinem Schlafzimmer ausgemacht und mich unsichtbar hinter das Fenster postiert, um seine Ankunft nicht zu verpassen. Im Halbschatten sehe ich Paracetamols Blick auf mir ruhen. Dieses Mal, so viel ist klar, hält er mich für eine arme Irre.

Pünktlich passiert Alexandre die Toreinfahrt und überquert den Hof, er trägt einen riesigen Werkzeugkasten, aber keine Blumen. Ich bin enttäuscht. Es stimmt schon, er kommt nicht zu einem Dinner für zwei, sondern zum Arbeiten. Für ihn ist es wahrscheinlich ein Freundschaftsdienst unter Kollegen, während für mich … Ich weiß selbst nicht, was es für mich ist. Vielleicht schenkt er mir einen Strauß Schraubenzieher?

Jetzt wird Alexandre vermutlich schon im Treppenhaus sein. Ich wette, Alfredo hat sich hinter dem Vorhang seiner Loge versteckt, um sich selbst ein Bild von diesem Mann zu machen, den »ich mir selbst ausgesucht habe«. Ich werde ihn auf jeden Fall fragen, was ihm sein erfahrener Blick über den Mann verrät, der jetzt zu mir in den dritten Stock hochsteigt.

Alexandre hat eine erstaunliche Wirkung auf mich. Wenn ich an ihn denke, lenkt es mich von allem anderen ab. Mit ihm erlaube ich mir den Luxus, den ganzen Rest zu vergessen. Er lockert den Schraubstock, der sich um mein Leben gezogen hat. Ich denke weder an die Sorgen bei der Arbeit noch an die Briefe noch an den Mann, der den kommenden Freitag so ungeduldig erwartet. Ich weiß nicht, ob ich überhaupt jemals zuvor so intensiv an einen Mann gedacht habe. Niemand hatte bisher diese Wirkung auf mich. Zum ersten Mal in meinem Leben wage ich, selbst den ersten Schritt zu tun. Hugues hat sich mir aufgedrängt, auch er hatte mir Briefe geschrieben. Mit Alexandre ist es anders. Ich komme mir vor, als sei ich wieder in der Oberstufe und mit Laurent verabredet, der echt ein toller Typ war. Ich hoffe, diesmal wird es länger halten als ein Vierteljahr.

Es klingelt. Ich warte einige Sekunden, um nicht den Eindruck zu erwecken, an die Tür zu stürzen. Wie viel Zeit ist angemessen? Zehn Sekunden? Zwanzig Sekunden? Zwei Tage? Ich zähle lieber in Herzschlägen. Ich bin bei zweihundert in weniger als einer knappen Minute. Es wird Zeit.

Als ich in den Flur gehe, läuft mir Paracetamol vor die Füße, den ich unbeabsichtigt mit einem Tritt quer durch den Raum schieße. »Entschuldige, Süßer! Das wollte ich nicht!«

Ich kann jetzt unmöglich hinter ihm herrennen, um ihn wieder gütig zu stimmen. Ich muss die Tür öffnen.

»Guten Abend, Marie.«

»Guten Abend, Alexandre. Vielen Dank, dass du gekommen bist.«

»Hab ich sehr gern getan.«

Auch wenn er es unauffällig tut, sehe ich, dass er die Wohnung mit Blicken inspiziert. Trotzdem scheint er nicht bemerkt zu haben, dass ich mich umgezogen habe.

»Bist du nicht allein?«

»Doch, wieso?«

»Ich dachte, ich hätte dich reden hören …«

»Ja, mit meiner Katze. Ich habe sie aus Versehen unsanft weggekickt, als ich zur Tür ging.«

»Sie wird sich sicher wieder davon erholen. Dann zeig mal …«

»Was denn?«

»Dein Regal.«

»Oh ja, natürlich! Deswegen bist du ja gekommen!«

Das wird ein lustiger Abend: Er ist zum Heimwerken da, und ich weiß nicht, wie ich ihm beibringen soll, was ich für ihn empfinde.

Ich zeige ihm das Regal und die Wand, an der ich es wohl oder übel anbringen lassen werde.

»Ist nicht neu, dein Regal, oder?«

»Nein, aber es hat für mich einen emotionalen Wert. Es bedeutet mir sehr viel.«

Vorsichtig setzt er seine Werkzeugkiste ab und öffnet sie. Wow! Ich habe keine Ahnung, wozu das ganze Zeug gut ist. Das ist wohl die männliche Entsprechung eines Schminktäschchens. Er macht sich sofort an die Arbeit.

Konzentriert misst er hier und da und fragt mich, ob die von ihm gewählte Höhe so in Ordnung ist. Ohne zu überlegen bejahe ich es enthusiastisch. Ist ja sowieso egal. Er nimmt mit der Wasserwaage eine kleine Korrektur vor und markiert die Bohrlöcher. Ich halte mich im Hintergrund, ohne ihn aus den Augen zu lassen. Seine Handwerkskünste interessieren mich nicht die Bohne. Stattdessen nutze ich die Gelegenheit, um ihn von Kopf bis Fuß einer eingehenden Betrachtung zu unterziehen. Zu meiner Überraschung entdecke ich nichts Neues. Offenbar hatte ich ihn schon genau analysiert, aber etwas in mir hat verhindert, mir über das Ergebnis klar zu werden. War ich vielleicht zu wütend auf die Männer im Allgemeinen? Und dazu noch abgelenkt durch die Jagd nach dem unbekannten Briefeschreiber. Mein durch die schmerzhafte Trennung gekränktes Herz war mir natürlich auch keine Hilfe. Aber jetzt bin ich hier mit ihm zusammen. Alles ist möglich. Ich wiederhole diesen Satz, der alle bisher verschlossen geglaubten Türen sprengt, immer wieder in meinem Kopf. Alles ist möglich! Dieser Gedanke beflügelt mich. Ich könnte vor Freude springen, meine Hoffnung und meinen Lebenshunger hinausschreien. In seiner Nähe ist mir, als würde ich mich aus einem Joch befreien, das mich jahrelang gefangen gehalten hat. Alexandre ist nicht der Typ, der mich einengen würde. Ich müsste mich bei ihm nicht verbiegen … Ich weiß, was Emilie dazu sagen würde, wenn sie mich hören könnte.

Er ist hier, in Reichweite. Ich brauche nur den Arm auszustrecken, und schon könnte ich ihn berühren. Der Gedanke macht mich geradezu verwegen. Wo würde ich ihn am liebsten berühren? Von der Frau, die den Männern abgeschworen hatte, ist im Moment nichts mehr zu sehen. Zum Glück habe ich mich unter Kontrolle, außer meinen linken Fuß, der tut, was er will. Am liebsten würde ich aber vor Freude auf und ab hüpfen. Stellt euch das mal vor: eine Frau, die auf der Stelle herumhüpft und in die Hände klatscht, nur weil ein Kollege bei ihr drei Löcher in die Wand bohren will. Für eine Robbe ist dieses Verhalten akzeptabel, aber heute Abend möchte ich gerne etwas anderes sein.

Die Pferde gehen mit mir durch. Ich muss mich ein bisschen

bremsen, vor allem wegen Alexandre. Wenn er erst eine andere Beziehung beenden muss, braucht er wahrscheinlich ein wenig Zeit, um sich davon zu erholen, bevor er etwas Neues anfangen kann. Aber so weit sind wir noch lange nicht. Erst einmal muss ich ihm beichten, was ich für ihn empfinde, und das ist gar nicht so einfach.

»Marie, ich werde jetzt bohren. Hol doch bitte deinen Staubsauger, damit wir weniger Dreck machen.«

»Ja, sofort.«

Wir stehen eng beieinander. Fast so eng wie in dem Heizungsraum. Dieses Mal kann ich nicht die heiße Luft für meinen Temperaturanstieg verantwortlich machen.

»Bist du bereit?«

»Wenn du es bist.«

Dieser Dialog lässt sich genauso gut für eine Heimwerker-Session wie für ein erstes Date verwenden.

Er wirft seine Bohrmaschine an. Sie macht einen unfassbaren Lärm, die Wand bebt. Ich bin mir sicher, dass Paracetamol, wo auch immer er sein mag, mit gesträubtem Fell unter das erstbeste Möbelstück geflüchtet ist. Er macht das schon, wenn ich meinen kleinen Mixer anwerfe, aber das hier ist noch um einige Nummern besser.

Mein Verstand versucht, mich davon zu überzeugen, auf Abstand zu gehen, aber ich höre nicht auf ihn. Und Alexandre bohrt gerade weitere Löcher in eine bislang tadellose Wand, die mir nicht gehört, um ein Regal anzubringen, das mir nicht gehört und das ich nicht brauche.

Kurze Zeit später hängt das gute Stück an der Wand.

»Sind das die Bücher, die in dieses Regal sollen?«

»Ja.«

»Du liest Romane auf Portugiesisch?«

Das halte ich nicht durch. Ich werde bestimmt gleich etwas Dummes sagen. Ich kann sowieso niemandem etwas vormachen. Was, wenn ich einfach mit der Wahrheit herausrücke?

»Alexandre, ich habe dich unter einem fadenscheinigen Vorwand hergelockt, weil ich nicht den Mumm hatte, dich geradeheraus einzuladen, um dir zu sagen, dass ich mich in dich verliebt habe und es schon seit einer ganzen Weile weiß, es mir aber selbst nicht eingestehen wollte.«

Zu lang.

»Alexandre, dieses Regal hier ist nur ein Vorwand gewesen, um dich zu mir einzuladen. Ich wollte dir nämlich sagen, dass du mir sehr viel bedeutest und dass ich hoffe …«

Zu verzwickt.

»Alexandre, das ist das Regal des Hausmeisters, und ich hoffe, du bist der Mann meines Lebens. Aber sag nichts vor der Katze, weil sie für den Geheimdienst arbeitet.«

Unsinn.

»Alexandre, das ist das Regal des Hausmeisters, ich spreche kein Portugiesisch, aber ich liebe dich.«

»Marie? Gefällt's dir?«

»Es ist toll. Vielen Dank! Mama wird sehr zufrieden sein. Sie mag Regale. Sie liest diese portugiesischen Bücher hier.«

»Ah, jetzt verstehe ich …«

Du verstehst überhaupt nichts, mein Lieber. Und wenn wir mal zusammenkommen sollten, wirst du es sein, der das verflixte Ding wieder abbauen und die Löcher wieder zumachen kann. Mir das zu verzeihen wird ein großer Liebesbeweis sein!

Er hat sein Werkzeug wieder ordentlich eingeräumt und alle Spuren der Arbeit beseitigt. Während ich das Essen aus dem Kühlschrank hole, wäscht er sich die Hände über dem Spülbecken.

»Ich hatte keine Zeit zu kochen, also wird es heute eher schlicht …«

»Das macht nichts, es ist lieb von dir, dass du mich einlädst.«

»Das hatte ich schon sehr lange vor.«

Genial, jetzt habe ich mich tatsächlich getraut, so etwas zu sagen, und er ist nicht schreiend weggelaufen! Er kommt an den Tisch und sieht die enormen Behälter vom Feinkosthändler, die ich auf dem Tisch angeordnet habe.

»Erwartest du noch jemanden?«

»Nein, wir sind nur zu zweit.«

Ich liebe diesen Satz, vor allem wenn ich ihn in seiner Gegenwart sagen kann. Er hebt die Deckel ab und scherzt: »Damit übersteht man locker eine Belagerung!«

Genauso ist es, mein Schatz, wir bleiben monatelang hier eingesperrt, und am Ende wirst du dich schließlich auf mich werfen, weil nichts mehr übrig sein wird, was du vernaschen könntest. Wir werden uns nie ergeben! Wenn wir keine Möbel mehr haben, die wir den Belagerern an den Kopf werfen können, dann muss es halt unsere brennende Kleidung tun. Die Unbezwingbaren werden nicht allein kämpfen, aber am Ende nackt sein.

Wir setzen uns und essen. Jeder pickt sich heraus, was er mag, ohne sich um die Speisenfolge zu scheren. Die Katze lässt sich blicken und springt auf seinen Schoß. Wundervoll, Paracetamol hat ihn akzeptiert! Ich sehe darin ein Zeichen. Vielleicht kann er ihm von Männchen zu Männchen erklären, dass ich wirklich in Ordnung bin. Er könnte ihm sagen, dass wir ein schönes Paar abgeben würden. Außerdem sind wir beide fast gleich alt. Ich weiß es, weil ich seine Personalakte auswendig kenne. Auch das habe ich mir bisher nicht eingestehen wollen.

»Glaubst du, Deblais wird mitspielen?«

Na gut, dann reden wir eben über Berufliches.

»Er hat keine andere Wahl. Bleibt er nicht in der Spur, rufe ich seine Frau an.«

»Ihr habt das sehr gut gemacht.«

»Da wir über den Job reden: Wenn es uns gelingen sollte, die Firma zu übernehmen, bleibt ihr Jungs denn auch?«

»Ich glaube schon.«

»Das ist wunderbar.«

Wir haben uns über die Zukunft der Firma, über die Kollegen und über alles Mögliche ausgetauscht. Ich habe zwar versucht, die Unterhaltung auf ein etwas persönlicheres Terrain zu bringen, aber leider ist es mir nicht gelungen, ihn in dem Maße aus der Reserve zu locken, wie ich es gerne gehabt hätte. Ich musste mich mit einigen Sätzen begnügen, deren Bedeutung ich verfälschte, indem ich sie in den Zusammenhang setzte, der mir passte. »Komm doch näher«, »Alles was ich habe, gehört dir« und »Wenn das Licht ausgeht, werde ich zum Tier«. Daran könnt ihr ablesen, wie verzweifelt ich war. Aber ich will ehrlich sein: »Komm doch näher« sagte er, weil ich bei den vielen Behältern, die sich auf dem Tisch türmten, nur eine kleine Ecke für mich übrig hatte. »Alles was ich habe, gehört dir« bezog sich auf die Schrauben und Nägel in seiner Werkzeugkiste, nachdem ich ihm gesagt hatte, dass ich auch noch ein Bild an der Wand angebracht haben wollte. Und was »Wenn das Licht ausgeht, werde ich zum Tier« betrifft – da habe ich geschummelt, indem ich zwei Versatzstücke aus unserem Gespräch herauspickte, die im Abstand von zehn Minuten gesagt wurden und nichts miteinander zu tun hatten. Ich schäme mich deshalb, aber es war trotzdem wunderschön, seine Stimme diese Worte sagen zu hören.

Es wird immer später, und ich habe es immer noch nicht geschafft, mit ihm zu reden. Je mehr Zeit vergeht, desto weniger traue ich mich. Positiv zu vermerken ist, dass er es nicht eilig zu haben scheint, nach Hause zu gehen. Ein dicker Minuspunkt ist, dass ich den Mut eines Zwergkaninchens habe. Ich bin eine totale Niete. In den Nebelschwaden meines gequälten Geistes sehe ich die Gesichter von Emilie und Sandro, die mich wie Gespenster heimsuchen und mir zuflüstern: »Sag ihm, was du fühlst!« und »Rede mit ihm, du dumme Nuss!« Ich bin sicher, ihr könnt euch denken, wem die jeweiligen Äußerungen zuzuordnen sind. Leider ängstigen mich Gespenster seit jenes unsäglichen Geisterbahndebakels in meiner Kindheit nicht genug, um meine Feigheit zu überwinden.

Ich sehe schon den Moment kommen, in dem er aufbricht, als ein Kollege, ein wunderbarer Freund, aber nicht als der, den ich mir erträume. Jetzt braucht es ein Wunder, einen göttlichen Eingriff. Dort, an der Küchenwand, müsste jetzt ein barmherziger Gott in feurigen Lettern verkünden: »Alexandre, nimmt dieses Weib zu deiner Frau. Ehre und achte sie, beschütze sie, und lasse sie so viele und so oft Schuhe kaufen, wie sie will! Das ist mein Wille.« Und dann noch einen Donnerschlag, um die Botschaft zu unterstreichen. So ist das nun mal: Die Götter setzen einen Donnerschlag ans Ende ihrer Sätze wie wir einen Punkt.

Er ist aufgestanden. Er hat mir beim Aufräumen geholfen. Ich habe getrödelt, wie ich nur konnte. Ich habe ihm alles erzählt, was mir durch den Kopf schoss. Und das kann bei mir eine ganze Menge sein. Anders als auf den nächtlichen Kreuzungen dieser Stadt ist in meinem Gehirn richtig Betrieb! Er hat mich bei den Fragen, die ich ihm gestellt habe, um noch ein paar Sekunden herauszuschlagen, bestimmt für nicht ganz dicht gehalten. Ich bin sogar so weit gegangen, über seine dicke Bohrmaschine zu sprechen, die einen ganz schönen Wums hat … Ich hoffe, Emilie wird niemals an die Bänder dieser Unterhaltung kommen, sonst werde ich das bis ans Ende meiner Tage wie eine Eisenkugel hinter mir herziehen. Tatsache ist, dass ich ihm mit diesen unzusammenhängenden Gesprächsfetzen sicher nicht werde verdeutlichen können, was ich für ihn empfinde. Ich hätte jetzt gerne stundenlang Zeit, nur um ihn anzuschauen. Ich würde mich gern verlaufen, weil ich weiß, dass er mir zu Hilfe eilen würde. Ich möchte ihm einfach alles geben. Außerdem möchte ich ihm die Kleider vom Leib reißen. Aber hier stehe ich und sehe ihm dabei zu, wie er seine Jacke überzieht, während ich ihm vorschlage, den Rest unseres Abendessens mitzunehmen, weil ich keine Lust auf eine Belagerung habe, bei der er nicht dabei ist.

»Nein, danke, Marie, das ist lieb von dir, aber ich esse nur selten zu Hause.«

Er küsst mich auf die Wange. Seine Bartstoppeln piken ein bisschen. Ich spüre seine Wärme und gebe ihm meine auf den Weg.

Ich würde mir am liebsten selbst in den Hintern treten. Das habe ich mir ganz alleine zuzuschreiben. Aber ich verbiete mir, mich zu beklagen. Denn schuld an allem bin nur ich.

Er zieht die Tür auf. Es ist zu spät. Plötzlich bückt er sich und hebt etwas von der Fußmatte auf.

»Hier, das ist für dich, dein Name steht drauf.«

Das Schicksal ist gegen mich. Die ganze Welt ist gegen mich. Irgendwo da oben ist jemand, der eine Puppe nach meinem Bildnis gemacht hat und nun immer wieder Nadeln in meinen Hintern sticht.

Ich nehme den Umschlag, den er mir reicht, an mich und versuche, alle Gefühlsregungen, die mich nun überfluten, aus meinem Gesicht zu verbannen.

»Bis morgen, Marie. Noch einmal vielen Dank für das Essen, es war wirklich sehr nett mit dir.«

»Ich danke dir. Für das Regal, und dass du hier warst …«

Er ist schon auf dem Weg nach unten. Ich verschlinge alles mit meinen Blicken, was ich noch von ihm zu sehen bekomme: seine Schultern, seine Haare. Wie Brosamen des Glücks, das mir entgleitet. Ich werde diese Almosen brauchen, um zu überleben.

Schweren Herzens schließe ich die Tür und lehne mich dagegen. Ich betrachte den Umschlag und seufze. Meine Gereiztheit ist größer als meine Neugierde. Ich wollte den Brief nicht, nicht heute Abend und schon gar nicht, solange Alexandre bei mir war. Wozu soll er denn überhaupt noch gut sein? Was hat der Unbekannte denn schon wieder zu erzählen? Will er unseren Treffpunkt ändern, weil er sich die Preise auf der Speisekarte angesehen hat? Gehen wir jetzt etwa in den Gasthof zum Lustigen Semmelknödel, das Lokal, das einen Rekord in Lebensmittelvergiftungen in der Region hält? Ohne mich.

Ich reiße den Brief auf, aber, ehrlich gesagt, erwarte ich keine großen Überraschungen.

72

Süße Marie,
tut mir leid, Dich noch einmal zu stören, wo Du doch nicht mehr mit mir gerechnet hast. Wir werden Freitagabend nicht zusammen essen gehen. Es ist nicht mehr nötig. Du hast mich endlich bemerkt, und ich bin überglücklich. Ich hatte eigentlich gehofft, dass Du mich heute Abend darauf ansprichst, aber ich habe schon vermutet, dass Deine Schüchternheit Dich davon abhalten würde. Deswegen habe ich Dir diesen Brief geschrieben, bevor ich zu Dir ging. Du erinnerst Dich bestimmt nicht mehr, aber wir sind uns schon früher einmal begegnet. Es war ein 13. März … Du warst in Deinem dritten Studienjahr, und man hatte Dir einen Studienanfänger zur Betreuung aufgedrückt. Ich habe Dir sofort angesehen, dass Du keine Lust darauf hattest, dass Du Wichtigeres zu tun hattest, aber von allen meinen Studienkollegen hatte ich noch das größte Glück, weil Du Dich trotz allem noch sehr gut um mich gekümmert hast. Damals war ich kleiner, und alle nannten mich Alex. Du hast mich vergessen, ich Dich jedoch nicht. Als ich mich letztes Jahr bei Dormex bewarb, habe ich Dich sofort erkannt. Du mich nicht. Ich habe darin einen wundervollen Wink des Schicksals gesehen. Du warst kein junges Mädchen mehr, sondern eine sehr schöne Frau. Ich habe den Job bekommen. In meiner Probezeit habe ich alles darangesetzt, mehr über Dich

zu erfahren. Ich habe entdeckt, dass Deine Beziehung in den letzten Zügen lag. Ich bin nicht stolz drauf, aber ich habe mich darüber gefreut. Kevin und Sandro waren bei meinen Recherchen meine Verbündeten. Du hättest sie gestern sehen sollen, nachdem Du in die Halle gekommen warst, um mich einzuladen. Sie waren völlig aus dem Häuschen! Ich habe Dir noch so viel zu erzählen. Ich hoffe, Du hast diese Zeilen schnell gelesen, weil, auch wenn ich wie eine Schnecke in Richtung Toreinfahrt gehe, wirst Du wohl rennen müssen, um mich einzuholen. Aber lass Dir ruhig Zeit. Ich werde so lange warten, bis mich der Concierge hinauswirft. Das bin ich Dir schuldig.

Unterzeichnet: Du weißt schon wer …
(hoffe ich zumindest!)

P.S. Da ich diesen Brief geschrieben habe, bevor ich zu Dir ging, habe ich nicht die geringste Ahnung, welchen wirren Plan Du Dir mit diesem Regal zurechtgelegt hast, aber ich vermute das Schlimmste.

Wenn Du lieb bist, werde ich Dir verraten, wie ich es angestellt habe, den Brief scheinbar aufzuheben, obwohl ich ihn mir aus meiner Jackeninnentasche gezogen habe. Und jetzt – Beeil Dich, ich warte auf Dich!

Das letzte Mal, dass ich hinter einem Mann so hergerannt bin, war hinter dem Obdachlosen am Kanal. Er hatte meine Tasche gestohlen. Der von heute Abend hat mein Herz gestohlen, bevor ich den Mut fand, es ihm zu schenken. Umso besser.

73

Man kann sich zwar über die Vorzüge von Abenteuern, Überraschungen und Sprüngen ins Ungewisse auslassen, aber manchmal gibt es einfach nichts Besseres, als wenn die Dinge so sind, wie man sie sich vorstellt.

Das Wetter ist herrlich, und die Leute freuen sich, zusammen zu sein. Aber diesmal ist es kein Nachbarschaftsfest, sondern tatsächlich eine Hochzeit. Wir haben schwer geschuftet, damit alles traumhaft schön wird. Von den Einladungskarten bis hin zu den kleinen Sträußen mit weißen Blumen, die den Saal und die Tische schmücken. An den Balkonen hängen breite Tüllbänder, die wir mit Hilfe von Kevins Angelrute mit Zangenbacken angebracht haben.

Es ist viel geschehen, seitdem ich Alexandre im Hof eingeholt habe. Ich habe noch nie zuvor einen Mann so fest an mich gedrückt – außer vielleicht meinen Paragliding-Trainer bei meinem allerersten Sprung. Aber diesmal war es anders. Alexandre und ich haben nicht unsere Blicke ineinander versenkt, Alexandre hat auch nicht meine Hand zart geküsst. Nein, ich habe mich auf ihn gestürzt, und das ganze Haus konnte zusehen. Ich habe meinen Kopf in seine Halsmulde gedrückt, so wie es Paracetamol oft bei mir tut. Vielleicht habe ich sogar geschnurrt, als ich meine Augen schloss. Alfredo hat recht: Es war nicht das erste Mal, dass ich mich an einen Mann schmiegte, aber das bei Weitem beste. Dieser Moment hat alle anderen übertroffen und ausgelöscht. Wir blieben sehr lange dort stehen. So lange, dass der Concierge seine Mülltonnen nicht an die Straße stellen konnte. Der Hof, die Häuser und die ganze Welt gehörten uns.

Uns war es schließlich auch gelungen, die Firma aufzukaufen, und Deblais gab seinen Posten auf. Vincent ist jetzt der neue Geschäftsführer, Florence ist weiterhin für die Finanzen zuständig. Monsieur Memnec kommt drei Tage im Monat als Berater zu uns, und Alexandre wird demnächst die Produktion überwachen, die nach und nach an unseren Standort zurückgeführt wird, wobei wir mit den Luxusmodellen beginnen werden. Wir stellen Leute ein. Als wir Deblais mitteilten, dass wir von den Banken grünes Licht bekommen hätten und dass er damit de facto entlassen sei, sind drei erstaunliche Dinge passiert: Notelho hat ihm einen gepfefferten Hieb mit einer Holzplanke verpasst und ihn dabei als dreckigen Verräter beschimpft. Danach hat uns der ehemalige stellvertretende Direktor verkündet, dass er nicht zu bleiben beabsichtige, uns jedoch viel Glück wünsche. Außerdem hat Jordana Deblais mit Schmackes geohrfeigt und ihn als Perversen tituliert. Und sie hat gekündigt. Wir vermuten, dass sie eine seiner zahlreichen Donnerstagabend-Besucherinnen war, sich jedoch für die Einzige hielt … Aber das seltsamste Verhalten hat der Praktikant an den Tag gelegt. Er, den ich nur lächelnd und diensteifrig kenne, näherte sich unserem Ex-Chef mit einem Champagnerglas. Mit einem beunruhigenden Grinsen sang er ihm direkt ins Gesicht: »Mein Freund Deblais, mein Freund Deblais, heb dein Glas, trink aufs Büro und steck es dir, du weißt schon wo …«, und dann hat er unmittelbar darauf sein Sweatshirt hochgerissen, nicht um seine prächtigen Bauchmuskeln zur Schau zu stellen, sondern einen Büstenhalter. Verflixt, der Kleine muss sich wohl mit dem Valerie-Virus angesteckt haben, der von Pasteur entwickelt wurde.

Petula wird ihren Job wahrscheinlich aufgeben, weil sie auf eine große Tanztournee geht. Der Regisseur weiß zwischenzeitlich, dass sie kein Mann ist, aber das, was sie in ihrer Rolle zeigt, ist einfach verblüffend. Wir haben uns mit einigen Arbeitskollegen eine Vorstellung mit ihr angesehen, und Tatsache ist, dass sie »wie ein Mädchen tanzt« und das ist auch gut so, weil ihr kein Kerl gewachsen ist. Pure Magie! Am Abend ihrer Premiere hat Petula vor einem stehend applaudierenden Publikum ihren Erfolg den Frauen gewidmet, die jahrhundertelang die Bühnen nicht betreten durften und deren Rollen von Männern interpretiert wurden.

Heute, auf der Hochzeit von Emilie und Julien, sind viele Kollegen anwesend. Die beiden Turteltäubchen haben es sehr eilig gehabt, aber ich denke wirklich, dass sie recht daran getan haben. Warum sollte man Zeit verschwenden, wenn man es tief in seinem Inneren genau weiß? Ich durchforste alle Ratschläge von meiner Mutter, Oma Valentine und Monsieur Alfredo, aber ich finde nichts, was ihrem Glück im Wege stünde. Ihre Gesichter strahlen wie pures Licht.

Alexandre und ich leben inzwischen zusammen. Manchmal sitze ich still da, mit Paracetamol auf dem Schoß, und lausche auf die Lebenszeichen meines Mannes im Nebenzimmer. Auch wenn ich ihn nicht sehe, auch wenn wir nicht miteinander sprechen, genieße ich es, ihn um mich zu haben. Er pfeift vor sich hin, er rasiert sich, macht eine Tür zu, verheddert sich in einem meiner Schuhpaare und flucht. Ich liebe alles davon. Er ist mir nah. Jeden Abend, wenn ich vor ihm da bin, freue ich mich auf seine Schritte im Treppenhaus, ich höre ihn den Schlüssel im Schloss drehen, und dann nimmt er mich in seine Arme. Wenn die gute Fee noch einmal vorbeikommt, werde ich sie ganz fest drücken und mich bei ihr dafür entschuldigen, dass ich an ihren

Flügeln und Haaren gezogen habe. Meine drei Wünsche werden jeden Abend aufs Neue wahr. Alexandre hat mir das schönste Geschenk meines Lebens gemacht: Er ist nicht bei mir, weil ein Mann eine Frau in seinem Leben braucht, er ist auch nicht bei mir, weil ich dem Bild entspreche, das er sich von mir macht. Nein, unter Missachtung aller ausgetretenen Pfade, jenseits aller überlieferten Verhaltensmuster, ist er um meiner selbst willen zu mir gekommen.

Ich darf euch aber versichern, dass ich ihn jeden Tag für das, was er mir angetan hat, schwer büßen lasse ... Ich habe ihm auch noch nicht den Gefallen getan zuzugeben, dass ich von seiner Brief-Aktion schlicht überwältig war und dass ich ihm dafür ewig dankbar sein werde.

Monsieur Alfredo hat uns wissen lassen, dass demnächst eine Wohnung frei werden wird und dass wir dort gerne einziehen könnten. Klingt gut. Aber darüber denken wir später nach, denn heute feiern wir.

Ich bin entschlossen, die Party zu genießen. Ich will mit Alexandre tanzen, auch mit Julien und Sandro, der in Melanies Begleitung gekommen ist. Aber bevor ich mich austoben kann, habe ich noch eine schwere Prüfung vor mir: Gemein wie sie ist, hat Emilie sich für mich was Besonderes ausgedacht. In meiner Eigenschaft als ihre beste Freundin und Trauzeugin habe ich nämlich die Aufgabe, vor dem Dessert eine Rede über sie zu halten. Ich bin nach dem besten Kumpel von Julien dran, der sechs Seiten mit sämtlichen peinlichen Begebenheiten seit dem Kindergarten vollgeschrieben hat.

Ich versuche es auf die spontane Tour. In dem Moment, in dem ich vor den versammelten Gästen das Wort ergreife, genieße ich die Vorstellung, dies sei meine eigene Hochzeit. Ich wünsche sie mir genauso perfekt. Ich wünsche sie mir mit Alexandre.

Als Julien und Emilie die Ringe getauscht haben, weiß ich, dass er mich angesehen hat. Ich tat so, als hätte ich es nicht gemerkt, sonst hätte ich vor Rührung glatt zu weinen angefangen.

In meiner Ansprache redete ich darüber, was ich an Emilie liebe, ich sprach über ihr Lachen, ihre Loyalität, ihre Überzeugungen, ihre Lebensvisionen und über die Gefahr, die Julien läuft, wenn er das alles isst, was sie für ihn kocht. Ich habe auch gesagt, wie sehr ich sie schnuffle. Auch wenn jeder den groben Sinn verstanden hat, hat nur Sandro mit dem Wort etwas anfangen können. Ich habe nicht lange geredet, aber ich konnte mir nicht verkneifen am Ende zu singen: »Sie ist verlie-iebt! Sie hat kein Höschen an!« Die Hochzeitsgesellschaft reagierte frostig, nur meine nächsten Kollegen brachen in Gelächter aus. Florence kriegte sich überhaupt nicht mehr ein und fiel glatt vom Stuhl. Ich hoffe, sie hat sich nicht schon wieder das Handgelenk verstaucht. Einen Augenblick lang hatte ich die Befürchtung, Valerie würde reflexartig ihre Kostümjacke hochziehen. Emilie warf mir lachend ihren Hochzeitsstrauß zu. Aber als Junggesellin, die darin ein Zeichen sieht, als Nächste in den Hafen der Ehe zu schippern, habe ich ihn dankbar aufgefangen. Wir werden ja sehen. Diesmal glaube ich daran von ganzem Herzen. Kann eigentlich nichts schiefgehen.

Im späteren Verlauf des Abends, als die Männer sich ihrer Anzugjacken und Krawatten entledigt hatten, wurde getanzt. Ich hatte mir vorgenommen, mit allen zu tanzen, aber im Moment kann ich mich noch nicht von Alexandre lösen. Über seine Schulter hinweg sehe ich zwischen einigen Unbekannten Sandro und Melanie, Kevin und Clara, Valerie und Vincent. Dieses Bild werde ich nie mehr vergessen. Es ist eines der schönsten Stücke meines Puzzles. Wenn ich überlege, wie viel schon passiert ist, bis ich das erleben durfte …

Ich hätte stundenlang so weitermachen können, in den Armen des Mannes, mit dem ich machen darf, was ich will. Als mir jemand auf die Schulter tippt, um auf sich aufmerksam zu machen, empfinde ich es kurzfristig als Störung, bis ich sehe, dass es Emilie und Julien sind, die mit mir sprechen wollen.

»Kommst du mal einen Moment mit?«

»Natürlich, aber nur, wenn ich nicht noch eine Rede halten muss.«

Sie lachen und geben auch Alexandre ein Zeichen, mitzukommen. Die Frischverheirateten ziehen uns an den Rand des Saals. Ich wittere schon eine offizielle Ankündigung: Sie werden uns sicher eröffnen, dass sie im Lotto gewonnen haben und ihnen nun Dormex ganz allein gehört. Oder besser noch: Emilie wird mir sagen, dass sie schwanger ist. Das wäre so schön. Julien sagt: »Marie, wir haben ein Geschenk für dich.«

Emilie nickt zustimmend mit einem Lächeln, das ich sehr gut kenne und das nie etwas Gutes zu bedeuten hat. Sie überreicht mir ein großes flaches Paket. Durch das Papier fühle ich einen Rahmen.

»Ich warne dich: Wenn das ein vergrößertes Foto von mir als Hase mit Berlinern in der Hand ist, werde ich mich rächen!«

Alexandre und Julien, die die Geschichte noch nicht kennen, sehen sich fragend an. Sie wittern eine explosive Enthüllungsgeschichte. Ich packe das Geschenk aus.

Sie haben den Brief einrahmen lassen, den ich an Julien in Emilies Namen geschickt habe. Sie wissen alles!

»Er gehört dir«, sagt Emilie und umarmt mich. »Danke, meine liebste durchgeknallte Freundin. Ohne dich wären wir heute Abend nicht hier.«

Julien umarmt uns beide. Alexandre nimmt den eingerahmten Brief und liest ihn.

»Gibt es dazu eine Geschichte?«

Emilie sagt ihm einfach nur: »Hau ab, solange du noch kannst. Diese Frau ist eine Gefahr für die Allgemeinheit.«

An Alexandre gerichtet sage ich: »Du bist nicht der Einzige, der merkwürdige Briefe schreiben kann.«

Am Ende lagen wir uns alle vier in den Armen. Wir waren uns so nah, dass ich mir nicht sicher bin, ob es wirklich Alexandres Hinterteil war, das ich getätschelt habe. Na, wenn das mal gutgeht …

Und zum Schluss …

Danke, dass ihr mir bis zu diesen letzten Seiten gefolgt seid. Ich freue mich, euch hier wieder zu treffen. Für mich ist es ein wenig wie ein Festmahl mit Freunden nach einem Theaterbesuch. Ich habe keine Lust, allein in der Stille zu bleiben, im Theatersaal, der nur noch von Notausgangslampen beleuchtet ist.

Wenn ihr einverstanden seid, möchte ich dieses Buch denen widmen, die allein einschlafen, allein in ihren Leben, in ihren Betten oder in ihren Herzen. Ich hoffe nur eines für euch: dass es bald anders werden möge und dass ihr jemanden findet, dem ihr eine gute Nacht wünschen könnt. Nichts ist unmöglich.

Ich glaube wirklich, dass wir nicht dafür geschaffen sind, allein zu leben. Ich hatte noch nie vor etwas Angst – seht darin bitte nicht Tapferkeit, sondern Leichtfertigkeit! – außer vor der Vorstellung, niemanden zu haben, den ich lieben könnte. Im Prinzip hat jeder von uns eine Familie, aber wenn wir ehrlich sind, gibt es mehrere Familien, denen wir uns im Laufe unseres Lebens zugehörig fühlen.

Als ich ein kleiner Junge war, wohnte ich in der Rue du Clos-Lacroix, in einem kleinen Städtchen, nicht weit von Paris. Es war eine schnurgerade Straße mit bunt zusammengewürfelten Häusern. Am Ende stand eine hübsche Mühle, die das ganze Ensemble abrundete. Wenn ich von der Schule kam, vom Einkaufen, vom Bahnhof oder von wer weiß woher, musste ich zwei Drittel der Straße entlanglaufen, bevor ich endlich daheim war.

Und jeden Tag dachte ich dabei an die Menschen, die in den Häusern lebten. Wir kannten uns alle. Es gab da junge Leute – meine Freunde zum Beispiel – und weniger junge; Ingenieure, Handwerker, Hausfrauen, eine Kindergärtnerin, eine Krankengymnastin, einen Maurer, eine städtische Angestellte, eine Sozialarbeiterin, eine alte Schneiderin, einen pensionierten Berufssoldaten … Eine eigene kleine Welt. Alle meinten es gut mit uns Kindern, außer der alten Ziege vom Ende der Straße, die unsere Bälle kaputtstach, bevor sie sie uns zurückgab und deren unförmiger und aufgedunsener Hund genauso aggressiv war wie sie. Wir haben ihren Briefkasten mindestens dreimal in die Luft gesprengt!

Wenn ich meine Straße entlangging, kam ich bei Michèle und Isabelle, die meine Freundinnen waren, vorbei, bei Janine und Georges, Yanick, Jacqueline und André, Gaby und Roger. Das riesige Haus von Yvette und Bernard überragte das unsere und faszinierte mich. Gegenüber lebten Nénène und ihr Sohn Jean-Louis. Hoch von unserem Kirschbaum aus, aus einer Höhe, die ich eigentlich nicht mehr erklettern durfte, konnte ich fast alle Häuser überblicken. Mit den Menschen, die darin wohnten, verband mich viel, mit jedem von ihnen.

Auf meinem Heimweg spürte ich unwillkürlich die Zuneigung dieser Menschen, je näher ich unserem Zaun kam. Es war, als würden sich unsichtbare Schutzmauern um mein kindliches Königreich erheben. Jeder Schritt in Richtung Nummer 20 verstärkte das Gefühl, auf meinem Terrain zu sein, im Herzen einer Festung aus unterschiedlichen Bindungen, jede von ihnen wichtig. Ich war daheim, weil alle, die ich liebte, auch da waren. Dank dieser Menschen habe ich gelernt, dass es mir nicht wichtig ist, wo ich lebe, jedoch sehr wohl, mit wem.

Das war die erste »nicht offizielle« Familie, die ich bewusst wahrgenommen habe. Auch wenn ich nicht davon ausgehen konnte, dass es ihnen genauso wie mir erging, so gehörten sie doch zu mir.

Wie ihr habe ich seitdem viele andere Familien kennengelernt. Im Studio und auf diversen Filmsets habe ich als junger Mann in einem Team gearbeitet, dem zwölf verschiedene Nationalitäten angehörten, und alle haben wir unser Möglichstes gegeben, um die Menschen zum Träumen zu bringen. Eines Tages werde ich euch das alles erzählen müssen. Ich habe weitere Familien kennengelernt, bei der Armee und in anderen Jobs. Von ihnen habe ich den Reichtum menschlicher Beziehungen mitgenommen, die Macht der Erfahrungen – seien sie angenehm oder schmerzhaft –, das Vergnügen an Neuentdeckungen, aber vor allem haben sie mir gezeigt, wie glücklich es einen macht, wenn man etwas gemeinschaftlich vollbringt. Das Leben hat mich gelehrt, dass man zwar die eine oder andere Familie verlassen muss, aber dass man sie nie vergisst.

Auch heute noch ergeht es mir so auf Plätzen und Straßen, im Filmgeschäft und im Verlag, wo Pascale und ich das große Glück haben, Tag für Tag an der Seite netter Leute zu arbeiten.

Dieses Mal werde ich die Menschen, die mir in meinem Leben wichtig sind oder waren, nicht alle aufzählen. Sie wissen, wie viel sie mir bedeuten und was ich ihnen verdanke. Worum ich euch jetzt aber bitten möchte, ist, innezuhalten und an die zu denken, die um euch sind und mit denen ihr durchs Leben geht. Ich wünsche euch allen, diese Familien, die Teil unseres Lebens sind, in vollen Zügen zu genießen. Habt ein Auge auf die Menschen, mit denen ihr eure Stunden und Tage verbringt, bei der Arbeit, im Alltag, in eurem Haus, in eurer Straße. Teilt mit ihnen all das Gute, was ihr habt. Die Verbundenheit, die daraus entsteht, ist nicht hoch genug einzuschätzen.

Seit einigen Jahren schon habe ich dank euch das Glück, dass meine Geschichten gelesen werden. Es heißt immer, ein Autor gelte dann als erfolgreich, wenn das Publikum nach ihm Ausschau hält. Es stimmt, dass es ein Glück ist – ein Wunder sogar! –, aber ein Aspekt, der nichts von einem Massenphänomen hat, ist für mich noch bewegender. Als ich begann, euch im wahren Leben zu begegnen, habe ich etwas entdeckt, das mein Leben komplett umgekrempelt hat.

Durch die Begegnungen mit euch in Form von Briefen und Mails, bei Lesungen und auf Buchmessen hat sich mir eine Sicht auf das Leben eröffnet, die mir bis dahin unbekannt war. Durch euch hat sich meine Wahrnehmung der Welt verändert und entwickelt. Ich bin im Gegensatz zu dem, was einige glauben, kein naives Glücksbärchi – oder vielleicht bin ich doch eines, aber ein schwer bewaffnetes … Das Leben ist kein Zuckerschlecken. Ich zahle jeden Tag einen Preis, um meine Lektionen zu lernen, wie jeder Mensch. Mein Alltag hat nichts von einer idealen Welt, von einem Paradies, aber ich bin mir voll und ganz der wertvollen Dinge bewusst, um derentwillen ich das Leben liebe. Dieses seltene Privileg habe ich euch zu verdanken.

Ich habe die zwischenmenschlichen Beziehungen in allen eben genannten Familien ehrlich und intensiv erprobt. Nichts interessiert mich mehr als der einzelne Mensch. Ich schreibe über ihn, ich schreibe für ihn. Ich will mein Leben mit ihm teilen. Mit euch. Ich habe mich immer schon für die Geschichten der anderen interessiert. Ich kann nichts dafür, das ist meine Natur. Ich höre zu, ich beobachte, ich fühle. Mit euch jedoch, die ihr so zahlreich und so herzlich seid, hat dies eine Dimension erreicht, die ich nicht für möglich gehalten hätte. Ihr kommt auf mich zu. Ihr erzählt mir, wie meine Bücher euer Handeln beeinflussen, ihr sprecht mit mir. Wir tauschen uns aus, als hätten wir uns schon immer gekannt, als würden wir uns nur wiedersehen. Es ist jedes Mal besonders, persönlich, einmalig. Ich bin von den Wahrheiten fasziniert, die ihr mir anvertraut, die ihr mit mir teilt. Eure Menschlichkeit bewegt mich. Eure Treue auch. Daher, da ich euch nicht alle aufzählen kann, um euch zu danken, möchte ich euch sagen, was ich von euch gelernt habe.

Ich habe von euch gelernt, schneller zu essen – manchmal irgendwas zu essen – und manchmal auch gar nichts. Ihr habt mich gelehrt, in Zügen zu schlafen, in Taxis und Flugzeugen. Ihr habt mich gelehrt, noch früher aufzustehen. Ihr habt mich gelehrt, die Augen zu öffnen und den Menschen, die auf mich zugehen, ohne Vorurteile zu begegnen. Ihr habt mich überrascht, ihr habt mich verunsichert. Dank euch habe ich entdeckt, dass Frauen im Grunde nicht sehr viel anders sind als wir Männer, auch wenn wir uns nicht in der gleichen Weise ausdrücken. Ihr habt mich gelehrt, dass es beim Schreiben nicht darum geht, den Leser zu beeindrucken, sondern ihn zu bewegen. Ihr habt mir bestätigt, dass die Menschen, die Schlimmes erleben, den Preis des Glücks kennen und deshalb umso mehr darauf achtgeben. Ihr habt mir beigebracht, dass wir, auch wenn wir nicht dieselbe Sprache sprechen, uns perfekt verstehen können – die Augen können so beredt sein! Ihr beeindruckt mich durch das, was ihr erreicht, wenn ihr an etwas glaubt: an die gute Sache, an eine Idee, an euersgleichen. Es hat mich erschüttert, dass ihr stundenlang durch Frankreich und manchmal Europa unterwegs wart, um den unbedeutenden Kerl zu treffen, der ich bin. Ihr habt mich bewegt mit eurem Bekenntnis, dass eine Urgroßmutter die Bücher ihrer Urenkeltochter liest und mit ihr lachen und weinen kann über Dinge, die sie einander näherbringen. Und umgekehrt. Ich bin gerührt, wenn ich euch auf mich zukommen sehe, Frauen aus derselben Familie, aber aus unterschiedlichen Generationen, oder Kolleginnen, die gut miteinander klarkommen. Ihr habt mich gelehrt, dass man Freunde werden kann, und mich darin bestärkt, dass viele meiner Artgenossen zu mehr Emotionen fähig sind, als man ihnen klischeehaft zuschreibt. Ihr habt mir bewiesen, dass man wegen eines Buchs in Indien, in Afrika oder in den USA sein Flugzeug verpassen kann, seine Metrostation oder den Regionalzug in Paris oder seinen Zug in Deutschland. Ihr habt mir verraten, dass man aus seinem eigenen Bett von seinem Ehemann verjagt werden kann, weil man zu laut lacht. Ihr habt mir erzählt, dass man für verrückt gehalten wird, weil man immer und überall liest. Ihr habt mir bewiesen, dass man so in die Lektüre vertieft sein kann, dass man glatt vergisst, seinen Kindern das Essen zuzubereiten, dass man seine Aufgaben, seine Katzen und seine Familie für einige Stunden vernachlässigt, um das Ende einer Geschichte zu erfahren. Ihr habt mir anvertraut, dass man sich sogar in den Mülltonnenraum seiner Firma einsperren kann, weil man die letzten Seiten unbedingt lesen muss. Ihr habt mir geschrieben, dass ihr die Lust am Lesen wiedergefunden habt und dass daran ein Buch schuld war, das sich nicht ernst nimmt. Ihr habt mir eine Ehre erwiesen, indem ihr euch meiner Sätze bedient habt, um euren Lieben zu sagen, was ihr nicht auszudrücken gewagt habt. Ihr habt mir auch erzählt, dass man sich plötzlich mutterseelenallein an einem Strand wiederfinden kann, mitten in einem Gewitter, weil man von einem Buch völlig in den Bann gezogen wurde. Ihr habt mich auch gelehrt, dass Danksagungen diejenigen interessieren können, denen sie normalerweise herzlich egal sind. Ich könnte ein ganzes Buch nur damit schreiben, was ihr mir anvertraut habt. Ich werde es aber für mich behalten, um mein Leben damit zu bereichern und werde es euch mit unendlicher Dankbarkeit vergelten. Was kann ich anderes sagen als »danke«?

Da meine Bücher nicht nur die Frucht meiner Arbeit sind, möchte ich meinen Verlegern danken, den Teams von Fleuve Éditions und von Pocket und insbesondere Marie-Christine, François, Thierry, Valérie, Sabrina, Véronique, Bénédicte, Marine, Estelle, France und Deborah. Viel Glück für dich, Céline, du wirst mir fehlen, aber ich bin sicher, dass wir uns bald wiedersehen werden.

Mein Dank geht ferner an Éric. Und weil es ja so kommen musste nach dem vielen Gefrotzel: Hier ist also das Foto von dir, das ich schon einmal angedroht hatte und das sicherlich für viel Freude sorgen wird. Denkt dran: Wenn ich auf dieser Erde einen Menschen meinen Bruder nennen darf, dann ist es dieser Mann. Hartes Los! Wie heißt es bei der NSA so schön? »Manche Menschen sind weniger intelligent als eine Rennmaus. Hier ein Foto als Beweis.« Das hast du nun davon, Kumpel! Ich danke dir, dass du da bist.

Wer wird mein nächstes Opfer? Wer möchte mal, wer hat noch nicht? Brigitte, Sylvie, Thomas … Das Sprichwort sagt: »Was sich liebt, das neckt sich«, und ich liebe euch sehr. Ich habe zu jedem Peinlichkeiten auf Lager, sogar zu mir selbst. Ich schwöre es, Éric wird nicht das einzige Opfer bleiben! Aber guckt euch bloß seinen Gesichtsausdruck noch einmal an.

Mein tiefer Dank gilt Pascale (vergiss nicht, dass ich auch von dir Fotos habe). Ich liebe es, mit dir zusammen zu zweifeln, weil wir dann zusammen Neues entdecken. Ich hatte dir versprochen, dass wir es einmal ruhiger angehen lassen. Ich habe schon wieder gelogen. Aber du musst zugeben, dass wir uns nie langweilen und meist viel zu lachen haben. Solltest du auf die Idee kommen, sauer auf mich zu sein, sage ich allen, zu welcher Chinchilla-Familie du gehörst.

Chloé danke ich von ganzem Herzen. Ich mag deine Haltung, immer mehr übrigens. Vergiss nicht: Die braven Mädchen kommen in den Himmel, die anderen kommen überall hin. Geh deinen eigenen Weg. Ich bin direkt hinter dir, bereit, Feuer zu speien – für den Fall der Fälle …

Danke auch an Guillaume. Ich bin stolz auf den Mann, zu dem du heranwächst. Ich mag deine Art, alles zu relativieren. Danke, dass du mit uns eine Weisheit geteilt hast, die du in der Schule aufgeschnappt hast, eine Sicht der Dinge, die alles Unglück in einen neuen Kontext stellt.

Ich gebe diese Botschaft gerne an alle weiter, die eine kleine Aufmunterung gebrauchen können: »Es war einmal ein Pinguin, der mit seinem Hintern atmete. Eines Tages setzte er sich hin und starb.«

Spaß beiseite: Danke an euch alle, die ihr diese Worte lest. Ich schnuffle euch wie verrückt. Dieses Buch liegt – wie mein Leben – in euren Händen. Ich fühle mich dort gut aufgehoben. Mit meinen kleinen Pfoten werde ich mich mit aller Kraft an eure Finger klammern. Die Rennmaus – das bin ich.

Bis zum nächsten Mal, wenn ihr mögt. Ich arbeite schon dran.

Passt auf euch auf.

Herzlichst

www.gilles-legardinier.com

Gilles Legardinier

Gilles Legardinier wurde 1965 in Paris geboren und arbeitete lange Jahre in der Kinobranche. Mit seinen weisen, zauberhaften romantischen Komödien feiert er in Frankreich sensationelle Erfolge und sorgt auch international für Begeisterung. Sein Debüt »Julie weiß, wo die Liebe wohnt« war 2013 das erfolgreichste Taschenbuch in Frankreich.

Von Gilles Legardinier außerdem bei Goldmann lieferbar:

Julie weiß, wo die Liebe wohnt. Roman
(auch als E-Book erhältlich)
Monsieur Blake und der Zauber der Liebe. Roman
(auch als E-Book erhältlich)

GOLDMANN
Lesen erleben